中国柯尔克孜族英雄史诗《玛纳斯》故事丛书

克孜勒苏柯尔克孜自治州
非物质文化遗产保护（玛纳斯保护研究）中心
编

英雄玛纳斯

朱玛克·卡德尔
改编

新疆人民出版社
（新疆少数民族出版基地）

图书在版编目（CIP）数据

英雄玛纳斯 / 朱玛克·卡德尔改编；克孜勒苏柯尔克孜自治州非物质文化遗产保护（玛纳斯保护研究）中心编．-- 乌鲁木齐：新疆人民出版社（新疆少数民族出版基地），2024. 6. --（中国柯尔克孜族英雄史诗《玛纳斯》故事丛书）. -- ISBN 978-7-228-21370-2

Ⅰ．I222.7

中国国家版本馆 CIP 数据核字第 20247HM839 号

中国柯尔克孜族英雄史诗《玛纳斯》故事丛书

英雄玛纳斯

策　　划	刘晓玮	装帧设计	刘堪海
责任编辑	刘晓玮	责任技术编辑	杨　爽
责任校对	朱梦瑶		

出版发行	新疆人民出版社 （新疆少数民族出版基地）
地　　址	乌鲁木齐市解放南路 348 号
邮　　编	830001
电　　话	0991-2825887（总编室）　0991-2837939（营销发行部）
制　　作	乌鲁木齐形加意图文设计有限公司
印　　刷	新疆新华印务有限责任公司

开　　本	787mm × 1092mm　1/32
印　　张	14.875
字　　数	300 千字
版　　次	2024 年 6 月第 1 版
印　　次	2024 年 6 月第 1 次印刷
定　　价	68.00 元

根据

居素普·玛玛依演唱的

中国柯尔克孜族英雄史诗《玛纳斯》

新疆人民出版社 2021 年汉译本

改编

获得

国家非物质文化遗产

保护资金补助项目

支持

前　言

中国柯尔克孜族英雄史诗《玛纳斯》，是中华民族灿烂文化宝库中的瑰宝，也是人类非物质文化遗产代表作。做好《玛纳斯》保护传承工作，使之发扬光大，是我们义不容辞的光荣使命。

为了更好地传播和保护这一珍贵文化遗产，克孜勒苏柯尔克孜自治州非物质文化遗产保护（玛纳斯保护研究）中心与新疆人民出版社（新疆少数民族出版基地）合作推出中国柯尔克孜族英雄史诗《玛纳斯》故事丛书，并得到国家和自治区文化主管部门的支持，获得国家非物质文化遗产保护资金补助项目支持。这不仅是对我们工作的肯定，更是对保护和传承中华优秀传统文化坚定信念的体现。

《玛纳斯》故事丛书，是根据史诗《玛纳斯》汉文全译本改编的通俗读物，是集体劳动成果的转化和延伸。在故事丛书出版之际，我们向已故的《玛纳斯》演唱大师居素普·玛玛依表示敬仰和怀念，向参加过《玛纳斯》汉译工作的专家学者和工作人员，向关心和支持《玛纳斯》故事丛书出版工作的各级领导和有关部门，表示诚挚的感谢！

未来，我们将继续深化与新疆人民出版社（新疆少数民族出版基地）的合作，将《玛纳斯》故事丛书推向更广阔的舞台，让更多的人了解和欣赏这部伟大的英雄史诗，感受我国丰富的优秀传统文化。

克孜勒苏柯尔克孜自治州

非物质文化遗产保护（玛纳斯保护研究）中心

2024年1月3日

目　录

叶尼塞的岁月

据老人们说，在那遥远的年代，在我们的东北方向，有一个叫叶尼塞的地方。那里地域辽阔，土地肥沃，河谷里树木葱茏，山坡上丰美的牧草随风摇荡。人们耕耘播种，春华秋实丰收连年。地窖、仓库储满米粮，四畜[1]布满草原。那里没有穷人和富人之分，人人丰衣足食，部落人丁兴旺。

治理叶尼塞的是喀勒[2]玛玛依。他当上了汗王后，“喀勒玛玛依”的真名被人们改称为“汗玛玛依”而传遍四方。汗玛玛依是出类拔萃的英雄，智勇双全办事公道，深受百姓爱戴。他在位长达四十年，在此期间，辽阔的叶尼塞大地无人敢来进犯。

---

[1] 四畜：柯尔克孜族人将马、牛、羊、骆驼称为四畜。

[2] 喀勒：意为留下。

时间过去了很多年，这里兴旺发达，四面八方迁徙而来的人不断增多，四十个部落就此出现。四十个部落发展到各有人口“柯尔克居孜”[1]，汗玛玛依将他们命名为“柯尔克孜”，这个名字从那时开始流传至今。

汗玛玛依有五个妻子，但没有一个为他生儿育女。幸好，后来他娶了一个生过多子多女的寡妇，那女人为他生下了一个儿子，他给儿子取名叫波多诺。波多诺天庭饱满，长得十分可爱，九岁便显示出青鬃狼的神态，体格高大又很强健。

就在波多诺九岁那年，汗玛玛依病魔缠身，生命大树摇摇欲坠，最终像巍峨的高山陡然崩塌，不幸离开了人世。四十个部落的柯尔克孜族人纷纷前来为汗王送行。葬礼后，大伙儿围坐成牛角状，请来波多诺，让他坐在中间，商量今后怎么办。有一个叫加勒塔依巴斯的人，口才出众，能言善辩，提议道：“我们公正的玛玛依汗王不曾无端举起打人的皮鞭，也不曾对老百姓有过一句漫骂和责难，他赋予我们幸福安康的生活，让我们如同马驹儿在草原上撒欢儿。是他把四十个部落的‘柯尔克居孜’命名为‘柯尔克孜’。这样的汗王我们怎能将他遗忘？俗话说，捕杀豺狼的雄鹰之子，绝不会啄食腐烂之肉，而要将狐狸捕杀品尝。我们理应将汗王玛玛依的独子波多诺推举为汗王。我们要像尊重他的父王那样，拥戴、辅佐和培养他，让他担起汗王的

[1] 柯尔克居孜：意为四十个一百。

重任，成为引导我们的领头羊。”加勒塔依巴斯语重心长的话语，让柯尔克孜族人心悦诚服，一致推举波多诺为新汗王。

波多诺履行汗王的使命，如同普照大地的太阳，办事有方，事事顺畅，使得人民生活更加富足，柯尔克孜族人心里愈加欢畅。可惜波多诺只做了几年汗王就过早地离开了人间。波多诺之子波托依继承了汗位。他生来备受宠爱，是一个娇生惯养的人，未能成为人民的依靠和希望。幸福之星就这样陨落了，从此柯尔克孜族人生活在水深火热之中，像沙鸡似的四处飞散。十五代人经过数世纪的煎熬，才逐渐走出困境。

人们四处打听，各处寻访，聚集协商，最后从波多诺的后裔中选出了一位名叫波彦的儿郎扛起汗王的大旗。波彦登上王位后，治理有方，他的英名从此传扬四方。波彦汗王之后是恰彦汗王，恰彦汗王之后是喀拉汗王。喀拉汗王的后人不断繁衍，最后继承汗位的是威猛的奥若孜都汗王。

奥若孜都汗治理时期，又是一个黄金时代，百姓扬眉吐气，心情舒畅，可以和其他部落的人平起平坐。牲畜迅速增加，牛、羊、马、骆驼布满山冈。人口猛增到九万帐。

奥若孜都汗走遍四方选择夫人，将五个有顶针般小嘴的美人迎进汗帐。“奥若孜都的五个美人”的佳话从此在百姓中传扬开来。奥若孜都的第一位妻子给他生了加克普和什哈依；第二位妻子生下了卡塔罕和卡特卡朗；第三位妻子所生的是加木格尔奇和阿克巴勒塔；第四位妻子生有卡斯耶特和卡勒卡；最小的妻子所生的孩子是铁凯奇和克孜勒塔依。奥若孜都汗的十个儿子由五个妻子分别抚养。

那时出现了最著名的十个富翁，他们的名字是：阿德巴依、阔勒巴依、塔什巴依、库列坦、叶勒阿曼、阿拉开、坎迪尔巴依、古荣阔、考其阔尔、克普恰克。那时的柯尔克孜族人生活富裕，到处都是一片欣欣向荣的景象。世上无人敢蔑视柯尔克孜族人，无人胆敢向叶尼塞进犯。人们尽情享乐，充满欢喜，生活无忧无虑，安逸悠闲。在那柯尔克孜族人富足的时光里，媳妇们连奶皮也不愿尝一口，老太太连羊尾油都不愿看一眼。就这样幸福安康地过了一年又一年。

柯尔克孜族人
飘落四方

在奥若孜都汗统治的时代，有一年病魔肆虐。一场突降的疾病无情地吞噬了奥若孜都的生命。此时在喀拉契丹[1]的卡勒玛克人中，一位名叫阿牢开的英雄[2]占据着纳伦山城。他早就对柯尔克孜的领地虎视眈眈，一直在等待时机。当奥若孜都离开人间的时候，阿牢开认为这是天赐良机，开始变得飞扬跋扈，十分嚣张："世上谁人敢与我们作对？天下哪还有像我这样厉害的汗王？"

阿牢开肆无忌惮地进犯，大肆掠夺，肆意蹂躏，给安

---

[1] 喀拉契丹：意为契丹，也是古代西方对西辽的称呼。喀拉，原意为黑色，引申为强大、高贵的意思。古代柯尔克孜先民用颜色指代方位，黑色代表北方。喀拉契丹，也指北方的契丹。

[2] 英雄：古代柯尔克孜先民崇尚力量，把力大无比的人统称为英雄，并不分正反面人物。

居乐业的柯尔克孜族人带来了难以忍受的痛苦。他让柯尔克孜族人十户人家共用一口锅，天天看着卡勒玛克人的眼色过日子。阿牢开不准柯尔克孜族人聚居在同一个地方，害怕他们推翻自己的统治，便发出罪恶的指令，强迫柯尔克孜族人离开故乡。

奥若孜都的儿子们不像父亲那样坚强不屈，没有并肩携手抵御外侮，而是背井离乡，各奔前程，飘零在四面八方。卡斯耶特和卡勒卡带着手下的三万户族人，无耻地向卡勒玛克人俯首称臣。看管他们的两个卡勒玛克人，一个叫阿勒班，一个叫克扎依。卡斯耶特和卡勒卡用各自主子的姓名给儿子起名,他们的子孙后代从此便取名“阿勒班”和“克扎依”，并逐渐繁衍成了两个部落。

阿牢开把加克普作为礼物送给卡勒玛克最著名的富翁诺奥依。加克普被遣送到诺奥依居住的巴勒克阿尔特,“诺奥依的人”之名就落到加克普头上，最终演变成了诺奥依部落。

加木格尔奇和阿克巴勒塔两位巨人因卡勒玛克人的强行驱散愤愤不平，满腔怒火，但因寡不敌众，也无可奈何，最终只好勉强屈从。阿克巴勒塔巨人的百姓被强行驱赶到阿尔泰恰穆布勒山下的阿克恰穆布勒草原，被迫与卡勒玛克人诺依古特为邻。阿克巴勒塔的英名逐渐被人遗忘，人们称他们为“诺依古特人”。

加木格尔奇和什哈依被驱逐到撒马尔罕，被名叫叶西泰克的卡勒玛克人看管，从此与自由无缘。“叶西泰克的加木格尔奇”之名从此传遍人间。

卡塔罕和卡特卡朗居住在阿特巴什。他们击退了卡勒玛克人的多次进犯，一直守在原来居住的地方。这一批柯尔克孜族人被人们称为“喀勒柯尔克孜”[1]，后来“喀勒”变为“喀拉”，人们称他们为“喀拉柯尔克孜”[2]。卡特卡朗之子卡拉恰成为喀拉柯尔克孜的汗王，他给独生女取名叫萨依卡丽，寓意为光彩照人，芳名远扬。

克孜勒塔依手下的众多百姓统统被赶到冰山脚下与塔吉克族人杂居，由卡勒玛克人克普恰克看管，从此有了“克普恰克”之名。“柯尔克孜克普恰克”和“萨尔特克普恰克”的名称流传后世。

铁凯奇没有后代，他的百姓四散而逃，从此便消逝得无影无踪。

柯尔克孜的富翁都遭到卡勒玛克的放逐。富翁阿德巴依、阔勒巴依和塔什巴依一夜间卷起帐篷向布哈拉方向搬迁。著名的智者巴卡依带领柯尔克孜的大铁匠波略克拜和六百户人家向凯尔买套山迁徙。

柯尔克孜族人如同飞沙飘落四方，受尽屈辱，思念故乡的眼泪如同暴雨无法阻挡。

加木格尔奇和阿克巴勒塔牢记着所受的屈辱，仔细研读占卜书《额斯特尔拉普》，从中寻求帮助，“柯尔克孜族

[1] 喀勒柯尔克孜：意为留下来的柯尔克孜。

[2] 喀拉柯尔克孜：意为北部柯尔克孜、强大的柯尔克孜。

人中要诞生玛纳斯”,白纸黑字清晰可见。书中还提到 :“不论是各方的百姓，还是武艺高强的英雄，还有那远方的契丹以及周边所有土地和人民全部归玛纳斯统领。”这个预言让加木格尔奇和阿克巴勒塔兴奋不已。

那时的卡勒玛克是一个强大的部落。在日落的西面有一个叫萨热阿尔卡的地方，居住着卡勒玛克人的首领肖茹克汗王。占据阔托略克的是朵略斯汗王；阔克奥依东居住着空托依和很多卡勒玛克壮士；阿拉尼克居住着朵汗，还有索科索、索托依等大力士。他们在浩罕等地大兴土木，建成了著名的“阿勒特夏尔”[1]。他们和阿牢开相距不远，互为邻邦，统属于最高首领秦格什。

卡勒玛克人也有许多著名的占卜师，他们天生能够准确地预知未来。尤为突出的是额让库杜克，这个恶魔的手中有《库拉》卦书；看肩胛骨算卦最有名的是江额尔；能准确无误用石子占卜的是叶林格尔巫师。江额尔和叶林格尔每隔三年聚首一次，相互展示本领，向最高首领秦格什禀报未来三年将发生什么事情，然后穿上秦格什奖赏的锦袍，骑上秦格什奖赏的骏马，回到自己的牧场。卡勒玛克人都会按照他们的预言和启示行事。

额让库杜克和阿牢开狼狈为奸，一起驻守在纳伦。有一天额让库杜克告诉阿牢开 :“在不久的将来，您会被迫逃离此地，跑到康阿依避难。虽然您的儿子空吾尔巴依将

[1] 阿勒特夏尔：意为六座城镇。

统管别依京城，但柯尔克孜族人也将出现一位势均力敌的英雄，他将为你们父子俩带来灭顶之灾。不要说卡勒玛克人，就是契丹人也要对他奴颜婢膝。他的威名将传遍天下。”阿牢开闻听此言，心中慌乱，立刻禀报秦格什。秦格什派出手下的士兵叫来江额尔和叶林格尔，让他们用肩胛骨占卜，又摆出卜卦石子仔细卜算。他俩卜算的结果和额让库杜克的预言一样，只是不知道哪一个女人会生出柯尔克孜族人的英雄。秦格什听到这样的预言非常害怕，他立刻派人传令，命令阿牢开把柯尔克孜族人的孕妇全部杀光。

穷凶极恶的阿牢开向手下人发出命令：“把柯尔克孜族人的孕妇集中起来，绝不能漏掉一人！”又派兵挨家挨户搜寻，凡有柯尔克孜族人居住的地方，集中所有的女人，搜出全部孕妇——数以千计的孕妇死于非命。卡勒玛克人妄图让柯尔克孜族人断子绝孙。柯尔克孜族人中有威望的长老纷纷前来向秦格什求情。他们献上华丽的锦缎丝绸、裘皮、良马和用骆驼驮来堆积如山的金银珠宝，眼泪顺着胡须流淌。秦格什逼迫占卜师们说出到底哪一个女人会生下英雄，江额尔不敢轻易开口，额让库杜克只好详细说明卜算的结果：“出生一位英雄一点不假，但由哪一位妇女生产，一时难以说清。如果出生的是男孩，一定要展开孩子的掌心。未来的英雄出生时，一只手掌握有血块，另一只手掌攥紧肥油，在掌心处有凸起的‘玛纳斯’的字样。”秦格什听完，立刻发出了严厉的命令：“绝不能叫柯尔克孜族人单门独户地居住。要让他们每五户为一组居住，每一组派驻一名卡勒玛克人监视。有新生儿出生，要仔细查看他们的掌心。如果找到玛纳斯，立即处死。”秦格什发布完命令，心里仍然忐忑不安：“到底那孩子会在哪里出生？到底什么时候出生？”

风雨中诞生

再说加克普被阿牢开作为礼物送给卡勒玛克的富翁诺奥依，即使在水深火热中煎熬，加克普也没有消沉、绝望。他勤奋劳作，牲畜也不断增加，他束上镶嵌珠宝的腰带，四处炫耀富贵。他用骏马和锦袍贿赂卡勒玛克人。他知道财富如蜜饯能打动人心，贫穷能让英雄低下头颅。只有勤劳致富，积累财产，才会让人挺起胸膛。卡勒玛克人诺奥依面对突如其来的财富心花怒放，对拥有财富的加克普十分欣赏，不假思索地推举加克普为当地柯尔克孜人和卡勒玛克人的汗王。于是加克普离开巴勒克阿尔特，翻越巴热斯空达坂，来到了巩乃斯草原。那里的土地肥沃，牧草丰美。加克普日夜操劳，牲畜逐渐增多，平日里却心事重重，愁眉不展。“这是一个没有子嗣的老头。”卡勒玛克人的讥笑如穿心利箭，加克普求子心切，向见多识广的老人询问请教。老人们对加克普讲："自古以来有这样的习俗，用一头鼻孔被撕裂的老牛驮上行囊和一座破毡房，把自己的妻子送到森林中孤独生活，让她受到羞辱和冷落，就会怀孕生子。"

加克普按照老人的说法，将妻子绮依尔迪送到巩乃斯的密林中。绮依尔迪一人孤孤单单，白天以泪洗面，午夜才能缓缓入眠。一天晚上，她梦见新婚之夜的情景不禁热血沸腾，浑身酥软。翌日清晨，她起床沐浴后焦急地等待加克普的到来。加克普听知识渊博的人说："每次到妻子面前一定要紧锁眉头不露笑脸。要经常观察她的脸色，如果有怀孕的征兆，她定会容光焕发舒展笑颜。"加克普匆匆赶来，看到绮依尔迪缓缓梳理着秀发，不时绽露出妩媚的笑容，不像过去那样冷漠，便轻声细语地向她询问缘由。加克普听完后立刻收拾行囊，牵着老牛驮上毡房，领着妻子返回牧村。这一年绮依尔迪果然有了身孕，而且比以往更加光彩照人。可是卡勒玛克的头人时时上门探询，每天都在牧村来回走动。每当他们到来，加克普都装得喜气洋洋，端茶送饭，马奶和美酒一样都不缺，还奉送成群的牛羊。加克普每天阿谀逢迎卡勒玛克人，以巩乃斯地方狭小、山脚下没有宽阔的草场为由，请求搬迁到地域宽广的阿克托阔依[1]牧场。最终得到了他们的允许。加克普带着自己的邻居和牧工，赶着全部牲畜搬迁到阿克托阔依，开始了

[1] 阿克托阔依：意为白色的森林。

新的生活。

加克普定居阿克托阔依后，牲畜兴旺，洁白的毡房像布满天空的朵朵白云，吸引来了附近的牧人，阿克巴勒塔也搬来与他为邻。绮依尔迪十四岁那年曾被阿克巴勒塔抢掠到部落来抚养，后来嫁给了阿克巴勒塔的哥哥加克普。但她仍然把阿克巴勒塔当作大哥。

绮依尔迪临盆的日子逐渐接近，加克普坐卧不宁，他希望生一个男孩,但又怕生男孩。最终绮依尔迪生了女孩，加克普给女儿起名叫卡尔德哈绮。

转眼又过去了三年，加克普还想要一个儿子继承家业和财产，他又把绮依尔迪送到森林中。牧村有一名乌孜别克族人的寡妇,领着一个儿子。加克普给这个孩子一匹马，让他给绮依尔迪送茶送饭。一天男孩来到森林深处，突然发现四十个神奇的少年。当时在森林中打柴狩猎的人也看见了四十名少年雄狮般的身影。那孩子给绮依尔迪送完茶饭，掉转马头返回村中，将自己所见的情景一五一十告诉了加克普。加克普感到蹊跷，骑上骏马向森林进发，想看个究竟。他来到森林中隐隐约约看到一群少年，却未能看清他们的容颜。在森林的边缘，他碰上了从森林返回的人们，其中有一位叫阿德勒别克[1]的白胡子老人，他与加克普年龄相仿，是阿依勒[2]中有名望的老翁。他对加克普

[1] 别克：即官员；部落首领；王公大臣；老爷、大人。

[2] 阿依勒：意为牧村。

说："我在森林中看到四十个孩子每人牵着一头长角的马鹿，询问为首的少年他们是谁，他未开口回答。他身边红脸庞的后生告诉我，为首的是加克普巴依的儿子名叫'玛纳斯'，他们是他的四十勇士。我听后十分惊奇，禁不住热泪盈眶。当我拭去眼泪仔细端详，他们却没有了踪影。你有这样一个长大的儿子，为何一直瞒着我？"听完阿德勒别克的话语，加克普以为阿德勒别克在嘲笑他，忍不住气愤地举起皮鞭，差点打在阿德勒别克身上，随后又叹着气收回了皮鞭。阿德勒别克走后，加克普仔细回想这一切，不知所措，左右为难，不敢断定一老一少说的是不是实情。他认为继续把妻子留在森林里会被嘲笑，同时害怕老人和孤儿的话传到卡勒玛克人那里，会招来灭顶之灾。他相信阿德勒别克老成持重，定能守口如瓶。唯独对那个孤儿很不放心。故而立刻叫人牵来没有调教好的烈马苏库依茹克[1]，让男孩骑上马背，亲自牵着烈马悄悄来到森林深处，然后突然放开了烈马的缰绳。脱缰的烈马奔腾跳跃，很快孤儿就被摔到了马下。加克普趁着夜色匆忙回到家中，派家中的女佣人巴克多莱特把孤儿的母亲玛克杜姆叫到家中，以礼相待。当人们陆续离开，夜深人静的时候，加克普将孩子不幸摔死的事说了出来："我让他去追赶失散的骆驼，谁知那可怜的孩子却被烈马活活摔死。"玛克杜姆的天空顷刻坍塌，重重压在头顶，她声泪俱下十分悲痛。

---

[1] 苏库依茹克：马名，意为不受羁绊的、水一样奔腾的烈马。

听到女人撕心裂肺的哭声，在家熟睡的阿德勒别克起身来到牧村，抚慰玛克杜姆的不幸。全村人都十分担心，唯恐卡勒玛克人听到风声，为加克普未出生的孩子带来灾难，不知道将会发生什么事情，心惊肉跳，思绪不宁。

已经死去的孩子永远也无法将自己的所见所闻告诉母亲，但这对加克普来说，真是运气。对丧子原因一无所知的玛克杜姆，听从了阿德勒别克的安排。阿德勒别克进进出出，为加克普和玛克杜姆牵线搭桥。“加克普巴依啊，如果你赠她牲畜和钱财，等到畜尽财空的时候，无依无靠的玛克杜姆为讨要她的孩子还会和你纠缠不休。其实这个女人刚刚年过三十，有着迷人的容貌，又是一位多情的女人，你最好娶她为妻，可弥合她心灵的创伤。”加克普只好同意这门亲事。阿德勒别克又来到玛克杜姆面前奉劝：“你身边没亲人，也没有伴侣，我给你出个主意，你哭天喊地闹上两天，向加克普索要你的儿子，让他失去安宁后接受任何条件。在他极度无奈时逼他娶你为妻，你将来的日子一定过得幸福美满。”玛克杜姆听了默不作声，内心暗暗赞同这桩姻缘，就连续三天哭哭啼啼，让加克普把儿子赔给她。阿德勒别克从中周旋，为他们成全了好事。玛克杜姆嫁给加克普后，为加克普生下了赛热克和色尔哈克两位英雄。

“卡勒玛克人妄想扼杀的‘玛纳斯’在森林中出现”的消息突然到处传播，加克普机智果断地平息了牧村的混乱传言，很快把绮依尔迪接回牧村。但加克普一直忐忑不安，思前想后请来牧村的男女老少，宰杀白额黄绵羊，举行仪式祈祷平安，拿出各种美味佳肴热情招待邻里族人。加克普仍然认为阿德勒别克说所谓林中少年们的事是为了对他这个没有儿子的人进行羞辱，要求阿德勒别克夜深人静时，当着老人们的面向他赔礼道歉。阿德勒别克坚持说："森林中所见情景绝非虚构。"在座的人们都十分吃惊，紧紧抓住自己的衣领，交头接耳，议论纷纷，但是为了避免卡勒玛克人的怀疑，再也无人提及这件事情。

果然，绮依尔迪怀孕已有三个月，自己却没有感觉，三个月过后，她开始每天吐黄水，身体逐渐瘦弱，面容憔悴。加克普不知道发生了什么事情，十分焦急，要求绮依尔迪讲明原因。绮依尔迪似乎想起什么，对加克普说道："如果能吃到阿勒普喀拉神鸟的眼珠、猛虎的心脏和雄狮的舌头，我烦躁的心就会舒畅。"加克普听了以后陷入苦恼之中。他想，只要不吝啬钱财，猎手定会将老虎和狮子送来，可是在这个世界上到哪里去找阿勒普喀拉神鸟！他只好去向阿德勒别克讨教。两人揣摩盘算后，决定向见多识广的巨人阿克巴勒塔求助。阿德勒别克没有回家，直接起程，马不停蹄地来到阿克巴勒塔面前，告诉了他妹妹绮依尔迪怀孕的喜讯，并向他请求帮助。阿克巴勒塔慷慨大方，送给阿德勒别克一匹鞴好鞍的骏马，让老伴拿来拳头大的皮囊塞进怀中，翻身上马和阿德勒别克一起来到加克普的阿依勒。

加克普为了猎获老虎和狮子，招来了一群猎手，一时间门前人声鼎沸，熙熙攘攘。阿克巴勒塔、加克普、阿德勒别克和匆匆赶来的克普恰克在绮依尔迪的毡房中碰头商议。听完加克普的说明后，阿克巴勒塔提醒大家千万不要忽视在牧村中探察的卡勒玛克人，还要邀请所有的卡勒玛克人头领一起参加狩猎行动，以防他们怀疑。并且要求加克普这一次不要吝啬要大方悬赏，如果谁打中老虎，就奖励他带驮子的骆驼一峰、精选的骏马一匹外加金鞍银镫；如果谁射中狮子，就奖赏一百只羊和四十匹母马；打中老虎和狮子的勇士，还要送十头肉牛，作为过冬的肉食。加克普对阿克巴勒塔的话言听计从，当众宣布了奖品的内容。人们奔走相告十分兴奋，从四面八方汇集而来的狩猎者们争先恐后地涌向神秘的森林，展开了规模空前的狩猎。射手们大显身手，仅一天时间，就射杀了两只老虎、两只狮子，还猎获三十只苍狼。面对荒野中堆积的猎物，加克普开始怜惜起自己的财富，“因为绮依尔迪害口，我的财富就应该像水一样流走吗？”他在内心不愿兑现奖品，但也不敢明目张胆地收回承诺。阿克巴勒塔和阿德勒别克不顾一切掏出老虎的心脏、取出狮子的舌头，跃身上马，风驰电掣般回到牧村。命人立刻架锅点火，把虎心、狮舌煮好，切成小块，给绮依尔迪吃。阿克巴勒塔又拿出揣在怀里的小皮囊交给绮依尔迪。原来，小皮囊里装着阿勒普喀拉神鸟的眼睛，这是当年乌茹姆的汗王赠送给阿克巴勒塔的父亲奥若孜都汗王的珍贵礼物，汗王将它交给阿克巴勒塔的母亲小心保管，母亲缝在腰围内层珍藏了一生，临终前把它留给了阿克巴勒塔。绮依尔迪得到神鸟的眼睛欢欣不已。阿克巴勒塔交代完毕，骑上骏马返回了自己的牧场。

回到家里，阿克巴勒塔又拿出一本占卜书认真阅读仔细揣摩，断定绮依尔迪即将生下的男孩正是英雄玛纳斯。他暗自思忖，加克普心胸狭窄、目光短浅，玛纳斯绝不会顺利出生。智慧超群的阿克巴勒塔打定主意，于是把家搬到离加克普不远的牧村去照应这个即将出世的孩子。

九个月的孕期已经过去，绮依尔迪肚子浑圆，但身体消瘦虚弱。又过去五个月，得子心切的加克普为了给绮依尔迪补充营养，每三天宰一匹健壮的马驹，精心照料，绮依尔迪却仍然躺在铺上无法起身，无法招待和感谢前来探访的客人。有一天以阿德勒别克为首的老人在加克普的毡房聚集的时候，绮依尔迪对老人们说出了肺腑之言："如今我的一条腿在世间，另一条腿却已踏进阴间。如果我在分娩时死去，这个家由谁来充当主妇？加克普虽然娶了玛克杜姆，但自从她进入家门，天天让她在山上放牧马群，一天也未在家尽妻子该尽的本分，不如趁早让加克普明媒正娶奴仆巴克多莱特，请大家现在就给他们证婚。"巴克多莱特原本是一个名叫卡勒恰的富翁的千金，和绮依尔迪一样作为战利品落到阿克巴勒塔手中，又随绮依尔迪到加克普家当侍女。绮依尔迪的建议得到了老人们的同意，加克普能娶到一位花季少女，内心也十分欢喜。

绮依尔迪分娩的时刻已经来临。两天来她滴水未进，疼痛阵阵袭来。加克普按照柯尔克孜族人的习俗宰羊羔，用热羊肺拍打绮依尔迪的头顶，以此驱逐邪气和病魔。他宰杀壮牛，把肉分发给人们，分发钱财给穷人，给乡亲们赠送一盘盘白面，都未能止住绮依尔迪的疼痛。又请来许多名懂得助产的人为绮依尔迪催生，有几十位妇女轮换按摩挤压，把绮依尔迪放在摇床上晃动，放在地毯上甩来颠去。整整过去了十五个日夜，孩子才艰难出生。但婴儿落地却没有哭声，众人出于好奇，纷纷低头看去，“哎呀，这是什么呀？这可不是什么吉祥的东西！”妇女们惊讶的呼声传到了加克普的耳中，加克普请阿德勒别克亲自去看一看。阿德勒别克走进毡房没有看到婴儿，却看见一只青色的皮囊，就慌慌张张地跑出来告诉加克普。加克普心中发慌，叮嘱阿德勒别克赶快邀请卡勒玛克的头人来看个究竟。卡勒玛克的头人急忙走进房门，看见那个皮囊后大吃一惊，吓得立刻跑出房门嘴里叽里咕噜说个不停，舌头僵硬，话语不清。加克普又派阿德勒别克火速去向阿克巴勒塔巨人报信，之后便急匆匆地走入毡房，看见皮囊但未敢触碰。他神情沮丧，脸色枯黄，浑身冒汗，心想：“人们讥笑我是一个孤老头，难道老天也把我捉弄！”加克普思绪纷乱来回走动，不知如何是好。

阿德勒别克匆匆赶去向阿克巴勒塔讲述了发生的事情。“你看这世界多神奇！”阿克巴勒塔一听就知道了内情。将一只纯金的耳环顺手放入自己怀中，立即上马出发，他满心欢喜挥汗如雨，只用了喝一碗酸奶的时间就赶了半天的路程。阿克巴勒塔进门把闲人赶出毡房，转身对加克普

说道 :“这是老天的恩赐，是包在皮囊中的神奇的孩子！”随后让加克普立刻带上布袋悄悄地从牧村外面捉来两只白色的狗崽。见加克普捉回狗崽，阿克巴勒塔立刻用金耳环划开青色皮囊，皮囊中出现了一个婴儿，看上去足有九岁的神态。阿克巴勒塔察看婴儿的手掌，只见他左手握着血块，右手紧握着油脂，那容貌和神态非同寻常，显示出要征服世界的风采和力量。阿克巴勒塔让巴克多莱特赶快把婴儿抱起来,她咬紧牙关,用尽全力,才勉强把婴儿抱起来，“哎呀，这婴儿蹬了一下腿，我的腰差点被弄断！”绮依尔迪听到此语，疲惫的脸上笑逐颜开。

阿克巴勒塔把两只小狗放入皮囊，巧妙地将它恢复到无缝状态。派人邀请卡勒玛克的头人,当面重新划开皮囊。皮囊中出现两只同样毛色的狗崽，在场的人都惊得目瞪口呆。一只狗崽汪汪叫唤，跳起来向卡勒玛克头人扑去，吓得他昏死过去。加克普叫人宰了一只狗崽为卡勒玛克头人替罪驱邪，又叫人从野外找来发黄的破毡片点燃后在卡勒玛克头人头上绕圈，为他压惊恢复神智。失魂的卡勒玛克头人苏醒后不顾一切地逃出加克普的毡房。“我不能继续待在这个牧村了！”他很快收拾行囊，骑快马狼狈地逃离了牧村。

前来贺喜的人们熙熙攘攘，涌进了加克普的毡房。为了给孩子举办喂食仪式，精明的绮依尔迪光酥油就准备了四十皮囊。走进毡房的老太太们将黄油抹进婴儿的嘴里，让婴儿品尝第一口食物。婴儿品尝到黄油便张开嘴哇哇叫嚷，响亮的声音直冲云霄，只见天空骤变，冰雹突降，森林中的野兽受到惊吓后四处逃窜。湖水暴涨波涛汹涌，大地不停地震颤，高山不停地摇晃。当婴儿收起双腿，高山大地差一点翻了个底朝天。

乡亲们吃完庆祝新生儿的“坚铁克”饭[1]，陆续回了家。阿德勒别克、阿克巴勒塔和加克普此时才仔细察看婴儿，他们展开婴儿的手掌，在右掌心发现了“玛纳斯”的字迹。阿克巴勒塔兴奋不已，立刻提议：“玛纳斯的名字要保密，暂时改名叫‘冲金迪’[2]，以避开敌人的刀剑。”阿克巴勒塔为婴儿起了名字，婴儿手掌中的“玛纳斯”的字迹突然消失了。

加克普搬迁到阿克托阔依后，生活有了转变，妻子先生下了一个女孩，而后又生下一个男孩，于是加克普将阿克托阔依更名为“布茹勒托阔依”[3]。

日月轮转，岁月流逝，玛纳斯很快长到了四岁。他的胸部比常人宽，双肩足有一庹[4]宽，但不能站立行走，只能蹒跚举步。五岁时身材开始强壮，六岁时已长得像个大人，可以去牧场放牧马群了。他和一群牧马人每天宰一匹

[1] 坚铁克：是祝贺新生儿降生的礼仪。坚铁克饭：是庆祝新生儿降生的特有的饮食。

[2] 冲金迪：意为大疯子。

[3] 布茹勒托阔依：意为改变命运的森林或时来运转、带来吉祥的森林。

[4] 庹：成人两臂左右平伸时两手间的距离，约 5 尺。

肥壮的母马和一匹健壮的马驹食用，在马奶中拌上蜂蜜饮用，黄灿灿的酥油也是他必不可少的食品。他的饭量如此之大，又随意宰杀牛马羊招待伙伴，使吝啬的加克普十分心痛，每天唠唠叨叨发着牢骚，玛纳斯听到父亲的难听话，十分烦恼、伤心，但又不能顶撞父亲，叫人讥笑。“假如我有其他破格的举动，父亲一定会不遗余力地阻止。”失望的玛纳斯决意离开父亲，他偷偷地向母亲绮依尔迪吐露了内心的委屈。绮依尔迪同情地说：“你父亲胸无大志、目光短浅，只要多杀一头牲畜，他就受不了。但你也不能像受宠的公子哥儿，整天在家中躺着。”母亲于是让他去找阿克巴勒塔请教。阿克巴勒塔觉得玛纳斯应该到外面走一走，既可缓解父子矛盾，又可见世面经风雨，经受锻炼。于是叫他去吐鲁番投奔喀拉诺奥依。那时加克普居住在巴里坤草原，玛纳斯离开巴里坤翻越哈密山，沿着无水的沙漠跋涉。

当年卡勒玛克人屠杀孕妇的时候，喀拉诺奥依搬迁到了吐鲁番，妻子在那里生了一个儿子，起名叫玛吉克，此时刚满八岁。这一天，喀拉诺奥依带着孩子在戈壁滩上吆赶羊群，与玛纳斯邂逅，好奇地询问他的来历。玛纳斯回答道：“我父亲的名字叫加克普，我叫冲金迪。”喀拉诺奥依听到他是加克普的儿子，心里就明白了，因为他也曾听说加克普已经搬回了巴里坤并生了一个男孩儿。于是，他把玛纳斯带到家里，让他和玛吉克结拜为兄弟，居住在家中。玛纳斯在那里玩耍了一个月后，播种小麦的季节很快来临，力大无穷的玛纳斯和身强力壮的玛吉克齐心协力，掘地凿井，引来地下水，开垦了大片荒地，当年小麦丰收，麦垛如山，喀拉诺奥依十分高兴。

秋季，加克普得到儿子的消息后，来到了吐鲁番。玛纳斯得知父亲的到来并没有去拜见。喀拉诺奥依和加克普相见后紧紧拥抱仿佛有隔世之感。因为吐鲁番绵羊少，山羊多，喀拉诺奥依宰了山羊热情款待了加克普，两位老友回忆往事，彻夜长谈。

加克普赶着四十峰驮着小麦的骆驼返回巴里坤草原。玛纳斯把剩下的小麦作为工钱招来许多身强力壮的小伙子开荒，又在其他七处开挖了深井，引水浇灌。次年又获得了大丰收。加克普又来到吐鲁番，这次他牵来六十峰骆驼，每个骆驼驮着两个大麻袋，他不好意思空手而来，为老友喀拉诺奥依带来一匹肥壮的母马，给玛吉克的礼物是一匹栗色骏马。喀拉诺奥依很久以来就想念家乡的马肉，立刻用这匹母马招待加克普。加克普这次住了六天才驮上小麦起程。临别时对喀拉诺奥依许诺："明年我还要来，带着你搬迁到草原。"

玛纳斯听到这话，心里想："那就等到明年再说吧！"

小麦换神骥

加克普将二十峰骆驼的驮子放在家中，带上四十峰骆驼驮的麦子、七峰骆驼驮的金银财宝、三峰骆驼驮的奶酪和酥油，向秦格什驻扎的地方——仲康行进。秦格什得到消息，命令手下热情款待，给他们安排宽大的房间住宿。加克普住了三天仍不见秦格什汗王召见，只好自己来到秦格什面前请安。一番溢美之词后请求秦格什恩准他从巴里坤迁回布茹勒托阔依。秦格什毫不客气地收下加克普带来的钱财礼品，把布茹勒托阔依和恰甘中间的宽广地域统统划给加克普,委任他为这个地区的汗王。加克普暗自思量：这个地方离柯尔克孜族人居住区不远，又能与阿克巴勒塔遥相呼应，还能与哈萨克族人杂居，是最适合我们居住的地方。儿子玛纳斯不是一个安分守己的人，如果有什么意外，至少可以和他们相互照应。

加克普在秦格什那里住了六天。临走时，他把带来的骆驼牵进秦格什的庭院，连一峰也没有带回家乡。秦格什送他九件裘袍、九匹良马都被加克普一一谢绝。其实加克普另有想法，因为阿克巴勒塔反复叮嘱他：有一匹神骏将成为玛纳斯的坐骑，那是一匹灰白色马驹，它浅黄色的身上长满长长的灰白色胎毛，还未完全脱去。它的身体大小如一头中等的毛驴，前腿只有打羊毛的木棒般粗细，它的眼睛闪露纯真但饱含果敢坚毅。它现在在敌人手中，还没有完全发育，一般人不知道它是一匹神骏，一旦发现它，千万不要错失。果然不出阿克巴勒塔所料，加克普准备返回时在秦格什的马厩里突然看到了那匹灰白色马驹，于是他毫不犹豫地向秦格什索要这匹灰白色马驹。听到加克普的请求，秦格什咧嘴讥笑，讲起了这匹灰白色马驹的身世。在秦格什的马群中有一匹花白色母马，经常跑到阿尔泰的阿依登湖边配种，怀孕之后返回秦格什的马厩产驹，它三年才生产一次。它五岁时产下第一胎，是一匹黑马驹，身形优美，显现出骏马的威仪。阿牢开每天都来索要这匹黑马驹，秦格什开出了天价。阿牢开毫不犹豫地送来成群的牲畜，持续了两个月时间，最终得到了黑马驹。在后来的两年中白花马又产下一驹，坎旦之子交劳依送来无数礼品，最终成为这匹马驹的主人。三年过去母马未生产，然后又消失了两年有余，到了第三年又突然回到家里，产下这匹灰白色马驹。它只有弹毛棍一样的细腿，没有力气跟随马群外出，今年已满四岁，胎毛还没有脱去。听完秦格什的叙述，加克普说道：“我的女儿卡尔德哈绮性格像小白兔一样胆怯，从不出门，这匹马驹十分老实，如果送给我女儿乘骑，她一定会很高兴。”秦格什欣然同意，加克普叫几个小伙子给马驹戴上笼头后就把马驹牵走了。

加克普前脚刚走，江额尔随后来到秦格什的面前。原来江额尔也预见那匹灰白色马驹将成为阿克库拉[1]神骏，就每三天来观察一次。当他得知秦格什将马驹拱手送给加克普后，指责秦格什“瞎了眼”，从此会招来厄运。听完江额尔的一番指责，秦格什立刻派手下去追回马驹。当加克普的驼队快要翻过达坂的时候，秦格什的手下追了上来，加克普无可奈何解开马驹的套索准备让来人牵走，但瘦弱的马驹却一动不动，来人气得举起马鞭朝马驹的头狠狠抽了一鞭，掉转马头原路返回。

江额尔仔细观察羊胛骨，看到灰白色马驹还留在原地，返回的人说：“再怎么驱赶，它都一动不动。”秦格什说：“追不回来，就算了。”

当加克普翻过山巅的时候，灰白色马驹嘶鸣撒欢儿着从后面赶到加克普身边。加克普牵着它的缰绳一路奔走回到家园。“小麦换神骥”这个故事从此开始流传。

加克普回到巴里坤，没有耽误过多的时间，立刻收拾行囊，带着秦格什的委任书搬迁到布茹勒托阔依，汗王加

[1] 阿克库拉：玛纳斯的坐骑名，因淡黄色伴有灰白色绒毛，而被命名为“阿克库拉”。

克普的名号就此广为流传。诺奥依残存的百姓也全部都由加克普统管。秋季很快来临，又到了加克普去吐鲁番的时候。他准备了整整一百峰骆驼，还有五十名侍从。一切准备停当，三天后就要出发。临行前加克普与绮依尔迪相对而坐，慢慢叙说之前耳闻目睹的事情，他认为灰白色马驹看不出有什么特别，不知道阿克巴勒塔怎么看上眼的。绮依尔迪听后对加克普讲，自从灰白色马驹来到这里，她的乳房就胀痛难忍，乳汁不停流淌，如果加克普同意的话，想挤出奶水拌上小麦饲养马驹。加克普听了不信，觉得好笑，要亲自验证，果然一股乳汁像粗壮的芨芨草秆般哗哗地从绮依尔迪的乳房溢出，乳汁盛满一大海碗。绮依尔迪对加克普说自己还有一些乳汁留在乳房，难道还有什么人要与玛纳斯成为兄弟？见加克普默默无言，她便将两捧饱满的麦子放入自己的乳汁中搅拌，慢慢送到马驹嘴边。马驹好像以前就熟悉这种味道，嚅动嘴唇用力咀嚼。"阿克库拉与玛纳斯是同乳兄弟"这一传说的来历就是这样。

加克普带着一百峰骆驼，领着侍从从阿尔泰出发，走了整整四十天才到达吐鲁番。一直盼望着加克普来帮助自己搬迁的喀拉诺奥依夫妇，高兴地用一峰一岁的幼驼招待客人。等到客人们都熟睡后，加克普与喀拉诺奥依开始商量如何搬迁、如何把货物换成黄金发财致富这类事情。玛纳斯和玛吉克躲在一旁偷听，玛纳斯觉得父亲十分吝啬，见钱眉开眼笑，对别人向来漠不关心，从不会体察儿子的苦衷。从两位长辈的谈话中得知来往的路线和加克普居住的地点后，玛纳斯与玛吉克经过一番商议，决定回领地去向母亲绮依尔迪和舅舅阿克巴勒塔请教，然后实施他们的计划。两人趁加克普和喀拉诺奥依熟睡时开始行动，因为没有其他好马可选，玛纳斯骑着父亲的坐骑，悄悄地离开了村落。

阿尔泰和巴里坤之间有一条蜿蜒崎岖的山路，他们沿着这条山路，翻过萨勒巴尔德达坂，加克普的领地就出现在他们的眼前。等到太阳西落，夜晚降临，牧村的人们进入梦乡的时候，两位少年来到了加克普的毡房前。绮依尔迪心里曾有预感：加克普去了吐鲁番,但儿子一定会回来。听到牧羊犬急促地狂叫，绮依尔迪快步走出毡房，看到马背上的两个少年，她十分激动，不顾一切地向他们跑去。玛纳斯身边的少年，她也听说过，就走上去亲吻了玛吉克的脸蛋。随后，她紧紧抱住儿子不停地亲吻，无法控制自己的情感，热泪从眼中哗哗地流淌。此时，巴克多莱特也走出毡房将玛纳斯紧紧拥抱在怀中。

绮依尔迪把家中的人都唤醒，令人立刻牵来黄额白山羊准备肉食，让孩子脱去身上的衣服全部赠送给穷人，又让人用牝马招待左邻右舍和客人。玛纳斯休息两天后，绮依尔迪领着他来到马厩仔细打量那匹灰白色马驹，听到玛纳斯的声音，马驹精神振奋扬鬃长嘶。玛纳斯伸手从马驹的额头到臀部轻轻抚摸一遍，马驹的胎毛顿时一丝不留地全部脱落,浑身上下像缎子一样闪耀。当玛纳斯收回手时，马驹四蹄刨地，腹部紧紧收缩，双耳从长鬃里探出，炯炯的眼神如羚羊眼一般明亮，长鬃和尾巴如同闪光的长缨，口中露出如同根根钢柱般的坚硬臼齿。马驹的腰臀有一道道深浅相间的印痕，那是驯马神康巴尔抚摸它时留下的印记。马驹的体态如此匀称,前额上显示出吉祥福瑞的征兆，玛纳斯见状惊叹不已，立刻牵起骏马的缰绳。

玛纳斯迫不及待地询问舅舅阿克巴勒塔现在的住处。绮依尔迪告诉玛纳斯，阿克巴勒塔居住在阿克恰穆布勒深处，在阿克阿喇塔什山坳的阿热勒阔勒岸边的一个狭小的地方存身。“他的周围都是卡勒玛克人。他的马群不像别人的马群那样毛色单一，而是各色各样特征鲜明。他的三座毡房就坐落在一个高冈上，一个是厨房，一个是客房，自己住在另一个毡房，他从不在房前拴养挤奶的母马，从来不喂养牧犬，也很少与乡里乡亲交往，如果没有他的邀请，很少有人进入他的毡房。”绮依尔迪嘱咐玛纳斯不要白天去，最好选择在黄昏前往，入夜时到达，以免被卡勒玛克人纠缠。

玛纳斯骑上灰白色马驹和玛吉克一起离开牧村，绮依尔迪和巴克多莱特给他们送行。这时的玛纳斯虽然只是一个孩子,但他的心里装着说不完的事情。他不但无所畏惧，更是气度非凡、智慧无比，考虑事情十分周密。在半路上他特意把马头转向岔路到加克普的第二个妻子玛克杜姆家问候请安。玛克杜姆在门前迎接他们，她不让孩子们下马请安，而让他们弯下腰来让她亲吻。玛克杜姆的双胞胎儿子赛热克和色尔哈克，大致七岁左右。他们的目光炯炯，脸庞如生铁铸就，显现出随时准备跃马挺枪投入战斗的气魄。“我有与我并肩战斗的弟弟了！”玛纳斯把他们拥在怀中，玛克杜姆喜笑颜开。第二天清晨，玛纳斯和玛吉克与他们告别后，起程向着阿尔泰方向行进。

他们走了数天的路程到达了恰穆布勒塔什。途中没有向任何人打听，仅仅按照绮依尔迪的描述，很快就认出了阿克巴勒塔的马群，果然在马群中六十种马匹都能找到。他们爬上山腰向牧村眺望，眼前的情景果真和绮依尔迪讲的完全一样。在三座毡房后的坡地上坐着一个身材高大健壮的人，如果胆小的人突然看见定会吓得胆战心惊，这正是奥若孜都之子巨人阿克巴勒塔。他身体硕大如同高山，智慧超群，能力非凡，料事如神，明辨是非。阿克巴勒塔早就仔细掐算，料到玛纳斯会在这两天之内来临，为此他才坐在坡上瞭望。从早上一直等到晚上，都没有等到孩子们的到来，他忐忑不安地回到毡房。

夜色朦胧的时候，玛纳斯他们才进入牧村。阿克巴勒塔听到由远而近的马蹄声，急忙起身走出毡房。此时两位少年已经到来，在木桩上拴好各自的坐骑，转身向阿克巴勒塔施礼问安。阿克巴勒塔径直走向两匹骏马，围着盼望已久的阿克库拉神骏转了一圈，仔细观察骏马的特点。当他发现驯马神的印记，立刻解下阿克库拉的缰绳，将其牵到山谷下边。因为卡勒玛克的占卜能人叶林格尔与他在同一个牧村，阿克巴勒塔为了防备他，三年以前就在深深的山谷下面挖掘了一个秘密山洞。阿克巴勒塔把阿克库拉神骏关在山洞里面安排妥当后，将两位少年领进家里。当晚故意以粗茶淡饭招待他们，吃完餐布上的东西，两位少年如同塞了一下牙缝，仍觉得饥肠辘辘，但也只好躺下入梦。

阿克巴勒塔没有一丝睡意，他在等待奇迹的出现。过了半宿，玛纳斯在梦中伸展双臂，敞开胸膛发出如雷的鼾声。顿时，一道盆口大的光柱照射到毡房内壁，毡房内如同幸福之神从天而降，吉祥的烛光闪闪熠熠。阿克巴勒塔见状欣喜若狂，激动万分。第二天，阿克巴勒塔命令牧马人头领提列克挑选七匹三岁到七岁的空胎雪青色母马，并强调一定要在挤马奶之前赶来。自从入秋以来阿克巴勒塔还没有给牧村人举行过乌鲁西[1]，牧人们一直埋怨，同时有所期待，现在听到阿克巴勒塔的吩咐大家都很高兴。选好的七匹空胎母马牵来后，阿克巴勒塔将其中的四匹三岁母马分给四户人家招待客人，让人们尽情享乐，要让所有人都无暇来到他的毡房。而自家留下一匹七岁和两匹五岁空胎母马，阿克巴勒塔要考验玛纳斯的饭量。玛纳斯和玛吉克把盛满几个大木盘的马肉都吃得精光，专门分肉和切肉的六个仆人忙得浑身是汗。阿克巴勒塔在用三张牛皮精心制成的像小毡包一样大的皮囊里装满马奶酒，让他们畅饮，阿克巴勒塔巨人的木碗很大，将六岁的孩子放进去都很难爬出来。玛纳斯一口气喝了三十碗，玛吉克喝了九碗，

[1] 乌鲁西：是柯尔克孜族人在盛产马奶的季节，相互请客，一起喝马奶酒的古老习俗。

最后玛纳斯举起皮囊将马奶酒一饮而尽，阿克巴勒塔十分欢喜。两人吃完喝毕，阿克巴勒塔在交谈中试探玛纳斯对自己的祖先和族亲的了解情况，玛纳斯的回答和伶俐的口齿让他不禁感叹。他给玛纳斯讲述了从奥若孜都时代起柯尔克孜族人发生的很多事情和所遭受的苦难。他相信，玛纳斯能够实现柯尔克孜族人长久以来的祈求和愿望。当黄昏来临的时候，阿克巴勒塔领着两位少年悄然来到山洞，拿出早已准备好的马鞍，山洞里顿时金光四射，这个马鞍是阿克巴勒塔巨人为了玛纳斯将来的英雄伟业，不惜花费巨额钱财特意让人制作的金马鞍，将它鞴在阿克库拉神骏的背上，显得如此独一无二，精美绝伦。

阿克巴勒塔告诉玛纳斯,他的儿子楚瓦克今年才七岁，将来一定会成为玛纳斯的知心伙伴，再过两年让楚瓦克和克普恰克的儿子阿布德勒达跟随玛纳斯。他告诫玛纳斯，千万不要在卡勒玛克人聚居的阿尔泰起事，那样会陷入艰难的处境。他叫玛纳斯先到撒马尔罕去找加克普的兄弟加木格尔奇和什哈依商议。要先让柯尔克孜族人暗中迁徙到撒马尔罕，然后从外围进发，逐步收复失地。阿克巴勒塔根据掌握的消息和占卜肩胛骨及《额斯特尔拉普》占卜书的预示，告诉玛纳斯将由楚瓦克前去索要在布达依克汗王手中的那件箭矢射不透的战袍送给玛纳斯，将由巴卡依带来瘸腿匠人波略克拜锻造神枪、神剑、战斧和矛枪。

玛纳斯按照舅舅的安排,两天以后离开牧村。临别时，阿克巴勒塔一再叮嘱，沿着阿拉陶山脉往南挺进，千万不要走到平原与卡勒玛克人纠缠，更不要对高山感到厌烦和惧怕，牢记柯尔克孜族人“山是父亲，水是母亲”的信念。途中经过伊犁西边的康西别尔盆地时，要去哈萨克阿依达尔汗的牧村，与他的儿子阔克确见面，但不要说自己是玛纳斯，只说名字叫冲金迪。到达阿特巴什，必须要去拜访英雄阔绍依，如果将来向阿拉尼克进发，他定会指挥兵马助战。

阿克巴勒塔谆谆教诲玛纳斯，无论是现在或将来，都要虚心向他人请教，亲自去他们的毡房拜访，以加深感情，让对方感到你的诚意。

少年英雄玛纳斯辞别阿克巴勒塔，沿着巴萨列克山冈徐徐而去。

初露锋芒

玛纳斯进入伊犁，爬上康西别尔山的达坂，放眼瞭望，看到哈萨克阿依达尔汗的村庄。阿依达尔汗之子阔克确正和三十个同伴在山坡上玩“攻王宫”的游戏。玛纳斯没有玩过“攻王宫”的游戏，他放下行装，加入众人的游戏中。他和阔克确各带一组，约定输者将给获胜者奖品。他们按游戏规则甩出牛角板击打“王宫”内的羊拐，比哪一组击打出“王宫”的羊拐多，谁就能把“汗王”打出“王宫”。他们正玩得兴致勃勃，突然远处出现一支驼队。

这支驼队有三百多峰骆驼，是富翁朵汗和阿牢开合伙经营的驼队，驼队首领是朵杜尔巨人和阔孜卡曼之子阔克却阔孜。驼队像一条蜿蜒的长龙，伴着叮当的驼铃，摇摇晃晃地走来。孩子们吵吵嚷嚷地玩着游戏，根本没注意到驼队的到来，卡勒玛克人肆无忌惮地牵着骆驼踏着“王宫”

横穿而过。玛纳斯正在用牛角板击打羊拐。他的力气很大，被打中的羊拐像箭一样飞去，击中了朵汗最喜欢的名叫卡拉罗克的黑公驼的两条腿，黑公驼的两腿折断倒地。卡勒玛克人怒火迸发，朝站在一旁的孩子们劈头盖脸地打去。英雄阔克确见状十分愤怒，怒气冲冲地向那卡勒玛克人扑去，这下可不得了，一场大祸平地而起。阔克却阔孜相貌粗犷，鼻子通红，眼睛深蓝，用舌头舔着嘴唇，气焰十分嚣张，挥鞭抽向阔克确。专注游戏的玛纳斯这时才注意到身边发生的事情，立即抬腿狠狠踢向阔克却阔孜。阔克却阔孜被踢翻在地，如同装满东西的口袋滚下山坡。这时众多的卡勒玛克人狂呼乱叫，一拥而上，没等他们冲上来，就被阔克确和玛纳斯打倒在地。朵杜尔巨人恼羞成怒，把虎虎生威的阔克确举过头顶像扔一只鸽子一样抛向远处。玛纳斯见状怒火中烧，毫不畏惧，猛地卡住朵杜尔的脖子，眨眼间，朵杜尔鼻孔出血，昏迷不醒。

刚才倒地的卡勒玛克人站起来，继续对孩子们大打出手，玛吉克身强力壮，将其中的十五人用长绳捆绑，又有五十多个卡勒玛克人被玛纳斯打倒。阔克却阔孜见识了阔克确和玛纳斯的神勇，仓皇逃向纳伦，向阿牢开禀报。

朵杜尔巨人苏醒过来，面对死亡，毫不示弱，如同一阵风暴般冲到玛纳斯面前。玛纳斯又揪住他的衣襟，用缰绳将他紧紧捆住，拖到六条路汇集的山顶向下一扔，朵杜尔滚入深深的山谷。

玛纳斯和阔克确召集身边的少年，找来柳树枝条，共同折枝盟誓[1]，约定永远保守秘密，以免卡勒玛克人前来报复，给哈萨克族人和柯尔克孜族人造成灭顶之灾。玛纳斯告诉阔克确，自己要到撒马尔罕去，剩下的事儿将留给阔克确处理。

玛纳斯和玛吉克告别了阔克确，沿着高原继续前进。他们登上塔拉卡依山顶，看见以阔绍依为首的八十位英雄正在阿特巴什的铁热斯阿依热克山狩猎。阔绍依身材硕大强健，大家都称他为“阔绍依巨人”，卡勒玛克人和契丹人都对他十分敬畏。阔绍依来此地狩猎并非无意，他卜算着时日，预测玛纳斯到来的时日已经临近。他深信，只要阿克巴勒塔还活在人间，各路英豪就会在撒马尔罕汇集。阔绍依的人马陶醉于狩猎的欢乐之中，但巨人心中焦急地等待着玛纳斯，他又一次将目光投向山峰。正在此时，骑在阿克库拉神骏上的玛纳斯在他的眼前出现，看清这位魁梧英俊的少年后，阔绍依顿时热泪盈眶，催马前去迎接。

玛纳斯见到阔绍依巨人，准备跳下马来向他施礼问候，阔绍依却阻止他跳下马鞍。他说自己是一个凡夫俗子，玛纳斯是威猛的雄狮，刚才他准备下马施礼就已经表示了对长者的尊敬。他将玛纳斯伸过来的手紧紧贴在双唇上。

阔绍依巨人牵着玛纳斯的骏马一起来到阿特巴什的且奇多别山冈祭拜，然后进入他修建的恰勒德巴尔城堡，在

[1] 折枝盟誓：古代柯尔克孜先民结盟发誓的习俗，寓意为谁违背诺言，谁就像折断的柳枝一样断送性命。

这里阔绍依热情款待了玛纳斯。九天里，为了祈福，他宰杀了九十匹牧马，每天举行赛马、刁羊，玩凯棋铁、恰特拉西棋[1]游戏。他们推心置腹地交谈，玛纳斯讲述了他即将前往撒马尔罕集中力量向卡勒玛克人开战的计划。阔绍依完全赞同，并商定最终由武艺高强的阔绍依留守在且奇多别的要塞，以防阿拉尼克的朵汗、索克索和索托依通过喀什噶尔偷袭后方。

之后，玛纳斯告别阔绍依向撒马尔罕飞奔，经过几天几夜的跋涉，登上图云乔库山峰，放眼四方，可以将远处的撒马尔罕、近处的别勒萨孜草原尽收眼底。

玛纳斯发现在山下不远的地方，两个穷凶极恶的大汉正在鞭打一名青年男子。他叫玛吉克去把他们三个人统统带来询问原委。那挨打的是柯尔克孜族人，名字叫波朵涅，在山谷埋设猎夹，猎获了三只野山羊。卡勒玛克首领空托依的两个部下见此格外眼馋，向他索要全部猎物，说不仅是牧养的牲畜，山中的所有动物都是卡勒玛克的财产。波朵涅想留下一只野山羊养家糊口都不行，心里气愤不平，同他们评理争论，结果被他们五花大绑，用皮鞭抽得满身血痕。柯尔克孜族人这样遭受蹂躏，玛纳斯听后怒发冲冠，让玛吉克将那两个家伙像压小草一样压在巨石下面。

波朵涅原来是阿勒江部落的人，他随年老的父亲带着妻儿投靠这里的加木格尔奇和什哈依。发生了这事后，他

[1] 凯棋铁、恰特拉西棋：柯尔克孜族古老的民间棋类运动。

害怕卡勒玛克人索要人命，便想逃跑。玛纳斯给他壮胆，叫他悄悄地向加木格尔奇报信，但没有告诉他自己的真实身份。波朵涅一路惊慌地回到家中，把猎物交给父亲，并讲述了自己的经历。波朵涅的父亲巴依托兰老人早就知道玛纳斯的传闻，猜想是玛纳斯来彻底清算柯尔克孜族人遭受的苦难和折磨，便催促儿子赶快去向加木格尔奇禀报。波朵涅马不停蹄前去告诉加木格尔奇发生的一切，以及来者的模样和坐骑的特征。加木格尔奇也猜到来者就是玛纳斯。

黄昏来临，玛纳斯和玛吉克骑马进村，他想起阿克巴勒塔说过的话，加克普和什哈依是同父同母的同胞兄弟，于是先到什哈依家拜访。白天他俩早已看清毡房的位置。他们翻身下马，不见有人接迎，便直接进入毡房，向什哈依请安问候。毡房内没有灯光，而什哈依的神情如同会随时冲上来顶人的公牛，严肃冷峻，半晌蹦出一声："孩子们，请上坐吧！"吝啬的主人拿来粗茶淡饭勉强让客人吃个半饱，孩子们在黑暗中进入梦乡。

加木格尔奇等不来孩子，万分焦急，还以为是波朵涅编造的谎言。深夜他不能入眠，便走出毡房，在月光下，他突然看见什哈依的毡房附近有阿克库拉神骏的身影，就来到神骏跟前仔细察看确认。巨人加木格尔奇掀开什哈依的帐门，什哈依已经沉沉入睡，只见玛纳斯仰面而卧，头部探出被子，容光映满房间，一片光亮。加木格尔奇上前叫醒玛纳斯和玛吉克，把他们带出房门，开口询问他们的姓名，把他们的两匹马牵到土崖下面的地窖，安顿好这些后，毫不犹豫地将两个孩子领到自己家里。加木格尔奇的妻子掩饰不住内心的喜悦，端着一只盛满清水的木碗，从英雄玛纳斯头顶绕过后将水泼向干净的地面，让英雄跳过放在地上的棉条，将托盘上冒着烟雾的油和面绕过英雄的头顶，用黄色小山羊的热羊肺拍打英雄的头顶，用一匹青色马驹供孩子们吃饱喝足。足智多谋的加木格尔奇拿出早就埋在地里的一捆树枝，用斧头剁成四十段，口中念着咒语撒向卡勒玛克方向，就这样为英雄举行了古老的驱邪消灾仪式。待孩子们安心入睡后，加木格尔奇仔细推算着锻造兵器的匠人和巴卡依老人的归期，他要亲自带着玛纳斯前去与他们接头。

神器战袍
和四十勇士

玛纳斯和加木格尔奇策马扬鞭，风驰电掣，奔波了数天。他们穿过古老的森林和盆地，翻越克尔克毛尤诺克高地的几座山脊，终于在一座小山峰，与迎面而来的巴卡依老人会合。巴卡依老人不但计谋过人，智慧超群，而且高瞻远瞩，胸有大志，与阿克巴勒塔、加木格尔奇、阔绍依的联系从不间断，并且特意派出手下四处打探消息，对玛纳斯的情况他心中有数。这次他带着瘸腿匠人波略克拜有备而来。他和玛纳斯见面后心潮澎湃，欣喜万分，便派瘸腿匠人波略克拜的儿子图略阔去给阔绍依报告喜信，并邀请他来共商大计。

阔绍依骑着托托茹[1]骏马腾云驾雾，来到雄狮玛纳斯

[1] 托托茹：马名，意为大山般的枣骝马。

身边。英雄们席地而坐，开始商讨宏伟的计划。睿智的老人巴卡依率先说出了自己的想法："受苦受难的柯尔克孜族人久久企盼的玛纳斯，现在已长大成人，今天和我们相见了。如今人世间除了死亡之外，其他的愿望都能得到实现，柯尔克孜族人的命运将要开始转变。我们应尽早开始行动，为雄狮玛纳斯制造杀敌的武器。"

加木格尔奇曾经想让玛纳斯从现成的兵器中任意挑选，但是玛纳斯连巨人阔绍依的宝剑都看不上。最后决定由波略克拜铁匠为英雄玛纳斯锻造甲胄、强弓、神剑、神矛、神枪、神鞭和神奇的月牙斧。

为制造兵器装备，柯尔克孜族人毫不吝啬，献出了大量金银珠宝，无数牲畜牛羊，巴卡依、加木格尔奇、什哈依的部众，阔绍依的人马和驼队不断从阿拉套山、凯尔买套山和大奥波勒山上运来黏土、各种矿石、煤炭及其他给养到撒马尔罕的森林中，在波略克拜的指导下，五千勇士同时劳作，炼钢打铁。为烧制木炭砍光了树木；八张公牛皮制成的牛皮风箱，一昼夜就会破损，为了制作风箱宰杀了多少公牛；为了淬火冷却，多少湖水干涸；为了抡锤打铁，多少壮汉筋疲力尽，献出了生命。瘸腿匠人波略克拜不停地打磨镂刻，精工细作，用一年多时间打造出了阿恰勒巴热斯神剑、阿克凯勒铁火枪、色尔长矛和神鞭。

阿恰勒巴热斯是神奇的双刃利剑，剑身厚，剑刃薄，尖部弯曲，剑身笔直，剑柄用黄金镶嵌，柄上的扣环用白银制成，工艺十分精湛。宝剑能自由地弯曲成圈，不会折断，装入鞘中只有七拃长，抽出剑鞘，能延长至四十尺。剑尖左右挥舞，声音清脆，响彻云端，映射阳光，仿似火焰。拿着它，能将参天大树即刻砍倒。用它削铁如同砍断柳枝，劈开坚石如同切羊肝一般。战斗中一剑可以使二百人丧命。英雄少年玛纳斯紧握着宝剑，试着砍向一棵四个人才能环抱的参天大树。大树纹丝不动。玛吉克轻轻拉了一下树枝，大树慢慢摇动，轰然倒地。玛纳斯让玛吉克拿着宝剑，把剑尖向剑身弯去，宝剑如同嫩枝，轻轻地弯曲，放开后迅速恢复挺直。少年英雄经过试验，满心欢喜，对宝剑爱不释手。

神奇的色尔长矛，用纯钢锻造。尖部有利刃，尖头呈狼舌形状。矛头和枪柄浑然一体，挺直的矛杆刻出十二条棱线，选用三十二种油彩精心涂染。为了防止滑落，缠绕了一层锡丝。为了防止手掌发冷，紧紧裹缠了一层羊绒布。矛枪在蚊子的毒液和野母猪的尿水中淬火浸泡，被它刺中的伤口不会愈合。雄狮玛纳斯神奇的色尔长矛，无坚不摧，能将黑色磐石戳穿，被后人代代赞颂。

熠熠生辉的阿克凯勒铁火枪，声音如同阔依恰格尔神枪；无论射击何物都会百发百中，好似奥乔阔尔土炮；开火时会让整个世界震颤，起伏的山头会被夷为平地，湖水翻腾，波涛怒卷。

纯钢制作的月牙战斧，斧刃锋利无比，斧背犹如战锤，一种兵器具有两种用途。斧刃发出蓝天般的青色光芒，用精选的忍冬木做斧柄，并用大象皮缠裹。一般人很难将它拿起。谁要是被战斧砍伤，绝没有生还的希望。

波略克拜还精挑细选六十只公山羊，将羊皮割成无数细条，制成长鞭交到雄狮手中。这样的长鞭甩向敌人，清脆的响声就足以让敌人心惊肉跳。

就这样，用两年的时间，雄狮玛纳斯的兵器装备基本备齐，就缺战袍了。大家坚信布达依克汗王会把刀枪不入的战袍送到玛纳斯手中。

在兵器锻造好的前一年秋天，阿克巴勒塔为了联络各地的柯尔克孜族人，在阿热勒阔勒湖滨举行盛典。他派出六十名信使，昼夜兼程，请来柯尔克孜族人的各位首领和富翁。为了掩人耳目，还特意邀请了卡勒玛克人的头领。他用六十匹母马招待客人，宴会十分奢华。宴会上开展了赛马、摔跤和马上角力等游戏，柯尔克孜族人和卡勒玛克人都派出自命不凡的青年人冲人赛场奋力竞争。阿克巴勒塔拿出数以千计的牲畜奖赏获胜者，宴会就这样轰轰烈烈地延续了六天。

宴会结束以后，人们逐渐散去，阿克巴勒塔留下几位热血志士密商大事。其中有加克普、凯尔阔勒湖的克普恰克、哈萨克首领阿依达尔汗，还有库列坦和库尔达西等志同道合的知己伙伴。聚集完毕，巨人阿克巴勒塔首先发言。他回顾了柯尔克孜族人的土地、财产被卡勒玛克人分割霸占，以及家破人亡、四处流浪的悲惨经历后，说道："我们等到了渴望已久的英雄玛纳斯，这是我们全体百姓的福运，因为我们将要夺回久别的尊严。今后我们再不能各自为政，一盘散沙。”为了聚集力量，他提议柯尔克孜族人各部向撒马尔罕迁徙。首先要躲开卡勒玛克人的监视，收拾家当，做好迁徙的准备。最好将所有的公畜统统阉割，以免他们在路上吼叫狂奔，顶角撕咬，惊动了沿途的卡勒玛克人。而他也将在冬季来临之时，施魔法降下大雪，覆盖阿尔泰、伊犁、巩乃斯和特克斯以外的地域，使卡勒玛克人无法忍受大雪之灾，离开这些地方，为迁徙扫清障碍。最后，阿克巴勒塔巨人提议道：“每个首领和富翁都送一个儿子跟随玛纳斯出征，只要超凡脱俗的勇士，不要软弱无能的俗人。”巨人阿克巴勒塔率先为自己唯一的宝贝儿子楚瓦克报了名，并推荐克普恰克的儿子——能言善辩、异常聪颖、办事干练的阿吉巴依担任队伍的首领。克普恰克听后完全赞同。于是从各个部落选出二十名精英登记造册，统统由阿吉巴依率领。大家约定在来年春草初露的季节开始迁徙，在通往撒马尔罕的巴勒克阿尔特山脚下会合，以便与阿特巴什的喀拉柯尔克孜人遥相呼应。人们商议完便先后离去。

有一天，少年勇士们集中商讨起程的事情，阿克巴勒塔要求每个勇士身边配备十个随从，时刻听从调遣。说话间让人宰杀一匹雪青母马，众人纷纷卷起袖口，将手臂伸进马血中集体盟誓：“谁若不恪守诺言，他的下场就像被宰杀的马匹一般。”他们咬住箭矢发出誓言：“谁若背叛誓言，惩罚他的将是箭矢和子弹。”他们又折断树枝发出毒誓，然后飞身上马，满怀信心地奔向远方。

阿克巴勒塔日夜惦记着阿克奥勒波克战袍的事，辗转反侧无法入眠。他为独生子楚瓦克精心打点行装，叫来书吏书写信函，拿出珍藏的印章盖在上面，指派楚瓦克去向哈萨克汗王布达依克索要阿克奥勒波克战袍。

哈萨克汗王布达依克从第七代祖先至今驻守在阿拉木图古城，成为那里的汗王。

楚瓦克的马背上驮着大量钱财，由玉麦特和加依桑两位勇士陪伴，从阿尔泰出发，日夜兼程，不曾下鞍。他顺利到达阿拉木图，拜见布达依克汗王，将信交到汗王手中。阿克巴勒塔在信中写道："你我都是阿拉什人，卡勒玛克人使我们陷入苦难之中，我们期待的英雄玛纳斯已经到了十一岁的年龄，有望扭转阿拉什人屈辱艰难的处境，他的兵器装备在撒马尔罕附近的森林中已制作完成。今日，我派爱子楚瓦克向你索要阿克奥勒波克战袍，并不是让楚瓦克穿戴，他还不配那件战袍。能够穿上战袍出征的唯有玛纳斯英雄，你给或是不给，请予明确答复。"布达依克汗王读完信函，没有一丝犹豫，反而露出会心的微笑，心想："阿克巴勒塔说得对，我收藏的阿克奥勒波克战袍，只有玛纳斯才配使用。"

汗王布达依克热情款待楚瓦克一行，将裹着战袍的包袱交到楚瓦克手上。这件稀世珍宝，是由喀拉汗的王后、美女卡妮凯的母亲千针万线缝制而成的，布达依克汗王多年来一直精心收藏。布达依克汗王对楚瓦克一再叮嘱，将裹着战袍的包袱每晚枕在头下，千万不要向任何人提及，也不要打开包袱端详，等到了玛纳斯面前才能打开观赏。

九岁的英雄楚瓦克将战袍紧绑在鞍鞯后，催动阔克铁凯神驹从阿拉木图起程，玉麦特和加依桑两个少年如影随形。他们向着巴勒克阿尔特方向行进，在夏米西与阿吉巴依一行会合，二十二人的队伍，策马扬鞭，继续前行。快到英雄玛纳斯驻扎的森林时，玛纳斯和巴卡依听说楚瓦克将要到来，便骑马前去迎接。

在喀拉卡勒帕克，居住着居尔居特、居达、巴攘、尚卡依、卡勒克、克依巴、塔吉克等部落，还有斯亚丹部落，其中有位抗争卡勒玛克人的英雄，叫作额拉曼，他是能掐会算的法师，又是显赫的富翁。他的胞弟克尔葛勒恰勒是一个独来独往的英雄，他的独生子额尔奇吾勒也是一位赫赫有名的英雄。额拉曼得知柯尔克孜族人迁徙出征的消息以后，立刻从富人和首领的孩子里精挑细选二十人，以克尔葛勒恰勒为首组成一个精英队伍，前去投奔英雄玛纳斯。

楚瓦克和阿吉巴依发现迎面而来的是英雄玛纳斯和圣人巴卡依，便立刻跳下马，将马鞭挂在脖颈儿上施礼致敬，刚刚得知对方的身份时，以克尔葛勒恰勒为首的二十人也赶到眼前。他们终于会合在一起，十分兴奋，两批人马加在一起正好是四十人。

玛纳斯的四十名勇士就由这些人组成了，每位勇士带来随从十名，总共四百八十人。

这一天，加木格尔奇也按时赶来，大家会合扎下营盘，他们一起策划商谈下一步计划。克尔葛勒恰勒成为队伍的首领，由阿吉巴依担任比官[1]。慷慨的加木格尔奇巨人让人赶来六十匹牝马，四百八十位英雄一天之内就把马肉吃了个精光。

阿克巴勒塔组织的百姓也在迁徙中缓缓靠近。阿克巴勒塔、加克普和克普恰克带领了六千多人，陆续踏上征途，向撒马尔罕行进。

[1] 比官：柯尔克孜族的部落首领曾称作“阿热”或“比”，比官即部落首领或最基层的官员。

大战空托依

玛纳斯、巴卡依、加木格尔奇与众人商量，决定将妇女儿童和羸弱不堪的人撤离撒马尔罕，向纳曼干、奥什方向转移，在那里开垦田地，以免在战争中遭受浩劫。身强力壮的年轻人全部留下，每天整队进行训练。柯尔克孜族人汇集了三万兵马，竖起了被加克普长期珍藏的奥若孜都的红色大纛，写上玛纳斯的大名。首先向卡勒玛克首领空托依发出战书，开战的地点选定在别勒萨孜山下的草原。

收到战书，空托依率领力大无比的十个巨人和六万雄兵，向别勒萨孜山下进发。

面对强敌，柯尔克孜人毫不畏惧，个个摩拳擦掌，跃跃欲试。看着乌压压的卡勒玛克人布满大地，加克普提醒众人道："人的活动靠头脑，祭典活动靠司仪。如果无人统领全军，就会造成混乱。"勇士们将巴卡依推举为统领。

阔克奥依东面的阔克加依克草原布满了卡勒玛克人和柯尔克孜人的兵马。广阔的草原上人流涌动，一场惊天动地的厮杀即将开始。只见一员大将策马冲出卡勒玛克人的阵营，那正是在卡勒玛克军队中赫赫有名的塔塔依，他虽不是卡勒玛克人血统，但却是空托依统领西部作威作福的依靠和帮凶。他面目狰狞，体格粗壮，紧握长矛，气焰嚣张，松缰催马狂躁地跳动，似乎要把眼前的一切踏平。

巨人加木格尔奇挥鞭策马，欲上阵迎战，被巴卡依制止。有一位哈萨克勇士名叫赛买特，在抢夺马群的搏斗中曾遭遇八十人的围攻，他顽强地战胜了对手，人称赛买特英雄。赛买特催马来到巴卡依身旁，恳切请战，依然未被允许。

原来圣人巴卡依心中另有打算。当阿克巴勒塔的儿子少年楚瓦克实在按捺不住、催马前来请战时，巴卡依为了让他建立头功，派他率先出战。年方九岁的猛虎楚瓦克，全副武装，英姿飒爽，头盔紧扣在头上，骑着阔克铁凯骏马，一声怒吼冲向塔塔依。

当楚瓦克与塔塔依迎面快要相撞之时，塔塔依却拉住缰绳掉转方向回到空托依面前，牢骚满腹地嘟嘟囔囔："我曾在战场上捏死无数敌人，武功盖世，英名传四方，和一个骑着马驹的柯尔克孜孩子对阵，会辱没我的名声。我要回到自己的阵中，还是派别人出战吧！"

这些年柯尔克孜人和卡勒玛克人杂居，一同在草场上放牧，你来我往，相互接触，彼此都能听懂对方的语言。

楚瓦克听懂了塔塔依蔑视的话语，倍感羞辱，怒火中烧，催马冲到塔塔依身边，刺出矛枪，高傲自负的塔塔依虽不愿上阵，臀部却突然离开了马鞍，他用尽全力稳住身体，掉转马头冲到楚瓦克面前骂道："你这该死的布鲁特人[1]，俗话说：'死到临头的山羊，会故意蹭牧人的棍棒，最终会丢掉自己的性命。'你就像那山羊一样，想必是死神催促你自寻死亡。"他叽里呱啦滔滔不绝，情绪激愤，挥动着手中的矛枪，冲了上来。楚瓦克十分机灵，像一位身经百战、战无不胜的闯将，拨开迎面刺来的矛枪，对准那自命不凡的塔塔依又狠狠刺出一枪，把胡言乱语的狂人毫不留情地戳翻在地。见此情景，卡勒玛克人阵营中一位名叫阔波干的勇士怒吼着冲杀而来，手中的矛枪刺向楚瓦克的喉咙。楚瓦克越战越勇，把刺来的矛枪拨到一旁，用带着红缨的矛枪戳进了对方的胸膛,两个强敌就这样被消灭了。

空托依目睹眼前的情景，怒气冲天，难以平静，他只好亲自出战，气急败坏地冲杀而来。他那巨大的身体如同黑色的山峰，手中的狼舌矛枪用特殊的黑钢锻成，多少英雄死在他的枪下，他舞动着矛枪，一矛将楚瓦克从马背上掀翻。哈萨克勇士赛买特风驰电掣般冲上来紧紧拉住阔克铁凯骏马的缰绳，扔给楚瓦克，回头冲向空托依，但手中的矛枪还未刺出，就被空托依的矛尖刺中。

空托依气焰嚣张不可一世，大声叫嚷："不要浪费我

[1] 布鲁特人：意为高山牧人，是卡勒玛克人对柯尔克孜族人的称谓。

的时间，真正的英雄赶紧上来与我交战！”

玛纳斯早已气得脸色发青，怒火在心中升腾，手中紧握色尔长矛，准备冲上战场。阿克巴勒塔将玛纳斯叫住，吩咐道：“‘玛纳斯’是你的永世英名，如今你首次披挂出战，高喊着‘玛纳斯’的口号，你定能踏上无敌的征程，定会马到成功一鸣惊人，去吧！玛纳斯，立刻出征！祝你旗开得胜。人们忍气吞声遭受凌辱的时代即将结束，你要勇敢杀敌，报仇雪恨！”巴卡依、加克普、加木格尔奇和克尔葛勒恰勒等人为他祝福，目送着玛纳斯冲向战场。

伟大的英雄玛纳斯鲜明的特征像星星闪闪发光，伴随着他冲锋陷阵的身影，出现了神奇的景象：有一个七八岁的孩童，额头上指印大小的红痣在闪光，他赤裸着身体，手牵着阿克库拉神骏的缰绳在飞翔；英雄的两个马镫下面有两个灰色的神兔，竖着机灵的耳朵，伴随着英雄一蹦一跳向前奔跃；两只有着红色斑点的猛虎伴随在骏马左右一路狂奔；巨大的蟒蛇与英雄一起向前蠕动。玛纳斯的坐骑阿克库拉神骏双耳机灵如同烛光闪动，神骏四蹄生风。马鞍上还有一位仙女站在玛纳斯身后，她头上的珠光映照地面，头戴的雪库略高帽十分鲜艳，娇艳妩媚的红脸姑娘亭亭玉立、身材修长，阿拉什人见了无不惊叹。奇景中六十只公盘羊分成两队，排在骏马两旁伴随着英雄，阿克库拉的蹄声犹如六十匹骏马向前狂奔。玛纳斯太阳般的脸庞闪烁着光芒，他稳坐在阿克库拉背上如同高耸的阿拉陶山冈。从背后望去，他有白虎般的雄伟；从正面审视，他有巨龙般的神威；从头顶俯瞰，他有阿勒普喀拉神鸟的光辉。他一声高喊，能超过四十一头雄狮的同声怒吼。当他勇敢无畏地冲向战场，人们为他祈祷，祝福他的勇猛。

久经沙场的空托依充满自信，他将玛纳斯视作乳臭未干的无名小卒，心中暗暗地盘算，凭着自己身上层层战甲铁衣，手中无坚不摧的长矛，能劈开磐石的锋利战刀，不费多时就能把玛纳斯杀死。他歹毒的心肠就像天上昏暗的阴霾显现在脸上，面对这死神般的幽灵，玛纳斯毫不畏惧地迎面而上。

玛纳斯和空托依奋力搏杀毫不相让，矛枪戳来你推我挡，交手间飞沙走石、地动山摇，升腾起遮天蔽日的烟尘。惊心动魄的激战不知持续了多少回合,盾牌碎裂不知去向，铠甲被撕扯得不成模样。双方拨转马头重新较量，把血染的矛枪重新紧握，直戳对方的心脏。此时天空响起“玛纳斯”的吼声，空托依听到玛纳斯的赫赫大名，心慌意乱张皇失措，被玛纳斯一下击落了手中的矛枪。玛纳斯把握机会从侧面出击，向对方的软肋戳了过去，不可一世的空托依被刺下马鞍。

空托依手下的众多战将目睹了玛纳斯的威猛，不敢一一上阵，只好三十人一组如同疯狂的猎犬一同冲锋。他们组成一个方阵把玛纳斯围在中央，此刻卡勒玛克人欣喜若狂,而阿拉什人忧心忡忡。人们屏住呼吸紧张地观望着，英雄玛纳斯发出搏杀的怒吼。随着怒吼声先前出现的神奇景象再现在人们眼前，玛纳斯无比英勇，二十名卡勒玛克勇士纷纷倒地，命赴黄泉，剩下的十名勇士逃向卡勒玛克人的阵营。楚瓦克和色尔哈克两位少年情不自禁地高声呐喊“玛纳斯”，并肩而出，策马追赶。楚瓦克从右侧冲锋，色尔哈克从左翼冲杀，如同扑向小雀的隼鹰。圣人巴卡依见此情景，果断发出了总攻的命令，克尔葛勒恰勒率领四十勇士向卡勒玛克人的兵马四面围攻，玛纳斯和楚瓦克两头雄狮穿梭于敌军之中。

此时巴卡依派加木格尔奇赶往布杜尔古的山梁，把守敌人可能逃脱的山道，以免卡勒玛克人向阿牢开、肖茹克和朵略斯传递消息，搬来援兵将柯尔克孜人四面围击。加木格尔奇很快到达布杜尔古山梁，只见一团火光在前方滚动，原来是色尔哈克骑着红色神马早已赶到了这里。加木格尔奇对少年英雄的智慧和勇气感叹不已，为三位英雄祈求安康。卡勒玛克人果然向布杜尔古山梁突围。向山梁突奔不成，又经过开阔的盐碱滩向下游逃去，试图逃跑的卡勒玛克人又被楚瓦克堵住了去路。卡勒玛克人的兵马走投无路只好把手中的矛枪插在地上，把飘扬的战旗一一放倒，来到柯尔克孜人的英雄面前苦苦祈求保全他们的性命。空托依的牙帐也落入柯尔克孜人手中。

宽大为怀
安抚百姓

少年英雄玛纳斯一心杀敌，早把一切遗忘。当他沸腾的热血渐渐平静，才停下来环顾四方。虽然战事已停，但周围人声鼎沸不绝于耳，人喊马嘶吵吵嚷嚷。他开口询问到底发生了什么事情。阿克巴勒塔向他解释道："亲爱的孩子，你的百姓已开始脱离苦海，让万恶的敌人号啕大哭吧！你何必询问。想当初他们肆无忌惮地折磨我们，索要什么，我们都拱手相送，如今他们个个为自己的命运担心，纷纷跑来祈求饶恕，这可怜相可恨可憎！"原来是柯尔克孜人的兵马将卡勒玛克人的富翁和百姓连同牲畜一起驱赶，很多人还被五花大绑，如同绳套上拴绑的羔羊，老头和老太太放声大哭，个个叫苦连天。

玛纳斯听到这里，内心如同黑驼驮起超重的货物，他诚恳地说道："舅舅啊，您此话差矣！千万不要这样想，霸占别人财产的是那些昏庸的汗王，怎能把罪责扣在无辜百姓头上。充满智慧的阿克巴勒塔和加木格尔奇啊！无智者为所欲为，你们本应阻拦，但你们却像小孩一样得意忘形幸灾乐祸，甚至争先恐后驱赶马羊，参与抢掠，这样做有何利益可享？这可不像受人尊敬的长者。斩杀了他们的首领，连平民百姓也不放过，这会毁了我的名誉！让他们待在原地吧，千万不要再争夺战利品，请住手吧，柯尔克孜族人！”听完这话，巴卡依也十分赞同玛纳斯的决定。

“这是什么道理？！”阿克巴勒塔、加木格尔奇，还有加克普、什哈依和铁凯奇都感到纳闷和不理解，他们紧锁着眉头，捋着胡须，交头接耳，窃窃私语，扯缰拉马转身返回。

机智过人的色尔哈克立刻执行玛纳斯发出的命令，他挥鞭催马迅速赶来向卡勒玛克人宣布：“卡勒玛克的兄弟们，你们仍然在自己的草原上放牧，居住在原地不必迁移，拴起你们挤奶的牝马，放心地酿制你们的马奶酒吧！”毡房被拆毁的卡勒玛克人顷刻间表现得兴高采烈、愁云消散，奔走相告，异口同声地称赞玛纳斯：“他智慧超群不同凡响，公正无私，办事英明，是真正的领袖和统帅，在不远的将来，他必定成为受人拥戴的汗王。”

玛纳斯策马扬鞭，率领阿拉什人返回住地。克尔葛勒恰勒安排四十勇士驻扎在三个高地上观察动静，一再叮嘱：“不要随意留宿在卡勒玛克人的牧村，不要轻易喝下他们敬的酒，不要让他们发现我们的行踪和意图。”

欢庆胜利

加克普没有得到任何马匹和战利品，噘着嘴牢骚满腹：“我养了个不孝之子！他随心所欲挥霍无度，不知糟蹋了我多少牲畜，因为他到处逍遥，不安分守己，斩杀卡勒玛克人的朵杜尔勇士，让我天天提心吊胆惊恐不已，惹得卡勒玛克人来践踏我的牧场，尘土飞扬。如今他连一匹马的缰绳都不让我动。我的威严就要被他践踏殆尽。难道柯尔克孜族人就没有英雄？他竟让从土库曼过来的克尔葛勒恰勒充当了四十勇士的首领！本来帮我打理牲畜的赛热克和色尔哈克两个孩子被克尔葛勒恰勒蛊惑，跟随着他东奔西跑，这事我说了又有何用，我的劝阻被一阵清风吹跑。”加克普心怀不满，怨言不断，瞒着夫人绮依尔迪，向巴克多莱特和玛克杜姆两位夫人诉说心中的怨恨。

巴克多莱特性格坦率说话耿直，对加克普的为人处事早已忍无可忍，怒气腾腾地说 :“加克普啊，你怎么能说出这样的话，你的话让狗去听吧！你觉得儿子目无尊长？四面八方的乡亲们都夸奖玛纳斯是血性男儿，男儿就应该是这样的风范，如果不是这样，还算什么男子汉！难道你已经忘记，当初为了求子把姐姐绮依尔迪带到荒野深山，使她每天以泪洗面日夜不得安眠？你从来没有真心对待过客人，甚至没有用过一只绵羊。你枉活一辈子，到如今还不能分清是非，如今你已是几个孩子的父亲，长子玛纳斯如同一团烈火，已功成名就。赛热克和色尔哈克也并非等闲之辈，两个弟弟的满怀情义让玛纳斯心里踏实。你却在他们背后散布闲言碎语，你没有当父亲的资格，你真是心胸狭窄目光短浅。如果卡勒玛克人能够成为你的福星，你可以再次返回巴里坤！”

巴克多莱特话不饶人，不停地抖动着围裙，激动地道出了心中的不满和愤慨。

玛克杜姆默默无语，拿起一只碗倒满清水，走出房间念念有词 :“加克普啊，让灾祸降临你的头顶，愿玛纳斯带领两个弟弟永远健康，万事顺心！”她把水泼到门外，擦拭着泪水补上一句 :“加克普，你去受罪吧！”

玛克杜姆返回屋内，加克普恶狠狠地瞪了她一眼，突然举起皮鞭把两个女人抽打得哭天喊地，抽打完走出去径直来到绮依尔迪的毡房。

恰巧此时少年玛纳斯也走进了毡房，加克普强作笑脸儿，装出一副慈爱的神情。玛纳斯却平静地回应 :“我尊敬的父亲啊，你是柯尔克孜族人的富翁。我们齐心协力消灭了掌控西边的霸主空托依，夺取了一片土地和草场。但我们绝不能就此安心。加木格尔奇、阿克巴勒塔经过协商，为了庆祝胜利鼓舞士气，正在精心筹备一次盛大的庆典。我的父亲，你却把这样的事情都忘了，这样下去可能会把自己的脸面丢光！”加克普听了，瞪大眼睛，心想：“这个浑蛋昨天没有给我一匹马驹，今天却妄想举办庆典，分明是要浪费我的牲畜财产。”他虽然心中不满，但权衡利弊后却不敢反对，只好硬着头皮强作笑颜，邀请人们前来参加庆典。

加克普之子色尔哈克十分兴奋，他没有与父亲商量，便自作主张令人套住了四十匹空胎母马，准备用来招待客人。加克普面对客人强装笑脸儿，低着头却气愤难当，来回走动心烦意乱。他心中暗想：“绮依尔迪和玛克杜姆的儿子都没有希望，我要把绮依尔迪抛弃，把三个孽种留给她，让玛克杜姆也陪着她，只要巴克多莱特给我生的儿子，我要他精心放牧牲畜，不断增加牲畜的数量，然后兑换成金子小心收藏。”

客人们陆续到来，草地上人流穿梭，熙熙攘攘。巴达克山和巴勒克城来了客人，塔尔萨和厥特人派来了贵宾，土库曼和卡勒恰部族，居尔居特和居达也来了很多客人，喀拉卡勒帕克人及时赶来，巴攘、尚卡依也有来人。听说空托依被玛纳斯斩杀，那些遭受卡勒玛克人盘剥奴役的人们奔走相告，前来祝贺。盛大庆典延续了九天时间，参加的客人少说也有九万人。人人喜上眉梢，欢天喜地，笑闹声响彻云霄。

庆典上开展了各种游戏。有一百七十匹骏马参加赛马，清晨从起点出发的赛马，到傍晚才到达终点。玛纳斯的坐骑阿克库拉神骏第一个冲过终点线，获得的奖品有单峰驼一百、马匹五百，还有金银珠宝和丝绸锦缎，光是水貂皮、紫貂皮、猞猁皮和豹皮就有一千多张。英雄玛纳斯将大部分的奖品留给了父亲加克普，把单峰驼和马匹全部分给无依无靠的乡亲，乡亲们无不为此欣喜万分。阿克巴勒塔老人把阔克铁凯骏马赢得的奖品一件也不留，全部分给了在场的乡亲们。来自各方的老幼客人无不称颂柯尔克孜英雄的胸怀宽广。

少年登上汗位

正当六十个部落的阿拉什人沉浸在胜利的欢乐之中时，智慧长者巴卡依觉得让大家收心的时候到了，便站起来招呼乡亲们围坐成牛角形状，向他们说明了这次庆典的一个重要目的："邀请诸位来参加庆典，还有要事商定。没有首领干不成事情，我们今天最好把自己的统帅选定。这可是关系大家命运的事情，不要人云亦云，不要随心所欲，草率行事，必须深思熟虑十分谨慎。"

巴卡依提议大家在阿克巴勒塔、加木格尔奇、加克普、什哈依等巨人、长者，铁凯奇、克普恰克等富翁，以及玛纳斯、克尔葛勒恰勒等英雄豪杰中，直接推选能担当重任的人。

巴卡依话音未落，众人立刻骚动起来，人们万众一心，异口同声，不停高呼："玛纳斯担当统帅最为合适！"

高呼声如霹雳闪电，春雷滚滚，大地随之震颤，发出共鸣。

圣人巴卡依环顾四周仔细审视，看见在场的每个人都面露笑容，欣喜万分，人们没有发生任何争论，毫不犹豫地把玛纳斯推为统帅。于是大家按照固有的传统，遵照先祖玛玛依的礼仪，铺开一条宽大的白毡，请雄狮玛纳斯坐在洁白的毛毡中间，由七十名勇士抬起白毡，把雄狮玛纳斯抬到上席位置，让他稳稳地坐到宝座上。人们欢呼雀跃，手舞足蹈，心情舒畅。飞禽满天飞舞，遮住了太阳。

见儿子被推举为汗王，加克普心想今后会获得更多的好处，便激动不已，祝福儿子玛纳斯福星高照，吉祥在头上缭绕。

接下来大家共同商量，一致同意克尔葛勒恰勒继续为四十勇士的头领。克尔葛勒恰勒对这个头衔心满意足。阿克巴勒塔提出还要为四十勇士选一个比官。额拉曼富翁的儿子额尔奇吾勒推举阿吉巴依承担此任，他说道："阿吉巴依虽然比我们年轻，但他威武挺拔，气度非凡，能言善辩，对于英雄玛纳斯是不可多得的栋梁，是辅佐英雄的最好人选。"从很早的时候起，无论在外人还是族亲面前，阿吉巴依一直得到好评。在场的每人拾起一块石子，用投石的方式进行选举，大家都把石子投到阿吉巴依的身边，他顺利当选为比官。

少年玛纳斯就这样登上汗位，四十勇士的头领和比官也顺利选举到位。大家开始商量如何防范敌人前来报复，如何主动出击。加木格尔奇说："虽然我们初战告捷，铲除了空托依，但我们西边盘踞着朵略斯，北边有肖茹克，在我们的东南边阿拉尼克城中还驻扎着吸血鬼朵汗，阿牢开仍盘踞在纳伦城。我们还没到高枕无忧的时候，不能因一次胜利而忘乎所以，是否应该立即行动，挥鞭扯缰，踏上征程？"

没等加木格尔奇说完，议论声响成一片："我们既然把辔缰交给了玛纳斯，只要他一声令下，我们时刻听从他的调遣。只要我们勇敢出征，就定能夺回失去的土地。"大家你一言我一语，情绪高昂。

这时玛纳斯开口道："各位长辈，各位同胞，请你们不要着急。我会率领四十名勇士对卡勒玛克人展开清剿。萨热阿尔卡是战略要塞，我们首先要夺取它，然后转回头来直逼朵略斯的领地。对于阿牢开和朵汗，我也不会轻易放弃。我玛纳斯是你们的儿子，既然被你们一致推选为汗王，就有责任保证你们今后安享幸福，我不能让老人的胡须沾满风霜，也不能让柯尔克孜族人全体出动，风尘仆仆血洒战场！希望你们品尝人生的甘甜，千万不要盲目出征。相信你们的儿子玛纳斯定会给你们赶来成群的牲畜。"玛纳斯详细讲述着防守和进攻策略，将士们热烈地讨论着，将谋略反复论证。

突然传来一阵急促的马蹄声，只见三个人气喘吁吁地策马飞奔而来。他们失魂落魄、满身尘土，胸部起伏得像羊皮风箱，说话前言不搭后语，焦急万分。等到他们终于平静下来才开始说清情况。原来两个柯尔克孜人和一个土库曼人翻过别勒萨孜山峰到达阔克奥依东面盆地捕猎野山羊时，发现先前热闹的草场上看不见一个卡勒玛克人，只见绳套上饥饿的马驹们咴儿咴儿嘶鸣，一排排羊羔的脖颈儿被套上毛绳，“咩咩”地叫个不停，绝望的牛犊哞叫，被抛弃的牛马羊的叫声此起彼伏让人烦心。卡勒玛克人趁阿拉什人举办庆典的时候全部逃走，去投奔卡勒玛克人的首领了，逃走时只带走了一些干粮。无人居住的毡房阴森可怕，那三个人都没敢踏进一步。

玛纳斯估计卡勒玛克人匆匆逃离，定是去他们的汗王那里通风报信了。怒火中烧的敌人不久定会赶来报复。他命令克尔葛勒恰勒召集手下的诸位勇士听候号令。

勇士们全部集中，随从们也纷纷紧跟，玛纳斯安排什哈依和铁凯奇二人挑选良马骏骥，带上精明强干的勇士出发，把卡勒玛克人丢下的牲畜财产带回，分配给那些受苦受难、没有财产、需要牲畜的穷人。玛纳斯大声说道：“贪婪的富豪们把一切独吞，这可不是什么光彩的事情。要做到人人满意，大家欢欣。”

将士们做好出征的准备，英雄玛纳斯交代一番后即刻上路。他让阿克巴勒塔和加木格尔奇与自己同行，其余的乡亲们留在原地。既然卡勒玛克人已经前来，英雄要和敌人一决雌雄，要让卡勒玛克人见识一下阿拉什人的厉害。

对阵萨热阿尔卡

再说空托依手下的卡勒玛克人已全部逃遁，翻山越岭投奔到朵略斯汗王的门下。听到玛纳斯的大名，朵略斯没有勇气出征，骑上骏马日夜兼程去向肖茹克报信。

此时驻守在纳伦的阿牢开也得到了消息。他又想起占卜师额让库杜克给他交代的话语 :“当你清醒地琢磨某事时，要先考虑对自己的不利之处。英雄玛纳斯天下无敌，与他搏杀绝无取胜的可能! ” 阿牢开思量着 :“既然英雄玛纳斯已经开始行动，从此纳伦城不可能属于我们。我不如带领手下的卡勒玛克人放弃纳伦城趁夜搬迁。千万不能让阿特巴什的阔绍依发现，以免他半路堵截，让我们陷入绝境。如果我们再耽误两天，阔绍依就会得到情报，假如他骑上托托茹神骏出征，堵住我们逃跑的道路，怕是我们的末日就要来临……” 想到这里，阿牢开一刻也不停留，命人把辎重驮上了驼背，匆匆起程逃生。

朵略斯一路风尘，来到驻守在阔托略克的肖茹克帐中，在萨热阿尔卡山上向肖茹克说明情况。肖茹克是一个出了名的猛将，听到玛纳斯的消息，肖茹克饿狼般地舔着嘴唇，埋怨秦格什不应该把那么广大的土地委托给狡猾的加克普管辖，朵略斯添油加醋地说道："都是由于秦格什的迁就放纵，柯尔克孜族人才没有被斩尽杀绝，导致朵杜尔在图别勒山冈被他们杀死，驻守西边的空托依也死在玛纳斯的手上。一千只骆驼组成的商队也被玛纳斯全部吞下。如果再让柯尔克孜族人兴风作浪，神圣的上天一定会惩罚我们……"肖茹克听后勃然大怒，他立刻下令召集人马，准备出发。

肖茹克派出双骑使者从康阿依的博克图尔请来了克尔姆兹夏之子穆拉迪勒，从遥远的英干山中请来了卡特卡朗之女萨依卡丽，还叫来了卡勒玛克人的英雄乌尚。除了涅斯卡拉之外，各路豪杰兵马超过六万之众。他妄想着带领铁骑大军把柯尔克孜地区一举踏平，把柯尔克孜族人踩成肉饼。在出发的前一天，萨热阿尔卡的草原上布满了卡勒玛克人的大营。

恰巧在这一天，雄狮玛纳斯也正好到来，玛纳斯的队伍来到萨热阿尔卡达坂时已是黄昏降临。他们选择在山脊落脚，支起帐篷，扎卜营盘。巴卡依、阿克巴勒塔和加木格尔奇也随同来到。四十个勇士一个不缺，士兵枕戈待旦，观察着密密麻麻的敌军兵营。玛纳斯毫不畏惧，根本未将这些凶猛的敌人放在眼里，因为他身后还有英雄楚瓦克，他的同胞兄弟无敌英雄色尔哈克与他形影不离，能掐会算的占卜师托略克也站在他身旁,仔细观看肩胛骨预知未来。除去他们，玛纳斯身边还有阿勒姆来的阿拉坎，目力敏锐、明察秋毫的豪杰秀图，这四十位勇士各有绝活，处处都能克敌制胜。

玛纳斯将能掐会算观看肩胛骨的占卜师、寻查敌人踪迹从不出差错的跟踪者们全部派出巡逻，以便探察敌情。负责观察野狼踪迹的波古吾勒勇士和额尔奇吾勒、包孜吾勒高度警惕地在牙帐前守护站岗。克尔葛勒恰勒东奔西跑，不停地调度人马，派出人员轮流执勤，一直巡视到天明。

卡勒玛克兵马铺天盖地，准备向柯尔克孜人进攻。克尔葛勒恰勒立即擂起战鼓,柯尔克孜人跨上战马迅速行动，一场残酷的战争一触即发。

圣人巴卡依高举战旗，与阿克巴勒塔和加木格尔奇并肩而立，威武雄壮的英雄玛纳斯在战旗下放眼观望。行进中的卡勒玛克人见到英雄的身姿停下了脚步，他们仿佛看到死神在眼前晃动，无限的恐惧在心中升腾。

就在此时，突然传来一声惊天的呐喊，从卡勒玛克人阵营中蹿出一名战将，脸色如同阴沉的天空般恐怖。他手中晃动着粗杆长枪，马后扬起一股冲天的尘烟。

严惩肖茹克

第一个冲上战场的亡命之徒就是塔拉普特。卡勒玛克人见塔拉普特亲自披挂上阵，欢呼雀跃，十分兴奋。

戴着毡房盖毡般大毡帽的秀图是来自柯尔克孜多尔伯恩部落的英雄。他放弃部落的名号，高呼着“玛纳斯”的口号，狂风般扑向敌人。

秀图和塔拉普特交手对搏，矛尖碰击，互不相让。塔拉普特是个训练有素的家伙，他挡开秀图戳来的矛枪，迅速出击，势不可当，把急不可耐的秀图掀落马下。乌孙英雄玉买台立刻冲出，一个回合就被塔拉普特戳落马下。紧接着上阵的波古吾勒勇士也被挑下马鞍。眼看几位英雄就要被塔拉普特的马蹄践踏，克普恰克之子阿吉巴依急速赶来，帮他们撤退，这让塔拉普特十分恼怒。

面对少年阿吉巴依，塔拉普特耀武扬威，步步紧逼，鼓足浑身的力气，想将他挑翻在地。阿吉巴依战术娴熟、沉着应战，当塔拉普特冲到面前时，他侧身闪到一边，躲过敌人的矛枪，没等大山般的塔拉普特转身，就快速掉转马头，用枪柄抵住马鞍，瞄准他的腰部，趁着坐骑的冲劲儿顺势刺出矛枪。矛尖深深地戳进塔拉普特的后腰，鞭柄粗细的鲜血哗哗地流到坐骑上。塔拉普特的坐骑骏马身经百战，十分机灵，它撒开四蹄往前一蹿，顺势拔出了矛枪。阿吉巴依动作迅速，又一次逼近顽敌，就在塔拉普特转身的瞬间，对准他的脖颈儿猛戳一枪，矛尖扎进咽喉，塔拉普特瞬时如同一只圆顶毡帽飞落在地上。见到塔拉普特阵前丧命，敌营中发出一阵骚动。此时，恼羞成怒的肖茹克不得不亲自拍马出阵。

见到肖茹克的身影，阿吉巴依回转马头来到巴卡依面前，说出了内心的想法 :“不知道上阵的英雄到底是何人? 我已经筋疲力尽，只好不顾颜面跑回您面前，不敢盲目与他对阵。”巴卡依认为阿吉巴依见好就收是理智的行为，安慰他说 :“柯尔克孜阵营中自有英雄豪杰与肖茹克厮杀。”听到巴卡依的话，巨人加木格尔奇摊开双手祈求祝福，请求参战。他说万一被肖茹克刺中，身后还有阿克巴勒塔好汉。

加木格尔奇说完，一鞭让白斑骏马尾扬鬃抖，在飞奔的途中顺势拔起一棵参天的大树横放在鞍前。马背上的大树如同一座毡房，随风摇晃，羊圈大小的地面被树荫遮挡。

卡勒玛克人肖茹克从不曾刮过胡须，除了双眼，五官都被胡须遮挡，长长的鬓发垂在两边把两只耳朵遮盖。他把长发拧成一束，如同一根长绳，在腰上缠了两圈。他看到加木格尔奇的身影，瞪圆双眼，脸色发青，怒发冲冠，也从河滩上拔出一棵大树连根带叶横在鞍前。

不多时，两人迎面相隔一箭之遥，眼前尘雾弥漫，不见人影，只听得马蹄声从滚滚尘土中传来。加木格尔奇挥动树干狠狠砸向敌人，疯狂的肖茹克也舞动着手中的大树，霎时大地上烟尘升腾，冲向云霄。当烟尘慢慢消散的时候，他们手中的大树早已不见，加木格尔奇两手空空，而肖茹克端着锋利的狼舌矛枪直戳对方的后背。加木格尔奇偏身躲开，矛尖偏离目标，刺在他的大腿上，一股鲜血哗哗流淌。

阿克巴勒塔巨人见状，内心泛起隐隐的哀伤，他来不及遵守请战的规矩，立刻掉转马头奔向战场，没来得及通报姓名就与肖茹克战在一起。加木格尔奇趁机返回阵地，包扎伤口。

几经鏖战后阿克巴勒塔坐骑的前腿不幸被肖茹克砍断，在原地旋转两圈把阿克巴勒塔摔在了地面。肖茹克回转马头暗自打算："我要取下他的首级。"在这个危急关头，少年楚瓦克急红了眼，催马向前。玛纳斯见此情景，心潮起伏不能平静："父亲失利让儿子去助战！难道我们再没有勇士和英雄了吗？"他不顾一切高扬马鞭冲向战场，挡住了刚刚回转马头的肖茹克。楚瓦克趁机把父亲阿克巴勒塔拉起扶上马鞍。

肖茹克与玛纳斯迎面相逢，瞪圆了惊奇的眼睛，不敢轻易出枪，瞻前顾后、犹豫再三，抓住缰绳询问来将的姓名。柯尔克孜的英雄昂首挺胸，十分自信："我的父亲名叫加克普，我的大名就是玛纳斯。现在我已长大成人，我们阿拉什人受尽你们的蹂躏，今天我要彻底清算你们的罪行！我要把你的战袍盔甲扒下几层！把你们的本事全部使出来吧，不要再啰啰唆唆，拖延时间！"

玛纳斯的一番言辞激怒了肖茹克，他怒火中烧脸色铁青，决意要把玛纳斯挑于马下，他奋力向玛纳斯刺出矛枪，却被挑到了一旁。他羞愧难当，发出歇斯底里般的狂叫，催动胯下的黑色骏马横冲直撞。豹子般的英雄玛纳斯稳坐阿克库拉马背，目不转睛地盯着对手，当肖茹克再次挺枪刺来的时候，英雄又将枪拨到一旁，顺势从旁出击向肖茹克刺出一枪。锋利无比的色尔长矛穿过对方的肋间，从后背刺出，矛尖依然闪闪发光。矛枪抽出时鲜血如同溪水般从肖茹克身上哗哗流淌。但见肖茹克不顾伤痛跃马挺枪使出最后的力气，对准玛纳斯的后背狠命一扎。英雄玛纳斯抓住了马鬃，身贴马鞍，躲过这致命的矛尖，回身一枪将肖茹克的矛枪击落，未等他掉马转身，又刺出致命一击。山冈般的肖茹克被挑在矛尖在空中扑腾，顷刻间像大山崩塌，重重地摔在地上。

进言收兵

目睹雄狮的威猛，卡勒玛克人惊恐万状，一时无人敢出战。“肖茹克汗王付出了生命，英雄空托依早就不见了踪影，塔拉普特横尸荒野，今日真是遇到了克星。如果我不催马出阵，人们定会讥笑我胆小如鼠，被柯尔克孜人吓破了胆，今后哪个还能服我？”乌尚左思右想，只好硬着头皮勉强出阵。

其实，乌尚也算别依京城里赫赫有名的英雄，人称卡勒玛克乌尚勇士。他身穿网状铁甲，手持长矛枪，骑着长鬃飘逸的枣栗马冲上来。当乌尚催马走向沙场时，穆拉迪勒和萨依卡丽二人也紧随其后跃马挺枪出战。

看到三个敌将同时出阵，楚瓦克怒气升腾，发出了震天动地的呐喊：“沙场上玛纳斯英雄独自一人，你们竟然三人上阵，世间哪有这样的事？你们为何如此缺少信义、寡廉鲜耻？要搏斗就先从我这里开始吧！”秀图和额尔奇吾勒即刻策动缰绳，跟着楚瓦克来到阵前。

穆拉迪勒见来人是楚瓦克，迅速转身向他冲去。女中英豪萨依卡丽也催促胯下的深栗色骏马奋力冲向秀图。加木格尔奇和阿克巴勒塔更是毫不犹豫，冲出阵营。

自命不凡的乌尚从一侧向玛纳斯刺出矛枪，但没有刺中，恼羞成怒的乌尚又举起千斤战斧欲将玛纳斯劈成碎片。英雄玛纳斯用矛枪挡回战斧，乌尚那紧握斧柄的双手差一点从桡骨处断成两截。乌尚见状惊慌失措，仓皇逃命。在玛纳斯回头的一刹那，秀图被萨依卡丽挑落马下。他急忙掉转阿克库拉马头，向萨依卡丽逼近。正在这时，加木格尔奇抢先赶来，萨依卡丽只得丢下秀图跑开。

楚瓦克和穆拉迪勒交战，不分胜负，当玛纳斯抽身赶来时，穆拉迪勒惊恐撤出。

最终，英雄玛纳斯、阿克巴勒塔、加木格尔奇、楚瓦克、色尔哈克及克尔葛勒恰勒率领的四十勇士催动战马冲向强敌的阵营。巴卡依高举着迎风飘扬的大旗鼓舞将士们奋勇进击。柯尔克孜族人只有四百八十四人，却把浩浩荡荡的六万卡勒玛克强敌打得像风吹落叶、火燎纸壁那样。以乌尚、穆拉迪勒和萨依卡丽为首的卡勒玛克人如丧家之犬，朝康阿依方向拼命逃窜。

楚瓦克带领额尔奇吾勒冲入了肖茹克的都城，把肖茹克之女娜克莱等四十名宫女作为战利品领出汗宫，托付给额尔奇吾勒带回营中。楚瓦克打开仓库，把金银珠宝放上驼背。

雄狮玛纳斯在山坡上催马飞奔，与色尔哈克半路相逢，随后加木格尔奇和阿克巴勒塔也赶来。玛纳斯向色尔哈克下令："赶快集中四十勇士！我要穷追猛打逃跑的敌人，一直打到康阿依，否则难以平息心中的激愤！"这时睿智的阿克巴勒塔接上话茬儿向玛纳斯进言："英勇的少年雄狮啊，征讨敌人不能任意而行，深思熟虑可以吃到麦面，冒冒失失只能喝到一点凉水，细嚼慢咽会食欲大增，狼吞虎咽容易卡住喉咙。我们已经清算肖茹克和空托依的罪行，你手下的勇士们也已鞍马劳顿，如果我们轻率行动，盲目追杀一路前行，驻守在阿拉尼克的巴努斯和朵汗，定会偷袭我们的后方，到时候我们就无路可退了。你最好回到战旗跟前，让四十勇士在战旗下集中。"阿克巴勒塔一番苦口婆心的劝导，英雄玛纳斯默默聆听着，说话间来到巴卡依身旁，巴卡依把心中胜利的喜悦说给玛纳斯听，并赞同阿克巴勒塔的建议，同时意味深长地说道："你应该精心策划，全力保护自己的百姓。你曾经说过，如果敌人不自己前来冒犯，绝不会主动出击。这是你的智慧，我一生赞同你的这种见解。让老百姓休养生息，安家立业，为民厮杀来犯之敌，才是英雄本色。在战争中囤积财产，只能算是无知的举动。男人要沉稳凝重，才会战无不胜。"

听完巴卡依老人的劝诫，英雄玛纳斯发出了撤军的命令。就这样，玛纳斯的队伍全体出发，踏上了返回撒马尔罕的归程。

宫女的归宿

驮着金银珠宝的驼队排成一列行进，被当作战利品的肖茹克汗宫中的宫女们跟随驼队来到柯尔克孜族人的牧村。乡亲们不知道她们是谁，连玛纳斯都还不知道这些姑娘的事情。其中的秘密只有额尔奇吾勒和楚瓦克知道，她们由巴卡依安排人精心照顾。

在这些姑娘中有一个姑娘叫乌鲁姆罕，她的父亲叫作叶尔纳扎尔，过去乌鲁姆罕被肖茹克强行夺走，叶尔纳扎尔心灵遭受无法愈合的创伤，无奈躲入阿拉木图城郊的森林中挨饿受苦，度日如年。如今，这位父亲从路人口中得知玛纳斯登上汗位，便前来申冤，恰巧在被带回的姑娘中看到了自己的女儿，心情激动得难以名状。但又怕玛纳斯与肖茹克一样欺男霸女，不敢贸然相认，心急如焚地在牧村转悠了六天。在这六天中他先后三次听到加克普喊叫喀拉诺奥依的名字。喀拉诺奥依就是玛吉克的父亲，在迁至卡姆布勒之前，他曾与叶尔纳扎尔为邻。叶尔纳扎尔暗自思忖："我要亲眼看看是不是我那位邻居。"

这一天，加木格尔奇、阿克巴勒塔和巴卡依还有铁凯奇、什哈依、克普恰克等几位德高望重的老人来到加克普的毡房聚会，其中也有喀拉诺奥依老人。叶尔纳扎尔正在门外徘徊，与正要出门的喀拉诺奥依正好碰面。两人见面欣喜不已，张开双臂拥抱在一起。他们这一举动被玛纳斯看在眼里，他让玛吉克把二人请到自己的毡房。玛吉克由额尔奇吾勒陪伴来到两位老人身边请安施礼并说明来意。喀拉诺奥依向叶尔纳扎尔介绍了玛吉克，热情地牵着叶尔纳扎尔的手，来到玛纳斯的毡房前。叶尔纳扎尔早已步履慌乱，犹犹豫豫，停住脚步，悄声向喀拉诺奥依说道："我听到汗王的名字就心里发怵，提心吊胆，我两次进出肖茹克的汗宫，便落下了这样的毛病。"喀拉诺奥依老人鼓励他放心走进毡房。叶尔纳扎尔忐忑不安地踏进毡房，毡房内在座的四十位勇士纷纷起身向老人们问候施礼。喀拉诺奥依向玛纳斯介绍了叶尔纳扎尔，玛纳斯了解情况后，请叶尔纳扎尔老人留在房间细细诉说心中的冤屈。玛纳斯这才知道那些姑娘的事情，答应为他做主，并让额尔奇吾勒给老人端上一碗马奶酒，在他面前摆满精致的食品，让人从母亲绮依尔迪那里拿来崭新的衣物，给老人穿上。这位浪迹天涯的孤寡老人受到英雄玛纳斯的如此尊重，深深感到玛纳斯真是胸怀宽广的汗王！

喀拉诺奥依随后又匆匆回到加克普的毡房，以巴卡依为首的各位长老正在你一言我一语地谈论着俘获来的姑娘。大家一致商定，先看看肖茹克的女儿，如果她美丽动人，就许配给玛纳斯。因为英雄也已到了成婚的年龄。

此时，正好是下午，人们接踵出门，去瞧那些被俘获的姑娘。加克普和巴卡依派人邀请英雄玛纳斯说有要事商量。听到信使的禀报，玛纳斯立刻领着叶尔纳扎尔走出毡房。

姑娘们来到这里将近一个月，巴卡依特意叮嘱手下，要想方设法让她们的心情舒畅。巴克多莱特亲自出门，把婀娜多姿的姑娘们带到长老等候的庭院。姑娘们身穿华贵的锦绒绸缎，身上的珍珠流光溢彩，细嫩的脸蛋闪烁光芒，明亮的眼睛一眨一眨、神韵万种，让人心旌摇荡。肖茹克之女娜克莱美如天仙，是其中长相最为出众的姑娘，这群宫女也个个如花似玉，没有一个不中看的。

叶尔纳扎尔父女重逢，抱头痛哭。叶尔纳扎尔向人们讲述如何失去女儿又如何找到的经过，玛纳斯及在场的各位长老纷纷向团聚的父女表示祝贺。克普恰克对叶尔纳扎尔之女乌鲁姆罕的贤淑美丽极为欣赏，暗自决定要为儿子娶回这位姑娘，便迫不及待地邀请叶尔纳扎尔和喀拉诺奥依到他毡帐品尝奶茶。

大家一致商定将娜克莱美女许配给玛纳斯，大名鼎鼎的英雄塔塔依之女阔尔波盖成了楚瓦克的新娘，乌鲁姆罕由阿吉巴依迎娶。三位姑娘各有归宿，英雄们也都如愿以偿。

巴卡依规定没有妻子的勇士千万不能强迫姑娘们，只有姑娘心甘情愿，才可结为夫妻。姑娘们感激柯尔克孜族人办事公正，为她们解除了心中的顾虑，个个抿嘴微笑。在场的窈窕淑女没有一个被冷落，都找到了如意情郎。

在玛纳斯的带领下，柯尔克孜族人迎来了幸福时光，生活安宁，人丁兴旺。家家户户丰衣足食，油水都快要从门槛上溢出。每天都有欢笑，每天都有庆典，人们为享乐而忙碌，早把苦难忘到九霄云外。

但世间有善良也有邪恶，新的挑战也步步向他们逼近。

巴迪阔勒
疯狂进犯

有一个名叫芒格特的部落,他们的首领名叫巴迪阔勒,是个十恶不赦的暴君。当年秦格什率领兵马大举西侵，为所欲为四处掠夺时，巴迪阔勒就是他的先锋。后来这个混世魔王到处烧杀抢掠，巴攘和尚卡依人、塔吉克人、卡勒恰人还有土库曼人的领地都被他霸占，还掠走了节迪盖尔人的财产，抢光了呼罗珊人的牲畜，并把他们赶出家园，被蹂躏的无辜百姓和受欺压的人们以泪洗面、悲痛欲绝。贪得无厌的巴迪阔勒早把眼睛盯上了柯尔克孜族人，这时传来空托依和肖茹克被玛纳斯杀死的消息，更加激发了他想征服柯尔克孜族人的野心。

巴迪阔勒指派四十名骑兵前去抢走卡尔马纳普的马群。这四十人各带一名随从，又招募了一百名游手好闲的恶棍，总共一百八十人，朝着喀拉卡勒帕克部落奔涌而去。

喀拉卡勒帕克部落是柯尔克孜的一部，卡尔马纳普是他们的首领。加克普之女卡尔德哈绮就是卡尔马纳普的妻子。但是喀拉卡勒帕克人没有顶天立地的英雄，无法阻止侵略者的进犯。卡尔马纳普得知消息后特派阿勒特开作为信使前去造访巴迪阔勒，他对信使吩咐道：“你去问问巴迪阔勒，我们到底哪里得罪了他，每年的赋税，我们都按时上缴，如需增加赋税，我们也可以协商操办，我等待他明确的回音。”

信使快马加鞭来到巴迪阔勒的帐前，一字不差地复述了卡尔马纳普的话语。巴迪阔勒没有把话听完，就狂呼乱叫：“可恶的加克普之子玛纳斯把空托依刺下马鞍，对卡勒玛克的肖茹克降下了无尽的灾难，连宫中的四十名宫女也被他掠去霸占。卡尔马纳普别以为小舅子玛纳斯出人头地、声名初显，就妄想与我平起平坐，竟然派手下来与我分庭抗礼。大胆的喀拉卡勒帕克人真是打错了算盘！”他转身向将士发号施令，让他们抓紧时间准备出发。巴迪阔勒毫不掩饰内心的狂妄，对使者阿勒特开厉声说道：“你回去告诉你的首领，说巴迪阔勒大王即将来临，卡尔马纳普有多少本事，就在战场上分个输赢。我就是为了占领卡尔马纳普的领地，才夺取了他的牲畜马群，我要杀死他，打开通往阿拉什的道路，我要把自命不凡的玛纳斯生擒活捉，抓来做我的仆人，我还要把肖茹克的女儿夺回到我身边，我要给空托依和肖茹克报仇雪恨，我要占领阿拉什的土地，夺取他们所有的财产。”

卡尔马纳普的使者阿勒特开面对这样的羞辱不堪忍受，立刻上马，日夜兼程，马不停蹄地回到村落，向卡尔马纳普详细禀报了巴迪阔勒的话语。卡尔马纳普听后忧心忡忡，一边下令通知众乡亲转移到山中，立刻召集全体士兵鼓足勇气准备与巴迪阔勒对阵，一边让阿勒特开立刻起程向撒马尔罕求援。他吩咐道："快去向玛纳斯传话，就说他姐夫卡尔马纳普原本平安无忧地生活，就因为他的缘故，才遭到厄运。如果他还记得喀拉卡勒帕克人中还有他的姐姐卡尔德哈绮和姐夫卡尔马纳普，就要立刻动身，带上兵马前来救援。"

阿勒特开骑上青灰色快马半夜出发，趁着夜色，沿着别特巴克山的阴坡，顺着别迭尔律碱滩边沿昼夜不停地飞奔。走到布哈拉上游突然与一队人马相遇。阿勒特开不知他们是何人，心中万分着急，开口询问对方的姓名，原来是布哈拉城的夏铁米尔。自报家门后他也询问阿勒特开的来历，当得知阿勒特开要去搬援兵抗击巴迪阔勒的时候，夏铁米尔立刻心惊肉跳，担忧地说道："玛纳斯斩杀的卡勒玛克人与巴迪阔勒相比简直算不了什么，能够与巴迪阔勒抗衡的勇士到哪里去找？"

为了尽快传递消息，阿勒特开毫不怜惜坐骑，青灰马如同旋风般飞奔，终于来到玛纳斯所在的阿依勒。

此时玛纳斯正好在家，客人来来往往络绎不绝。一位勇士跑上前来将阿勒特开扶下马鞍，看到来者是一个陌生人，仆人为他掀开了门帘。阿勒特开走进门来，只见玛纳斯危坐在上方，四十勇士并排坐在两边，人们睁大眼睛发出疑问。阿勒特开心中发慌，十分紧张，嗓子发哑，声音颤抖，舌头僵直，说话不畅，好像被人掐住了脖子。他因为疲劳过度而脸色苍白，一双眼睛黯然失色，一下昏厥了过去。玛纳斯见状，让勇士们把他送到父亲加克普的毡房，等他恢复神智后再加以询问。

信使阿勒特开被送到加克普家里，巴卡依进来见到昏厥的客人命人用凉水将他泼醒，待他逐渐恢复意识后，听他讲明来意。当听到卡尔德哈绮的名字，加克普惊呼不已，十分着急，绮依尔迪放声大哭，巴卡依也心急如焚。得知巴迪阔勒肆意的挑衅，玛纳斯义愤填膺，立刻命人备马，准备出征。柯尔克孜族人也群情激愤，整装待发。

玛纳斯见到加克普也在手忙脚乱地准备起程，就请巴卡依出面劝阻。最终加克普闷闷不乐地留在家中，英雄玛纳斯跨马出征，巴卡依紧随其后，红色的大旗迎风飘舞，威武之师朝着别特巴克山前进。

玛纳斯想起姐姐卡尔德哈绮的境遇，心中忐忑不安，他让信使阿勒特开赶快回去报信，至少先给喀拉卡勒帕克人带去一些安慰。

一见钟情

早在奥若孜都的时代，阿牢开就肆意进犯柯尔克孜族人。阿德巴依、阔勒巴依和塔什巴依三位富翁一夜间卷起帐篷搬迁到布哈拉。阿德巴依有三个儿子，长子名叫喀拉汗，二儿子名叫铁米尔汗，最小的儿子名叫夏铁米尔。他们都有汗王的名分，勇敢的喀拉汗是布哈拉城的统治者。喀拉汗的长女阿克艾尔凯奇是一位稀世美女，阿依达尔汗之子阔克确将她娶作夫人。另一个女儿名叫卡妮凯，美丽贤淑，出类拔萃，未涉红尘，芳龄十三。这一天，她带着四十位宫女,来到布哈拉平原阿克奇边沿的阿拉阔勒湖边,湖面碧波荡漾，野鸭天鹅浮游其间，姑娘们嬉戏游玩，兴致正酣。

恰巧此时，少年英雄玛纳斯在前往芒格特的途中经过阿拉阔勒湖滨，看见一群快乐的姑娘，便好奇地勒住了缰绳。他来到姑娘们面前，抬起右腿搭在阿克库拉的马鬃上，掏出安集延的白枣木烟袋，衔在嘴里，眯着眼睛端详着眼前的姑娘们。当他看到卡妮凯时，心中突然荡起一股神秘的激情。姑娘双眼闪烁十分多情，脸庞在他的注视下更加红润。因大战在即，玛纳斯掉转马头继续前行。

玛纳斯来去匆匆，在湖边玩耍的姑娘们根本不知他是何人。可他那非凡的仪表却激荡着姑娘们的芳心。卡妮凯也仔细打量着英雄："这真是一位绝世英豪，没有一点瑕疵和瘢痕。他年轻力壮，朝气蓬勃，是男子汉里的骄傲，谁人能不动心？若能与他结为伴侣，那真是美梦成真，幸福降临。曾经听人说起一位英雄，十分关心柯尔克孜族人的命运，决定把柯尔克孜族人从苦难中解救出来，莫非他就是那位英雄？他突然出现又转身离去，心中是否萌生爱意？"卡妮凯呆呆地站在湖边，英雄的英姿已深深印在她的心中难以忘怀。

玛纳斯一路前行，翻滚的思绪无法平静。四十勇士一往无前，沿着别特巴克山坡行进。

解救喀拉卡勒帕克

巴迪阔勒领兵征战，把罪恶之手伸向喀拉卡勒帕克。他在途中遇到土库曼人，如同挥镰割草，毫不留情。喀拉卡勒帕克人决意全民抵抗，卡尔马纳普的弟弟卡拉朵因找不到合适的战马，心里万分焦急。正在这时，阿勒特开飞马返回传递消息，英雄玛纳斯正在赶来的路上。

喀拉卡勒帕克与芒格特两军在草原上扎营对峙。卡拉朵找回自己的青灰马，独自一人横刀立马在队伍的前头，显示出巨人般的气概。

巴迪阔勒催动战马亲自挥刀上阵，两人高声吼叫开始交锋。卡拉朵面对凶神恶煞的巴迪阔勒，心中有些发怵，经过两个回合，矛尖依然未能刺中敌人，开始乱了方寸。卡尔马纳普忍无可忍，拍马亲自上阵。巴迪阔勒见到卡尔马纳普，抖擞精神，径直向他杀去。经过三个回合的较量，卡尔马纳普不敌对手。当他准备撤回营地之时，卡拉朵重新冲来助战，巴迪阔勒怒火中烧，一矛枪把卡尔马纳普和卡拉朵扫下马背。就在这危急关头，卡尔德哈绮把发辫盘在头上，骑上父亲赠予的加勒曼阔克神骥奔上战场。巴迪阔勒对突如其来的女英雄十分惊奇，卡尔德哈绮趁机刺出矛枪，巴迪阔勒的坐骑前腿弯曲，打着趔趄几乎摔倒，卡尔马纳普和卡拉朵趁机逃出战场保全了性命。

巴迪阔勒和卡尔德哈绮两强对搏地动山摇，大战数个回合不分输赢。巴迪阔勒暗自思忖："她与我不分上下，的确是一位女中豪杰；我若和她生下儿子，一定是个刚强如铁的好汉。我要把她掀翻，拖在骏马后面带回巴勒克城，让全城的百姓大吃一惊。我要驯服她成为我的夫人，让她服服帖帖地将我侍奉……"巴迪阔勒想入非非，如同找到了良计妙策般舒心。他晃动着高高的头颅，伸出犁耙似的双手发起新一轮冲锋。

危急时刻玛纳斯正好赶到，他不停地摧动阿克库拉神骏，高喊着"玛纳斯"，如同一只雄鹰风驰电掣般扑来。听到"玛纳斯"的名字，卡尔德哈绮勒住马缰，掉转马头退出战场。

"我的战利品被你放走了，我正要去找你，你竟然自己送上门了！"巴迪阔勒怒声吼叫，手中的长矛呼呼生风，他用尽浑身的力气，狠狠地向玛纳斯刺出，矛枪被玛纳斯挡住断成两截飞了出去，巴迪阔勒换了一把矛枪，再次向玛纳斯冲去。玛纳斯轻轻拨开刺来的矛枪，转为反攻，但未能刺伤对手，他又运足力气刺出矛枪，矛尖却没有戳透巴迪阔勒的铁甲，这家伙的身体如同岩石般坚硬。

恼羞成怒的巴迪阔勒气得脸色铁青，蓬乱的胡须根根分明，他高举硕大的战锤，狠狠向玛纳斯砸下。刹那间玛纳斯捕捉到战机，对准巴迪阔勒暴露的腋下刺出，矛枪刺穿了他肩头的肌肉，瞬间玛纳斯又刺出了致命一枪，矛枪穿透了巴迪阔勒的胸膛。大山般的巴迪阔勒终于滚落马鞍。

胜负既分，无辜的士兵没有人追究，柯尔克孜人把他们集中到一起按照规矩由巴卡依老人处置安顿。巴卡依仔细观察，发现巴迪阔勒的士兵大多是巴攘和尚卡依人，官员都是芒格特人。巴卡依释放了巴攘和尚卡依人，将被巴迪阔勒抢去的喀拉卡勒帕克人的牲畜还给卡尔马纳普，让其赶回牧村。

原先巴迪阔勒从各地抢来了很多宫女，此时有熟人的姑娘就被人领走，剩下的由阿德巴依之子夏铁米尔负责安排。他从中挑选一个姑娘，悄悄地带回布哈拉，托付给大哥喀拉汗抚养。卡妮凯见她十分顺眼，从此与她成为姐妹。

对巴迪阔勒的妻子和家人，英雄玛纳斯没有多加询问，只说道：“老老实实地生活吧，你有足够的财富享用。”言毕，踏上归程。巴迪阔勒的妻子为了不让英雄空手返回，拱手相送了大批马群。玛纳斯没有把马群留给卡尔马纳普，这让卡尔马纳普闷闷不乐，卡尔德哈绮也有同感。

少年英雄玛纳斯回到故乡，恢复了往日快乐的生活，但是在一个凉爽的傍晚传来一个坏消息。

驰援阔克确

英雄玛纳斯帮助喀拉卡勒帕克平息战乱后凯旋，在家中悠闲休养。不料，一天傍晚时分，有一位信差飞马奔驰而来，面无血色，神色慌张地向玛纳斯报信："阿拉尼克的巴努斯与朵汗、索克索、索托依狼狈为奸，率领大地难以承受的强悍大军，如同洪水猛兽般向哈萨克族人进犯，在玉其卡尔克拉和阔克多别的山冈，在大凯敏和节特玉古孜草原抢夺马群，施展淫威大肆屠戮。老百姓抛弃家园，躲入森林和山谷，我们没有足够的兵力与他们抗衡。阔克确特意派我前来求援。遭受蹂躏的阿拉什人如同长夜盼望启明星一样期待着你的回音。"

柯尔克孜尊贵的汗王、智者和勇士们听到这一消息，阴霾就笼罩了他们的内心。雄狮玛纳斯当年在阿尔泰与朵汗驼队的护卫官朵杜尔巨人的交锋中，与阔克确并肩战斗结下了生死之交。哈萨克族人又是柯尔克孜族人共同抵御外侮的忠实同盟，玛纳斯对阔克确及其百姓的遭遇痛心断肠，他首先打破沉寂对信差说：“送信的小伙子啊，请你返回，把我的话一字不漏地传给阔克确。你们的百姓痛苦不已，我怎能躺在家中袖手旁观？明天就是出发日，我绝不耽搁立即出征。如果哈萨克族人已经出发，我们就在阿拉尼克会合集中。巴努斯、朵汗、索克索和索托依的恶名，我已不止一次听到，这次我倒要亲自瞧一瞧，他们有多大的本领！”那信差带着令人十分满意的答复，连夜返回复命。

当次日的晨光逼退夜色的时候，玛纳斯、巴卡依、楚瓦克跨上如麦芒般整齐的骏骥，率军向阿拉尼克出发。到达后队伍在布杜尔古山中休整了三天。

阔克确派出的信使快马加鞭、日夜兼程，风风火火地回到营地向阔克确禀报了详情。听到玛纳斯的回音，哈萨克汗王玉尔毕和阔克确率领一万大军疾行，在布杜尔古山冈与玛纳斯会合。哈萨克族人与柯尔克孜族人的队伍会师后，高举战旗，吹起战号，擂起战鼓，浩浩荡荡，威风凛凛地向阿拉尼克进军。

在阿拉尼克居住着巴努斯和朵汗两位汗王，还有索克索、索托依两位将军。他们在阿拉尼克及周围六个城镇收取捐税，养精蓄锐，为抢掠哈萨克族人和柯尔克孜族人做好了准备。正在这时，哨兵十分惊慌地报告敌情：“在布杜尔古山冈出现了一支高举战旗的队伍，他们个个英武威风，武器装备精良，马蹄声震耳欲聋，说话声地动山摇。我们用千里眼仔细观察，其中有一位超凡脱俗、气势汹汹的英雄，猜测了半天不知是谁。”听完哨兵的报告，汗王和将军当即指挥大军出发，成千上万的康阿依兵马狂呼乱叫为自己鼓气。这些胆大妄为的家伙牙齿咬得咯咯作响，也不乏许多人暗自叫苦，感到绝望。

群英大战
阿拉尼克

有一位名叫卡勒达朗的人骑着塔尔特克孜勒战马气势汹汹地冲出康阿依人的阵营，前来对阵。哈萨克英雄赛买特催动着喀拉苏尔马径直冲向卡勒达朗。二人都是身经百战的勇士，你戳我挡，你来我往，经过几十个回合的搏杀，英雄赛买特终于将对手挑翻落马。

康阿依的著名勇士木纳尔纵马冲击。康阿依人大呼小叫呐喊助阵，木纳尔如一棵顶天立地的大树，他的坐骑铁青马像一个高塔，木纳尔坐在马鞍上头顶云层，浓密的黑发编成粗辫，两条浓眉像一对横卧的绵羊一般。他手持长矛，吼声如雷，杀气腾腾，向赛买特发起攻击。赛买特高呼着“玛纳斯”的口号勇敢迎战。木纳尔的长矛直戳赛买特的胸膛，赛买特心想：“他的长矛着实很长，还没有等我戳中他，我自己可能已经碰上他的矛尖。”于是收回矛枪，抽出了战刀。木纳尔戳来长矛，赛买特挥刀迎上，劈断矛尖。气急败坏的木纳尔头发倒竖，顺手抓起了他毡房大小的战锤,这是让多少人望而生畏的武器。赛买特奋力拼杀，毫不畏惧。当木纳尔高举战锤的瞬间，赛买特挥动矛枪刺中了木纳尔的右臂，但当木纳尔猛地收回胳膊时，矛枪从赛买特的手中滑了出去，一时赛买特两手空空，来不及调整好身体，在对手面前暴露了全身。木纳尔举起战锤，狠狠地砸在赛买特的头顶，连喀拉苏尔马都成了齑粉。

“有种的好汉们，不要一个一个来，你们一千人同时上阵，我也能全部杀尽！”木纳尔在战场上大喊大叫，耀武扬威。

阿拉什人阵营中的英雄塔塔依，身经百战，武艺高强，战功显赫，威名远扬。“面对康阿依仇敌，假如缩头缩脑不敢上阵，那真是丢尽脸面！”塔塔依来不及多想，抽打着塔什库荣骏马，杀声震天地冲向敌将。

战场上塔塔依和木纳尔纠缠在一起，木纳尔又一次举起战锤。塔塔依见状急中生智，将矛枪从木纳尔衣摆下方戳去,高山般的木纳尔被塔塔依戳伤落马。眼前的这一切，引起了康阿依人群中一阵骚动，人心惶惶间一个名叫阿德拉依的家伙催马冲出阵营。

这个家伙骑着一匹吉勒巴斯凯尔骏马，全身裹着青铁战甲，根本不把塔塔依放在眼里，举着战斧就向前冲去。塔塔依毫不示弱，舞动长矛催马迎敌。经过六个回合的较量，塔塔依的生命最终被阿德拉依夺取。

阿拉什人阵营中一时无人上前对阵。阿德拉依发出胜利的吼叫，得意扬扬，十分兴奋。这时，玉尔毕汗王目光深沉，回头看了一眼塔特别克。塔特别克是玉尔毕汗王信赖的勇士，肩阔腿长，浓眉俊美，目光炯炯，拉弓射箭百步穿杨，挥斧使枪无人可敌。他领会了汗王的旨意，旋风似的向前冲去。阿德拉依也迎面冲来，舞动一根铲杖，与塔特别克交手。塔特别克戳出一枪，扎在阿德拉依身上，阿德拉依不顾伤痛，奋力铲出一杖，塔特别克不幸阵亡。见状康阿依人欣喜若狂，欢声雷动。

阿依达尔汗之子阔克确怒不可遏，冲上战场。他乘骑的青花骏马原本是圣人迭尔比什的神骥，当初他用五百四十多匹马将其换来，作为自己的坐骑。阿德拉依见英雄阔克确冲来，便挥动铲杖全力迎战。英雄阔克确像盘旋抖翅的雄鹰寻找战机，不等敌人下手，对准阿德拉依的胳膊戳出矛枪，刺断了他的桡骨和尺骨。阿德拉依扔掉缰绳，用另一只胳膊挥起战斧。可是他胯下的紫青色骏马的两条前腿被甩掉的缰绳缠住，摇头晃脑，无法前进。英雄阔克确抓住这个机会，高高举起战斧狠狠劈去，大山般的阿德拉依立刻从马背上跌落。

夜晚，双方偃旗息鼓。第二天清晨，又摆开战场。英雄阔克确率先冲入战场。康阿依队伍里冲出一人，他是人称恶魔的奥托阔依大将，传说他在野性发作的时候每天要吞吃一人。康阿依的汗王和将军听之任之，助长了他丧尽天良的气焰。奥托阔依体壮如山，脑袋如同一口大锅，前额上的双眉如同一对黑色猎犬，他脸上的横肉，足够喂饱六条猎狗。他张开大口打了一个哈欠，上下牙齿像大山撞上大山，白花花的唾沫满嘴冒泡，随后挥动着似毡房大的战锤，狠狠地砸向阔克确。阔克确岂是等闲之辈，他勒紧神骥青花马的缰绳,机灵地闪到一边。奥托阔依的战锤“咚”的一声砸到地面，就出现了一口黑咕隆咚的深井，干燥的地面渗出泉水,大地一片泥泞。盖世英雄阔克确抓住机会，眨眼间连续戳出三十多枪,刺得奥托阔依的甲胄破碎成片。奥托阔依羞愤难当，恨不得把阔克确打入地狱。阔克确终于刺中敌人，奥托阔依三处受伤，无力继续搏杀，掉转马头，不顾羞耻地狼狈逃命。阔克确催着青花马撒开四蹄急速追杀,舞动着门板大小的月牙战斧接二连三地劈向敌人，终于把奥托阔依送进了地狱。

康阿依人阵营中的凯铁列克大将见状咬牙切齿，挥鞭催马冲杀而来,要与阔克确决一雌雄。凯铁列克龇牙咧嘴，杀气腾腾，脸上浓密的长毛和胡子蓬乱不堪，就像栗色公马的长鬃，前额高高凸起，眼眶深得如同洞穴，双眼冒出阵阵凶光，两条长腿从膝盖处弯成两截拖到地面。凯铁列克狂呼乱叫，挥动着带挡板的矛枪冲过来，趁阔克确掉转马头的一刹那将他挑翻落马。

此时阔克确的境况十分危急,色尔哈克顿时心急如焚，高喊着“玛纳斯”，催动着铁勒克孜勒马如同饿虎般冲向战场。凯铁列克只好回身迎击色尔哈克,无暇顾及阔克确。

“你这红苹果似的小孩，乳臭未干，骨骼还未长好，我奉劝你莫逞能，否则便会去你祖先那里报到。我可不想让人嘲笑，背上欺负小孩的骂名。为了让众人心服口服，在离开之前，你可以戳我几矛，我完全不与你计较！”凯铁列克放肆地大喊大叫。色尔哈克听罢，晃动长矛哈哈大笑：“凯铁列克啊，你不必为我着想，倒是想想自己的命如何来保！”

凯铁列克瞪着阴森的双眼，不断地舔着自己的嘴唇：“我只要轻轻捏一下，你就会变成齑粉。你死了，谁能为你报仇雪恨？”色尔哈克立刻接上话茬儿：“你大言不惭，东拉西扯，无非想暂时拖延狗命，你可知道我是谁？我的父亲是加克普巴依，雄狮玛纳斯是我的长兄，我有足够的勇气和信心，独自夺取阿拉尼克城。”

“难道你的兄长玛纳斯打败了空托依、肖茹克、巴迪阔勒就会无往不胜？我今天就要夺了你们的命！”凯铁列克说着举起战斧向前冲去，中途突然改用矛枪，狠命刺向色尔哈克。面对戳来的矛枪，色尔哈克没有眨眼，机敏地拨开矛枪，凯铁列克的矛枪瞬间断成几截坠落在地。凯铁列克恼羞成怒，拎起了身边的战锤。色尔哈克催马向前，雨点般地连续出枪，凯铁列克头脑发昏，屁股滑出鞍鞯，双脚滑出马镫。色尔哈克抓住时机，一声大吼，戳中了敌人的咽喉，结束了凯铁列克的性命。

玛纳斯见状非常高兴，决定用自己的心爱之物奖赏亲爱的弟弟。

就在这个时候，康阿依的阿迪克骑着一头腾跃不羁的犀牛，手持一根铁制铲杖冲上战场，他是一个吃人的魔鬼。此时他就像一条扑咬马背上骑手的疯狗，张牙舞爪地向色尔哈克刺出矛枪，色尔哈克的大腿被扎中，顿时一股鲜血喷涌而出，染红了他的坐骑。

得意忘形的阿迪克还未来得及掉转犀牛，阿克巴勒塔之子楚瓦克催动着胯下的阔克铁凯神骏飞奔而来。阔克铁凯骏马粗壮的尾毛盘成一团，双眼闪闪发光如同风箱鼓起的火焰；脊背如同弯曲的鹰架，伸缩的大腿如同盘羊一般；腹部紧缩，胸部高挺，尖尖耳朵上探出的鬃毛清晰可见。它像翱翔的飞鸟，又如离弦之箭，驮着英雄楚瓦克勇往直前。楚瓦克对准阿迪克的侧腰刺出一枪，阿迪克举矛相击，不料矛枪断成两截，碎片乱飞，一根半尺长的碎片扎入了阿迪克的右眼，阿迪克疼痛难忍，立刻让犀牛掉转方向。楚瓦克催马赶上，连戳了十多枪，阿迪克晕头转向，摇摇晃晃，兜鍪飞落在地上，楚瓦克抡起战斧狠狠地劈在他的头上。

康阿依人见此情景，一千多人一拥而上，端起火枪，对楚瓦克进行射击。战斗中有一名叫巴塔克的勇士骑着凶猛的大象冲在前面，柯尔克孜英雄秀图头戴毡房般的大毡帽，非同一般，他端起白钢火枪，将巴塔克连人带象射翻在地。不等大军赶来，英雄秀图就让冲来的敌兵纷纷丧命。康阿依人见情况不妙，策马扬鞭，全体出动，如潮水般涌向阵前。

英雄的阿拉什人沉着应战，井然有序。巴卡依高擎着战旗，屹立在前沿阵地。玛纳斯率领大军，带领着威猛无比的以克尔葛勒恰勒为首的四十勇士，全体参战。两军短兵相接，展开惊天动地的混战。

成全公主卡拉波茹克

两军混战中丧失了无数生命。雄狮玛纳斯犹如熊熊燃烧的烈焰，挥舞着手中的宝剑狂呼大喊，左右冲刺，康阿依人溃不成军，四处逃命。在激战中，康阿依人的将领夏库尔、阔荣、卡拉波茹克突然与玛纳斯迎面相遇。玛纳斯一眼就判定了他们的身份。他收起宝剑，握起神奇的色尔长矛，跃马上前。康阿依战将夏库尔暗自思忖："只要战胜玛纳斯，便能降服阿拉什人。"他挥舞着战锤直接攻向玛纳斯。阔荣和卡拉波茹克以为玛纳斯这样的黄毛小子，夏库尔一人就能战胜，便勒住缰绳，等着夏库尔把玛纳斯生擒活捉。夏库尔为显示自己，抡起战锤并未向玛纳斯砸去，而是狠狠地砸向一旁的山崖，巍峨的山崖瞬间被夷为平地。夏库尔耀武扬威，得意扬扬地转向玛纳斯。英雄玛纳斯哪里将这些放在心上，拿起色尔长矛与夏库尔拼刺。

夏库尔不敌换上铲杖，玛纳斯眼疾手快，用矛枪刺中了对方手中的铲杖，就这样，夏库尔连同铲杖都被矛枪挑起，扫落在地。这时阔荣也冲上战场，他手中的武器由七块相同的磨盘石串起，用硬木做手柄再用铁片包裹加固而成。他举起磨盘向玛纳斯砸去，没等磨盘落下，玛纳斯挥动战斧向他砍来，阔荣像一棵被砍倒的大树轰然倒地。

卡拉波茹克是朵汗的女儿，朵汗在后方目睹玛纳斯的神勇，不由得发出担忧地叹息 :“我心爱的女儿卡拉波茹克，你在玛纳斯面前活下来是一个奇迹，千万不要与柯尔克孜人对阵。我已下令，让大象队伍踏平他们。”卡拉波茹克曾经多次发誓，谁战胜她，她就嫁给谁。被她打下马鞍的男人，定会被深深羞辱。面对英雄玛纳斯，她此时却思绪万千 :“他真是一个英雄豪杰，我不与他过招如何返回？我暂时听从父亲的劝谕，在一边观看，如果他躲过大象的冲击，我再与他展开决战，如果他胜了，我就为他铺被做饭。”于是卡拉波茹克听从父亲的规劝，静静地站在那里观察战事变化。

康阿依人长期圈养了三十二头大象，个个训练有素，好似能征善战的英雄。每一头大象的鼻子上都捆绑了尖锐的矛枪，驯象师放开大象，群象奔驰，如同洪流翻卷，前来对抗的战士被大象冲得人仰马翻。有一头名叫诺姆的大象最强壮凶狠，它短短的尾巴不足一指，鼻子上的长矛却足有十尺。诺姆弓着腰身冲在最前面，却被玛纳斯一刀砍翻在地。如同山包的两头大象紧随其后，也先后中了玛纳斯的月牙斧和矛枪，瞬间见了阎王。看到为首的三个伙伴先后倒地，象群大乱，惊慌逃离。驯象师赶上前来抽打着大象的鼻子进行阻拦，大象们不听指挥，挤挤撞撞，不知踩中了多少康阿依人，最终跑回栅栏里。玛纳斯追逐着大象也冲入熙熙攘攘的敌阵。

敌阵中的索克索占据着康阿依的大片土地，统治着众多百姓，他目空一切，自以为是世间独一无二的猛将。索克索身披层层铁甲，肩挎层层盾牌，腰束铁制的腰带、矛枪、火枪、铁锤，还有铁铲和铁棍，脸色阴霾、目露凶光，抽打着杰勒杰特别斯骏马，像发疯的公驼一样，径直冲来与玛纳斯交战。他没有打听对方的姓名，端起矛枪戳向玛纳斯。英雄玛纳斯闪身躲过，挥动战斧阻挡，索克索的战斧被打飞到空中，落到康阿依人的阵地，一下压死了几十名战将。索克索顿时怒火升腾，举起毡房大的战锤，玛纳斯伸手抓住敌人的胳膊，迅速躲避铁锤，并将对手顺手扔到一旁。

观战的索托依惊慌失措，派出四十名勇士，让他们用网捕捉玛纳斯。被玛纳斯摔倒的索克索羞愧难当，怒火万丈，挥动着狼舌长矛冲上前来，玛纳斯一把抓住了戳来的矛枪。正当他们相互拉扯的时候，索托依派出的四十勇士赶到，从各个方向朝玛纳斯扔出套索，组成一个大网，英雄玛纳斯被困在网中。四十勇士个个高大神勇，他们抽打着坐骑，齐声大吼，想把玛纳斯拖走。但无论他们怎样用力，玛纳斯在马背上都岿然不动。“我要亲自将他拖走！”

索克索上来拼命拉网。见到索克索得意忘形的模样，玛纳斯顿时怒火万丈，他屏住呼吸收紧肌肉，运足了气力，瞬间四十根粗壮的网绳像腐烂的破毡断成碎片纷纷扬扬。玛纳斯抽出阿恰勒巴热斯神剑，把大山般的索克索和四十勇士全部斩杀。

索托依、巴努斯、朵汗谁也不敢单独上场，三个人只好一起向前，从三个方向围着玛纳斯轮番进攻。英雄色尔哈克见他们同时围攻雄狮，便手持矛枪飞马赶来，首先刺翻朵汗，朵汗早已无心恋战，他重新跨上马背夺路而逃。色尔哈克接着向巴努斯讨战，巴努斯不敢交战，急转马头仓皇逃窜，玛纳斯把准备逃命的索托依劈到马下。

色尔哈克在追赶巴努斯的路上，突然与卡拉波茹克邂逅。卡拉波茹克是女中豪杰，虽然身为窈窕少女，却能与任何男人比肩。两人互不相让，拼死搏杀。克尔葛勒恰勒、秀图和塔孜巴依玛特前来为色尔哈克助战。卡拉波茹克寡不敌众，退回营地。

玛纳斯对巴努斯穷追不舍。巴努斯狼狈逃窜，慌张地朝后看，只见玛纳斯一人单骑追赶。他立刻掉转马头顺着一个河谷土崖往回转弯，来到土崖的隐蔽处潜伏，企图暗算玛纳斯。当玛纳斯催马跑过时，巴努斯的矛枪直向他的软肋戳去，玛纳斯受到突如其来的袭击，当即翻身落马。正在这时，楚瓦克高喊着“玛纳斯”迅速赶来，巴努斯心慌意乱，飞马夺路，逃向巴达克山。

玛纳斯正要起身重新跨上马鞍时，躲避色尔哈克的卡拉波茹克冲到他跟前。楚瓦克早已发现她，挡住了她的去路。经过三个回合的较量，卡拉波茹克把楚瓦克撂翻，接着将矛枪直指玛纳斯胸前。玛纳斯稳如泰山，把戳来的矛枪拨到一边，顺手抓住卡拉波茹克的衣襟，欲将她从马背上提起。卡拉波茹克临危不惧，迅速伸出双手也扯住玛纳斯战袍的下襟。两个人相互揪扯，在山冈上颠簸，在河滩上奔腾，谁也没有把对方战胜，谁的脚也没有脱离马镫。正当他们打得难解难分的时候，克尔葛勒恰勒带领四十勇士来到他们身旁。额拉曼之子额尔奇吾勒说话就像唱歌一样，将他耳闻的事情和卡拉波茹克的心愿对英雄复述了一遍。额尔奇吾勒讲完后，卡拉波茹克跳下马背，双手作揖，向玛纳斯施礼。就这样，卡拉波茹克归顺玛纳斯。玛纳斯从卡勒恰娶了娜克莱，从卡勒玛克又娶了卡拉波茹克，平定阿拉尼克后，玛纳斯率军回到撒马尔罕休养生息。

进军浩罕城

巴努斯失魂落魄，一路逃窜，终于来到塔什干。塔什干的汗王凯尔利夫将他尊为上宾，热情款待。经过一段时间的休养，巴努斯忍不住对凯尔利夫进言："凯尔利夫啊，我们不能无所事事游手好闲，世间的财富不会自己送到咱们身边。柯尔克孜族人的玛纳斯占领阿拉尼克以后正在撒马尔罕休养。他不会不打听我的去向，他会指责你对我的恩泽和热情，会前来向你滋事挑衅。我们是否应先发制人？"

巴努斯的一番话正中凯尔利夫下怀，他顿时兴奋起来，说出了心里话："巴努斯啊，你言之有理！我早就有这样的计划，只是担心你刚刚受到惊吓，就没有向你提起。我们不必率领大军盲目出征，可以先夺取纳曼干和奥什两地柯尔克孜族人的马群。失去维持生计的马群，他们自然会向玛纳斯报信，当玛纳斯带兵前来的时候，我们再设法将其消灭干净。当然，我还要把安集延的百户长、玛尔尕朗的千户长，还有浩罕的森其别克全部动员起来，我们要在波孜别勒山谷设下埋伏，一举消灭玛纳斯。如若玛纳斯害怕不敢前来，那时候，我们就共同率部出征，攻击玛纳斯的老巢。咱们在率兵出发前，不能忘了给阿牢开和朵汗送信。”

巴努斯和凯尔利夫按照计划，与森其别克相互勾结，到纳曼干和奥什两地抢劫柯尔克孜族人的马群，在很短的时间内疯狂地抢劫了三次。第三次最肆无忌惮，不仅抢劫马匹和牲畜，还抢掠了妇女，强迫年轻人去做奴隶，每天拖拉爬犁和大车。遭到敌人的抢劫和欺凌，柯尔克孜族人怒火中烧，却无法给遥远的玛纳斯报信。敌人设置道道岗哨，封锁了全部道路。凯尔利夫和森其别克与阿牢开、朵汗、穆拉迪勒，还有涅斯卡拉、乌尚等汗王来往频繁。阿牢开之子空吾尔巴依在艾散汗手下掌管着康阿依人、卡勒玛克人、唐古特人和契丹人，他从遥远的坎屯城送来密旨，命令凯尔利夫和巴努斯严密监管柯尔克孜族人。因此他们才有恃无恐，明火执仗，随意霸占柯尔克孜族人的牲畜、财产和女人。

在卡勒玛克人统治下的柯尔克孜族人中，有一个名叫阿布勒太的老人，年逾古稀，因体弱多病足不出户，卧在火塘边流着口涎似睡非睡。卡勒玛克人早就断定阿布勒太已经死去，从没有人前来过问。然而老人并没有被苦难压倒，在一个漆黑的夜晚，阿布勒太老人披着黑色的衣裳，偷偷地走到户外，牵来自己善跑的老花牛，在皮囊里装满清凉的泉水，腰上绑着干粮，在夜色中悄然离开村庄。

七十多岁的阿布勒太深知自己肩负着拯救柯尔克孜族人的使命，径直朝撒马尔罕方向走去。他一路风餐露宿，昼伏夜行，风尘仆仆地来到加克普的门前。阿布勒太老人与玛纳斯的父亲加克普很早以前就是朋友，他走上前毫不客气地责问加克普："巴依加克普啊，你可知道，我为何拖着七十多岁的带病之身，骑着一头公牛，不辞辛劳来到这里？如今你的儿子成为盖世英雄，过去的苦难你早已忘到脑后，尽享人间富贵，目中已没有当年的朋友，你儿子玛纳斯为何躺在这里虚度光阴？"

加克普急忙走上前，牵住公牛的缰绳，领着阿布勒太向自己家走去。玛纳斯坐在帐中看到这一切，带着疑问，站起身缓步向父亲的家门走来。

绮依尔迪见到阿布勒太喜出望外，一边张罗款待，一边向阿布勒太嘘寒问暖拉着家常，顷刻间在餐布上摆满各类美食。正在这时，玛纳斯走进屋伸出双手与老人握手请安。加克普见此若有所思，派人请来了巴卡依。四个人围坐在一起，先让阿布勒太老人安然进餐，餐布刚刚收起，老人就哭诉了巴努斯、凯尔利夫和森其别克对纳曼干、奥什两地柯尔克孜族人的凌辱。

玛纳斯认真聆听后决定出兵。他真诚地安慰老人："请您等待我凯旋。此前我们多有疏忽，但愿您能够原谅！"

他问起老人儿子的名字，以便查询打探。这无意中一问，捅到老人的痛处了。老人的悲泣声更加凄惨：“如果我有亲生的儿男，我一个年逾古稀的老头怎么会骑着老牛跋山涉水！不要说儿子，我连闺女都没有。想起人们遭受的苦难，我怒火中烧，肝肠寸断，所以只身前来！如果我死去，请你将我安葬，除此之外，我没有其他心愿。”

玛纳斯答应了老人的要求，临走时向母亲和父亲反复叮嘱，一定要让老人愉快舒心。

玛纳斯和巴卡依、楚瓦克三人聚集一堂，商议出征事宜，假如先去塔什干，盘踞在康阿依的五个霸主和喀什噶尔的首领势必联合在一起，倾巢向柯尔克孜族人进攻，洗劫这里的无辜百姓。经过讨论大家决定先拿下浩罕城，这样可以封锁通往喀什噶尔的道路，堵住敌人的退路，然后再向塔什干进攻。经过严谨的商议，大家最后达成一致意见。众将士备好充足的武器装备和干粮，浩浩荡荡地向浩罕城进军。

经过数天的行军，玛纳斯的队伍来到了纳曼干北部的浩罕城。动作敏捷的包孜吾勒摸到城外哨兵附近，哨兵发现动静后钻到一个土崖下面。包孜吾勒堵住哨兵的去路，并活捉哨兵，押回大营。色尔哈克亲自审讯俘虏，心惊胆战的哨兵交代：浩罕之王森其别克对凯尔利夫和巴努斯唯命是从，每天指派巡逻哨兵观察柯尔克孜族人的动静。色尔哈克听罢，疾言厉色地命令哨兵回去后将所见所闻一字不落地向森其别克禀报，让他拿定主意选择出路。因为玛纳斯此次出征的目标不是小小的浩罕城，连塔什干也要一起攻克。

勇士秀图见状以为色尔哈克出风头抢头功，便去找楚瓦克嘀嘀咕咕：“色尔哈克十分得意，独自一人做主审讯俘虏，刚才又没有征求你们的意见，将人放走。玛纳斯和你们这些英雄怕是被色尔哈克忘在脑后……”恰好此时色尔哈克走进房门，对楚瓦克的疑问做出解释：“那是一个普通的巡逻哨兵，不必让大家费神。你和我的兄长玛纳斯年龄相仿，名气相当，哪还需要你亲自提审。该说的话我已对他说完，人已放回了浩罕城！”虽然这次的误会随着英雄们爽朗的笑声而淡化，却为往后行动中彼此的关系埋下了隐患。

被释放的哨兵魂不守舍地踏上回程，人不下鞍，马不停蹄，气喘吁吁来到森其别克的宫帐。他像一个年幼的孩子摇摇晃晃站立不稳，惊慌到有话说不清。森其别克见状气急败坏，命刽子手给他套上枷锁用刑。可怜的哨兵声嘶力竭地断断续续讲述了事情的经过。森其别克睁大双眼，转身命人停止上刑，详细询问了玛纳斯的情况后，森其别克惊诧不已，辗转反侧彻夜难眠，噩梦和美梦交杂，一会儿梦见自己取胜了，翻个身又梦见自己惨败逃命，就这样熬到了天亮。

不战而胜

太阳刚刚升起，森其别克就将大臣和谋士们聚到帐中谋划对策。大家商讨后认为，首先是他们自己误听了恶人的怂恿，搅乱了他人平静的生活，如今只能双手低垂欢迎玛纳斯，向他发誓永远和好，才可不动干戈。大家你一言我一语，最后决定以一马车赤金、两大车白银、六马车红茶、一百峰单峰驼和一百匹骏马去换取安宁。

他们手忙脚乱地装完物资，准备启运的时候，森其别克的烧茶仆人斗胆向主人进言，说："这一点微薄之礼未必会让柯尔克孜族人满意，最起码应把从柯尔克孜族人那里抢来的牲畜和财物如数归还；他们需要多少粮食都应满足，要奉献整车整车的赤金白银，从今往后源源不断地无偿提供丝绸锦缎，恐怕这样，才能保住主人的汗王光环。"听完仆人的话，大家都觉得言之有理，于是又下达命令分头准备，集合全体兵马和百姓倾城迎接玛纳斯的队伍。他们的将士放下锋利的武器，紧紧地卷起战旗，将矛枪插在地上，把马鞭挂在脖颈儿，牵着自己的坐骑，人们就这样步履踟蹰地走出城门。

看到潮水般涌来的浩罕人，柯尔克孜族人惊讶不已，以为他们是来决战的，勇士们个个摩拳擦掌，主动请战。整个部队士气高昂，准备战斗。就在这千钧一发之际，圣人巴卡依发出训令："血气方刚的年轻人千万不要急躁莽撞，我们对面的浩罕人收起武器，身披素装，将马鞭挂在脖颈儿上前来赎罪，你们可以昂首挺胸的加以藐视，但不要气势汹汹地吓坏了他们的老人和小孩。我们要认真听一听他们的解释。"巴卡依毕竟老成持重，说服了大家，安定了军心。此时的雄狮玛纳斯正在帐中休息。

浩罕人马走到马驹跑一程的地方，停下了脚步，他们的汗王森其别克如同上了绊扣的马匹，一步一叩首，缓慢移动。他的腰阵阵酸痛，膝盖已经磨烂，经过千辛万苦才靠近雄狮玛纳斯的营帐。他双手摸索着地面，拿起黄土涂在自己脸上，胁肩谄笑，等候指令。

过了大约一个时辰，伶牙俐齿的阿吉巴依开口质问："你一步一磕头，不停地点头哈腰，你是谁？如实禀报！"

森其别克向阿吉巴依拱手致礼，颤颤巍巍地回禀："我森其别克听信了巴努斯的谗言，抢劫百姓，犯下滔天罪行，所以磕头弯腰真诚道歉。我以赤诚之心祈福汗王玛纳斯健康长寿，假若他抽出战刀斩我，我心甘情愿伸出脖颈儿等候，就是将我碎尸万段，我也毫无怨言，我可以将自己的头颅和城池奉献给英雄玛纳斯。为表诚意，我们将柯尔克孜人的牲畜如数归还，给你们提供粮食和锦缎丝绸，奉献车载斗量的黄金。这里的良马和肥壮的单峰驼，可供你们尽情挑选。我真心向玛纳斯发誓，每年按时向他进贡。汗王玛纳斯英明果断，但愿他宽宏大量。如果汗王给我自由，我情愿追随他一生。假如接受我的请求，请随我进入城门，只要我还有一口气，我愿终身为汗王效忠。”森其别克一把鼻涕一把泪地苦苦哀求。

阿吉巴依听完他的倾诉，回身向巴卡依和楚瓦克详细禀呈。巴卡依舒了口气，不停地捋着长须：“阿吉巴依，你尽管放他回去，我们随后赶到。假如他信守诺言，我们绝不久留。让克尔葛勒恰勒严加看管手下，绝不允许他们随意抢掠。善恶好坏，自会有所分晓，最终会被世人知道。”

阿吉巴依按照巴卡依的指令，让森其别克带领他的百姓先行回城。森其别克听罢，“扑通”一声双膝跪地，摊开双掌，祈祷不停。他转身高兴地向百姓宣告，英雄已赐予和平，兵马和百姓打道回城。人们几乎不敢相信玛纳斯会宽恕他们的罪行，虽然没有见过玛纳斯，却都为他祈福安康。无论男女老少，欢喜的热泪都哗哗流淌。他们认真地打扫庭院，备好所需的物品，等待英雄玛纳斯进城。

雄狮玛纳斯由巨人阿克巴勒塔和楚瓦克陪同，率领以克尔葛勒恰勒为首的四十勇士进入浩罕城。人们发出欢呼声，赞颂玛纳斯十全十美，毫无缺陷。对玛纳斯身边的巴卡依、阿吉巴依及克尔葛勒恰勒等勇士羡慕不已，对玛纳斯的威武之师无不佩服。英雄们在城里停留了三天。森其别克的承诺一一兑现，制定每年应缴纳的贡赋，缔结契约，盖上了大印。为了表明各自的诚意，还折断了崭新的柳枝结盟发誓。阿吉巴依受玛纳斯、巴卡依的委托，宣布除了将柯尔克孜人被抢劫的牲畜如数认领以外，其余的骆驼和骏马都送还给森其别克，浩罕城也仍然由森其别克统领。

塔什干大战

浩罕城的老百姓脸上挂着满意的笑容，鞴好马鞍，牵来骏马让勇士们跃马启程。玛纳斯的队伍浩浩荡荡地走出城门，径直向塔什干出发。他们沿着山脚行进，没有惊扰沿途的百姓。

靠近塔什干有一个达坂，人称波孜别勒，东面是科尔沁都盆地，那里有茂密的森林。森林里泉水清冽，淙淙流淌，百花吐艳，芳草青青，不时飘来阵阵扑鼻的馨香。林中百灵唱起动听的歌谣，令多情的人思绪飘摇。朦胧的雾霭在空中缭绕，世上闻所未闻的奇异动物在这里都能找到。英雄们在这里歇息了两天，兵马也得到了休整。

接着，玛纳斯率领大军沿着蜿蜒小道爬上了巍峨的山顶，这里两边是笔直山崖，中间夹着唯一的通道，非常适合设下哨岗。但对方的哨兵心不在焉，没有料到大军压境。

在前面探路的额尔奇吾勒很快俘获了六名哨兵，并将他们押到英雄们身边。俘虏们见识到英雄们的威严，吓得哆哆嗦嗦，语不成声。阿吉巴依审问俘虏后，根据玛纳斯和巴卡依的指令，让俘虏们立刻回去如实向巴努斯和凯尔利夫禀报消息，限十天做出回应，否则就要踏平塔什干城。俘虏们听完阿吉巴依的话，庆幸自己保住了性命，便慌张奔逃。

正值深秋时节，寒冬逐渐临近，英雄们在此期间，以狩猎和刁羊度过闲暇时光。约定的时间很快就要过去。那些死里逃生的哨兵回到城里向凯尔利夫和巴努斯禀报了消息，两位汗王与臣仆们商量应对的良策妙计。多数人忐忑不安疑虑重重，提出了讲和的建议。但凯尔利夫从不厌倦战争，他没有采纳大家的意见，做出了应战的决定，急不可耐地召唤部下，命人敲起战鼓吹起号角。只要是架锅做饭的人家，每一家都要出一人去当兵或充当民夫。准备就绪后，凯尔利夫率领大军冲出城门。铺天盖地的士兵洪水般涌动，扬起的尘土遮住了半边天空。凯尔利夫自己的命运如何尚且不知，却妄想毁灭柯尔克孜族人，把骑马的勇士全部杀尽。

英雄玛纳斯率领兵马，高擎红色大旗，来到了宽阔的战场，大战的序幕已经拉开。

凯尔利夫派出了一个名叫铁木尔的猛将。这个家伙在巴达克山和塔什干飞扬跋扈，十分骄横，无人敢小瞧他。与玛纳斯单挑过招是铁木尔长期以来的心愿，凯尔利夫和巴努斯知道他的想法，才让他第一个冲出阵营。

柯尔克孜族人扎塔依是四十勇士之一，自从加入四十勇士的行列，他常常抱怨自己没有机会建功立业。“今天就让这孩子迎战吧！”巴卡依下达命令。扎塔依如愿以偿，骑着双耳笔直挺立的黄骠神马，率先冲向敌将。那敌将铁木尔刚出战就被他一枪刺中。塔吉克英雄托托依大吼一声，冲上前来,但出战的第一回合就被英雄扎塔依结束了性命。塔什干人塔塔兰紧接着冲进阵地，但很快也命赴黄泉。有一位名叫凯特尔开的勇士出身卡勒恰部落，是一个杀人不眨眼的凶神，他高喊着“巴努斯汗”冲上前来，追逐骑着黄骠马的扎塔依，待逼近身旁，一枪刺中对方腰部，将扎塔依挑翻在地。

见扎塔依从马背上跌落，阿勒江部的阿塔依扬鞭跃马冲入战场，救下危急中的扎塔依，迎面冲向凯特尔开。凯特尔开躲过阿塔依的攻击，将他戳落马背。乌孙的玉米提又冲入战场，但还没有刺出一次矛枪就被凯特尔开挑翻落到马下。没有等凯特尔开调整身体,加依桑勇士纵马如飞，冲上前去。凯特尔开不屑一顾，也把他戳下马背。阿尔根部落的卡拉阔交骑着一匹雪青马急奔而来，刚与凯特尔开过招交手，就被一枪挑下马鞍。

柯尔克孜阵营的五位英雄都败在凯特尔开手下，阿吉巴依怒火中烧催动屯库郎神骏冲入战场。凯特尔开瞥了阿吉巴依一眼，想像对付先前的几位勇士那样，一枪就将其戳翻在地。谁料阿吉巴依用战斧将戳来的矛枪挡落一旁，高举战斧劈向对方，凯特尔开顷刻间就命赴黄泉。勇敢无畏的阿吉巴依顺势冲进敌阵，连续作战，次日傍晚才打马回营。疲倦的将士们这才偃旗息鼓开始休息。

突然，天空乌云密布，天色阴沉，鹅毛大雪铺天盖地，下了一天一夜，一直没到人的膝盖。就在这个时候，凯尔利夫和巴努斯派出四名信使送来信函。在此之前，双方从没有信使光临，也不曾派出使者，还未形成互派使者的规矩。足智多谋的巴卡依让色尔哈克将信使接到大营，热情接待。色尔哈克遵照巴卡依的吩咐，给使者们穿上崭新的礼服，拿出丰富的食品热情款待后引进大帐，以显示出汗王的尊严和气派，然后接过使者递交的信函。凯尔利夫在信中写道："我们首先出手抢劫百姓，惹得你们兴师动众地报仇雪恨。现在大雪纷飞，封住一切，我们队伍中的老弱病残和妇女儿童损失十分惨重。如果我们在这冰雪铺盖的旷野僵持下去，说不定他们会全部丧生。假如你们同意，我们希望休战六个月的时间，到来年夏季重新开战。休战期间，你们四百八十人的给养全部由我们提供。"

光明磊落的玛纳斯汗王了解了信中的内容后，命人写回信并盖上了自己的汗印："你们说有老弱病残和妇女儿童会无辜死去是事实，我们不能因为战事殃及百姓的生命。假如你们真心实意，信守自己的诺言，我们次日清晨就会撤到森林之中休整。我们兵马的给养你们不必提供，只要你们开放城里的市场，不阻挠去购物的人，我们会用金银购买粮食，公平交易不会占你们的便宜。等到来年积雪消融，我们再奔赴沙场重起干戈。如果没有异议，双方就这样履行。”

送走了几位信使，自由往返的通道完全敞开。英雄们翻越波孜别勒山脊，来到森林安营扎寨。玛纳斯思前想后给勇士们严格规定：“不可随意进城，做出的承诺绝不能随意更改。”遵照雄狮玛纳斯的意愿，勇士们在森林里度过了严冬。

寒冬渐渐退去，温暖的春天即将来临，森林的边缘春草初生。玛纳斯、巴卡依、楚瓦克在一起认真商议，考虑在森林里开垦土地。玛纳斯亲自指挥，让玛吉克负责具体事宜。勇士们砍下粗壮的弯柳做出木质的犁杖，让马匹把它套上，利用墒情播下种子，再用柳条耱磨了一遍。等到麦苗刚刚露头，挖渠引水浇上头水，请来百姓管理田间，用金子支付工费。待约定时间一到，勇士们放下农家活，催驰骏马翻越波孜别勒达坂，像洪流般涌向塔什干城。柯尔克孜族人播种的庄稼长势喜人，勇士们将在大战胜利后得到丰收的消息。

巴努斯和凯尔利夫也没有忘记先前的约定，他们强迫居民无论老少都去充当兵丁，凡是能够端起碗勺的人，只要是男人，家家户户没有落下一个。对寻找借口、躲躲闪闪、胆小怕事的人，不是无情鞭挞，就是抓去坐牢。平民百姓牢骚满腹，议论纷纷。大臣们暗中交头接耳，窃窃私语，谈论着英雄玛纳斯的消息：“玛纳斯是盖世英雄，胸怀宽大公正无私。浩罕人俯首称臣，他没有索要牲畜和财产；

他驻扎在波孜别勒，连一只山羊羔都没有索取，他们停留之地反而变成了市场，与百姓公平买卖，我们的很多人低进高出顷刻间发了大财；他们没有向任何人摊派捐税，对看管庄稼的百姓用金子支付工费。”

大臣们对玛纳斯赞不绝口，对柯尔克孜族人羡慕不已。话题一到巴努斯和凯尔利夫时就转为不满和厌恶：“那萨拉之子凯尔利夫霸占塔什干，盘剥老百姓，苛捐杂税名目繁多，又来了一个巴努斯雪上加霜，谁能填满他们无尽的欲壑。”大臣们密谋商量，制定了在战场上投奔玛纳斯的计划。

当天玛纳斯率领铁骑来到了战场，巴努斯和凯尔利夫也率领队伍匆匆赶来。这一次的战斗，巴努斯自己开场。看到趾高气扬的巴努斯，玛纳斯挥鞭出战，在阿拉尼克的战场上他曾教训过巴努斯，如今他满怀必胜的信心。只见玛纳斯骑着阿克库拉神骏，色尔长矛在手中闪着寒光，冲杀而来的架势如同下山的猛虎威风凛凛，又如巨龙般威猛，发出的吼声惊天动地。

巴努斯武艺高强，玛纳斯势不可当，两位豪杰全力拼杀，生死相搏，毫不相让。巴努斯用力过猛，手中的矛枪从中折断掉落地上，玛纳斯趁机刺中了巴努斯的左肩，还没等玛纳斯拔出长矛，按捺不住的凯尔利夫飞马冲来，挥枪戳中了玛纳斯的右肩。玛纳斯猝不及防差一点离开马鞍。此时楚瓦克如旋风翻卷，对着凯尔利夫的屁股狠狠戳了一枪。义愤填膺的玛纳斯转身回头，冲向摇摇晃晃、跌跌撞撞的巴努斯，一击戳穿他的咽喉，巴努斯气绝身亡。玛纳斯昂首挺胸四处搜寻，意欲找凯尔利夫算账，催动胯下的阿克库拉神骏朝着尘土升腾的地方飞奔。

凯尔利夫一边催马逃窜，一边惊慌地回头张望，楚瓦克挺枪跃马紧追不放。战场的附近有片麦场，麦场中心有一个栽木桩的深坑，楚瓦克追到这里，马失前蹄，连人带马栽倒在地。仓皇逃窜的凯尔利夫见此，趁机掉转马头冲向楚瓦克，妄图砍下其首级。正在这时，玛纳斯的马蹄声传入他的耳中，确信玛纳斯赶来，凯尔利夫失魂落魄，没有胆量与玛纳斯再次交战，不顾名誉狼狈地逃回阵营。他垂死挣扎，穷凶极恶地命令人马全体出击，但是塔什干的大军已经土崩瓦解，他的命令已没有人听从，士兵们纷纷向柯尔克孜族人投降。凯尔利夫见大势已去，便向哈桑方向逃遁。此时楚瓦克已再次翻身上马，见状他策马扬鞭依旧穷追不舍，巴卡依从侧翼冲出，拉住楚瓦克的缰绳，将他强行带回大营。

浩罕的森其别克派出密探，对战事的进展了如指掌。他看到结果后选择时日，专程前来向玛纳斯请安。玛纳斯与森其别克会面，又与巴卡依等人商量，将塔什干与安集延连成一片的肥沃土地交给森其别克管理。森其别克激动不已，对自己当初的决定十分庆幸，将王庭设在浩罕，统治着整个塔什干。

玛纳斯这次出征足用了九个月时间，才胜利返回撒马尔罕。当他回到自己王庭的时候，阿布勒太老人依然苦苦等待着，他规劝并安排阿布勒太老人回纳曼干安度晚年。阿布勒太回到家乡时幸运降临，多少年来没有身孕的老伴突然给他生下了一个儿男。人们对此赞叹而又惊愕，阿布勒太思前想后，给儿子起名叫凯塞克。从此他的家族人丁兴旺，家业繁盛，如同春天开放的花朵。凯塞克的后代不断繁衍，逐渐壮大，从此后柯尔克孜族人中多了一个凯塞克部落。

手帕传情

玛纳斯在阿克奇的阿拉阔勒湖滨与美丽的姑娘卡妮凯邂逅后，日夜思念不能忘怀，辗转反侧不能入眠。他左思右想，将勇士阿吉巴依叫到身边说道："你也知道，我们翻越巴萨列克山脊去往芒格特的途中，在布哈拉城边的阿拉阔勒湖滨，我曾经与一位姑娘邂逅。你去向我父亲请求，让他前去打听，我一定要迎娶那位姑娘进门。"阿吉巴依不假思索地接过话茬儿说："据说，她是喀拉汗的公主，其实喀拉汗的胞弟铁米尔汗才是她的亲生父亲，因她出生后就被喀拉汗所养，所以，人人都称她是喀拉汗的公主。她心灵手巧，无人不夸，是一位贤淑的名门闺秀，配得上成为尊贵的嫂夫人。我到父王面前请求，假如他派我当信使，我会立即上路。"

在热闹非常的中午时分，聪明机智的阿吉巴依兴致勃勃地来到加克普的宫帐，向他请安问候。喝完解渴的马奶，才慢慢地吐露来意：“尊敬的父王，玛纳斯派我向您禀陈，他说虽然从卡勒恰部落娶了娜克莱，又从卡勒玛克迎娶了卡拉波茹克，但都不是他心中最理想的可敦[1]，也都未举行传统的迎娶仪式。他说在布哈拉见到一位姑娘，请您亲自打听，他一定要把她娶到家中，希望按传统规矩举行婚礼，也让您以新郎父亲的身份穿上亲家奉送的丝绸锦缎。这可是您儿子的话语，不知道您如何去办？”

加克普连连摇头，很不情愿地把头歪到一边。他先是对阿吉巴依热情款待，然后对阿吉巴依道出了自己的想法：“好啊，我的孩子！你谦虚谨慎，办事认真。到远方去做媒人，有谁比你更合适？假如你不去会让我失望，假如你推辞就是一种不敬！”加克普的指派，正中阿吉巴依的下怀。他从别勒萨孜出发，向着布哈拉飞奔。胯下的枣红马蹄下生风，路途上一刻不停。阿吉巴依一路风餐露宿，披星戴月，终于来到布哈拉。

这是一个凉爽的下午，喀拉汗与几位大臣聚集在阔什卡夏特的草坪上谈天论地。阿吉巴依下马走到他们跟前，虽然他们不曾会面，但凭直觉，他一眼就认出了喀拉汗。阿吉巴依大大方方躬身向前把手放在胸前向喀拉汗行礼问安，喀拉汗傲慢地回礼，以为他是普通的路人，转身指示侍从将他引进客厅。十二位仆人手忙脚乱，对阿吉巴依热

[1] 可敦：意为汗王夫人。

情招待，却不问来者到底何人。

就在阿吉巴依到来的那天，卡妮凯心事重重地坐在金丝装饰的闺房，突然听到一阵由远及近的马蹄声，认为在布哈拉城中唯有父王的灰走马才能有这样的蹄声，但它已被放归草原，还没有到抓来乘骑的季节。“这是哪来的马蹄声？”她想看个究竟，站起来匆忙走到门旁，突然灵光一闪，又止步站住，想着：“莫不是曾在阿拉阔勒湖滨见过面的玛纳斯派人联结千里姻缘？”卡妮凯担心引起别人的耻笑，从门缝里偷偷向外张望，看到一个红脸膛儿的勇士骑着雄壮又漂亮的枣红马从她门前走过，前往喀拉汗的面前。一会儿仆人们前呼后拥将他引入一个毡房。看到这一切，卡妮凯思绪翻滚，疑虑重重。

长途跋涉的阿吉巴依，两天来独自一人在客房休息。这一天清晨他从梦中醒来，赶紧洗手洗脸，扎好腰带，整理衣襟，大大方方地走进喀拉汗的宫帐，卡妮凯一直紧盯着他的身影。当阿吉巴依走进宫帐，她也小心翼翼地轻身漫步走出房门。她紧握着发辫上的饰物，害怕它们叮当作响，步伐轻盈地来到宫帐门口，偷听谈话内容。

阿吉巴依健步走入宽敞的宫帐，向喀拉汗行礼问候。喀拉汗刚好望向他，回复了阿吉巴依的问候，并请他共进早餐。他们坐在餐布旁边，品尝着各种茶点。喀拉汗这才对阿吉巴依缓缓开言：“勇士啊，你是一个陌生人，我欢迎你为我的王庭增添光彩。可我还不知道你从哪里来要到哪里去，观察你的坐骑和大衣，你必定来自遥远的地方。”

阿吉巴依这才语气婉转地回答喀拉汗："尊贵的汗王，我有一只鹞鹰啊，你有一只小天鹅啊，尊贵的汗王，请你放飞天鹅吧，让我的鹞鹰把它擒获吧。"阿吉巴依说出隐语，喀拉汗明白了其中的含义，同时也确认这是大名鼎鼎的玛纳斯派来的媒人。喀拉汗不敢说不同意，便不停地捋着胡须，转着眼珠暗自思忖："最好用昂贵的彩礼吓走他们！"就提出了这样的彩礼："我家中的雏鹅已经长大，若加克普巴依要真心娶为儿媳，就在我广阔的夏牧场上三次填满各种牲畜，在我辽阔的冬牧场上三次放满各种牲畜；要带来无数棕黄色的骏马和成千上万只黑绵羊，要牵来一千峰单峰骆驼，不要掺杂双峰驼。驼鞍要用珍贵的面料缝合。每一峰骆驼要驮来一口木箱，要用丝绸编成绳索。空箱子绝对不行，要用锦缎和丝绸塞满每个箱角。产奶丰富的黑花牛要一百头绝不能少。在我的王庭门前必须栽上两棵参天大树，一棵是金树，一棵是银树。让两只鸟落在树上鸣唱，一只是百灵，一只是夜莺。还要在我的门前修建两个大湖，一个是奶湖，一个是油湖，湖内要盛满牛奶和酥油。假如把这些全部备齐，我才会心满意足，加克普巴依才能来到我面前捧走我的掌上明珠。"

阿吉巴依身边没有一个伙伴，口袋里没有金银，但他聪明绝顶，直言不讳。他立刻站起身来，向喀拉汗躬身行礼，以示尊敬。喀拉汗静静地观察着眼前彬彬有礼的使臣，对玛纳斯及其勇士暗自称赞，赏识有加。按照柯尔克孜族人的传统，赠给阿吉巴依"五个九"的礼品：阿拉恰丝绸九匹，苏普布料九匹，布鲁木料子九匹，喀拉拉衣料九匹，杜尔月绸九匹。

阿吉巴依和喀拉汗交谈之时，卡妮凯在一旁观看偷听。看到阿吉巴依准备返程，她手忙脚乱、心跳加快。自从在阿拉阔勒湖边与玛纳斯邂逅，她思前想后拿定主意，私下绣制了一条华丽的手绢。卡妮凯是戴顶针的女性中最聪明伶俐心灵手巧的，她用金丝刺绣，用银线镶边。手帕上天地相连，蓝天碧云，金色的太阳，银色的明月；有飞翔的鸟禽，奔驰的野兽；绿茵茵的青草，哗啦啦的流水，全都精绣在上面，即使四十年不清洗，也不会沾上丁点儿污垢。现在她打开精致的箱子，拿出珍藏的手帕捂在胸口，站在门前等待阿吉巴依。当阿吉巴依迎面而来准备策马而过时，卡妮凯发出了清脆的喊声。姑娘的声音如同柯雅克琴声清晰地传入阿吉巴依的耳中，他立即勒住缰绳回头转身。

卡妮凯向阿吉巴依发问："远方来的年轻人，你还没有见到未来的嫂子，拿上礼品就要离开，难道柯尔克孜族人有这样的礼数？新郎的名字新娘不知，新娘的名字新郎不知，世上哪有这样的规矩？你有很多失误，没有完成使命，就想匆匆踏上返程。让我告诉你吧，我的名字叫卡妮凯。请你给想娶我的人送个消息，并把这个礼物带给他，就说是卡妮凯的一片心意！"阿吉巴依接过手帕，啧啧赞叹，并为自己的失礼向卡妮凯赔礼道歉。

阿吉巴依告别卡妮凯，快马加鞭，日夜兼程，回到撒马尔罕。他跳下马鞍，走进加克普的帐中。不等他歇息，加克普急不可耐地开始询问："我的孩子啊，你是否完成了求婚的使命，他们对你是否热情？未来的嫂子是否让你满意？姑娘的父亲索要什么聘礼？"阿吉巴依便如实禀报，没有半点夸大，更没有任何隐瞒。当说到喀拉汗索要的聘礼时，加克普呆呆地听着，痛苦地晃动，愁容满面，不停地呻吟，声音沙哑地哼哼："我的孩子啊，你这一次出行，好像干了一件蹊跷的事情，亲家提出的聘礼使我恍若在梦中。骏马可以在民间集中，那奇鸟我们去哪里寻找？棕黄马可以向人索取，那百灵在哪里才能找到？黑白花牛可以从百姓中索要，那么多黄金白银到哪里寻找？那油湖我们如何挖好？那奶湖我们如何建好？难道因为玛纳斯娶一个女人，就要让柯尔克孜人倾家荡产不成？"听到加克普的话语，阿吉巴依立刻站起身，顺手抓起一件礼物去见玛纳斯。

自从阿吉巴依去提亲，玛纳斯辗转反侧，夜不能寐，数着时日，盼望阿吉巴依早日返回。他率领身边的四十勇士，牵着戴项圈的猎犬，架着戴眼罩的猎鹰，策马来到山中，等待阿吉巴依的喜讯。

阿吉巴依离开加克普的宫帐，策马奔向狩猎的营地。见到阿吉巴依的身影，玛纳斯心花怒放，十分高兴，捋着胡须焦急地询问："我的少年英雄，你是否完成了自己的使命？鞍后皮带上的包裹难道是定亲的礼品？喀拉汗的公主你可曾接触，她的神采和风韵你是否亲眼看见？"阿吉巴依将往返的经过急忙向玛纳斯禀报："我尊贵的汗王啊，我们与他们已结为亲家，我给你带来了喜讯。他们赠送了礼品，一共‘五九’四十五件，我已经交给了父王。不便空手来见你，我给你带上了其中一件。喀拉汗的公主卡妮凯特意给你赠送的礼物，我也给你带回来了。”说着，从贴身的口袋里掏出卡妮凯赠送的手帕，毕恭毕敬地递到了玛纳斯手中。英雄玛纳斯摊开手帕，对这精美的礼物感到吃惊，他把手帕贴到自己的胸口，心中荡漾起爱情的涟漪。阿吉巴依把彩礼要求的数目和加克普的态度也一字不差地一一相告。玛纳斯把手帕揣进怀中，稍稍稳定激动的心情，随后下定了这样的决心："英雄阿吉巴依啊，我们该立刻行动，做好上路的准备，一切方式都遵循传统，迎娶喀拉汗公主成婚。我们怎能吝惜家中的牲畜，吝啬的人怎能赢得爱情？父王的牲畜满山遍野，花费一点又有什么要紧。我们要与长老们商量，下个月就要出门迎亲。”

玛纳斯一声令下，人们纷纷聚集到大帐。加克普、巴卡依、加木格尔奇、阿克巴勒塔、铁凯奇、什哈依、楚瓦克等长老和大将都悉数到场，以克尔葛勒恰勒为首的四十勇士也全部到达。玛纳斯命人挑选空胎牝马，设宴招待，人们吃饱喝足后开始商谈结亲的事情。玛纳斯首先诚恳地讲述了自己的意愿、阿吉巴依提亲的经过、喀拉汗索要的彩礼和加克普的烦恼。其实人们已经知道，加克普指派阿吉巴依已完成提亲的使命，只等着玛纳斯亲口说明。还是圣人巴卡依站起来说了话："加克普巴依啊，玛纳斯的话你要聆听。卡勒玛克人让我们流离失所，自从有了玛纳斯，柯尔克孜族人才重新凝聚。玛纳斯为人处世成熟稳重，心胸开阔，办事公正，更没干出见不得人的事情，他一直等着你的指令，他对诸位长老也表示了应有的尊重，这样的英明汗王世间难寻。加克普巴依啊，如今你有六部之众，今天失去一些牲畜，明天就会重新拥有。我们应该全力以赴，抓紧时间实现玛纳斯的心愿，绝不能有半点拖延。”

有情人终成眷属

圣人巴卡依的提议得到了诸位汗王的齐声呼应。他们东奔西跑，忙忙碌碌，完成各自的任务。加克普的帐前门庭若市，虽然英雄玛纳斯并没有发出结婚的喜讯，但是耳闻的人们却没有吝啬之心。掌管六个城市和安集延的森其别克搜集和熔化金块，用长长的驼队驮来；别勒萨孜的山坡放满从四面八方赶来的牛、羊、骆驼；单峰驼也已备好，驮子是用黄铜制造，盖布也重新缝制，箱子全部用金钉银铆，里面装满了金锭银锭和珍贵衣料，在外面盖上地毯，用金丝银线捆绑缠绕。

驼队就这样纷纷起程，护送的士兵跑前跑后大呼小叫。六万勇士驱赶着牲畜上路，道路上踩起的滚滚尘埃弥漫升腾，直冲云霄。

与此同时，加克普巴依、绮依尔迪夫人、玛纳斯和巴卡依策马登程，阿克巴勒塔、什哈依、加木格尔奇、铁凯奇、巴依吉格特与他们同行。楚瓦克和以克尔葛勒恰勒为首的四十勇士及随从紧紧跟随。

荒野上，成群的盘羊、野山羊、野鹿、羚羊和大象陷入羊群的包围，无奈地融入了牲畜的海洋。成群结队的老虎、豹子、狮子、狗熊、狐狸和狼獾间杂而行，无法从羊群中脱身，蛇蟒被踩踏成皮张，连刺猬也被踏得粉碎。

迎亲队伍浩浩荡荡，铺天盖地。禽鸟难以飞跃他们的头顶，飞翔了一天时间，却还是找不到落脚的地方，展翅的雄鹰筋疲力尽，秃鹰发出阵阵尖唳，孔雀和夜莺白费力气，只好疲惫地落在绵羊头上歇息。

作为彩礼的牲畜，挤满了布哈拉的大街小巷，连混杂的野生动物也大摇大摆地进入布哈拉城。无数飞禽飞入布哈拉上空，翅膀遮住了中午的太阳。布哈拉的市民大惊失色，无所适从。喀拉汗惊慌失措，脸色苍白如同死灰："我只是随口一说，就引来这么大的动静，现在该怎么办？又如何计算牲畜的数量？它们密密麻麻如同青草，如何放牧？"喀拉汗的思绪一片模糊，无尽的忧虑在脑海中起伏。大臣们叽叽喳喳地发着牢骚："你提出丰厚的彩礼清单，引来这铺天盖地的牲畜，难道要把布哈拉踏平？"

眨眼之间，加克普巴依和绮依尔迪夫人走进喀拉汗的王庭，两人神采奕奕，精神焕发，谈笑风生。在他们身后，旗幡迎风飘扬，矛尖相互碰撞。人群熙熙攘攘，马蹄踩踏地面，大地发出轰轰的声响。

喀拉汗急忙上前迎接加克普："加克普巴依啊，尘土飞扬遮天蔽日，我们的城市已被尘雾掩埋。您是赶着牲畜迎接新娘？还是带着无数英雄来讨伐？我提心吊胆，忐忑不安，不知该怎么办。"此时，加克普紧紧地握着亲家的手，热情洋溢地说道："喀拉汗啊，您是我尊贵的亲家！无论是天上的星星还是地下的宝石，无论是头上的白发还是体内的心脾，我愿毫不吝啬地奉献给你；我毫不吝惜我的领地，会让周围的邻部都臣服于你；谁如果对你放出蔑视的眼神，我会让他去见阎王。只要你同意我的请求，玛纳斯不会让我们失望。只求你把前来迎亲的人马按规矩安顿好。"听完加克普的话语，喀拉汗的心才平静下来，开始安排招待远方来的客人。

卡妮凯不好意思去英雄身边，就一直待在自己的闺房。玛纳斯迫不及待，半夜潜入卡妮凯房中。他见到公主心潮澎湃，情不自禁地伸出手将卡妮凯轻轻抚摸。卡妮凯一下惊醒，顺手抓起防身的匕首朝抚摸自己的手臂狠狠刺去。英雄有些生气，转身从公主身边离去。卡妮凯睁开蒙眬的睡眼，认出是心上人，对自己的行为感到懊悔，急忙穿衣起身追出房门，羞涩而温柔地呼唤着玛纳斯的名字："汗王玛纳斯，你要知道，我们的百姓多嘴多舌，十分精明。我可不是守寡的女人，可以趁黑夜潜入牵起手，随随便便领着走。对于威震四方、战功显赫、统治百姓的汗王，这可不是合适的行径。明天清晨，嫂嫂就会把我送到你的身边，只需等待一天，我们就会实现自己的心愿。我做出这样的决断，请你原谅！”卡妮凯向玛纳斯讲明习俗和规矩，玛纳斯听得心服口服。英雄玛纳斯被卡妮凯的匕首刺中的传言指的就是这个插曲。

婚庆的赛马进行了六天，射元宝比赛举办了两天，马上角力和摔跤又用去了两天，馈赠彩礼和婚宴持续了三十天，这一场婚礼从头到尾用去四十天时间。加克普巴依终于接上儿媳，走出了布哈拉。一座巨型毡房作为嫁妆，用十二只骆驼驮走。待到达撒马尔罕，新婚夫妻开始品尝生活的幸福与甜蜜。柯尔克孜族人喜笑颜开，快乐的日子一天天过去。

阔阔托依的祭典

在哈萨克、柯尔克孜之间有一个部落叫作阿勒班，其汗王是英雄阔阔托依。在奥若孜都离世以后，柯尔克孜族人被卡勒玛克人瓜分争夺。阔阔托依逃离是非之地，举部搬迁到塔什干生活。自从定居塔什干，他的牲畜数量不断增多，纯白的银子如同石子一样滚落，连使用的器皿都用金子铸成。他的财富难以计数，富裕的名声流传四方。但无子的痛苦使他辗转难眠，心中充满无尽的惆怅。有一天，他为了抚平心头的忧伤，带领三十名贴身随从，催马扬鞭来到卡拉乌尔丘克荒原游猎。在荒原的边沿一个叫作卡依普奇的地方，发现了一个哇哇啼哭的弃婴。他喜出望外，认为这是卡依普奇赠予的儿郎，托起活蹦乱跳的婴儿带回家精心抚养，还为此举办盛大庆典，给孩子起名叫包克木龙。孩子三天换一次衣服，换下的衣服慷慨地送给穷人。

每天用一只山羊为孩子举办萨达哈[1]仪式祝福，将一头黄牛施舍给穷人祛灾，又从各地年轻妇女中选来六位能干的奶娘精心喂养孩子。包克木龙天天锦衣玉食，在养尊处优中不知不觉地长大成人。长到九岁时，英俊得像一团燃烧的火光，骑上父亲的玛尼凯尔骏马，到处游荡。长到十二岁的时候，对放鹰狩猎情有独钟，正当他驾鹰奔马在深山游猎的时候，他的父亲却倒在病榻上。正值秋去冬来的狩猎季节，包克木龙流连忘返，没有立即回还。阔阔托依病情加重，垂死之时突然开口，派人去找包克木龙。仆人快马加鞭风驰电掣，很快来到包克木龙身边。忠心的仆人担心包克木龙过分悲伤，委婉地禀告不幸的消息："黑色单峰驼离开人间了。"包克木龙狩猎兴致正浓，没有理解其中的隐喻，就随口说道："如果死了就把它的皮剥了。"依然留在荒原开心打猎。仆人心急火燎，着急万分，又向他禀报了真实的情况："主人啊，您的父王已经过世。"包克木龙听了后很不耐烦："初雪猎物不是天天都有，我怎能放弃狩猎的机会。黑驼死了，把皮剥了就行；父王死了，把他埋葬就行。何必大惊小怪，让人扫兴！"经过一番波折，包克木龙才回家操办葬礼。

包克木龙请来叔父玉尔毕商量料理丧葬的事，派少年阿依达尔骑上玛尼凯尔骏马翻山越岭向外报丧。报丧的消息很快传到玛尔戈朗、浩罕、纳曼干，还有巴达克山、巴

[1] 萨达哈：意为驱邪避凶。

勒克、布哈拉等地，唯有撒马尔罕城没有得到阔阔托依去世的消息。玉尔毕操持着将阔阔托依的遗体埋入陵墓后，开始筹备四十天的祭日。过去有交往的亲朋好友、族人亲信、高官贵人、名门望族都受到邀请参加这四十天的祭日，只是不见玛纳斯的身影。听说他前往许库尔鲁打猎尽兴，信使也没有前往找寻。

过完四十天祭日后，包克木龙遵照叔父玉尔毕的安排，收拾行囊向宽阔的凯敏草原搬迁。

冬去春来，在春意盎然的季节里，孩子们欢笑、马驹儿撒欢儿。有一天下午，有个叫苏依卡勒的妇女突然出现在包克木龙家中。她是这个部落里惯于搬弄是非、挑拨离间的女人，曾经与包克木龙关系暧昧。当这个女人进屋的时候，包克木龙躺在褥垫上对她不理不睬，傲慢得眼睛都不睁，伸展的长腿也没有收拢。苏依卡勒顿时恼羞成怒，对包克木龙斥责道："你这个无知的狂徒，你根本没有常人的理性。你外包一层皮肉，里面却充满污秽，竟然对我如此傲慢无礼，你父亲视你为掌上明珠，每天为你举行驱邪避灾仪式。你父亲断气时你没有守候在他身边，却在荒野里游猎放鹰，至今还不为亡灵举办祭典。总有一天，玉尔毕会强娶你母亲，夺走你财产。你是一个捡来的孩子，自己对此毫不在意，没有丝毫的骨气，不可能继承家业成就大器。我知道你懦弱不堪，胳膊肘般的英雄阿葛什和你姐姐订婚约都没有征求你的意见。你每天醉生梦死躲在家里不敢出门。当初与你相识，我真是瞎了眼，还不到两年的时间，你就对我如此无情。你这个忘恩负义的浑蛋，应该早早受到神灵的惩罚！最终你娶了浩罕的女子，她胸脯上长满绒毛、丑陋不堪，白天你在家里围着她转，夜里你抱着她昏昏欲睡，她脾气暴躁，皮肤黑红，你却对她如此倾心。”苏依卡勒又是讥讽又是嘲笑，不依不饶，揪扯完他的脸蛋，就甩开裙摆，离开了房间。包克木龙羞愧难当，既找不到钻地的入口，又不能抹脖子自刎，心绪激愤如同燃烧的火焰，垂头丧气如同中弹的猎物，裹着被子卧床不起，整整两天不出家门。

玉尔毕每天探视他三次，设法让他开心，还为他热情设宴。可包克木龙依旧郁郁寡欢，不要说赴宴，连去看一眼都没兴趣，最后还是婶母节孜比莱克出面，牵着他的手带他过去。玉尔毕感到时来运转，不露声色，暗暗高兴。他用关心的语气询问：“亲爱的孩子啊，你为何让叔父如此担心？如果我有什么过错，请你直接点明。”包克木龙不敢直接说出苏依卡勒的斥责，却借着祭典之事倾诉心情：“我听从您的安排，从塔什干搬迁来此居住，生活得安逸舒适。可是人们对我的议论却如云似雾，就因为父亲去世，我还没有为亡父举行祭典，便说我是忘恩负义的逆子，不明事理，糊里糊涂。我不如搬回塔什干，返回我熟悉的家园，与乡亲们在一起，看能不能为先父举办周年祭典。”包克木龙的话音刚落，玉尔毕突然脸色发白，暴跳如雷，大发雷霆：“三天以来，你就为此事闷闷不乐？如果我对你没有诚心，就让那神圣的食盐惩罚我吧！我可怜的包克木龙啊，你千万不要如此伤心，我马上就书写请柬派出合适的人去各地，柯尔克孜的栋梁阔绍依、阿依勒的中坚阔克确、安集延的森其别克、巴达克山的玛拉别克、布哈拉的喀拉汗、巴勒克的阿拉别克、杜尚别的阔孜别克、凯别孜陶山的托什吐克、杰特约古孜的阿葛什、别特巴克的阔克波茹，还有呼罗珊的穆尔扎克马特，驻守克依巴的达布塔依，统治节特苏的巴葛什老人，居住在玉尔凯尼奇的阿昆汗，居住在叶尔羌、和阗、罗布泊的塔巴勒德、努拉和喀拉恰，坎迪尔巴依的子嗣凯尔阔库勒都要受到邀请。这些英雄豪杰都能与我们意气相投、心心相印。只有加克普巴依的儿子玛纳斯生性歹毒、嗜血成性，他即使见到圣人也不会客气，他不把亲人当作亲人，横行天下。在阿拉尼克的战场上，叔父我和英雄阔克确奋力杀敌，建立了赫赫战功，他却独吞战果，没有给我们丝毫奖励。如果请玛纳斯参加祭典，他一定会把整个祭典搅乱。如果你觉得合适，先邀请阔绍依、托什吐克、阿葛什、穆孜布尔恰克和凯尔阔库勒，我们两人与他们共同商定祭典的有关事宜。”叔父玉尔毕的这一番话，正中包克木龙的下怀：“我尊敬的叔父啊，您真是智慧的大海，您的话正合我的心意，将我心中的疙瘩全都解开。您的话就像气囊中吹出的暖风让我气力倍增，全身轻松。需要邀请的客人名单请尽快给我列出来。”玉尔毕赞成包克木龙的意见。他立刻发出信函，让前来参加商谈的客人在十五天内赶来。

凯尔阔库勒和巨人阔绍依、托什吐克、阿葛什，还有穆孜布尔恰克接到邀请立刻起程，很快来到了包克木龙的大帐。玉尔毕和包克木龙前去迎接，将他们请进屋内，盛情款待。待客人们歇息一天，驱走了路途的困顿，就派人请来阔阔托依的遗孀古拉依姆，围成一圈开始商谈祭典的事情。玉尔毕首先开口说明这次邀请诸位汗王就是要商量如何为阔阔托依举行周年祭典，具体迎客的毡房支在何地又如何排列，邀请哪些客人参加祭典等事。当谈到不邀请玛纳斯的原因时，却有意挑拨离间："玛纳斯十一岁跨马登程斩杀空托依，战果丰硕，在座的各位汗王却没有一个人得到他的战利品；他在萨热阿尔卡又将肖茹克的城堡霸占，也没有请我们参与；他俘获娜克莱，霸占为妻，可富翁库列坦早就派人提亲，想让儿子阿葛什娶娜克莱为妻，尽管此事早已过去，但玛纳斯至今未向阿葛什赔礼；在攻占阿拉尼克的时候，他又夺走了朵汗之女卡拉波茹克，但我至今记忆犹新，坎迪尔巴依在世的时候，凯尔阔库勒还没有出生，他就为胎中的儿子与卡拉波茹克定亲。事到如今，玛纳斯却没有一句道歉的话语。如果玛纳斯不知道这些事情，难道老人们就没有向他讲明？我们在阿拉尼克并肩作战，齐心协力把凯铁列克打败，却没有得到任何奖赏。玛纳斯挥旗出征六城和安集延，还有萨热阿尔卡和塔什干的战争，也没有邀请我们参加，一人独吞了所有的战果，根本没有把我们放在眼里。所以这次没有邀请他参加祭典，如果他对我们生气，等以后再与他理论。"

在场的人除了阔绍依以外，其他人都说玉尔毕言之有理，异口同声表示同意。阔绍依只能捋着胡须，喃喃自语反对他们的决议。包克木龙随后开口，目空一切，夸夸其谈，指手画脚，大言不惭，说自己毫不吝惜父亲聚集的财富举行祭典，不然怎能告慰亡父的灵魂，他要亲自组织安排前来参加祭典的客人，要在世人面前显示自己家族的财富和气派。此时，经过一番认真地考虑，巨人阔绍依郑重地说道："玉尔毕和包克木龙为了纪念亡灵举办祭典，也是为了洗刷自己的过错，这个目的十分明显，眼前应该选定举办祭典的地点。玉其卡尔克拉的阔克多别草场广阔，没有丘陵也没有山峦，无论冬夏，牧草都在风中摇荡，那里谷地宽阔没有咆哮的大河，只有清冽的泉水流淌，河谷两边的山坡森林茂密透不进阳光，是举办祭典最合适的地方。再说阔阔托依的女婿阿葛什居住的节特玉古孜和玉其卡尔克拉之间只有一道土冈，他迈步就可过去。那里与穆孜布尔恰克居住的阿拉木图也离得不远，只要你们三位汗王率众搬迁，正好可以在那里搭建毡房。我们其余三人也会带领自己的百姓前来参加祭典。还有什么事，到时候还可以商量决定。请你们不要吝惜手头的财富，要给竞赛的优胜者分发丰厚的奖品。"

其他汗王都同意阔绍依的建议，确认玉其卡尔克拉草原为举办祭典的地点，并决定由包克木龙负责邀请客人。包克木龙向诸位汗王提出，他先将邀请的客人定下来，请诸位汗王认真聆听并做证。

包克木龙拿出了事前和玉尔毕商量好的邀请名单，其中还包括了交劳依、涅斯卡拉、穆拉迪勒、鲍郎础、交依卡拉和阿牢开之子空吾尔巴依等卡勒玛克、喀拉契丹和康阿依人，唯独没有玛纳斯的名字。巨人阔绍依忍不住开口斥责："包克木龙啊，你这初出茅庐的后生，你如果邀请那些飞扬跋扈的勇士，灾难定会降临到你自己的头顶！玛纳斯是我们阿拉什的脊梁，如果把他冷落一旁，敌人定会踏遍我们的土地，如同踩踏铺开的麦场！"但还不等包克木龙回话，阿葛什、托什吐克和凯尔阔库勒气势汹汹地坚决反对邀请玛纳斯主持祭典。

事后玉尔毕和包克木龙担心他们变卦，就请几位头领举行盟誓仪式，单单没有请阔绍依。他们用灰色和白色牝马的鲜血盟誓："谁若背叛自己的誓言，下场如同这样的马匹！"还折断新鲜的树枝纷纷起誓永不反悔。就这样，排斥玛纳斯的阴谋开始实施，玉尔毕和包克木龙向玉其卡尔克拉搬迁。

年轻的信使阿依达尔骑着玛尼凯尔骏马像鸟儿一样飞翔，长途跋涉，日夜兼程，给各地的汗王送去请柬，最后来到康阿依向阿牢开之子空吾尔巴依恭敬地呈上请柬。空吾尔巴依接到请柬大发雷霆，怒斥阿拉什人不经他同意就胆大妄为地举办祭典，还胆敢让他前去捧场。他高声叫嚷着要率领卡勒玛克和契丹人去将阿拉什人洗劫一空，让他们成为俯首帖耳的奴隶！

喧宾夺主

康阿依人倾巢出动，向阔克多别挺进。阔绍依、阿葛什、巨人托什吐克提前到达迎接客人。宾客们从四面八方陆续到来，大地上扬起冲天的尘埃。歌手们用洪亮的歌声迎接各路汗王，玉尔毕跑前跑后，忙于安顿客人。当夜幕就要降临，涅斯卡拉、穆拉迪勒的大队人马由卡勒玛克英雄乌尚和包孜凯尔特克率领，铺天盖地的兵马吹着号角，敲着战鼓，高举各色大旗，来到阔克多别。他们一到就吵吵嚷嚷，责怪阿拉什汗王们没有在半路上迎接，命令士兵们不许下马，想乘势抢劫后掉头返程。包克木龙和玉尔毕见到潮水般涌来的兵马，早已被吓得魂飞魄散，好像一个有罪的人一般点头哈腰毕恭毕敬，牵来六匹高头大马和六峰驮满礼品的单峰驼，奉送给康阿依人涅斯卡拉，以求他欢心。但是涅斯卡拉仍然气势汹汹，毫不理会。此时狡猾的交劳依劝涅斯卡拉先收下礼品下马安顿，等到空吾尔巴依到来后仔细商量再做决定。涅斯卡拉这才慢悠悠地勉强接受了礼品，翻身下马进入毡房。

正当此时，兵马后面出现一阵骚动，阿牢开之子空吾尔巴依骑着黑花马，带着无数的兵丁像决堤的洪水向前狂奔。这个凶狠的空吾尔巴依自从父亲被玛纳斯震慑，放弃了纳伦，就怀恨在心，整日想着如何为父亲报仇雪恨。这次阿拉什人主动邀请，他哪能放过这个好机会！他做好充分准备，要把阿拉什洗劫一空，把柯尔克孜族人的城堡踏平！他的每一个士兵手上都拿着一根长长的木杖，他们见到锅里的炖肉，就上前哄抢，众多的阿拉什人却没有一个人敢阻拦。空吾尔巴依和涅斯卡拉在马背上指手画脚，交劳依在一旁点火添油，眼见一场浩劫就要开始。玉尔毕和包克木龙为了平息空吾尔巴依心中的愤怒，送上了无数金银，但傲慢无礼的空吾尔巴依对礼物不屑一顾，非要阔阔托依的玛尼凯尔骏马不可。他说，玛尼凯尔骏马是一匹上天恩赐的神骥，如今在阿拉什人手中太过屈尊，他要把它奉献给卡坎人的最高统帅艾散汗，如果天明前不把玛尼凯尔骏马送来，就让阿拉什人像点燃的草芥一样灰飞烟灭。

玉尔毕和包克木龙表面上表示歉意,内心却暗暗叫苦,失魂落魄地回到自己的毡帐，连夜派人将阔绍依、托什吐克诸位巨人，凯尔阔库勒、阿葛什、阿依汗之子阔克波茹，还有加纳迪里和特纳依等汗王、将军、首领和各路英雄请来，向他们诉苦。玉尔毕说："今天空吾尔巴依算计玛尼凯尔骏马，现在就是将汗王留下的全部财产送给他，他也不会放在眼中。如果明天他们出马挑衅，我们该怎么办？”话音刚落，自命不凡的包克木龙伤心欲绝地失声痛哭起来。

紧急求援

众人低头不语，对包克木龙的眼泪视若无睹。过了一个时辰，阔绍依开口说话："包克木龙不听劝说自找麻烦。面对卡勒玛克人的威胁，你们这些往日威风八面的汗王们今日却失魂落魄不敢出面！'孬种首先死亡牲畜，然后自己送命。'这条古训如今就要在这里应验。空吾尔巴依绝不会放弃玛尼凯尔骏马。如果他得不到玛尼凯尔骏马，只会蛮横无理制造事端，指使手下夺取我们的性命财产。即使你们今夜逃窜，也跑不出一天的路程；与他们硬拼，不异于提前送命。要收拾目前的残局，必须写信请玛纳斯来主持祭典。"汗王们思前想后同意了阔绍依的提议，陆续走出了毡房。玉尔毕和包克木龙拉着阿葛什写了一封长信。信中请求玛纳斯原谅，并表明，每个部落愿赠送九匹骏马和不计其数的金银珠宝，以请求玛纳斯宽恕。他们指定信使阿依达尔把写好的书信呈给阔绍依过目。阔绍依将信扫视了一遍，顿时怒发冲冠："包克木龙啊，你这蠢货！你这样写信玛纳斯就会来吗？难道你的骏马和财宝他会在意？你的华丽锦衣难道他会穿用？难道他会为了这些来到这里？"阔绍依叫来一位莫勒多[1]，重新起草信函："尊敬的英雄汗王玛纳斯：我衷心地祝愿您安康。现在四面八方的客人纷纷前来出席阔阔托依的祭典，其中康阿依人空吾尔巴依带来了无数士兵，脚一落地就开始向我们挑衅。太阳和月亮在这里交会，危急的时刻就在眼前。有一个谚语道：'孬种闯下的祸，必须要好人来承担。'如果您不尽快赶到，阿拉什人会坠入火坑之中。如今您不能因自己受委屈就袖手旁观，请您务必高瞻远瞩，扭转乾坤稳定局面。"不到烧一壶茶的工夫，青年阿依达尔纵马扬鞭出发去送信函。

黑夜过去，东方隐露鱼肚白般的晨曦。阔绍依牵头组织八十名勇士来到空吾尔巴依的兵营。涅斯卡拉暗中观察着他们："阔绍依这个老头非同一般，既是英雄又是巨人，即使他已到了八十岁的年龄，鼓足勇气还能撂翻一员猛将……托什吐克是个虎背熊腰十分勇敢的闯将，他独自闯入地下世界的故事在民间流传，他长期不见太阳，回到地面不到七个月，还没有恢复到先前的力量……阿葛什也是一位英雄，可惜他手脚短小施展不灵……塔巴勒德、努

[1] 莫勒多：意为起草信件的人。

拉和卡拉恰都是徒有虚名的汗王……阿依汗之子阔克波茹是一位真正的英雄，可惜不够大胆……还有一位叫阿克巴依的少年看来只有十七岁，将来羽翼丰满定会成为一名枭雄……阿依达尔汗之子阔克确，英姿飒爽气宇轩昂，但是缺乏主见、轻信谣言容易上当，如果不是这样，他定是一个无人能比的闯将……在场的阿拉什人中，除了这些再没有值得提名的英雄。”涅斯卡拉就这样评头论足，在心里把阿拉什将领审视了一通。而阔绍依也开始逐一评估对方的汗王和将领："有一名叫奥荣阔的英雄，他在艾散汗之前当过汗王，他虽体形硕大，可惜年过七旬，如果与人交手，肯定会被掀翻……康阿依英雄涅斯卡拉性情暴躁目中无人，头脑敏锐诡计多端，他到哪里就给哪里的人降下灾难，可惜他在打仗时总是躲在队伍后面……交劳依虽然戴着勇士的桂冠，但不如我勇敢……黑鬃毛的鲍郎础狂妄自大头脑简单，粗鲁莽撞嗜血成性……克尔姆兹夏之子穆拉迪勒借助父名狐假虎威，昏庸无才却统治着一方百姓……卡勒玛克的乌尚精气旺盛，无事生非专爱捣乱，现在他受到空吾尔巴依、交劳依和涅斯卡拉三人的排挤和压制，处在夹缝中唯唯诺诺……再看看阿牢开之子空吾尔巴依，生性狡诈深不可测，如同一条游走的毒蛇，不要说对付敌人，就是对自己的亲人也常常施展诡计，他凭着自己的狡诈和手段，可以算计任何对手。如果他发脾气，能够在人间掀起一股狂澜，搅乱整个草原……”双方相互审视评判，扯缰挥鞭。这时，很多人在乌尚的带领下来到火塘边抢夺熟肉，康阿依人也开始分批上前争抢熟肉。阿拉什人负责分肉的主官上前阻拦立刻就遭到辱骂和踢打，浑身受伤无法动弹，无助的人们东躲西藏四处逃窜。

扭转乾坤

阿依达尔带着阔绍依的信函，马不停蹄，终于在黎明时分赶到撒马尔罕城边。尊贵的汗王玛纳斯的宫帐坐落在都城，殿堂高耸入云十分壮观。王庭的总管、守卫的勇士萨热塔孜盘问阿依达尔来意后对他说：“年轻人啊，不知汗王今日心中有什么烦恼，一直怒气冲冲地坐在宫中，从清晨到现在没有会见任何人。你如果贸然进去，定会惹火烧身。眼下你最好先去拜见卡妮凯夫人。”阿依达尔听后掉转马头来到卡妮凯夫人的宫中，他向卡妮凯夫人请安问好，紧张得半天也说不出一句完整的话。卡妮凯夫人看到信使惶惑的神情，让侍从拿出一条柔软的褥垫铺在花毯上请他坐下。阿依达尔坐稳后才放松心情。卡妮凯夫人面带笑容，向阿依达尔亲切询问：“我知道你是一个精明能干的年轻人，你的大名叫阿依达尔，你是阔绍依的侄子。包克木龙自不量力举办祭典，邀请世间所有英雄。是不是康阿依人制造了麻烦，你才为此昼夜兼程？包克木龙和玉尔毕给我夫君写的信一定是被你大伯否决了，你大伯才亲自书写信函，派你快马加鞭赶来报信。”

卡妮凯如同亲自参与了祭典，对发生的一切了如指掌，她说出的话让阿依达尔十分震惊。阿依达尔如坐针毡，忐忑不安地拿出信函恭敬地交到夫人手中。卡妮凯夫人不慌不忙地带人铺展餐布摆放各种食品，自己却步履轻盈地来到玛纳斯的大帐。巴卡依和四十勇士正坐在玛纳斯面前商议大事。聪明的卡妮凯说明情况，按照规矩把信交到色尔哈克手中。色尔哈克撕开信皮大声朗读，在座的人都凝神屏息地聆听。雄狮玛纳斯听后怒火中烧，大声吼叫：“操办时把我忘到九霄云外，危机压顶才想到我，那就让卡勒玛克人把他们全部杀掉吧！祭典已经开始，我还有什么脸往那儿跑！”说着，他命人将阿依达尔绑来。色尔哈克怕玛纳斯一时冲动杀了阿依达尔，出言相劝，这才稍稍排解了玛纳斯心中郁积的怒气。此时巴卡依开口说道：“我尊敬的雄狮啊，阔绍依亲自发来的信中有很多隐晦的语言，比如‘太阳和月亮在这里交会’，如果我们不立即前往，就会落下胆小怕事的名声。我的英雄，咱们最好立刻纵马扬鞭。”尊贵的可敦卡妮凯也接上话语：“如果康阿依人掠夺成功，等于嘲笑了我们。圣人阔绍依为首的部落已无法控制局面，他们在无可奈何之时，真心实意向你求援。如果可能，你最好立刻启程，在祭典上施展威风，让人们知道谁是好汉谁是孬种。还有什么短缺的用品，我一定会尽快置办。”卡妮凯和巴卡依都鼓励英雄出马，玛纳斯思绪起伏，想起了阔绍依圣人，想起了受苦受难的百姓，来回走动低头思忖。他身边的四十勇士焦急地等候命令。最后玛纳斯召来阿依达尔了解情况后，决定赶赴祭典，他让阿依达尔立即返回传递消息。

勇士们听到玛纳斯的决定后，立刻开始准备启程的战马、饲料、铁甲、宝剑和神枪。卡妮凯匆匆忙忙，把额尔奇吾勒和包孜吾勒叫来，让他们打开仓库的大门，搬出一个巨大的木箱，从里面拿出四十个褡裢，让他们一一递到四十个勇士手上。每一个褡裢里装有卡妮凯亲手缝制的红色的勇士服装和白色的马披马盖，还有马具也一应俱全。卡妮凯说，勇士和骏马分别用同一色的装饰足以显示轩昂的气势。卡妮凯还拿出一样特殊的用品，嘱咐阿吉巴依带上：“这次祭典非同一般，一定会有很多惊人的竞赛和较量。参加摔跤比赛时，玛纳斯最好穿上这条皮裤。这条皮裤的面料用山羊皮鞣制，里子用丝绸缝成。用力一拉可以伸长，放开可以收缩，它的名字叫‘卡尼达哈依’。”

待一切准备就绪，玛纳斯一声令下，勇士们全副武装，威风凛凛，全体出动。队伍由玛纳斯亲自率领，卡妮凯与他一同前往，巴卡依担任军队统领，还有雄鹰色尔哈克、勇敢的楚瓦克紧随其后，大部队浩浩荡荡向着玉其卡尔克拉方向急速前进。

青年阿依达尔提前赶回大营向人们传送了喜讯，汗王们翘首企盼心急如焚。空吾尔巴依、交劳依、涅斯卡拉、鲍郎础、乌尚、穆拉迪勒串通一气，要抢光招待客人的肉食，要抢劫所有的财宝和牲畜，若有人敢反抗就立刻斩杀。他们定下阴谋诡计后，各自回帐歇息等待时机。

玛纳斯的队伍翻越塔什莫依诺克山冈，战旗高高飘扬在山顶上，玛纳斯和巴卡依架起千里眼从高处观察，只见康阿依兵马在玉其卡尔克拉横冲直撞满地走动，阿拉什人忍气吞声地向两边退让，玛纳斯和巴卡依决定给对手来个下马威。巴卡依命令勇士们穿上同一色的服装，给骏马披上同一色的马衣。不多时勇士们鲜红的服装醒目而喜气，战马全部变成了银色的骏骥，不同寻常十分神奇。临行前巴卡依向玛纳斯进言："我的雄狮，你的尊严和名誉无人能比。等你到众人面前时，一定要对阔绍依表达敬意。见到其他诸位汗王，即使他们伸出双手向你敬礼，你也要保持冷漠不去搭理。包克木龙很不明智，而玉尔毕更不能宽容，我们会看你的脸色行事，只要你一声令下，我们会随时行动。这次要让他们见识我们的威严，更要让敌人惊慌失措魂不守舍！"话音刚落，英雄们放开马缰直奔玉其卡尔克拉草场。

圣人阔绍依上前迎接，与英雄玛纳斯相互问候致敬，又表明了自己的心情："我阔绍依成名以来从没遇到过如此尴尬的事情。这些康阿依人干尽坏事欺人太甚，还无耻地索要玛尼凯尔神骥。在这紧急关头，我才派出阿依达尔去向你求援……"他热泪盈眶十分激动。"大伯啊，我已经知晓了你的难处。卡勒玛克人提出如此过分的要求，我们怎能答应！哈萨克汗王的玛尼凯尔神骏，怎能给卡勒玛克人！他们索要玛尼凯尔神骏，难道还要拱手相送？！”玛纳斯眼睛里迸出愤怒的火星。此时玉尔毕上前搭腔：“英雄啊，你可安康？”他的话刚一出口，后面传来人声，吵吵嚷嚷。“那儿发生了什么事情？”玛纳斯立刻询问。“是卡勒玛克人在争抢肉食。”玉尔毕回答了玛纳斯的提问。玛纳斯听到此话，顿时怒火升腾：“与其充当这样的汗王，还不如立刻去死。你还好意思说什么卡勒玛克人抢夺肉食，你这个不知羞耻的浑蛋！”玛纳斯举起布勒杜尔逊皮鞭朝玉尔毕狠狠地抽去。玉尔毕脸上顷刻出现一道血印，鲜血顺着脸颊直往下滴。

卡勒玛克人手持着野柳木叉和红柳木棍，像一群野蜂争抢锅里的肉食。见此情景玛纳斯怒气横生，发出的怒吼声传到了马跑一程的地方：“你们如果是来参加祭典的，请你们保持尊重！如果你们不听命令，我会按传统规矩立即处决！”他紧握着神奇的布勒杜尔逊皮鞭左挥右甩，把抢劫的卡勒玛克人打得屁滚尿流四处逃窜。四十勇士紧跟而上向卡勒玛克人炫耀武力。卡勒玛克人如同遭遇饿狼的羊群，在混乱中让开了一条通道。“阿拉什人站到一边，卡勒玛克人站到另一边！”玛纳斯怒气冲天，不停地甩动皮鞭，将卡勒玛克人驱赶到凯铁齐的悬崖下边。

空吾尔巴依和涅斯卡拉从来没有见过玛纳斯雄狮，见到他威武的身影，他们惊奇万分，有所收敛：“这样的英雄，想将他打败很难。当年为防止他出生所做的一切，看来是一个绝对正确的决断。任何不讲礼仪规矩的行为，玛纳斯都决不留情面。为了整顿混乱的秩序，首先对阿拉什人举起皮鞭，汗王玉尔毕的脸颊被他抽得皮开肉绽，然后把我们驱赶到悬崖下边。我们要寻找合适的机会，再与他一争高低。”

阔阔托依之子包克木龙泪水涟涟，将心中的痛悔对玛纳斯说个不停 :“是我不自量力邀请了卡勒玛克人，在您和众位勇士到来之前，他们没有把我当成东道主，他们要夺走玛尼凯尔神骏，还羞辱我，想要霸占我的妻子古丽阿依穆。玉尔毕和阔绍依还不知道，昨天晚上我还拉着公驼送去无数的金银……”“你这个可怜的家伙，为何办事如此不谨慎? 继续举办你父亲的祭典吧，想从我手中牵走神骏，谅他们还没有这个本事！”雄狮玛纳斯说完，掉转马头来到了地灶边沿，指挥人们重新修建灶坑烹煮肉食。汗王们见状聚集而来，紧紧簇拥在雄狮身边。玛纳斯要求诸位汗王清点好客人的数目，看管好自己的牲畜，决不要无故惹出祸端，要时刻保持警惕观察动静。

翌日一早，肉食已经煮熟。阿拉什人分配肉食井然有序，按照规矩端送肉盘，人人有份十分满意。这两天来，因为纷乱而饥饿的人们总算填饱了肚子。

激烈较量

阔阔托依之子包克木龙向额拉曼之子额尔奇吾勒赠送以骆驼为首的九头牲畜和以绫罗绸缎打头的九件华丽衣裳，还有哗哗作响的元宝金币，请他出面担任祭典上竞技活动的司仪，并派青年阿依达尔作为他的助手。额尔奇吾勒是位声音洪亮的天才歌手，即兴演唱无论怎样变换方式，唱词都如同火花一样绽放。他将一切用歌词叙述，让人们记在脑中乐在心中。额尔奇吾勒骑着枣骝骏马来到场中大声宣布："参加祭典的人们，请你们细心聆听。四面八方聚集的客人，明天一定要清晨起身。竞技比赛也即将开始，请你们将骏马准备齐整。参加祭典的赛马冠军，赏赐四万两黄金，获得第一名的骑手，转眼就会成为富翁。即使最后一名也能得到一百匹马驹，按照比赛的规则立刻就会兑现。不要以为这是我信口空谈，这是汗王玛纳斯定下的规矩。”

人们奔走相告兴奋不已，不久参赛的骏马都已准备完毕，唯独阿克库拉神骏还需要调教一天时间。英雄们不知道怎么办，此时卡妮凯派人请来了阔绍依汗王手下的纳尔马尔特勇士。他长期管理马群，知道如何调教、驱策烈马。他见到阿克库拉立即笑容满面，就像自己有了孙子一样高兴："骏马虽然还需要一天的调教，但并不妨碍夺得冠军。看它的前胸多么宽阔，上坡时绝不会气喘；看它的后臀多么浑圆，下坡时肯定不会疲倦。此时决不能用饲料喂养，而是要让它在浑身出汗时喝足泉水，再给它盖上轻薄的毛毡，牵到微风习习的山冈整夜信步草原。到达赛马的起跑点需要六天时间，它休养的时间足够了，参赛的众多良骥神骏，一定会被它远远地甩在后面，那四万两黄金的奖赏必定会驮上它的金鞍！”卡妮凯听完纳尔马尔特的话语，露出舒心的笑容，指定波古吾勒和巴依玛特给纳尔马尔特当助手,才将阿克库拉的缰绳交到纳尔马尔特手中。为了了解阿克库拉神骏的休养情况，卡妮凯一夜出门察看了三趟。

这天额尔奇吾勒用歌声宣布让参赛的骏马走向起点。高大的阿克库拉神骏交给阔克波茹的独生子、聪明伶俐的阔勇阿勒乘骑。卡拉恰之女萨依卡丽骑着非同一般的浅棕色牝马，“梳四十根发辫的姑娘比什么都要尊贵”，参赛的人们相互推让，让她的骏马排到了最前面，交劳依的阿奇布丹神骏站在她的后面，阔绍依的托托茹骏马排到了第三位，涅斯卡拉的浅栗色神骏排在他们后面，其后依次是英雄托什吐克的骏马恰勒库依茹克、穆拉迪勒的青色神骏、包孜凯尔特克的坐骑、英雄阔克确的青花马、鲍郎础的高头栗色马。阿克库拉神骏排在第十位，诡计多端的空吾尔巴依没有让坐骑阿勒喀拉参赛,玛纳斯为何要让坐骑参赛，人们对此感到疑惑忧虑。

当额尔奇吾勒宣布玛尼凯尔骏马也要参赛时，以涅斯卡拉为首的康阿依英雄纷纷来到玛纳斯身边："请你主持公道啊，玛纳斯英雄，谁人不知玛尼凯尔拥有双翅，肺如铜筛，四条腿的牲畜怎能与它比肩争雄？如果玛尼凯尔参加比赛，我们就不必浪费时间让自己的马参加竞争，只能退出比赛卸下鞍镫……"玛纳斯采纳了他们的意见，玛尼凯尔不能参赛，只能用于整顿秩序驱赶马群。就在这个时候，额尔奇吾勒又放开嗓子吟唱："参赛的骏马总计六千,一定要看准比赛的起点。赛马要途经伊犁，还要翻越西别尔达坂。哨兵要站在高高的山上，认真观看赛马的过程。骏马到起点需要六天时间，还要在那里等待四天；做完赛前准备，骏马再甩开四蹄一路奔跑，到达这里也需要五天时间。西别尔山这边是下坡，各位要认清自己的骏马再助威呐喊。众人里有没有会跟踪识途的裁判，赶快出来做好准备，如果有骑手在夜晚迷路，你们要给他们指点方向。"来自四面八方的客人总共有一百四十四个部落，不分部落大小都推选出一千五百人，由阿依达尔率领，将参赛的马匹赶往起点。

待参赛骏马离开，场上进行的各种竞赛更加热闹。在摔跤比赛中，老英雄阔绍依穿着卡妮凯特意为玛纳斯缝制的卡尼达哈依皮裤上场，摔倒了卡勒玛克老将奥荣阔。阔绍依老人赞扬卡妮凯睿智聪明，心灵手巧，他当众把腰带挂到脖颈儿上，伸出双手为卡妮凯祈祷祝福，虔诚地祈求送子。六十个部落的阿拉什人纷纷举起双手响应，康阿依人也莫名其妙地跟着举起双手。阔绍依的祝福当即奏效，卡妮凯面前突然一团彩雾升腾，旋转着升向高空，变成一团火光燃烧。卡妮凯不禁喜气洋洋，致谢离去。阔绍依高兴地对玛纳斯讲："恭喜啊，我的雄狮，不久你就会有骄子生养，你就给他起名叫赛麦台依吧，希望他万古长青，生命长久。"

到马背对刺比赛时，英雄玛纳斯看到空吾尔巴依张狂出场挑战，决定亲自出马迎战，但他的阿克库拉神骏已去参加赛马比赛，一时还想不出应该骑哪匹马参赛。他心急火燎地询问阔绍依汗王，也没有得到满意的答案。此时他真后悔一时脑子发热，让阿克库拉去参赛，没有早一点发觉空吾尔巴依的阴谋，现在自己连可意的骏马都找不到，落得如此窘迫的境况。正当玛纳斯忧心忡忡无计可施之时，阿吉巴依上前说道："我昨天见到一匹全身紫红色的骏马，背上有卡勒玛克式的马鞍，就拴在阿依达尔汗的营地。看上去如同一头大象，浑身似火让人心醉神迷。据我多方打听得知，那是英雄阿勒曼别特的坐骑，我想，你骑它出阵十分合适……"没等阿吉巴依说完，玛纳斯就挥动皮鞭去寻找阿勒曼别特的骏马，阿吉巴依紧紧跟着向阿依达尔汗的营地飞奔。待看到拴马桩上的高头紫红色骏马，玛纳斯非常满意，顾不上询问骏马的主人，顺手从拴马桩上解下缰绳。

紫红色骏马的主人阿勒曼别特原本是契丹英雄，他受到空吾尔巴依的排挤和离间，从契丹投奔到阿依达尔汗的领地。紫红色骏马本来可以参赛，但空吾尔巴依留下了自己的坐骑，引起了阿勒曼别特的警惕，为了预防比赛出现意外，就将紫红色骏马留在身边。阿勒曼别特也怀疑空吾尔巴依指使希普夏依达尔制造事端，希普夏依达尔曾经和阿勒曼别特一同投奔居仁朵拜师学艺，阿勒曼别特中途辍学回家，而他却学业有成，箭术相当高明，白天黑夜箭无虚发，因此得到“卓依卡拉”[1]之名，并且和空吾尔巴依结盟。阿勒曼别特于是命人在后方支起三个帐篷秘密潜藏，睡觉时将精致的弯弓和夺命的响箭都紧紧地握在手中。如果有人暗害自己和坐骑，他定会射杀毫不留情。当玛纳斯解开缰绳准备将骏马牵走时，阿勒曼别特听到外面的动静正要拉弓搭箭，突然感到有一只神秘无形的大手拉住了他的胳膊。智慧超凡的阿勒曼别特定睛一看就了然于心：“牵马的人原来是柯尔克孜英雄玛纳斯。他的坐骑阿克库拉已去参加比赛，莫不是为了参加马背对刺亲自来寻找合适的坐骑？他是百姓的汗王，得到神灵的佑助呵护，拉住我的

[1] 卓依卡拉：意为黑色杀手。

神灵定是他的保护神。如果我强行夺下骏马，肯定会违背神灵的意旨……”阿勒曼别特想了想，挥手向他们发出了呼唤：“那位伴随英雄的勇士，请你过来一下！毫无顾忌地牵走我的坐骑，你们到底是什么人？”阿吉巴依立即来到阿勒曼别特身边，做出解释：“英雄知道骏马的价值，百姓知道有价值的英雄；英雄玛纳斯知道主人不会反对借用他的神骥。现在空吾尔巴依已经上场，玛纳斯一心一意只想着取胜，原谅我们没有及时拜访骏马的主人。”阿勒曼别特听完解释说道：“你说话和蔼、口齿伶俐，是一个聪明机灵的青年。玛纳斯让阿克库拉参加了比赛，见空吾尔巴依将阿勒喀拉骏马留在身边，为防不测我留下了坐骑。此时如果我不提供骏马，会有损于英雄的威名；但如果英雄就这么骑上它参赛，一定会为我带来骂名。因为克勒节然[1]已经超过了四十岁的年龄，骨架关节已经发硬，还需要一夜的调整。如果可能的话，请你赶快追赶玛纳斯英雄，告诉他快快让骏马发汗，要毫不吝惜地不停加鞭，让它跳过六条峡谷、飞跃六条河流，如果它充满自信地轻松越过，就可以考虑骑着它参赛。如果遇到高崖，你们要从容地纵马奔腾，请不要揪扯它的鬃毛，如果骏马不把尾巴甩向崖壁，就可以骑着它参加比赛了。空吾尔巴依诡计多端，十分狡诈，他的坐骑本事忒大，它的智慧可与人比高下。有个名叫阿噶亚尔的神秘人物为它保驾护佑，无论在何种情

[1] 克勒节然：紫红色马的别名，意为羚羊般轻捷的骏马。

况下，空吾尔巴依都不会摔倒在地，有六根丝线编成的绳索把他固定在马鞍上。如果他的臀部离开马鞍，骏马会驮着他平安离去，如果将对手戳翻在地，千万不要从后追赶，更不能在无意中落入七十巨人和四十恶魔的圈套。至于契丹英雄卓依卡拉，我正在跟踪他，玛纳斯可以完全放心。我强调的事情请一定要牢记在心上。”聪明的阿吉巴依心领神会，俯首致谢返回到玛纳斯身边，详细转述了阿勒曼别特的话语。

玛纳斯和阿吉巴依牵着骏马来到一处山丘，为了让骏马充分发汗，越涧跳谷折腾了一番。当骏马汗水淋漓的时候，来到一处六个射程宽的溪涧，玛纳斯骑着骏马飞越而过，发现骏马的后腿并没有拖到地面。阿吉巴依跟在后面对玛纳斯进言 :“请您把缰绳给我吧，我要把它骑到绿毯般的平原，让它毫不吝惜浑身冒汗。”玛纳斯夸赞骏马有铁筛般的肺，有铜锤般的四蹄，真正是马中的骐骥，根据情况不用带它到荒滩戈壁，途中就能恢复体力。玛纳斯挥鞭策马向前飞奔，如鹰般腾云驾雾在空中盘旋，当他来到比武场时，以克尔葛勒恰勒为首的四十勇士站在他后方。空吾尔巴依及四十恶魔站在对面，见玛纳斯亲自上场，就一眼认出了他胯下的骏马，是当年驮着阿勒曼别特突出重围的克勒节然神骏，没有想到阿勒曼别特借给玛纳斯骑用，于是感觉到自己的预谋难以实现。

玛纳斯面对强敌暗暗思量 :“在这之前空吾尔巴依他们参加的任何一个竞赛项目都没取胜，他已经气急败坏，我要把这次进攻的机会让给他，让他输得心服口服。”“空吾尔巴依，你先出手，如果有本事就把我戳翻，否则机会就轮到我手中！”玛纳斯喊毕，扯住缰绳站在那里等待对方的进攻。空吾尔巴依满怀信心挺出矛枪，催赶黑色骏马狂奔而来，用矛尖直刺玛纳斯的前胸，这矛尖沾过毒液，被它戳中必定难以存活。不料，矛尖如同碰到了石头一样，“哐”的一声被弹了回来，闪出火光，断裂成数片飞落到一旁，玛纳斯纹丝不动。“机会来临，该我出击！”玛纳斯催动神骏，从侧面戳出了神奇的色尔长矛，向空吾尔巴依发起了猛烈的进攻。空吾尔巴依身上互相连缀的战甲纷纷崩裂，血液喷涌迸溅，他赶紧掉转马头逃遁。玛纳斯想乘胜追击，无奈紫红色骏马没能跟上黑骏马的四蹄，空吾尔巴依逃回营中被手下围在一起。“如果当初听从阿勒曼别特的指点，让紫红色骏马在荒野中奔跑发汗，一定不会是现在的结果。”玛纳斯心中充满了懊恼，但庆幸的是，在马上对刺比赛当中，阿勒曼别特死死盯着神箭手希普夏依达尔，因此没有出现意外。

就在此时阿依达尔骑着玛尼凯尔神骥风驰电掣地冲到众人面前通报，参赛的马群将在黄昏前到达终点，刚才他已看见一匹骏马领先奔上了山顶。众人听到阿依达尔的话，交头接耳一阵骚动。阿依达尔掉转骏马转身离去的瞬间，用颇有深意的目光向色尔哈克扫了一眼。色尔哈克顿时领悟：“他这是否在暗示玛纳斯的阿克库拉神骏超越了所有的骏马，他是否在提醒我提前出发接应，以防对手在途中玩弄花招制造麻烦？这样的事情必须防患未然。”于是色尔哈克率领阿勒拜、阿吉巴依、额尔奇吾勒、包孜吾勒、秀图和库吐纳依六位英雄跨上了马背，临行时对玛纳斯说：“上苍赐予你荣耀，请你骑着马慢慢靠近终点的旗杆附近，很快就能看到阿克库拉的身影。”说完扬鞭策马，沿着玉其卡尔克拉山谷向依列宾山冈飞奔。

色尔哈克爬上山冈举起千里眼观察，只见楚瓦克骑着青山羊骏马在前面奔驰，空吾尔巴依带领着随从从后面追赶，迎着赛马群跑去。色尔哈克心绪不宁挥动皮鞭尾随过去，与楚瓦克相遇，不等他们交谈，很快就传来清脆的马蹄声。他们定睛一看，阿克库拉已在眼前扬尾甩鬃，交劳依的坐骑阿奇布旦落后一个马驹的赛程。于是色尔哈克与七个同伴并辔而行，紧跟在阿克库拉后面，为了躲过空吾尔巴依的视线，簇拥在阿克库拉周围。

到奔跑的马群正好转弯时，空吾尔巴依恰巧错过，只见交劳依的坐骑阿奇布旦撒开四蹄风驰电掣。空吾尔巴依以为阿奇布旦已经领先，掉转黑花马的缰绳追赶到阿奇布旦的身侧，命令随从挡住去路，不让任何骏马超过！他对阿奇布旦赞赏有加，得意扬扬地爬上一座山冈，掏出烟袋点燃烟斗，边过烟瘾边四处观看。忽然发现年轻的阿依达尔催动玛尼凯尔神骏跑过缓坡，扬起一溜烟影。“这该死的布鲁特人，我要将那小子塞入地坑，夺得玛尼凯尔神骏！”他顺着自己看好的路线，绕着山路冲上前来，却不见阿依达尔的踪影，再掏出千里眼东瞧西看，隐约看见阿克库拉和跟在它后面的八位英雄。空吾尔巴依怒火中烧，无法控制内心的嫉恨。他挥鞭策马飞奔到阿奇布旦骏马身边，抓住缰绳穿过马镫，催赶阿奇布旦飞奔。在下一个拐弯的地方，阿奇布旦眼看快要和阿克库拉并驾齐驱，玛纳斯见此情景心急如焚。恰在此时阿依达尔催动玛尼凯尔赶来，也抓起阿克库拉的缰绳压在自己的马镫下面前进，为了拉大差距，少年急中生智，在阿克库拉的臀部猛戳一下，阿克库拉瞬间精神倍增，奔跑如飞，最先到达终点。

暗　　害

空吾尔巴依不停地长吁短叹：“要不是阿依达尔用玛尼凯尔催赶，我的骏马定能获胜……”他和交劳依妄图将装满金银奖品的褡裢强行拿走藏起来。玛纳斯闻讯来到他面前，要求他们把奖品交出来，交劳依扭转身子拒不交出。虽然获得第一名，奖品却被他人霸占，这样的结果玛纳斯怎能承受？他挥动手中的神鞭警告交劳依：“乖乖地交出奖品，否则休想生还！”可是交劳依仍然狡辩：“你的阿克库拉本来不能获胜，你特意唆使阿依达尔骑着玛尼凯尔驱赶拉扯，把阿克库拉拖向终点。我的坐骑阿奇布旦不能白白参赛，要么你有本事就把金银夺走，要么就离我远一点！”就在他想溜走之际，玛纳斯挥动神鞭劈头盖脸地打去，霎时交劳依脸上皮开肉绽，鲜血喷涌而出。交劳依急忙扯缰催马跑回人群，想换乘巴尔恰骏马逃遁。玛纳斯得知消息，骑上玛尼凯尔神骏，带领阿吉巴依一路追赶。

不远处有个叫卡拉康夏尔的地方，十分神秘，妖气弥漫。交劳依的马就在那里转向森林，玛纳斯和阿依达尔分头寻找。黄昏时分，在一个拐弯处交劳依与玛纳斯碰了个正着，他迅速掉转马头往回窜，一瞬间似乎又看到阿勒曼别特正骑着紫红色骏马前来，惊恐万状之下他急忙将骏马留在路边，自己跌跌撞撞躲入林间。见骏马转身向康阿依方向逃窜，玛纳斯以为交劳依带着金银奖品趁夜色逃走，举起阿克凯勒铁神枪扣动扳机，让阿吉巴依去取回装满奖品的褡裢，顺便将交劳依绑在马鞍后带回。阿吉巴依催马前去，只见子弹击中了巴尔恰骏马，却不见交劳依的踪影，只好将褡裢驮上马背，将巴尔恰骏马的尸体拖回到玛纳斯身边。他们在森林里不停地搜寻，也没有找到交劳依，“罢了，骏马的后腰算是战利品。”阿吉巴依带走交劳依坐骑的腰臀，在第二天晌午回到了驻地。

听说交劳依被杀了，康阿依人满腔悲愤。此时空吾尔巴依开口说道：“如果交劳依被杀了，他们一定会来炫耀。交劳依可能还活着，大家应该即刻起程返回家园，在路上仔细寻找交劳依。”空吾尔巴依率人马开始撤退，途中对卡帕勒的哈萨克族人大打出手，沿着古尔普勒岱克谷地杀人放火，抢劫了无数牲畜和财物。尽管如此，空吾尔巴依觉得还不解恨，回到家中酝酿新的阴谋。他想起了一个叫阔孜卡曼的老人，他儿子名叫阔克却阔孜，是一个诡计多端的少年。早在阿尔泰他们和加克普是邻居，并且关系密切。空吾尔巴依把阔孜卡曼请到家里，盛情款待以利相诱：“你智勇双全最了解加克普的性格脾气，加克普之子玛纳斯干尽了坏事，如若你能将他生擒活捉或想方设法将其杀死，我就让你当六十个部落的阿拉什的汗王，康阿依三河之间的广阔地域全部交给你的儿子统治。”阔孜卡曼利欲熏心，听从了空吾尔巴依的派遣，很快朝加克普的牧村搬迁。

到了地方，阔孜卡曼领着长子阔克却阔孜向加克普哭哭啼啼地诉苦：“我的挚友，分别后真是想念你，我们在阿尔泰是亲密邻居，无论酸甜苦辣，我们都不分彼此一同品尝。当初你为了保护儿子玛纳斯给他取名叫冲金迪，我们都守口如瓶为你保密，从未向秦格什告发。现在我难以忍受空吾尔巴依的苛捐杂税，特意从康阿依赶着畜群驮着毡帐投奔到你的门下。”加克普经不住阔孜卡曼的奉承和诉苦，先允许他安顿下来，自己笑嘻嘻地到玛纳斯面前把阔孜卡曼来临的消息以及自己的态度和想法详细讲了一遍。

知晓此事后，卡妮凯却心生疑虑感到不安，次日早晨备上厚礼特意去看望阔孜卡曼，祝贺新邻居的乔迁之喜。回来后向玛纳斯讲了自己的看法：“康阿依来的阔孜卡曼作为尊长，我们应以礼相待，没有什么错。但请你多加小心，我看他们是别有用心，他儿子獐头鼠目、性格乖僻、内心狡诈，自从我见到他们内心总是惶惶不安。”玛纳斯听后沉思片刻，但没有表明心态。

日月流逝，世事纷繁。玛纳斯遵从父命，对阔孜卡曼以礼相待从无怠慢。这天他又让卡妮凯前去看望问安，卡妮凯带着贴身侍女卡克拉依走近阔孜卡曼的驻地，她让卡克拉依留在后面，自己单独探访。聪明的卡妮凯将金银首饰取下抓在手中以免发出声响，蹑手蹑脚缓步走向阔孜卡曼的毡帐。屋里隐约传出叽叽喳喳的声音，阔孜卡曼夫妇和儿子儿媳四个人似乎在商量什么阴谋："自从我们搬迁到这里，玛纳斯一次都没有露面。我们要提前把毒药准备好，他来了就按计划行事。他老婆倒曾来过一趟，对我们娓娓而谈……"卡妮凯在外面听了一阵，转回坐骑身边，牵着马来到阔孜卡曼的毡房，送上带来的礼品。阔孜卡曼他们假装架锅起火做饭，计划着如果卡妮凯能留下来，就能把玛纳斯也请到这边。卡妮凯当机立断站起身来告辞："谢谢你们的热情！玛纳斯从不沾酒只喝茶，即使今天请他也来不了，我今天有事也不能久留，现在就要回去了。"说罢，卡妮凯转身走出毡房。

阔孜卡曼目送着卡妮凯，觉得她十分精明，似乎觉察到了什么，看来不可久居在这个陌生的牧村，必须尽快采取行动。这一家人开始计划劫掠散养在草原上的战马，引诱玛纳斯追踪，在途中伺机下毒手。

阿拉什汗王巴卡依和四十勇士的坐骑都放养在草原，只有玛纳斯的阿克库拉神骏圈养在马厩中。他们定下规矩每天轮流去探查巡视从未间断，但天长日久难免疏忽，不知不觉中一场灾难悄悄降临。

为了实施计划，阔孜卡曼做了充分的准备，这天他决定孤注一掷，施展巫术呼风唤雨，趁机将全部骏马驱赶而去。第二天清晨，大雨滂沱，傍晚时分才缓缓停歇。当晚在卡拉波茹克毡房过夜的玛纳斯，跨上阿克库拉神骏，背起阿克凯勒铁神枪，手执色尔长矛，没穿白丝战袍就匆匆前去察看马群。当时阿依勒四周天空晴朗，草原上却雾雨连绵，这是一个反常现象，但玛纳斯并没有放在心上。到达地点，他抬头遥望却不见马群的踪影，低头仔细察看马蹄踪迹,发现密集的蹄印向着塔拉夏方向。“马群到处乱跑，遇到风暴定会损失殆尽。”玛纳斯心急如焚，催马登上图别勒山顶，在目光所及的远方隐约见到涌动的马群。玛纳斯再匆忙赶去一看，这些都是英雄们的坐骑，他断定马群遭到了劫掠：“我不能就此返回，没有一个城池不被我摧毁，没有一个敌人能从我手中逃逸。哪个贼人胆大包天胆敢抢劫我的马匹！”玛纳斯扬鞭催马继续追踪，一口气赶了十六天的路程，闯进了水草丰美的阔依塔什山里。

阔孜卡曼和阔克却阔孜正端起千里眼回头观察，看到了追来的玛纳斯。雄狮玛纳斯奔来的方向是一片宽阔的沙石河滩，靠向伊塞克湖则是一望无际的荒原。阔克却阔孜的枪膛里装满了子弹，端起枪仔细瞄准玛纳斯，随时准备点燃火捻。见玛纳斯身上没有白丝战袍，衣襟没扣敞胸露怀，毫无觉察地飞快跑来，阔克却阔孜瞄准他的心脏射出了子弹，但未能击中玛纳斯的心脏，只是击伤了其肺部。玛纳斯并没有翻落在地上，阿克库拉神骏带着他一路奔腾向前冲上了山冈。“难道我打偏了？”看到威风凛凛的玛纳斯稳坐马鞍，阔克却阔孜不敢靠前，慌慌张张骑上马转身逃窜。他追上驱赶马群的同伴，告诉他们经过，两个毛贼听完阔克却阔孜的话，丢下驱赶的马群，如惊弓之鸟纷纷逃奔。

受伤的玛纳斯跑上山冈，然后掉转马头进入绿茵茵的山谷中，这才感到头晕目眩眼花耳鸣，从阿克库拉神骏背上摔倒在草地上。玛纳斯不省人事，嘴巴一张一合喘着粗气，伤口上鲜血流淌。神奇的阿克库拉神骏将卡勒德尔坎野草衔在口中，敷在玛纳斯的伤口上止血，像忠诚的仆人一样守护在主人身旁。

摆脱恶人驱赶的马群在一匹灰色走马的带领下，向塔拉夏方向狂奔而去。色尔哈克的骏马铁勒克孜勒闻到阿克库拉的气味，独自奔向山脚寻找同伴。在阿克库拉和铁勒克孜勒这一对神骏的守候下，天上的飞禽、地上的走兽都无法靠近玛纳斯。

阿吉巴依到安集延游玩探亲，这一天返回阿依勒，缓步进入玛纳斯的毡帐。只见卡妮凯正在家里守候，她神情恍惚眼中无光。阿吉巴依急忙询问卡妮凯发生了什么事情。卡妮凯轻叹一声，告诉他阔孜卡曼这家人非同寻常，这段时间玛纳斯去了卡拉波茹克那里后一直未回，她这些天独守在家里，心神不安，坐卧不宁。阿吉巴依听后疑虑万分，催马来到卡拉波茹克的毡房询问情况，得知玛纳斯最后去了马群那里，多少天都没有音信，阿吉巴依感到情况严重，掉转马头匆忙到巴卡依家中报告，大家到处打听也不知道玛纳斯在哪里。

就在此时远处的塔拉夏方向出现一片黑影，只见一群惊马狂奔而来，尘土飞扬遮天蔽日。楚瓦克的坐骑阔克铁凯咴儿咴儿嘶鸣，声音洪亮宛如钟声。楚瓦克听到阔克铁凯的声音，起身冲出房门，骏马气吁吁地跑到楚瓦克身边。勇士们不知道发生了什么事情，都神色紧张地跑出房门，牵住了各自的坐骑。但等待许久就是不见玛纳斯的阿克库拉和色尔哈克的铁勒克孜勒骏马，更没见到玛纳斯的身影。正在阿吉巴依说话的当口，色尔哈克也匆忙跑来向巴卡依报告。巴卡依听完这些，心中一阵惊悸，连忙叫来克尔葛勒恰勒，吩咐他集合全体勇士做好出发的准备，又请占卜师来占卜玛纳斯的吉凶。未卜先知的托略克抛撒占卜的石子，扫视一眼后脸色突变流着眼泪说道："巴卡依大伯啊，请你们立刻上马赶快到阔依塔什寻找玛纳斯雄狮！"阿拉坎是专看羊胛骨的占卜师，他也手举羊胛骨声泪俱下地陈述："我尊敬的大伯啊，雄狮玛纳斯不幸被阔孜卡曼所害，正躺在一片草地上，阿克库拉和铁勒克孜勒骏马守护在他的身边。"两位占卜师都得出了同样的预测，情况十分紧急。巴卡依一声令下，英雄们纷纷上马起程，向着阔依塔什草原行进。

巴卡依和克尔葛勒恰勒率领的四十勇士辨认着马蹄踪迹向前飞奔。聪慧的阿克库拉神骏听到由远而近的马蹄声，惊慌不已焦急万分，铁勒克孜勒跑上山顶，看到飞奔而来的人们，放开喉咙咴儿咴儿嘶鸣。听到铁勒克孜勒的嘶鸣，阿克库拉同样焦急地发出了吼声。全体骏马如同找到失群的马驹那样同声回应。勇士们循着铁勒克孜勒和阿克库拉的嘶鸣声，扬鞭催马拐入谷地，一个个翻身下马，争先恐后地向玛纳斯飞奔而去。巴卡依将满身血污的玛纳斯紧紧地抱在怀中，勇士们铺开战袍，让玛纳斯躺在上面，小心翼翼地喂入泉水，众勇士们忍不住自己的泪水，发自内心地担心玛纳斯的安危。玛纳斯嚅动着嘴唇，喝完一桶水后才渐渐睁开眼睛，向四周扫视了一番，缓缓开口："我轻易地相信了阔克却阔孜，灾难落在了我的头上。你们是否擒获了这个恶棍……"说了一半又昏过去。巴卡依见此情景，沉重的心情有所减轻："玛纳斯的心脏没有受损，这是我们的福分。挑选一匹快马明天上午就把卡妮凯夫人接来。"机敏的巴依玛特立即响应去完成这个任务，他一刻也没有停歇，风驰电掣一路狂奔，太阳落山的时候走进了王庭。人们纷纷上前询问情况，巴依玛特简短地告知大家，催促卡妮凯立刻起程。

卡妮凯忧心忡忡，将早就准备好的药物装入褡裢，考虑到玛纳斯可能会失血过多，另外装了满满一皮囊鲜牛奶，让巴依玛特驮上，翻身上马并辔蹚行，在阳光初照大地的时候催马赶到谷地草坪。胯下的棕黄色骏马奔腾不羁，使她无法拉住缰绳，这个脾气暴躁的骏马必须有人帮助才能停稳。只见色尔哈克跳上马背，从侧翼奔跑拉住了缰绳，拉绳的胳膊差一点被拽断，如果不将它的缰绳攥紧，肯定还要带着卡妮凯狂奔。

卡妮凯缓步向玛纳斯走来,玛纳斯听到了她的脚步声,却无法抬头看清，沉重的伤痛使他精神恍惚。夫人卡妮凯顾不得向众人问候，急忙查看玛纳斯的伤情，拿出药品，将牛奶拌上砂糖不停地喂到英雄嘴中。她命人用清水把伤口洗净，把神奇的药物敷在伤口表层，绑紧白布，拿来秃鹰、狗熊的胆汁和艾别普、赛别普神药内服。

岁月匆匆，转眼过了三个月，雄狮玛纳斯逐渐康复。这一天，驻扎在阔如克图山上的阔克确特意前来看望玛纳斯，告诉他阔克却阔孜的下落 :“此时阔克却阔孜在艾将军的宫帐。艾将军是康阿依的首领,他驻守在别西巴勒克,总是会来抢掠柯尔克孜族人和哈萨克族人。”玛纳斯听完阔克确的话语，立即产生了要讨伐艾将军的想法 :“我要征讨康阿依的艾将军，向他索要阔克却阔孜。如果他执意不交出阔克却阔孜，我只能与他决一雌雄!”正在他们商讨对策的时候，一名哈萨克族人推门进来向玛纳斯报告，阔克却阔孜带领艾将军的五十名勇士沿着伊犁河谷而来，抢掠了那里的柯尔克孜族人和哈萨克族人的驻地，足有一千户人家流离失所无家可归，人们逃向玉其卡尔克拉和萨热阿尔卡,还有人向双开敏逃去。玛纳斯听到这一消息,心中燃烧起熊熊烈火，决心将仇敌一网打尽。

跟踪追击

玛纳斯没有回家去做准备，他让卡妮凯马上返回，并向加木格尔奇、阿克巴勒塔通报情况，调来队伍和一千峰骆驼，载上武器弹药及食品，沿着伊塞克湖，绕过特克斯草原，向艾将军的领地挺进。

走在最前面负责探路的十名柯尔克孜勇士在达坂与敌人的巡逻兵相遇。康阿依人的巡逻哨兵从很远的地方就发现了目标，六十多名敌兵分两路冲杀而来，把十位名声显赫的勇士夹在中间。英雄们突然分开，分别向十个方向假装逃跑。“布鲁特人被我们吓跑了！”康阿依士兵狂呼呐喊，紧随其后。却不料柯尔克孜勇士跑出一段路后猛然间掉转马头开始反击，带着毡房一样大毡帽的秀图一次就将十七个敌兵打下马，加克普之子赛热克也把二十一个敌兵戳翻，剩下的敌兵全部成了俘虏。正在这时，阔克却阔孜前来挑战，赛热克果断做出安排，让其他勇士押着俘虏快快离开，由额尔奇吾勒、包孜吾勒、秀图留下一同作战。阔克却阔孜对柯尔克孜英雄的情况了如指掌，赛热克、额尔奇吾勒、包孜吾勒都被他戳下马鞍。秀图发起猛烈进攻，打掉了他的矛枪。此时阔克却阔孜提出："你是一位真正的英雄，请让我捡起矛枪，如果还是不能战胜你我就会成为你的手下败将。"由于秀图的盲目自信，诡计多端的阔克却阔孜掉转马头择路逃遁。

驱赶着几十个俘虏的勇士们来到玛纳斯的大营前，详细报告了所遭遇的事情。听到阔克却阔孜的名字，玛纳斯怒火难平，要亲自去取他的性命。此时色尔哈克建议："艾将军听到阔克却阔孜的禀报一定会自投罗网。这次就让楚瓦克领兵出战，我会紧紧跟随他。如果发生突然变化，我会及时传送消息。"色尔哈克的建议得到玛纳斯的认可。楚瓦克和色尔哈克快马加鞭马不停蹄很快就到达哨兵出没的地方，与那里的四位勇士会合。经过商议他们让色尔哈克去寻找敌人的行踪，引诱敌人出城到野外交战。色尔哈克毫不吝惜坐骑，一路飞驰最终追上了阔克却阔孜。听到逼近的马蹄声，阔克却阔孜回头一看，见是豹子色尔哈克，不敢与其交战，就一路狂奔，不停地用康阿依人的语言呼天喊地，逃进城内。众多士兵急速赶来围攻单枪匹马的色尔哈克，色尔哈克毫不畏惧，高呼着"玛纳斯"的口号，如同射出枪膛的子弹冲入敌群，纵横驰骋。他从城内杀到城外，随后心生一计："如果我佯装败阵，他们定会倾力追逐，接应我的众弟兄就能击溃这批顽凶。”于是色尔哈克且战且退，慢慢将敌军引出城外。楚瓦克等五位勇士立刻催马赶来迎头痛击敌人。楚瓦克、色尔哈克、赛热克、秀图、额尔奇吾勒和包孜吾勒六位英雄毫不犹豫地冲入浩浩荡荡的敌阵，苦战了两天。正当人马筋疲力尽的时候，巴卡依带领大队人马疾驰而来加入战斗，克尔葛勒恰勒把玛纳斯的大旗插在山顶上。看到突如其来的援军，康阿依人转身逃回城中，他们的首领和阔克却阔孜急忙前去晋见艾将军，向他禀报紧急战况。

波郭山下建新城

艾将军听完战报，不顾礼仪狂呼乱叫："我要把自命不凡、耀武扬威的布鲁特人全部歼灭！"他迅速带领几十万大军，浩浩荡荡地冲出城门，绵延的队伍不见首尾，尘土飞扬，遮天蔽日，柯尔克孜英雄面对如此众多的敌人不免有些吃惊。

待双方队伍面对面峙立，各自的战旗插在山顶上，艾将军手下的玛鲁纳，这个没有战争就倍感寂寞的莽汉催赶着青花骏马冲上战场，手持一根松木长矛出言猖狂："目中无人的布鲁特人，我之前未去参加阔阔托依的祭典惩罚你们，今天就要叫你们从这个世界上消失！"

在玛纳斯的阵营里，脾气暴躁的库吐纳依听到这些狂言，向巴卡依发誓要血染战袍，他骑着卡姆比勒开热骏马，将锋锐的狼舌长矛横放在马鞍前冲进战场。玛鲁纳见到库吐纳依，更加猖狂："我要和楚瓦克、色尔哈克、玛纳斯三人搏杀，把他们的首级扔回他们来的地方！"库吐纳依听到这些话，怒火升腾，忍无可忍："你这狂妄的玛鲁纳，你以为楚瓦克、色尔哈克和玛纳斯雄狮会把你放在眼里？！"没等玛鲁纳反应，他就晃动矛枪开始进攻，拼尽全力朝玛鲁纳侧腰刺了一枪,玛鲁纳铁打一般纹丝不动，冷笑掠过脸庞。库吐纳依的矛枪却折断成数截散落一旁，他又抽出战斧向玛鲁纳劈了下去，斧柄经不住劈砍断成两截，这时玛鲁纳挥动长矛，将库吐纳依高高地挑在矛尖上绕场一周，重放回马背："你要认清什么是英雄，快快滚回你的阵营！"

克普恰克之子阿吉巴依见此情景火冒三丈，催赶着栗色战马冲到阵前。玛鲁纳仍然傲慢地站在场中一动不动，让他先出枪。英雄阿吉巴依奋力一枪刺中玛鲁纳的腰，耀武扬威的玛鲁纳当即滚落马背，阿吉巴依将他的首级扔到柯尔克孜的战旗下面。

一位名叫朵尔多纳的卡勒玛克英雄高声号叫着冲出阵营，大地在他东芒岱战马的马蹄下颤动。他握着一杆狼舌长矛，直刺阿吉巴依的前胸，阿吉巴依侧身翻倒在骏马一旁。矛枪没有刺中，朵尔多纳拉不住奔马的缰绳了，东芒岱骏马脾气暴烈无比，任凭主人怎样拽拉，依然桀骜不驯不愿回头，只是向前猛冲。阿吉巴依的栗色马却机智灵活似有灵气，不用主人扯缰指挥，就雄鹰般掉转身体，撒开四蹄瞬间追上东芒岱马。阿吉巴依顺手拽住朵尔多纳，抓住他的胳膊紧紧压在马镫下面，将其拉下骏马一路拖回阵地。

朵尔多纳的弟弟奥托凯看到哥哥惨败，心中燃烧着复仇的火焰，催马前来，揪住阿吉巴依的衣摆，妄图将他拉下马背。正当他们拉拉扯扯的时候，古里杜尔之子阿勒拜英雄跃马扬鞭来到场中，挥舞着战斧，对准奥托凯的后颈砍去，奥托凯翻身滚下马鞍，一声没出就命归西天。康阿依的凯基勇士一心想向布鲁特人复仇，催马冲上战场，挺起手中的矛枪，不费力气就将阿勒拜掀翻在地上。在一旁的阿吉巴依将坐骑重新送到阿勒拜手里，还来不及回头，又一次被凶狠无比的凯基一枪戳翻在地。此时武艺高强的柯尔克孜英雄秀图赶来掩护阿吉巴依和阿勒拜摆脱危险，凯基出枪对他猛地一击，秀图从马背上滚落下来。克尔葛勒恰勒高喊着“玛纳斯”的口号端着长矛冲到凯基面前，凯基挡开刺来的矛枪，将克尔葛勒恰勒刺落马背。看到随后冲出的敏捷的额尔奇吾勒发起的进攻也没有成功，满腔怒火的色尔哈克冲上战场，挺枪杀来，自命不凡的凯基顷刻殒命。

天色已近黄昏，艾将军阵中传来收兵的号角声，铺天盖地的士兵如同归圈的绵羊纷纷回营，玛纳斯的队伍也在洼地上安营扎寨。清晨，双方又开始对阵，第一回合柯尔克孜阵营这边冲出英雄色尔哈克，康阿依人里出战的是出生于萨藏的英雄，由于他的一个拇指歪斜，绰号叫作“玛依特克”。因为那硕大如山的身躯战马无法驮动，所以骑着一头大象出征，在没有大象时他便徒步参战，因此而得到“徒步玛依特克”之名。此时他骑在大象背上，手持一根一百五十庹长的长矛，铁棍横放在鞍韂上，腋下夹着战锤冲进战场。英雄色尔哈克从腰间拔出战刀，先劈断了敌人的长矛，又对准大象的脖颈儿狠狠地砍了一刀，大象顷刻间躺倒，压住了玛依特克的大腿，色尔哈克顺势举起月牙战斧，夺取了玛依特克的性命。在一天的战斗中，色尔哈克战胜了许多英雄，当黄昏降临时，一百五十名康阿依士兵拉起铁网向色尔哈克发起进攻，不到烧一壶茶的工夫，悉数被他消灭。随后又上来一百名勇士助阵，狂呼乱叫地包围了色尔哈克，他们用十六个大网罩在他的头顶，阿克巴勒塔之子楚瓦克挥舞着战刀高声呐喊着冲入战场，如同追捕野鸭的猎鹰，杀向撒下铁网的敌人。艾将军又派出六百名撒网的士兵，将六十张大网罩在楚瓦克的头顶。见到楚瓦克、色尔哈克被铁网罩住，以克尔葛勒恰勒为首的四十勇士跃马挺枪冲入敌群。对这些危机玛纳斯并不在意，就像在看马上角力游戏一样，沉稳观战。看到久战不胜，艾将军亲自冲入战场指挥战斗，不一会儿，四十勇士一半被他们罩在网中苦苦挣扎。面对艾将军的猖狂，玛纳斯忍无可忍，吼声直冲云霄，犹如四十头雄狮在咆哮，大地颤动不停，似乎就要倾翻；地面上尘土飞扬，泉水喷涌。色尔哈克、楚瓦克趁机拼尽全力挣脱了敌人铁网的围困。艾将军的城郭在吼声中坍塌，许多人被城墙压倒，艾将军见此情景惊慌失措，四处乱窜。过了煮熟一锅肉的时间，他才定睛凝神仔细察看，“这个布鲁特人凶狠无比，整个寰宇都被他的吼声震撼。我可不想死在他手中，最好使用计谋与他周旋，等到傍晚来临之时，脱身去投奔空吾尔巴依他们。”他暗自琢磨如何让阔克却阔孜留在身边。而阔克却阔孜则心怀鬼胎，“将军如遇危难，一定会把我推入深渊，与其在此浪费时间，还不如先投奔空吾尔巴依。”他对艾将军一阵敷衍之后，悄然离开战场逃窜而去。

玛纳斯看到楚瓦克和色尔哈克安然无恙，面露喜色，并肩同四十勇士吼声震天奋勇作战，横扫康阿依兵马。双方一直拼杀到晚上，艾将军命令吹响了收兵的号角，侥幸存活的士兵纷纷逃回大营，全军统帅艾将军却趁着夜色策马逃遁。

按照战争的约定，双方休战到次日黎明，玛纳斯率领的队伍出阵，却不见艾将军的身影。直到中午，才跑来两个人报告艾将军逃跑的消息。听到艾将军逃遁的消息，玛纳斯轻蔑地说：“这样的汗王不如去死，把兵马丢在荒野自己逃跑，还有什么尊严！”他让库吐纳依接收城池，登上汗位管理百姓，将城名改称为库吐比城。

在城郭附近荒无人烟的地方有一片荒滩和一条河流，玛纳斯看中了这片地方，命人修建了一座崭新的城堡，并从巴里坤、阿尔泰到特克斯草原挑选了大批军民搬迁到这里，这就是玛纳斯河畔上的玛纳斯城，城外耸立的大山也以英雄的名字命名。盐湖上面的卡拉陶山，成为波郭部落的牧马场，被称为波郭山，这个名字一直被沿用至今。

在修建城堡的过程中，巴依玛特曾驻扎在流淌黑油的泉边，“塔孜巴依玛特的玛依布拉克”的声名也由此流传人间。

战后重建告一段落，玛纳斯宣布：“艾将军统治的地方，号称中别依京，现已被我占领，在附近建起了玛纳斯城。只要我的生命尚存，无论空吾尔巴依、艾将军还是阔克却阔孜躲藏在何处，我一定要找到他们！”说完掉转马头再次踏上征程。

六汗发难

在烈日炎炎的夏季，托什吐克汗王写信邀请柯尔克孜族人聚集在托云举办庆典。以阔绍依为首的尊贵长者全部出席，唯独玛纳斯因从撒马尔罕出发路途太远而未能参加，庆典结束后汗王们聚集在一起纷纷表达对玛纳斯的不满。

玉尔毕首先打开话匣子发泄私愤："这次庆典贵族们全部到场一个不落，连长者阔绍依圣人都亲自莅临，加克普之子玛纳斯今年刚到三十岁，却不顾及我们的血脉亲情。虽然他做了很多有益的事情，但要说真正的平等，至今我们还没有享受到。他为所欲为，目空一切，从不把别人放在眼里，对长辈和老人一点也不尊重，我们的长辈穆孜布尔恰克雪白的胡须足有一怀抱，玛纳斯还派人索要老人祖传的战袍，阿克奥勒波克战袍被他夺去；卡勒恰和卡勒玛克的两个姑娘是库列坦和凯尔阔库勒已下过聘书的儿媳妇，却被玛纳斯以战争俘虏为名霸占归己，不曾表示歉意；还让年过七旬的阔绍依老人光着身体上场摔跤，在众人面前蹦来跳去，受尽了屈辱；更让我在众人面前丢尽脸面，在我的脸上留下了难以医治的鞭痕，却没有一个人对他加以指责和质问；托什吐克是我们的英雄，曾在不见阳光的地下世界里漫游七年，他生平第一次举办这样的庆典，玛纳斯却不光临，甚至都没寄来一纸书信，他既然这样无情无义，还有什么值得我们拥戴效忠？”

阔绍依听后暗自思忖：“这些话充满了诽谤和怂恿，竟肆意诬蔑大家的英雄。我暂且不与他们辩论，料想他们只是胡说八道，不敢轻易有什么行动，如果他们真要和玛纳斯作对，我一定要质问他们，表明我的态度。”

玉尔毕对玛纳斯的恶语中伤，其他五位汗王却表示认同。他们准备派出信使对玛纳斯声讨谴责，要求玛纳斯赔礼道歉。六个人同流合污结盟宣誓，一起写信，派出六位信使催马登程，他们自己留在原地等待回音。信使们沿着托云河疾驰，来到喀什噶尔歇息，给坐骑换上新的马掌，顺着伊尔克什坦木一路询问打听，最终来到了撒马尔罕城下。

此时，哈萨克英雄包朗楚正带领十二个勇士拥盾执戟守护在城堡门口，突然发现一群骑手鬼鬼祟祟不怀好意，个个龇牙咧嘴十分凶狠，便匆匆忙忙进入宫中，向玛纳斯禀报。听完包朗楚的禀报，玛纳斯心知肚明，他胡子稍稍抖动，嘴角露出一丝微笑，对包朗楚吩咐道：“我的包朗楚，我听说外七汗中有人心里不平，准备挑起一场纷争，来者肯定是他们派出的信使。如果是这样，不要打骂，让他们进城，你要执行自己的权力，要显示自己的威风，要让他们感到绝望和惊恐。”包朗楚接到指令，回到高大的城门敲响了一面卧牛般的战鼓。听到鼓声，一千名穿红色服饰的士兵，一千名穿蓝色服饰的士兵，一千名穿白色服饰的士兵，一千名穿黄色服饰的士兵，一千名穿黑色服饰的士兵，瞬间集结到城门前，他们长矛竖立，匕首在腰间晃动，战刀在手上挥舞，战斧高耸在肩，战鼓声震天动地，火枪射向天际。士兵们威武英勇夺魄惊魂，吓得马背上的六个信使颤抖不已，这时十二个士兵冲上前来，将他们拉下马，逐一拖拽到牢房关押起来。

在这些信使到来之前，克普恰克部落已先后三次派人通报，空吾尔巴依派兵侵占了广阔的萨热阔勒，给大奥波勒的柯尔克孜族人降下灾难，请求玛纳斯救援，为他们报仇雪恨。玛纳斯邀请各方比官协商出征事宜，各方宾客陆续到来，受到盛情款待，协商持续了一个星期，大家各回营地开始准备。算起来，汗王们派来的六名信使也在牢房里关押了六天，才被包朗楚带进审讯室。审讯室有两个入口，一个是士兵们进出的大门，另一个是押解犯人出入的门洞。室内寒气逼人阴森恐怖，密集的长矛插在地上，闪亮的战刀挂在屋顶，两边的墙上安装了毒液浸泡过的密集的铁钉，钉尖如同狼牙般锋利。六位信使从门洞进入，心惊胆战，双腿打战，不敢抬眼观看，能说会道的阿吉巴依开口审问："你们这些恶棍就像从坟墓挖出的干尸，低头弯腰斜着脑袋，你们在谋划什么事情，赶快交代！"信使们慌慌张张地掏出汗王们的信函，颤颤巍巍毕恭毕敬地捧在手上，不敢出声，过了足有一顿饭的工夫没有人接他们的信函。又不知过了多久，色尔哈克由八十名随从陪伴着进来，他接过了信函说："把他们带下去招待，不要耽误时间！"包朗楚这才带他们退到门外。

每个信使分配了三名男仆，每人还派一名少妇为他们收拾铺盖，使他们得到精心款待和照料，休养了六天时间，信使们感到"尊贵的玛纳斯的关心超过了他的严厉"。

六天后，玛纳斯给信使们每人馈赠一匹快马和十件锦袍，并交给每人一封盖着碗口大红印的信函，要求他们上马立刻返回。

这些信使们暗自庆幸，一路狂奔，快马加鞭回到汗王们身边，详细禀报了所见所闻。汗王们拿过信函，争先恐后地阅读。玛纳斯在回信中回忆了历史和祖先，然后说出了这样一些话："你们像暴发的山洪一样来吧！我不需要开杈的木棍支撑，用智慧就能将你们阻拦！假如你们铺天盖地而来，我决不后退，勇敢应战！该死的六位汗王，你们竟敢胡言乱语口出狂言，你们既然不知珍惜自己的荣誉，我就毁灭你们的城垣，将你们支天窗的木椽变成我的火扦……听说万恶的空吾尔巴依给大奥波勒的柯尔克孜族人降下无尽的灾难，又侵占辽阔的萨热阔勒。现在他们向柯尔克孜挑战，故意制造事端，我一定要亲自出战！请你们四十天之内赶来，否则你们摆脱不了被毁灭的命运！”

六位汗王读完信函，目瞪口呆，低下了头，托什吐克懊悔万分，情不自禁地向这群自视高贵的人们说：“我们未经思考轻率行事，无端地惹怒了这只雄狮，自己的老婆就要变成寡妇，孩子就要变成孤儿。你们招来了无尽的麻烦却眼睁睁地不敢开口！”托什吐克说完，气氛尴尬，没有声响。圣人阔绍依慢慢接上话茬儿，语重心长地说道：“不管你们住在东边，还是住在西边，玛纳斯决不会放过你们。如今你们已踩上蛟龙的尾巴，只要他抬起头来吸一口，就会把你们吸到嘴边吞下，你们无力抵抗又无处躲藏。我要听从雄狮玛纳斯的召唤，率领部众在指定时间内赶到那里，不知你们愿不愿意与我同去？”没有人提出反对意见，纷纷表示必将在四十天内率领自己的大军按时赶到。

玛纳斯耐心地数着时日，四十天的日子逐渐过去，启程的时间已经来临。这是个寒风吹拂的早晨，卧牛般的战鼓敲响，勇士们跨上骏马迅速前来集结。只见玛纳斯牵着阿克库拉神骏站在高高的波孜多别山冈。巴卡依向玛纳斯发问道：“听到战鼓咚咚响个不停，我慌忙起身赶来不知发生什么事情。心怀叵测的六位汗王向你发难，你给他们规定了时间，明天是他们到来的期限。然而还没有和他们做任何商量，你今天就要擂鼓出征，这究竟是为什么？”玛纳斯接上话茬儿回答：“我与背信弃义的汗王们还有什么可商量！明天清晨我们就要启程，今天我要部署停当。额尔奇吾勒和包孜吾勒，外加四位勇士在此留守执勤。如果汗王们前来，绝不要迎接，连一壶茶也不要给，督促他们尽快追上我们。”巴卡依听后，建议玛纳斯给阔绍依写信说明事情的缘由，抬高阔绍依的身份，最好让穆孜布尔恰克、玉尔毕和阿葛什返回；看在森其别克的情面上饶恕凯尔阔库勒，千万不要怠慢英雄托什吐克，让他来统治喀什噶尔；队伍要先从萨热阔勒动手，赶走卡勒恰人的牦牛。玛纳斯采纳了巴卡依的建议，逐一做出安排，第二天清晨踏上了征程。

征讨喀什噶尔

英雄玛纳斯快马加鞭，行色匆匆，脑海里思绪翻腾：“首先要搞清那里的情况，如果卡勒达依为非作歹，肆意抢劫柯尔克孜族人，我一定要严惩；如果他们没有抢劫挑衅，我也不会招惹他们，让别人徒然流血牺牲，也不是光彩的事情……”正想着，突然迎面跑来五骑人马，见到玛纳斯后立刻下马，双手放在胸口行礼，缰绳吊在脖颈儿向前恭迎。玛纳斯看到这番神情，心中一动。巴卡依主动问询他们的来历，鹤发童颜的老者上前说明，他们分别来自洛浦、和阗和叶尔羌，是奥波勒克普恰克汗王派来的信使，康阿依的空吾尔巴依向喀什噶尔派出重兵。卡勒达依这个恶棍执行空吾尔巴依的命令，不许当地人在草原上放牧，也禁止百姓收获耕种。加上连续三年的苛捐杂税，压得百姓无法生存。这个卡勒达依每天派出士兵抢劫欺凌阿克依乃克、阿莱和绰库的柯尔克孜族人，还扬言要把洛浦、和阗、叶尔羌踏平。卡拉恰带领汗王们躲进了山洞，老百姓处在水深火热之中，请求玛纳斯雄狮解救苦难中的百姓。玛纳斯听完老人的诉说，让他快快返回驻地向各地民众传达消息，就说玛纳斯正在路上，让汗王们从深山中出来，勇敢地回城驻扎。

送走几位老人后，雄狮玛纳斯与赶来的托什吐克英雄会合，继续向前挺进。驻扎在浩罕城的森其别克在路上迎候，英雄一到就请他们进城，毫无吝啬，热情招待。这时凯尔阔库勒也及时赶来向玛纳斯报到。玛纳斯同森其别克商量后同意了凯尔阔库勒返回的恳求，让托什吐尔赶往阿莱。英雄玛纳斯率部直奔喀什噶尔，把卡勒达依驻扎的喀什噶尔城团团包围，以便从四面观察城里的动静。

不知天高地厚的卡勒达依认为自己有空吾尔巴依的雄兵，还有女英雄萨依卡丽、英雄穆拉迪勒支援，正想着向雄狮玛纳斯主动发起进攻。哨兵前来向他报告发现玛纳斯的人马，他心花怒放，十分兴奋：“天神啊，你是我心灵的力量！不用我亲自远征，您就把玛纳斯送到我手中。”他立刻加紧准备，不多时便率领众多兵马浩浩荡荡地冲出城门。

喀什噶尔城外有一片戈壁滩，渺无人烟地域宽广。两军在这里摆开阵势，一场恶战眼看就要打响。卡勒达依手下有一员大将，叫作吉勒玛郎，催动着他的相开热克骏马冲入战场，楚瓦克根本未把高山般的吉勒玛郎放在眼里，征得巴卡依同意后，勇敢迎击。两位战将旗鼓相当，展开了惊心动魄的大战。吉勒玛郎舞动六十庹的长矛向楚瓦克刺出，楚瓦克用力拨开刺来的长矛，让它碎成数截飞落在地；吉勒玛郎随即抽出如毡房大的铁锤，楚瓦克侧身躲过飞来的铁锤，用矛狠狠刺中了敌将的胳膊，吉勒玛郎的右手筋骨折断，战锤从手中飞出，又用左手举起战斧向楚瓦克发起进攻，楚瓦克端起矛尖对准敌人的脖颈儿狠狠地戳去，吉勒玛郎如同河滩边砍倒的大树倒在地上！

见此情景，卡勒达依挥动着黑色战斧发出指令："我们有八万之众，八个对付一个还绰绰有余，你们快快将他们捆绑，玛纳斯由我亲自来对付！"卡勒达依的士兵蜂拥而上倾巢出击，四十勇士奋不顾身冲入敌群，每一名勇士都不得不对付成群的敌人，玛纳斯也在敌群中左右冲杀。面对玛纳斯的威猛气势，卡勒达依的士兵溃不成军，东逃西窜。卡勒达依无法忍受这种惨败，抽打着胯下的黑骏马，向着玛纳斯冲杀而来，妄图从侧翼攻击，偷袭玛纳斯。玛纳斯扯住缰绳让骏马站立，把卡勒达依的夺命长枪顺手拨开挡到一边，矛枪脱手飞向蓝天，待卡勒达依从身边冲过时，玛纳斯晃动着手中的色尔长矛戳进了他的胸膛，黑山般的卡勒达依应声落马倒在地上。没等玛纳斯掉转马头，卡特卡朗之女萨依卡丽催动枣红马突然从侧翼冲出，舞动长矛舍命一击。这突如其来的冲击将毫无防备的玛纳斯掀下坐骑，英雄楚瓦克迅速冲上来把萨依卡丽戳翻，萨依卡丽乘楚瓦克回身之机，翻身上马迅速逃离。雄狮玛纳斯站起身，看见卡勒达依准备上马逃跑，不等他抬脚踩踏马镫，一把抓住他的战衣放倒，取了他的性命。惨败的士兵四散逃命，卡勒达依的营帐一片空寂，英雄们不由分说占领了卡勒达依的牙帐。

玛纳斯派人送信请来了托什吐克和叶尔羌、和阗、洛浦的几位汗王，当面郑重宣布将喀什噶尔交给托什吐克管理。托什吐克按照盟约又转交给朋友阿拉昆治理，所有汗王都表示归顺托什吐克的管理。玛纳斯对托什吐克吩咐道："喀什噶尔是你的城市，托云、恰克玛克是你的冬牧场，阿莱和玉其塔什是你的夏牧场，洛浦以内都是你管理的地方。"

随后，玛纳斯派出手下的勇士向奇姆坎特和萨热阔勒进击，从空吾尔巴依霸占的山岭中找回了被抢去的六千头牦牛，物归原主。玛纳斯安排完诸事，才放心返回撒马尔罕。

忧伤的心

自契丹的阿勒曼别特真心实意地投奔哈萨克族人，如今已有十年的时间。哈萨克汗王阿依达尔汗之子阔克确将他视为自己的脊梁，他的才能也得到阔克确的赏识，阿勒曼别特内心充满了感激之情。

但是宫中的奸佞小人对阿勒曼别特十分嫉恨，他们无力与阿勒曼别特抗争，也不敢公开进行攻击，又找不到阿勒曼别特的点滴缺点，只好把良心丢到一边，捏造谎言陷害忠良。

汗王阔克确有两个妻子，一位叫阿克艾尔凯绮，另一位叫布达依别克，那些无耻小人费尽心机与布达依别克勾结，编织出“阿勒曼别特与阿克艾尔凯绮关系暧昧”的谣言。

哈萨克族人的六十位比官和富翁，聚集在布达依别克的帐中，设计将阔克确灌得酩酊大醉，异口同声散布编好的谣言。阔克确听到这些话如闻惊雷，在醉态中做出了错误的决断："既然阿勒曼别特已经背叛了友情，就把他带到我面前，你们正好在这里当审判官，替我将他斩了！同时剪下阿克艾尔凯绮长长的发辫，让她穿上凯满台毡衣[1]，骑上灰色的母马，送回她父王喀拉汗的宫帐！"

自阿勒曼别特在阔阔托依的祭典上见到玛纳斯以来，"我要去拜见玛纳斯"的想法一直在他心中萦绕不散。作为见面礼他用勇库尔山的忍冬木做了三百支精制箭，他将放归草原、长得膘肥体壮的黄花骏马接回来调养，拴吊了十五天，让它做好了远行的准备。这一天阿勒曼别特心神不宁，准备给黄花骏马鞴上金饰的鞍鞯，正要上马起程的时候，阔克确汗王委派托合托尔和恰颜前来向他传达命令："两天以来，王公贵族们集中在王庭中商量要事，做出了很多决定，要把锋利的战斧和锐利的匕首都集中起来。汗王阔克确请您迅速返回王庭，不得推托。"阿勒曼别特听完两个奴仆的话，种种疑团涌上心头："当年我父亲与我为敌时，我也有同样的预感。人生的道路坎坷不平，灾祸随时会降临到头上。是否那些契丹人为了报复我，请来克孜勒乌尤克巨人带着众多兵马把我们围困？是否契丹给阔克确下达通缉令，勒令他把我交出，如不交出就血染战场？阔克确又是否为了向契丹交代，把叶盖、什噶依等英雄纷

[1] 凯满台毡衣：旧时柯尔克孜等民族给失节女子穿的带侮辱性的罪衣。

纷召集后将我擒拿?”阿勒曼别特思绪起伏，缓步走向阔克确的宫帐。

没有人上前来牵马迎接，他自己绑好坐骑。不知什么时候托合托尔和恰颜也不知去向，阿勒曼别特环顾四周，不安的感觉涌上心头。但他入屋后还是跟往常一样致敬问候，比官和别克们纷纷站起，一个个手忙脚乱、神色慌张。只见阔克确斜躺在上座，脸色灰暗十分难看，他抬起头来大声叫喊 :“你们这些愚蠢无能的浑蛋，为何不能安稳地坐在座位上，纷纷起身如此慌乱?”六十位高官各自落座，不安的气氛弥漫毡房。阿勒曼别特见没有他的座位，就惊奇地看着众人，径直走到阔克确身边，把褥子下端压在左膝坐定。足足过了一顿饭的时间，他忍不住询问了事情的缘由。阔克确听到问话脸色阴沉，将所有的恶语脏话抛向阿勒曼别特 :“你还是我可依靠的将军吗?很长时间不曾见到你，今天怎么突然出现?”他复述了听到的谣言后，用脚指着阿勒曼别特 :“卑鄙下贱的奴隶，我在说你啊!”

阿勒曼别特脸色突变，明白了事情的原因，他看着阔克确瞪大双眼，开始据理力争 :“尊贵的阔克确英雄，你难道亲眼见到我的劣迹?我怎么会无耻地践踏你的卧床?如果我背着你干了坏事，难道祖先的灵魂不严惩我?假如我心怀歹意图谋不轨，我们的誓言会像落下的雷霆……自从我逃离家园投奔你以来，从来没有违背过你，我来了以后穷人变成了富翁，马鞍马具焕然一新，你原来只有六百匹马，如今已增加到六千匹，骆驼也有一千峰，你富有的名声传遍各地。我本以为你是一位雄狮，难道我认错了人？烈酒是粮食酿造，喝上少许无关紧要，倘若你整天喝得昏头昏脑，你汗王的声望就会一落千丈！”阔克确酩酊大醉已经丧失了理智，哪里肯听阿勒曼别特的忠告，他当着蠢蠢欲动的官员们，说出了更加绝情的话：“从康阿依来的契丹奴仆在我们强大的哈萨克族人面前无端指责我，你们还坐着不动？给我抓住这个奴仆，把他杀了！”阔克确睡眼蒙眬，胳膊肘撑着枕头，昏昏欲睡，醉意沉沉。

阔克确的夫人阿克艾尔凯绮身边有个女仆名叫库依图，她到泉边打水，听到了两位巨人相互的怒骂声，就放下水桶，来到宫帐前偷偷向里窥视，不久便弄清了事情的来龙去脉，她疾步返回，报告给了阿克艾尔凯绮。阿克艾尔凯绮听后十分震惊，不顾一切地快步出门冲进宫帐质问阔克确：“英明的阔克确啊，究竟发生了什么事情？你的智慧丢到哪里去了？你这样做多么丢人！阿勒曼别特所做的每件事情，人人知晓，天下闻名。他让你的敌人威风扫地，夺回了被抢去的众多牲畜，给我们带来了福运。你曾经到处流浪，他却把阿尔泰变成了你的家园，他到底有何罪过？为何把他像野山羊似的围困在这里？你的这些可敬的比官别克们为你完成过什么使命……你为什么不睁开眼睛看一看，为什么不回答我的问题？现在你正走向失败，我已经看清了这一切！”

阔克确醉眼蒙眬，阿勒曼别特的高大身躯在他眼前晃来晃去。大地好像旋转不停，他觉得自己如同水中漂浮的小船随着风浪飘来飘去。他睁开蒙蒙昽昽的眼睛，看到阿克艾尔凯绮夫人嘴唇在动，声音却像蚊子在叫听不清在说什么，阔克确忽然清醒过来，瞪大愤怒的眼睛说："母马不能率领马群，女人不能管男人的事情，你这样匆匆地赶来，难道是为了营救你的情人？你还假装一本正经，听听你说出的无耻话语，竟敢前来帮助你的野男人，你那些下贱之事早已不是秘密，你这贱妇快快闭嘴！"阔克确说着把头靠在枕上呼呼睡去。阿克艾尔凯绮完全明白了这是布达依别克设计的诡计，她指着布达依别克愤怒地吼道："你这个卑贱的奴隶，赶紧准备驼队，早一点打点行李离开此地，你曾经满头虮子，是我帮你洗掉的，如今你却忘恩负义，给百姓带来灾难。假若阿勒曼别特被杀，你正好得势沾沾自喜；如若他战胜死亡，我就站在你面前，看一看阔克确到底有多勇敢，看他如何再来保护你！"阿克艾尔凯绮受到无端的陷害，愤愤不平地转身离去。阔克确又睁开惺忪的睡眼，自不量力地发出了"斩杀阿勒曼别特"的命令，比官们却无人敢靠近。阿勒曼别特黯然神伤，绝望得如同白昼瞬间变成黑夜一样，他紧皱眉头注目四周，咬住下唇愤怒到了极点。人们都知道当他的愤怒达到极点的时候，会不顾一切，他锋利无比的金刚宝剑曾劈向阿牢开，让耀武扬威的空吾尔巴依祈求饶命。他抽出金刚宝剑发出愤怒的呐喊，令在场的人胆战心惊不敢靠前。阿勒曼别特考虑到事情的后果，强压住怒火说："斩杀汗王阔克确诸人，血染阔克确的王庭，对我又有什么用？阔克确和空吾尔巴依是不共戴天的仇敌，一旦成为两方的敌人，哪里还有我的立足之地？英雄不能玷污誓言，我要再次证明友谊，不再让人说三道四，指责我阿勒曼别特是无义之人。原谅这个鲁莽的阔克确吧，我何必同他抗争？只是，我要远走高飞，摆脱这个灾星！”阿勒曼别特正要冲出房门，阔克确的侍从喀拉库勒冲进来把门关紧，伸开胳膊挡在门前，疯狂地对众人们叫嚷：“我堵住门口，你们快冲上来把他杀了！”比官和别克们都不敢上前，他们站在原处投掷刀剑。刀剑没能穿透阿勒曼别特的衣袍，全部落在地上，怒不可遏的阿勒曼别特迈开大步气宇轩昂地向门口走去。他抬起带铁掌的马靴，踢中了喀拉库勒的肚子，喀拉库勒“扑通”一声倒在地上结束了性命。阿勒曼别特冲出房门，飞身上马，向着日落的方向催马扬鞭。阿克艾尔凯绮看到他的身影，焦急不安地追赶，挥动手臂连声呼喊：“请拨转你的马头，我的阿亚什[1]！”

阿勒曼别特要离开阿依勒了，阿克艾尔凯绮想起他的恩德和功业，内心充满了伤感。见阿勒曼别特听到她的叫声掉转马头，她才稍稍放松。阿克艾尔凯绮走到英雄身边说道：“猛虎般的英雄啊，兄弟间反目是常有的事，第二天就会烟消云散，倘若有一个不幸逝去，另一位还要为他哀悼哭喊。你对朋友真心诚意，难道会为了这么一件小事

[1] 阿亚什：夫妻对对方朋友的称呼。

就远走高飞？你对阔克确的为人和性格了如指掌，他是个有勇无谋的人，如今他轻信谗言上当受骗，还在醉酒之时稀里糊涂酿成错误，等他酒醒以后，你可以狠狠地骂他。又何必与醉鬼一般见识，连一句告别的话也不讲？”阿勒曼别特放眼远眺，表达了自己的心情：“即使阔克确仍把我当作座上宾，用金碗盛满圣水泼在我全身；即使有人把死神之剑横在我的脖颈儿，或是把尊贵荣耀的王冠戴在我的头顶，我也不能再回去了。”阿克艾尔凯绮见到阿勒曼别特去意已决也就不再挽留，建议他去玛纳斯那里：“金匠知道金子的价值，智者知道赏识英雄。玛纳斯是爱惜人才的汗王，所有的王公贵胄都簇拥在他身旁，他定会与你成为挚友。”阿勒曼别特回答说：“我像白色雄鹰翱翔于苍穹，见到柳枝就会落下。只要柳树能够承受负重，我就在那里栖息养身。你刚才赞颂的玛纳斯，我会仔细考虑。如果找不到一个知己，我宁愿在流浪中了此残生！”说完掉转马头，踏上了浪迹天涯的路途。

阿勒曼别特走了半天的路，来到一个长满核桃树的山坳，跳下马背放马吃草。他躺在山谷的草地上，千万种思绪涌上心头，还是不能割舍这段情谊，他想象着阔克确酒醒后定会放声哭喊，骑着骏马在荒野中寻找他、呼唤他……

神奇的梦

当月十五的那天夜晚，玛纳斯做了一个梦。他梦见自己穿着白色战袍，骑着阿克库拉神骏，独自走在路上，突然发现一把红光闪烁的宝剑，捡起来仔细察看锋刃后，试着劈向卧牛般的岩石，坚硬的岩石瞬间裂成两半，剑刃穿过厚厚的岩石深深地插进了泥土，而宝剑却丝毫无损。玛纳斯高兴万分，把宝剑挂在左边腰间，催马扬鞭继续前进。不料挂在他腰间的宝剑变得越来越沉重，剑鞘的带子越拉越长，宝剑的利刃在大地上划开了一道深沟。刹那间，宝剑又变成了斑斓的猛虎紧紧跟随在玛纳斯身后。在平坦无垠的草原上横卧着一座大山，玛纳斯策马登上山顶，猛虎也跟着上来，它在山顶上朝着四方眺望，眼睛里燃烧着火焰，陡然发出一声咆哮，声震大地，直冲云霄，山谷在咆哮声中摇晃，山石从山顶滚落如同冰雹。刚才还在呼啸的猛虎霎时又变成一只展翅翱翔的白鹰，咕咕的叫声在山间回响。阿勒普喀拉神鸟率领各种飞禽遮天蔽日地飞簇在白鹰身旁，一起向白鹰问候安详。最后白鹰振翅落在雄狮玛纳斯身旁，玛纳斯把白鹰架在了手臂上。玛纳斯从美妙梦境中惊醒：“这个梦非同一般。”玛纳斯陷入沉思，为了了解梦的真正含义，他决定举行一次释梦盛典，派出六十一个信使，向各地发出邀请，让他们四十天之内前来参加盛典。

汗王和别克们，还有平民百姓争先恐后纷纷前来。远方来的客人挤满草原,超过了七万之众。盛典持续了数天，丰富多彩的游戏，让人们尽情狂欢，大家几乎忘掉了此行的目的。

最后一个赛马游戏，以巴葛什的坐骑灰山羊骏马的胜利结束，玛纳斯将各路汗王和勇士邀请到卡拉波茹克的毡房。在整个盛典中未见卡妮凯的身影，许多人为此感到纳闷儿，却不知道卡妮凯夫人所遭遇的不幸。玛纳斯身负重伤时，卡妮凯在他身边精心护养，他们返回家园以前，娜克莱和卡拉波茹克这两个女人十分忌妒，密谋策划了一个歹毒的阴谋。她们特意请来塔孜巴依玛特尽献殷勤，为了收买他，不仅赠送骏马和战袍，连自己也无耻地献上。塔孜巴依玛特是一个被人怂恿就忘本的莽汉，他在人群中散布流言蜚语，诬蔑卡妮凯和楚瓦克英雄有染。玛纳斯听信他的谗言，就把卡妮凯夫人赶出了家门。诬陷和迫害使卡妮凯陷入了困境,恶人的阴谋诡计如同尖刀戳入她的心中：

“与其相信自己的丈夫，还不如相信自己的门槛。生活有时甜美如蜜，有时却像桎梏和锁链。”这就是卡妮凯的真实体验。

人们在卡拉波茹克富丽堂皇的白色毡房品尝着丰盛的美食，谈笑风生、开怀畅饮时，英雄玛纳斯走出娜克莱的毡房，昂首挺胸地来到卡拉波茹克的毡帐。他威武的神情令人心头发毛，整个毡房顿时陷入寂静。玛纳斯缓缓开口：“请诸位仔细听好，说话的时候要多加思考。我做了一个神奇的梦，请大家使出全身的本领，给我解释一下梦境真正的含义。”接着玛纳斯详细地描述了梦境，毡帐里鸦雀无声。加克普思索了好久，说出了自己的想法：“你的妻子卡妮凯即将生育，她可能有个男孩临盆！”这句话等于在玛纳斯的疮口上撒盐，玛纳斯突然间怒气横生，双眼喷射出仇恨的火星，让加克普立刻噤声，在座的人都惊恐地瞪大双眼。

当在座的汗王首领和勇士们因为英雄发怒而失魂落魄的时候，克普恰克的儿子阿吉巴依朝玛纳斯看了一眼，玛纳斯的梦清晰地浮现在他的脑海中。“阿勒曼别特离弃了阔克确。”他联想到此事暗自思忖，“这个梦会预兆什么事情？难道阿勒曼别特会来到我们这边，难道哈萨克族人没有留住这只雄鹰？”阿吉巴依定了定神，开口说出了自己的推论：“如果你穿的是白色战袍，骑的是阿克库拉神骏，自由自在地行进在遥远的路途，那是指你独自统治着整个阿拉什。你路上捡到的那把宝剑，似乎是一位英雄的化身，这预示着那位英雄将要莅临。他如同那把锋利的宝剑，珍贵无价，他的誓言永世不可动摇，那个宝剑变成的斑斓猛虎也正是这位英雄的化身。起伏绵延的山冈，枝丫茂密的果林，是你让人陶醉的幸福家园，那里有你勇敢无畏的乡亲，让猛虎长啸的是你玛纳斯的力量和威信。白色雄鹰是你的爱禽，它就是你猛烈的拳头，让敌人跪着求饶。世间万物向你致敬，你的敌人将如同割断的青草，全天下都在你面前臣服。远方同宗同脉的血亲,都将会成为你的百姓。即将到来的英雄，应该是阿勒曼别特，他是世间无敌的枭雄，空吾尔巴依、交劳依这些英雄都不敢在他面前逞强。他来到哈萨克族人中，成为阔克确坚强的后盾，阔克确原来只有六百匹骏马，如今已增加到六千匹，堆积的财富人人羡慕。不过阿勒曼别特对阔克确失去了信心，已经从那里脱身出走，定是前来向你投奔。但愿你的美梦成真，但愿你的鹰架上落下福运！愿忌妒你的敌人变成瞎子生活在黑暗之中，愿你的牲畜布满草原，愿你的黄金如河水源源不断，愿你的百姓安居乐业，愿你的王座千秋永恒！”阿吉巴依说完举起双手，与以加克普巴依为首的老人们共同为玛纳斯高声祝福。玛纳斯展开紧蹙的眉头，露出笑容，叫人拿来红色狐皮锦袍亲自馈赠阿吉巴依。

人们在幸福与欢乐中度过每一天。在一个早晨，玛纳斯将圣人巴卡依、英雄楚瓦克等人召集到王庭，表明了出行的决定：“我们从早到晚吃喝行乐，高谈阔论，虚度了五个月的光阴。战马被喂得肥胖臃肿变成了劣马，火枪已经生锈。作为一个男子汉怎能在家中消磨时间？让我们骑上骏马吧，到山中尽情打猎寻乐。根据来往路人说，楚河沿岸有优美的景色，我要亲自去看一看那里居民生活的怎么样。如果那里草原宽阔，适合牧放足够的牲畜，我要向那里分出一些部落。如果敌人有什么阴谋，也不妨见识一下他们的本领。勇士们，快骑上你们矫健的骏马启程吧！”

雄狮玛纳斯率领四百八十名勇士，浩浩荡荡地从阿依勒启程，傍晚时分来到了巴达姆巴什。他们在山中狩猎了两天，从一个山梁绕过，遇见成群的黑色盘羊，众人一下猎获了五十多只。从此，那个地方就得名叫“喀拉库勒加”[1]。他们一路自由自在，无拘无束，欢声笑语，渐渐向阔托略克走去，绕过山峦来到曲依上游的萨日克尔山冈。当年四处逃窜的卡勒玛克人有四百户在此安身，他们属于吐尔乎特部落，首领是声名显赫的卡尔特阔绍依。他们与柯尔克孜的巴依阔绍依一起居住在这个麻扎尔山上。就在玛纳斯率领勇士们到来的这一天，居住在纳伦的喀拉柯尔克孜的汗王阔绍依也赶到这里拜访玛纳斯。因为喀拉柯尔克孜的汗王阔绍依、卡勒玛克的卡尔特阔绍依、柯尔克孜的巴依阔绍依正好在这里集中，从此这里便命名为“玉奇[2]阔绍依的盆地”。

玛纳斯和三位阔绍依走上山冈观察地形，他远眺辽阔

[1] 喀拉库勒加：意为黑色的盘羊。

[2] 玉奇：数词，三。

的草原心情十分激动。卡尔特阔绍依解释说:“从前这里由很多地名组成,在吐尔乎特的首领朵略斯统治时期统称为阔托略克。”玛纳斯接上话茬儿:“阔托略克意思不清楚,如果你们同意,我们应该重新命名。”有人建议就以朵略斯的名字命名,巴卡依觉得不合适,略加思索后说:“这里就叫塔拉斯吧,统治塔拉斯的汗王就是我们的雄狮玛纳斯!”后来,玛纳斯就在塔拉斯建立了王庭,玛纳斯和塔拉斯的传奇故事流传至今。

送走三位阔绍依,玛纳斯在那里多留了两天,离开前他又把周围仔细观察了一遍。在返回的路上玛纳斯心事重重,脚步十分沉重。他这一次率部外出,表面上是打猎消遣,实则是为了寻访梦中的英雄。梦中人尚未相遇,他怎能匆匆离去。他在心中默默地念叨:“英雄阿勒曼别特,您在哪里?”

勇士和凤头麦鸡

就在玛纳斯朝思暮想的日子里，阿勒曼别特已经离他们不远了。英雄阿勒曼别特穿过一片野核桃林，来到一个山顶下马歇息。他坐在山头上又想起那些伤心和委屈，越想越悲伤，双眼充满泪水。

正如阿勒曼别特预料的那样，阔克确第二天酒醒后感到饥肠辘辘，让人铺开餐布摆上丰盛的食物，命人请阿勒曼别特一起进餐。他连续重复三遍，却没有人搭理。他全然不知阿勒曼别特早已离去。比官阿孜蒙开是忌恨阿勒曼别特的六十人中最为活跃的急先锋，面对阔克确的问话，他颠倒是非，编造谎言："我的英雄，你可能酒醉糊涂了，昨天发生的事，难道你真的忘了吗？阿勒曼别特趁你喝醉酒，把你激怒向你发威。他扬言要夺走你的青花神骏，抢走你的蓝色战袍，占领你的王庭，要把哈萨克族人变为奴隶，要把你杀死后娶走阿克艾尔凯绮夫人。当他准备砍下你的头颅的时候，是大伙儿把你从他手中营救出来。你的卡拉库勒兄弟还为你献出了生命。”阔克确对他的话将信将疑，但又无法回想起昨天发生的事情。阔克确的邻居阔孜巴依是一个有良知的富翁。他耳闻目睹了这两天发生的事情，思来想去，十分痛心，决定在阔克确酒醒后大胆规劝。他恰巧在此时进来，接上话茬儿讲明真相。听完他的话，阔克确恍然大悟，潸然泪下，怒不可遏地将阿勒姆塞伊特等人叫来质问："难道阿勒曼别特是敌人？你们为何要把他逼上绝境？他是我晴朗的天空，是我力量的源泉！你们假借执行我的命令来坏我的事情。你们让我折断双腿，我的翅膀也被你们砍断，我的荣耀被你们损毁！如果你们想赎罪，最好到旷野上去寻找阿勒曼别特，好言好语将他请回宫中，让我重新看到希望，看到光明！”

阔克确手下的六十名首领从来都臭味相投，他们请来布达依别克夫人悄悄密谋，匆匆忙忙准备烈酒，为了增加酒的烈性又加入了麻黄。他们来到阔克确面前假装告别："让我们先干上一杯，然后骑马去寻找。请你忘掉心中的烦恼，平息胸膛的怒火！”这些恶棍们想尽一切办法再次把阔克确灌醉后，纷纷抽身返回。

这时阿勒曼别特仰面躺在山坡上，忧心忡忡，坐卧不宁："公羚羊吃草的山坡上，我让马儿吃草，傻傻地等待，阿依达尔汗之子阔克确为什么不来找我？我的忍耐又有何用？我的希望已经落空。”他鼓起勇气重新起程，决定投奔玛纳斯。阿勒曼别特在无垠的荒野上独自一人艰难行进，终于来到一个泉水喷涌、牧草茂盛、飞禽栖息的好地方。他策马走在草地上，有一只凤头麦鸡扇动着翅膀鸣叫，不停地在他的头上盘旋。阿勒曼别特精疲力竭，心中的阴霾难以驱散，向鸟儿诉说着心中无尽的哀怨："凤头麦鸡，请别吱吱地叫唤，实话告诉你，我的心儿十分纷乱。你的叫声传入我的耳际，犹如中了敌人的铁拳。凤头麦鸡，请你别吱吱地叫唤，我说真话吧，这个尘世多么虚幻，你的叫声传入我的耳际，就像在我的伤口上撒盐。在有翅膀的鸟儿中你最孤单，飞翔在炎热的荒滩；在茫茫的人世间我更加孤单，到处流浪在陌生人之间。我已忘记何为欢乐，日复一日地消沉忧烦；我身边没有一个同伴，只有一匹瘦骨嶙峋的老马。我没有患病却神魂颠倒，胸中装满悲伤和哀怨。如果我倒下闭上双眼，就连一只狗也不会来陪伴我。我不关心你栖息的家园，更不会把你的窝巢搬迁，不会侵犯你的幼雏，也不会搅乱你宁静的生活。凤头麦鸡啊凤头麦鸡，你为何老在我的头顶盘旋？飞走吧，凤头麦鸡，你不要折磨自己来纠缠我！不要像阿依达尔汗的阔克确，嘲笑我孤单，给我制造麻烦！"阿勒曼别特说完这些话，勒住马头站立在泉边。他饥肠辘辘，筋疲力尽，双目变得昏暗，无力的双脚垂吊在鞍镫外边。正当他昏厥晕眩就要栽下马鞍的时候，那只凤头麦鸡猛冲到他身前说："你在别依京掌握过大权，为何要投奔阔克确，像奴仆一样听他的调遣？你在潼夏城掌握着大权，为何舍弃自己的百姓，来到这边？”凤头麦鸡唠叨的话语就像在阿勒曼别特的伤口上撒盐，激起历尽千辛万苦的英雄的倔强性格。他从箭袋里抽出了一支利箭，搭上他那无比坚硬的弓弦，把弓拉得如同满月，“嗖”的一声射出了箭，吱吱鸣叫的凤头麦鸡的翅膀中箭跌落在马前。阿勒曼别特俯身把它捡到手上，对这可怜的小鸟诉说着内心的感受：“造物主给了你丰满的羽翼，你却如此狂傲不羁。虽然我不能飞翔，智慧却能给我插上双翼。我本无意将你伤害，你却高估了自己的力量，敢来阻挡我的去路，诱发我心中的愤怒，才落得如此下场。”阿勒曼别特备有各种药物，他把药膏敷在凤头麦鸡的伤口上，用丝绸紧紧包上，把翅膀恢复到原来的位置，然后把小鸟托在手掌上摇晃，小鸟展翅飞向蓝天，还不断地回头张望。

此时，玛纳斯骑着阿克库拉神骏站在不远的山坡上瞭望。刚才所发生的一切，他都看得一清二楚。“我梦中的盖世英雄终于来到了我的面前！”玛纳斯情绪激动，立刻掉转马头，回到四十勇士身边。他喜不自禁地说道：“我要给你们报喜！我梦中的英雄已经出现，如果他加入我们的队伍，就是我们的福运。”接着，玛纳斯命令阿勒拜、库吐纳依、色尔哈克、阿吉巴依、楚瓦克五位勇士立刻赶到峡谷隐藏，当阿勒曼别特走近时擂起战鼓，打响火枪，挡住他的去路，驱策他向队伍这边靠拢。玛纳斯还特意提醒他们：“无论这位英雄多么威武，可别让他坐在马背上向我致敬，我要让他徒步走来向我致敬，到时我自有办法了解他的底气。”

玛纳斯一番交代之后，五位英雄沿着山谷洼地启程，来到阔依托热山中潜伏。当阿勒曼别特走近时，五位英雄同时跃出洼地，咚咚地敲响了皮鼓，嗖嗖地打响了火枪，高声喊叫，狂奔而来。阿勒曼别特面对五位勇士，面不改色，毫不发慌。他不慌不忙打马向前，对来者施礼问候，英雄气概令人赞不绝口。见到阿勒曼别特的神色，心高气傲的五位勇士威风不在，全都毕恭毕敬。由色尔哈克在前面带路，四位勇士紧紧跟在后面，恰如阿勒曼别特的卫士一般，翻越了前面的达坂。

同乳兄弟

阿勒曼别特依然骑在骏马背上，只想从敞开的帐篷外面向里面的主人施礼问安。他对两边的卫兵不看一眼，催动坐骑径直向前。智慧超群的阿吉巴依立刻上前，说出了蜜糖般的语言："尊敬的英雄，请恕我直言，你伟岸的身躯像蕴藏黄金的宝山；你千里迢迢特意赶来，祝你事事如愿。你的英姿像布达依克神鹰一样威猛，好似威武的雄狮一般。你受尽屈辱忍无可忍，愤然离开阔克确英雄，历尽磨难来到柯尔克孜族人中间。你的事迹将成为一部史诗在子孙后代中万古流传。我们的雄狮英雄玛纳斯在阿什姆拉的山冈上反复寻找你，他是个说一不二的英雄，他的命令从来不会改变。假如你执意骑着骏马前去，我们五人的头颅都将搬家。英雄啊，你最好下马前去拜见他。"阿吉巴依真诚的话语打动了阿勒曼别特，他翻身下马，气质高雅步履坚定地跨入毡帐，向英雄玛纳斯致敬问安，玛纳斯脸上露出灿烂的笑容问候迎接。阿勒曼别特看着在座的诸位英雄，首先向巴卡依躬身伸出双手问候致敬，巴卡依紧紧握住他的双手，亲切地回礼。阿勒曼别特毫不犹豫，直接走到上席的位置坐定。

玛纳斯挑了挑眼角，只见阿勒曼别特嘴唇裂开了口子，急忙吩咐端上美味佳肴。话音刚落，玛吉克端来大如木盆的银边金碗，碗里盛满了用蜂蜜搅拌的马奶，毕恭毕敬地捧到阿勒曼别特面前。阿勒曼别特显出谦让恭顺的品德，伸出双手躬身相让："大伯巴卡依，请您先用。"巴卡依轻轻蘸了一下嘴唇，让玛吉克把马奶送给贵宾。阿勒曼别特为了不显露饥饿难耐，慢慢地呷了一口，路途的艰难使他极度困乏，饥饿折磨得他十分虚弱。他慢慢地品尝各种食品，冷汗浸湿了全身。玛纳斯关心地问道："尊贵的英雄啊，你为什么这样折磨自己，让饥饿伤害你无辜的身体？阿依勒有地灶和大锅，黄羊在荒野中跑过，你为何不射杀黄羊，却让自己忍饥挨饿？"阿勒曼别特嚅动嘴唇回答玛纳斯的提问："不错，你们的阿依勒有地灶大锅，荒野上有的是黄羊野鹿，我腰间也有火药箭矢。可我不是不懂礼数的莽汉，如何能把它们射杀？与其这样吞噬野味，还不如尽早死在荒野。我的祖先名叫斯拉瓦，斯拉瓦之后是苏拉巴，苏拉巴之后是苏拉拉，苏拉拉之后是索然迪克，我就是从那些根脉发芽，我的大名叫苏拉勒，人们都称我为苏少爷。为了争夺一块自己的土地，我们与空吾尔巴依短兵相接。只因我运气不佳，被迫离开自己的家园，从此形单影只孑然一身。无奈我投奔到阿依达尔汗的帐前，虽然忍辱负重处处谨慎，但还是在哈萨克族人那里丢掉了尊严。我在甜蜜的生命中不断地把盐水品尝，就像一把锋利的坎土曼，一心想在黑色的土地上开拓白色的道路。本来我的人头就有千军万马的分量，而如今我一无所有，也许命运就是这样。”玛纳斯对阿勒曼别特的坚强意志和坚韧的毅力由衷地佩服，悄悄打算要让他享有汗王的尊严。他发出指令，按照柯尔克孜族传统习惯，用黄色山羊羔为阿勒曼别特举行驱邪避灾的萨达哈仪式。请阿勒曼别特穿上尊贵的盛装，向人们展示汗王的威风。为了表达对阿勒曼别特的欢迎，拿出四万两金币撒向蓝天。牵来以阿克库拉为首的骏马向阿勒曼别特馈赠，还要为他举行赛马比赛。阿勒曼别特看到这一切，感动得热泪盈眶，心绪沸腾。

赛马比赛就要开始，以阿克库拉为首的十八匹骏马被勇士们赶着出发。阿勒曼别特提出：“阿克库拉已经归我所有，我不让它参加比赛。”他让人们驱赶着自己的坐骑萨热阿拉骏马去参加比赛。参赛的骏马已经走向起点，但是要用什么做奖品却还没有决定，一位谋臣鼓起勇气向玛纳斯探问。玛纳斯正与阿勒曼别特谈得火热，差点忘了奖品的事情。提到奖品的问题，英雄确实有些为难，这里没有可以当作奖品的畜群，如果把战马设为奖品，取胜者就要占有别人的战马，势必会闹出事情；如果进行不设奖品的赛马，必会引起世人的嘲笑讥讽。正当玛纳斯顾虑重重，还未做出决断的时候，赛热克站起身来大胆提议："尊敬的汗王不必为奖品费心。如果您同意，就把我们这些勇士当奖品计算。参赛的都是我们的人马，难道还怕谁把勇士们抢走！用勇士当奖品在世上罕见，我们要让阿勒曼别特开心。"赛热克的提议得到众人的一致同意，令苦思冥想的玛纳斯也赞叹不已，说话间总共站出十六位少年，加上包孜吾勒十七名英豪自告奋勇充当奖品。奖品按程序制定：第一名奖品是七名勇士；第二名奖品是三名勇士；第三名奖品是两名勇士；从第四名到第九名奖品都是一名勇士，参赛骏马共有十八匹，只有九匹马得到奖品。算下来作为奖品的勇士还缺了一个人。"把我也算一个吧！"人群中站出了玛吉克勇士。

正在这个时候，天边扬起了一股股黄尘，比赛的骏马已经来临。阿勒曼别特的坐骑萨热阿拉骏马跑在最前面，其余的骏马被甩在马驹跑上一程的距离。转眼之间萨热阿拉骏马冲过了终点，人们欢呼雀跃："阿勒曼别特的骏马获得第一名！"阿勒曼别特抑郁的心情因得到安慰变得轻松。充当奖品的七位勇士纷纷站到阿勒曼别特身边："玛纳斯把我们赠送给了您，从今往后您就是我们的主人，您到哪里我们就跟到哪里。"七位勇士叽叽喳喳，恳请阿勒曼别特接受他们，友谊的清泉慢慢滋润着阿勒曼别特的心。

有趣的是，玛吉克的枣骝马获得第九名，自己成了自己的奖品。

玛纳斯和阿勒曼别特促膝长谈，玛纳斯推心置腹的话语拨动着阿勒曼别特的心弦："尊敬的阿勒曼别特英雄，我们在荒野中匆匆把你欢迎,战袍和骏马是我真诚的赠送。不论你是否愿意与我并肩，我都不能收回送出去的礼品。你从日出的东方来到日落的地方，放弃汗位来到阿拉什人中，身边没有带来伙伴；如今有了跟随你的七位勇士，无论你走南闯北，都要把他们带在身边。请你骑上我的阿克库拉神骏，穿上我的白丝战袍，带上我的阿克凯勒铁神枪和阿恰勒巴热斯宝剑，请把月牙战斧和色尔长矛也放在马鞍上。我是你阿拉什的朋友，请你理解我的真心。假如你走向南方，有伊斯法罕和印第斯坦，你走完一个月的路程才能走出柯尔克孜的地盘。你缺少什么尽管吩咐，我定会为你全力寻找。我的阿勒曼别特朋友啊，我心甘情愿与你结为挚友，并没有半点凑合强求。这就是我的心里话，没有半点保留。"听罢玛纳斯的肺腑之言，阿勒曼别特陷入沉思："玛纳斯把自己的战袍和骏马毫不保留地向我赠送，还让我带走他的贴身勇士。他的心胸多么宽广，这样忠诚与友善的人世间难寻。我本来就打算投奔到他的帐下，假如我盲目地离开，就会给他带来羞辱！同时我也会被世人嗤之以鼻……"阿勒曼别特心潮起伏，站在原地思忖。此时，能言善辩的阿吉巴依向阿勒曼别特进言："您来到我们的阿依勒仅仅过了两天时间，即使您想走，我们也会隆重地表达欢送的心愿。假如您有意留下，我们更会欢欣鼓舞，举办盛大庆典欢迎您。尊贵的阿勒曼别特英雄啊，柯尔克孜族人多么喜欢您！我们会把每一粒麦子均分，与您共享生活的酸甜苦辣；您说什么我们就做什么，一心一意地按照您的指令去办。即便您对我们动了杀机抽出宝剑，我们也把脖子伸到您的面前，愿您和雄狮玛纳斯健康长寿，青春永远与你们相伴！无论您离去还是留下，我们都听命于您的意愿。”听完阿吉巴依敞开心扉的动情话语，阿勒曼别特坚定了留下来的决心：“我曾经历过两次分离，至今想起心里仍十分难过。我已经对人生感到绝望，暗下决心再也不上战场。今日你们的真情实意点燃了我对生活和战斗的激情，我愿留下和大家团结一心毫不动摇！为了我们的团结和睦，请大家举手祝福吧。”人们纷纷摊开手掌，异口同声地说出了美好祝愿。阿勒曼别特就这样留在了玛纳斯身边。

玛纳斯率领人马向着撒马尔罕出发。先期派出四名勇士向加克普传送阿勒曼别特来临的喜讯。听到勇士们报告的喜讯，加克普一改过去吝啬的毛病，一下拿出四十只羊作为犒赏送给报喜的人。他匆忙准备行装，骑着银灰色的小耳骏马，带领着六十位长者，走出村庄迎接阿勒曼别特。绮依尔迪夫人骑上灰走马，带着十五位女眷一起起程，巴克多莱特领着十二位侍女随后跟上。

看到前来迎接的人马，阿吉巴依快步走到阿勒曼别特身边通报：“父王加克普和夫人就在前面。”阿勒曼别特激动地跳下马背，大步流星地向加克普巴依迎去。他俩就像久别重逢的父子，紧紧拥抱在一起。加克普解开阿勒曼别特的衣领，不停地吻他温热的脖颈儿。正在此时，绮依尔迪夫人也匆匆赶到。她喜不自禁，就像刚生下宝贝的少妇，两只乳房突然鼓胀起来，接着就喷射出洁白的乳汁。她高声大喊玛纳斯："喂，我的儿子玛纳斯啊，快来吮吸给你保存的乳汁。过去你吃过的乳头，今天要和阿勒曼别特一起吮吸。"玛纳斯捧起母亲右边的乳房，把乳头放进自己的嘴里；阿勒曼别特捧起左边的乳房，把乳头塞进自己的嘴里。加克普见此情景，惊异地对绮依尔迪说道："让三十岁的孩子吃奶，不怕外人见笑！"夫人绮依尔迪面颊绯红，兴奋地对加克普说："在玛纳斯两岁那年，我曾经梦见他和牵着浅黄色骏马的阿勒曼别特一起谈笑，我的梦境今天应验了。从那时起乳房就没有了奶，乳汁保存到今天才往外冒。"洁白的乳汁在玛纳斯和阿勒曼别特的嘴角流淌，他俩像婴儿一样感到甜蜜。幸福的阿勒曼别特真诚地说道："我虽然出生在别依京城，今日起我真正的母亲是绮依尔迪，是她把鲜美神圣的乳汁一直保存到今天喂到我的嘴里。"巴克多莱特上前将他紧紧拥抱，豆粒般的眼泪哗哗流淌。

加克普派往四处的信使送去了庆典的邀请函。柯尔克孜族人用了无数的牝马，开始举办欢迎阿勒曼别特的庆典。庆典盛况空前，人们露出幸福的笑脸。仅仅在一昼夜时间内，连续五次端上了马肉，技艺非凡的民间艺人献上了优美的歌舞，为了助兴又举行了一次赛马。巴依吉格特的骏马力压群雄获得第一名，得到三百匹马和三百只绵羊的奖品，但他特别声明："我获得了赛马冠军，这是托英雄阿勒曼别特的福祉，我要把奖品送给阿勒曼别特，以表达我最诚挚的友情！”

客人们渐渐离去，好友近亲和将帅们来到加克普巴依的宫帐集中。巴卡依捋着胡须首先开言：“在座的诸位汗王，我说两句请你们仔细聆听。在玛纳斯的带领之下，沙子般散落在各地的柯尔克孜族人汇集到了撒马尔罕这个地方。为了进一步休养生息，我们要搬迁到塔拉斯去。我们已经亲自视察，领略了它的富饶美丽。为了合理布局以便相互照应，加木格尔奇就驻扎在加依勒玛，铁凯奇住在阴面山坡，加克普住在加克塔西，坎阿尔图由什哈依管辖，卡拉布拉和恰特卡勒分给阿克巴勒塔，我就驻扎在玛依布拉克。杰尔盖平原有三千户人家正好作为阿勒曼别特的驻地。”在座的各位都高兴地表示同意。此时，阿勒曼别特接上话茬儿：“我曾经认为自己的翅膀早已折损，如今欢乐的情绪充满我的内心。尊敬的汗王玛纳斯，我已经和你同吃了母亲的乳汁，我自认与你是同母所生。我不认为自己还有另外的故乡，阿拉什就是我可爱的家乡，但愿阿拉什繁荣兴旺！为了胡须雪白的父亲的尊严，为了年迈母亲乳汁的神圣，为了你我同乳兄弟的亲情，我把阿克库拉神骏、战袍和武器都交还给你，就算是我赠送给你的礼品。”

睿智的阿勒曼别特又一次赢得了人们的尊敬。“这是位睿智无比的英雄。”在座的众人交头接耳，议论纷纷，赞颂英雄的美德。

破镜重圆

这天，阿勒曼别特寂寞难耐，想找玛纳斯聊天。他骑马来到玛纳斯的阿依勒，站在娜克莱的毡帐外高声呼喊："雄狮玛纳斯是否在家？"毡房内传出一片嘈杂声，过了一会儿娜克莱走出房门，伸着懒腰回应："他从前的热情完全消失，一年来对我不管不问。"

阿勒曼别特只好回转马头又来到卡拉波茹克的毡帐，敲打东西的声音传到耳旁，其他嘈杂的声音无法分清，似乎五六个巫师正在房中作法施术很是繁忙。阿勒曼别特在马背上对着毡房嚷道："雄狮玛纳斯是否在此？"卡拉波茹克摇晃着肥胖的身躯回答："你的那位汗王，一定是躺在可敦的绣帐。"阿勒曼别特不知道她是在讥笑，还加以追问："可敦是谁？她在何方？"卡拉波茹克却答道："难道你还没有见过你嫂子的模样？那位娜克莱美人，眉飞色舞的厚脸皮婆娘。”

阿勒曼别特掉转马头走开，他在心里思忖：“我自以为卡拉波茹克和娜克莱是雄狮玛纳斯忠诚的夫人，今天我才知道玛纳斯就像独身一人。他在婚姻方面并不成功，不过是将烦恼藏在了心中。”阿勒曼别特对玛纳斯的不幸深感同情，横穿阿依勒时与玛纳斯迎面相逢。阿勒曼别特急忙询问：“英雄啊，你去了哪里？为什么长时间没有听到你的音讯？”玛纳斯随即回应：“为了给你寻找合适的美女做伴侣，我四处打听；还派出四十勇士前往克普恰克的阿依勒找寻。”阿勒曼别特十分感激，并接过话茬儿对玛纳斯的妻子们加以评论：“我来到这里时间很短，可不能闹得人心惶惶；我不想急急忙忙结婚，实在不想为女人而烦恼。英雄啊，请你不要光为我着想，还是多想想自己的婚姻。卡拉波茹克和娜克莱，难道你认为她们是你的女人？我通过今天的仔细观察，认为你还是单身一人。”

听到阿勒曼别特对自己两个老婆的评论，玛纳斯故作镇定，不好立刻回答，只好默默地转身。他没有去娜克莱和卡拉波茹克的毡房，而是下榻到加克普的帐中。

第二天清晨，阿勒曼别特起身来到山坡上眺望风景，只见楚瓦克也缓步来临。一直纳闷的阿勒曼别特开口向楚瓦克询问：“楚瓦克，玛纳斯到底有几个夫人？”楚瓦克立时回答：“玛纳斯的两位夫人娜克莱和卡拉波茹克，您已经见过。还有一位夫人你未曾见面，她可是戴顶针女人中的楷模，是喀拉汗之女卡妮凯，是玛纳斯明媒正娶的夫人，结婚以后一直夫唱妇随。娜克莱和卡拉波茹克是心怀叵测的女人，她们费尽心机引诱拉拢塔孜巴依玛特散布谣言，说我和卡妮凯关系暖昧。此话慢慢传到玛纳斯耳中，经不住两个长舌妇的挑拨离间，玛纳斯一气之下，让可怜的卡妮凯夫人骑上豁鼻的瘸腿老牛，把她送到撒马尔罕城郊的苦泉边，住进了破烂的毡房。烈日炎炎的盛夏，让她住到阳坡；北风呼呼的严冬，又让她搬到阴坡。卡妮凯夫人终日以泪洗面，谁也不好劝说玛纳斯。唉，我栖息在玛纳斯雄鹰的架上怎么可能那样糊涂！”听罢楚瓦克的叙述，阿勒曼别特深感人心的阴险，因为他也曾经遭受过小人的迫害，被怀疑和阿克艾尔凯绮有染，心想：“看来无论何时何地都要防范害人的铁夹。我要避开人们的视线，暗中探访察看卡妮凯的踪迹。假如她真是个优秀的女人，我一定要想法消除她和玛纳斯之间的误解，让他们和好如初。”

就在那天夜晚，阿勒曼别特施展法术，在牧草发黄的秋天降下了一场大雪。玛纳斯清晨醒来一看，大地一片白茫茫。他兴奋不已地率领四十勇士，背着猎枪弓箭，带着猎犬，胳膊上架着猎鹰，进山狩猎。从早到晚，每个人的猎物都多得拿不动。正要打道回府的时候，阿勒曼别特提出：“雄狮的猎鹰的确捕获了大量猎物，可惜还有很多猎物落在水里。据说，死禽死兽在河中漂流，福运也会随之漂泊。我们要找回丢失的全部猎物。”勇士们顺河而下，一路催马疾驰，来到了萨孜当的缓坡。突然眼前出现四座毡房，毡房的外观与柯尔克孜族人的截然不同。前锋额尔奇吾勒和包孜吾勒感到奇怪："我们多次来过这里，从未见过这些毡房，难道是天上的神仙搬到我们这边？"勇士们见此情景，站在那里都愣住了。玛纳斯和巴卡依，还有阿勒曼别特和楚瓦克随后来到毡房前站定。此时，卡妮凯从房中出来快步向他们靠近，她没有向前迎接巴卡依，也没有与阿勒曼别特相见致敬，而是径直走上前去，抓住了玛纳斯坐骑的缰绳。众人立刻下马，来到了毡房门前。卡妮凯掀开门帘将众人请进毡房就座，铺开餐布，将稀释的奶酪和烤馕一一摆在大家面前，显示了大方与贤惠的风范。阿勒曼别特锐利的目光始终盯着玛纳斯的脸庞，只见玛纳斯显露出一丝羞愧的神情，于是顺水推舟，及时催促玛纳斯："雄鹰啊，请你快点喝茶！"玛纳斯尊重阿勒曼别特的提议，把手伸向了餐布。客人喝完茶，卡妮凯给每个人铺上褥子，摆好枕头，让他们躺着休息。她径直走向厨房为客人准备饭食。她很快做好香喷喷的饭食返回客房时，见到玛纳斯雄狮徜徉在梦境中，才转向了队伍中的新面孔，卡妮凯对待阿勒曼别特如同久别重逢的亲人。她看着阿勒曼别特说："我已经准备好简单的饭食。"阿勒曼别特叫醒玛纳斯，四十勇士也饱餐了一顿。智慧超群的阿勒曼别特让额尔奇吾勒和包孜吾勒两位立刻返回，备好六十只身强力壮的单峰驼和驮子毛绳，在次日太阳升起以前赶回来。阿勒曼别特、巴卡依、色尔哈克、楚瓦克陪着玛纳斯和卡妮凯留在毡房，其余的勇士到另一座毡房休息。阿勒曼别特挑开话题，真心诚意地向玛纳斯说出请求原谅卡妮凯的话语，他让楚瓦克直抒胸臆，当面对质，由巴卡依公正评判，玛纳斯心中的疑云消散了。他们四个人走出房门，让玛纳斯和卡妮凯单独留在了那座毡房内。被小人陷害阻隔的一对伉俪和和美美恩爱如初。

亲上加亲

次日黎明时分，阿勒曼别特早早起身，仔细观察卡妮凯的毡房，她收集的各种物品让他十分好奇，同时又增加了对她的尊重。他招呼勇士小心地折叠毡片，每一座毡房让十五只骆驼驮载。六十只骆驼组成的驼队由塔孜巴依玛特负责牵引，驼队的安全交给色尔哈克分管。勇士们日夜兼程，翻过托莫和刀兰两座大山，来到别勒萨孜草原，回到了加克普的家园。从那以后，玛纳斯的双脚再也没有踏过卡拉波茹克和娜克莱毡房的花毯。

加克普请来德高望重的巴卡依、阿克巴勒塔、加木格尔奇和圣人阔绍依，在家中商议要事。他首先打开话题：“阿勒曼别特在阿依达尔汗处整整效力了十年时间，他们却没能留住英雄，把他赶出了家园。他从远处飞来，就像百灵落在我们的花园里。我们刚刚发现了宝地塔拉斯，就要遵照汗王的命令搬迁到那里，等我们安顿好一切，一年时间就会逝去。我们不能让阿勒曼别特总是独身一人，一定要留住他的心，这次我就想听听各位对如何安排阿勒曼别特生活的意见。”加克普话音未落，玛纳斯由卡妮凯陪同走进房门，只听老人们异口同声：“感谢你啊，加克普巴依！你说的话十分中听。给他娶亲成家吧，让我们抚慰他受伤的心。假如我们家有女儿，一定嫁给阿勒曼别特英雄，我们会多方打听，看看哪里有合适的美人！”人们你一言我一语，却没有人能说出何处有德才兼备的姑娘。此时卡妮凯向老人们鞠躬致敬，对婆婆绮依尔迪微笑着说出自己的建议：“我尊敬的婆婆，您的智慧是我们的福祉，愿幸福永远伴随着您。我有个建议请你们考虑，父亲准备为阿勒曼别特操办婚姻是令人高兴的事情，但是世上哪有人主动前来推荐自己待嫁的姑娘？当年玛纳斯把喀拉卡勒帕克等六个部落救出苦海，消灭顽凶巴迪阔勒的时候，我的叔父夏铁米尔从巴迪阔勒的汗宫里救出一位柯尔克孜少女，送来和我相伴，成了我的知心姐妹，她的名字叫阿茹凯，如今正好二十一岁的芳龄。她比我贤惠好几倍，世间的一切她都精通，办事井然有序，布哈拉精美绝伦的杜尔丝绸均出自她的妙手匠心。我们是否该把她迎娶？请你们考虑我的建议。我过门已八年有余，最初得到无限呵护，由于无耻女人的阴谋诡计，受到无情地打击，在荒郊野外受了折磨，近日才回到宫里，如果这事传到我娘家，就会影响阿茹凯和阿勒曼别特的亲事。因此，只有父王亲自前去，与我父亲喀拉汗当面说清，才能为阿勒曼别特迎娶阿茹凯。正像古老谚语所说的：‘对毡房栅栏的言语，是让儿媳妇听的；对天窗支架的言语，是给儿子听的。’”卡妮凯说出对亲事的想法，同时也道出心中的委屈，让在座的人听清铭记。

加克普巴依不敢迟延，手忙脚乱地做了出发的准备。第二天天一亮，他就带领着占卜师托略克和阿拉坎匆匆出发。

听说加克普巴依就要来临，引发了布哈拉人极大的好奇心，人们交头接耳、议论纷纷。喀拉汗为了表达对亲家加克普的尊敬，命人准备好马驹和驼羔。加克普在附近的阿依勒下榻休息了两天，按照约定的时间来到喀拉汗的王庭。喀拉汗派出六名侍从迎接加克普，侍从们牵住加克普的坐骑扶他下马。加克普神情自得地走进喀拉汗的宫帐，向喀拉汗问安致敬，喀拉汗却不冷不热地回应，表现出对加克普有所不满。加克普顾不上这些，开口挑明话题：“我特意从远方赶来，有一件要事和你商谈。从卡坎来的阿勒曼别特，勇敢无畏世上罕见，如今成了我尊贵的儿男。我尊敬的亲家喀拉汗，你的姑娘阿茹凯像花一样鲜艳，我这次来就是为了将亲家你再次高攀。我知道你心中有隐痛，有些事情惹得你对我不满，请你原谅，除此之外，我再无话可讲。”喀拉汗生气地瞟了他一眼：“加克普啊，你真不知羞耻！我把娇女卡妮凯嫁给了你儿子玛纳斯，可他却把我女儿无情无义地抛弃冷落，难道我还要把阿茹凯嫁给那个从契丹逃来的奴隶不成！”喀拉汗满脸怒气，起身甩手走出了宫帐。加克普在原地不知如何是好：“确实是我理亏，但得不到同意，我可怎么返程？”思前想后回到下榻处，立刻让托略克和阿拉坎占卜。托略克口中念念有词，拨转手中的石子后眉开眼笑地说：“汗王，您应该高兴，您一定会和喀拉汗再结亲家，但是喀拉汗不会轻易点头。请您带上德高望重的友人，驮来数量可观的金银，让玛纳斯也前来探望岳父岳母，同时让卡妮凯回娘家探视父母，那么迎娶阿茹凯的事就如同把帽子从头顶取下那么容易。”阿拉坎立刻接上话茬儿道：“尊敬的汗王啊，根据从羊胛骨上看到的一些情况，请您再次前往王庭，一定要把话说得更明快响亮，就说过不了几天你要返回，女儿卡妮凯和女婿玛纳斯到时候会亲自前来拜访，请喀拉汗做好迎客的准备。”加克普得知占卜的结果，兴奋地带上托略克奔向喀拉汗的宫帐。

几天以来，阿茹凯听说有人前来提亲，到底是何人提亲却不得而知，正在心神不宁。这天她趁加克普不在，领着两个贴身女仆走进了加克普的毡房，向阿拉坎打听。其实阿茹凯对阿勒曼别特早就有所耳闻，英雄阔克确的夫人阿克艾尔凯绮回娘家时曾向阿茹凯讲过阿勒曼别特英雄，爱慕之情早就在姑娘心中涌动。聪明贤德的阿茹凯得知自己未来的丈夫正是阿勒曼别特，忐忑不安的心情终于平静，向阿拉坎道谢后转身走出毡房。

加克普带领托略克充满自信地来到宫帐，只见喀拉汗和他的兄弟夏铁米尔在一起，便向他们施礼问安。喀拉汗依然不理不睬，旁若无人。加克普硬着头皮走上前去，坐在喀拉汗身旁，发泄心中的不满：“喀拉汗啊，我又来拜访你，有两句话要对你讲，请你千万不要让我失望。古人说：‘有女儿者总是装腔作势，提亲者为了办好事情，宁肯背后落下棍棒。’无论你说话多么难听，为了我儿子的婚事，我还是要忍耐，要对你尊重。你诬蔑阿勒曼别特是奴隶，这话听着可不顺耳，明明是能够依仗的英雄豪杰，你却看不到他的尊贵。卡妮凯现今依然是玛纳斯的可敦，我们亲家的关系依然保存。我的亲家喀拉汗啊，你可不要太过分。我曾为卡妮凯而来，却遭到你的冷嘲热讽。当初你想用随口胡说的贵重彩礼把我吓跑，听到你苛刻的条件，我根本没有退缩，我带来了数不尽的牲畜还有金银。我用各种牲畜填满了你无垠的荒野，带着比你苛刻条件还要丰厚的聘礼，来到你的宫帐。好男儿长大成人，犹如父亲的翅翎；好媳妇称心如意，那是婆婆的福分；女儿长得美丽，那是全部落的光荣；能够找到般配的女婿，是亲家你的荣幸。契丹汗王之子阿勒曼别特如今是我的孩子，阿茹凯智慧伶俐，是你的掌上明珠。我的亲家，这样的女婿天上没有，人间再无。无论你今天同不同意嫁女，我都会即刻返回家乡。我会向广大百姓宣布，我们已经正式定亲，再过九十天时日，我便会返回到你的王庭。我的儿媳妇卡妮凯将会返回娘家探望你们，以玛纳斯为首的将士们也会浩浩荡荡地出现在布哈拉城，我加克普会将六十只单峰驼运载的黄金送到你的王庭。喀拉汗啊，我说到做到，请你做好准备！”加克普一口气说完，情绪激动地走出宫帐准备返程。

喀拉汗暗自思忖：“如若一味地怨气冲冲，事情的结果就很难说了，假如福运转移，不会像飞去的鸟再回来；假如机会错失，犹如倒出的食物不会回到碗中；假如僵持下去会引起他们的不满和愤怒，我的同胞是否会遭受厄运？”想到这里，他让夏铁米尔紧紧跟在加克普后面。夏铁米尔对加克普说：“加克普巴依啊，王兄喀拉汗已经答应了婚事，请你放心地回去。我个人有一个特别请求，请你向阿依达尔汗的儿子、我的女婿阔克确转达问候和邀请，他可不要因为我们的失礼，拒绝让我的女儿阿克艾尔凯绮前来这里。”加克普听罢满心欢喜，紧紧拥抱夏铁米尔，反复说出感谢的话语。夏铁米尔再一次设宴为加克普送行，加克普诸事如意，跨上坐骑踏上归程。

加克普日夜兼程回到家中，立刻命人宴请留在阿依勒的人们，得意地讲述这一趟出门定亲的全部经过，并安排信使向十四位汗王送去邀请信，约定九十天之内前往布哈拉迎亲。

约定时间很快到来，加克普率领巴卡依、加木格尔奇和阿克巴勒塔巨人，玛纳斯偕夫人卡妮凯和楚瓦克、色尔哈克等四十勇士与阿勒曼别特结伴而行，带着丰厚的彩礼，赶着无数牲畜，浩浩荡荡地向布哈拉进发。众汗王得到邀请，每人按自己的能力驮上一褡裢礼品陆续起程。通往布哈拉的路上，客人络绎不绝。

再说加克普离开布哈拉后，喀拉汗召集大臣多次商谈婚礼的事情，指挥布哈拉人支起了成排的毡房，用管子引来清水，紧锣密鼓地准备婚事。

在他们准备时，加克普率领迎亲队伍也正好赶来。小伙子们跑上去接过客人的马缰，把骏马一匹匹拴在桩上。加克普送来的彩礼一样不缺，连以阿勒曼别特的克勒节然神骏为首的一千匹骏马也在其中，观看的人们睁大了惊奇的眼睛。除此以外，浩罕的森其别克牵来三十只骆驼的礼品，又有人送来上等的丝绸和成群的马匹和绵羊。阿拉什人送来的黄金如同散落的黄沙，金库的大门都无法关上。这场婚礼，老弱病残和孤寡的人们每人都得到了上千只绵羊。婚礼举行了三十天，人们笑逐颜开，欢天喜地。英雄玛纳斯探望岳父岳母，卡妮凯回娘家省亲，让娘家人十分高兴。整个婚礼由卡妮凯张罗，喀拉汗给玛纳斯和卡妮凯也赠送了无数的牲畜,其中带驮子的单峰驼就足有一百峰。阿茹凯的嫁妆也足有二百峰骆驼。

阿茹凯精心缝制的两件额拉皮斯皮袍没有列入嫁妆之中。阿勒曼别特在婚典上将一件送给了英雄楚瓦克，另一件让阿依达尔汗转交给阔克确，以表示自己的敬意。

作为彩礼送来的克勒节然神骏，令各地汗王倾慕。喀拉汗将这匹神骏作为定亲的礼物赠送给乌茹姆的奥鲁斯汗王。当时，喀拉汗的兄弟铁米尔汗有一个五岁的男孩名叫额斯玛依勒，奥鲁斯汗的公主名叫乌尔帕克，两家有意联姻,喀拉汗慷慨地把克勒节然神骏作为定亲礼物送了过去。

婚礼后迎亲队伍没有返回撒马尔罕，而是向塔拉斯方向行进。卡妮凯和阿茹凯这一对姐妹在一起的时间还不到两年，那里就修建了一座辉煌的城堡，“色尔阔尔昂”城堡的美名在人间流传至今。

征讨秦阿恰

广阔的中亚有奥波勒山峰高耸入云，白雪皑皑的开别孜陶山，从那里向西绵延，人称帕米尔高原。克普恰克人驻守在这里的巴达克山区，秦阿恰统治着这个部族。空吾尔巴依对秦阿恰极力蛊惑怂恿，让他如同皮囊充了气般飘飘然，空吾尔巴依对他说："康阿依大山绵延万里，连接着喜马拉雅山峰。一边由我驻守，另一边有你的驻军。眼看着玛纳斯这个嗜血者称王称霸，我真是无地自容啊！节迪盖尔本是你的领地，你却让巴葛什为首的柯尔克孜族人践踏！如果你高枕无忧地躺在家里，柯尔克孜族人会像毒蝎一样乘虚而入，像利箭一般射中你的心脏，将你推下悬崖。你现在应该把柯尔克孜族人如羊皮一样揉搓，立刻去征服节迪盖尔和克依巴，我来对付卡帕勒的哈萨克族人。到那时，无论北方还是南方的人都得向我们低头屈服。"

空吾尔巴依挖空心思挑拨离间，果然说服了缺乏智慧的秦阿恰。于是秦阿恰率兵出征，对克依巴人掠夺屠杀。人们像离群的羊羔四处飘零，首战告捷的秦阿恰陶醉其中。

那些侥幸逃脱的克依巴人前来向玛纳斯哭诉自己的不幸。玛纳斯命人给他们发放牛羊，就地安家。谨慎的玛纳斯思前想后，认为对秦阿恰征讨克依巴人的事情还不能仅凭一面之词，妄下定论。谁知事情并没有就此停息，从节迪盖尔又传来不幸的消息。

从喜马拉雅山的外面，奥波里山的西边，直到阿富汗的边境线，居住着游牧的柯尔克孜族人。居住在玉尔凯尼奇河畔的阿昆汗定期向秦阿恰缴税纳捐，秦阿恰作威作福，阿昆汗不敢反抗；居住在呼罗珊边沿库姆什布拉克的一千户节迪盖尔人遭到秦阿恰的掳掠抢劫，毡房遭到践踏。秦阿恰驱赶着从两处掠夺的人翻越过拉木山梁，节迪盖尔的首领巴葛什派出手下向玛纳斯求助。雄狮玛纳斯听到后满腔激愤，忍无可忍，立即下达了出征阿富汗征讨秦阿恰的命令。

出征的队伍由四百八十名精兵强将组成，用一千峰骆驼驮着刀枪弓箭，另用一千峰骆驼驮着粮食和其他用品，他们绕过喀拉卡勒帕克、卡勒恰、塔吉克、居达，逐渐接近恶魔秦阿恰的领地，在一个名叫库依图奴特的地方扎下营寨。

秦阿恰的巡逻兵发现后快马加鞭地向秦阿恰禀报信息。秦阿恰立即召集人马，准备向玛纳斯开战。他狂妄地自吹自擂："死神驱赶着柯尔克孜族人，我会让他们有来无回。无须征途的艰辛，无须让我的骏马受累，玛纳斯就到我跟前送死。我们召集的人马已超过十五万，玛纳斯只带了四百八十人。等我把玛纳斯消灭之后，还要直捣他的王庭！"

秦阿恰命令呼风唤雨的魔法师给玛纳斯的队伍降下灾难，阿裴和那裴两位魔法师拿出鲊答魔石放进盛满清水的碗中，念咒施法。刹那间乌云随着咒语布满整个天空。在柯尔克孜人马的驻地上，呼啸的狂风卷地而起，倾盆暴雨挟着冰雹毫不留情地甩在人们身上，转眼间天气变冷，寒风凛冽，鹅毛大雪搅得天地混沌。

玛纳斯派人叫来魔法师奇依特和穆依特克，让他们想办法驱散头顶的乌云。两位魔法师抓起尘土扬向天空，静念咒语，将乌云驱赶到阿富汗人的头顶。只见乌云翻滚，电闪雷鸣，狂风如同噼啪作响的猎枪，吓得阿富汗士兵失魂落魄，辨不清方向。双方人马还没有正面交锋，神秘的法术已导致地动山摇。阿富汗的阿裴和那裴两个妖人不得不想尽办法阻止这场狂风暴雨。

当狂风停止，风雪过去，秦阿恰下令军队出击。大队人马铺天盖地，直踩得大地震动颤抖，战鼓咚咚勾魂摄魄。十五万大军由四头大象开道，队伍里五位大力士气势汹汹，威猛骄傲，他们高大的身躯被铁链缠绕，血盆似的大口喷吐着火焰。还有一千名士兵每人牵一条狂犬，在队伍前不停地咆哮。秦阿恰高大的身躯像铁塔钻天，肩上扛的铁锤好似毡包，腰间挎的战斧如同门板，长矛如同参天大树，他额头上两道浓眉如同展翅翱翔的黑毛秃鹫一般，神情恐怖，脸色阴暗。

玛纳斯也不甘示弱，催动坐骑向前冲击，金色镶边的红色大纛紧紧握在巴卡依手中。

秦阿恰军中冲出一员战将，叫作昂卡塔依，他神色凶恶，一路冲到战场中间，狂呼呐喊不停叫阵：“谁敢向前和我决一死战！”英雄楚瓦克无法自制，只见他身穿蓝色额拉皮斯战袍，晃动着锋利的长矛，奋勇冲锋。两位战将只杀得天昏地暗，大山般的昂卡塔依最终被楚瓦克刺翻落马，轰然倒地。

秦阿恰在阵前看得一清二楚，慌忙中又派出一员战将，名叫卡木特。楚瓦克被卡木特的长矛刺中，从马背上落下仰面朝天。幸好头戴翻卷毡帽的色尔哈克催动骏马及时跑到跟前，抓住楚瓦克坐骑的缰绳交到楚瓦克手中，让他脱离了危险。接着他与卡木特再决雌雄，毫不客气一矛枪将卡木特刺中。卡木特如同飘荡的飞蓬滚落马下。为了营救卡木特，大力士包尔奥什策马奔袭，正好与英雄色尔哈克相遇。他将夺命的矛枪向色尔哈克刺去，不料英雄动作敏捷，翻身从马背跳到地面站立，包尔奥什的坐骑腾跃而起，从色尔哈克身边飞驰而过。在包尔奥什勒转马头之机，色尔哈克飞身上马，向包尔奥什猛地刺出矛枪，又用战斧劈砍，包尔奥什无力招架，倒地断了气。

见连续失去两员大将，秦阿恰恼羞成怒，气势汹汹地狂呼乱叫，命令十五万大军全体出动，把玛纳斯、阿勒曼别特、楚瓦克和色尔哈克四位英雄生擒活捉。

面对铺天盖地的敌人，阿勒曼别特叮嘱克尔葛勒恰勒带十个人留下保护好巴卡依，命令另外的三十勇士保持高度戒备，保护好营地和辎重。他知道如果食物和武器辎重被敌人抢去，无论大家多么勇敢也无法取胜。临行前又安排奇依特、穆依特克、纯朵阔、克里吉尔和古热开五位魔法师密切关注战场的变化，无论天空飘起阴霾，还是飞翔的小鸟，就是爬行的甲虫都要仔细观察保持警觉，及时沉着应对。

秦阿恰阵中熙熙攘攘，笼中的五个大力士倾巢出动，四头大象在队伍前甩动着长长的鼻子快速前进。秦阿恰格外亢奋，不停地在队伍中穿梭，他命令手下的四万名撒网手分成四个组，分别冲向柯尔克孜的四位英雄，他要求以阿裴和那裴为首的六十位魔法师想方设法夺走柯尔克孜人的食物和辎重车辆，让他们在饥饿和疲惫中无法应战。为尽快消灭对手，秦阿恰杀气腾腾地站在大纛之下督战。

楚瓦克和色尔哈克两只雄鹰一溜烟冲入敌群。秦阿恰的士兵立马张开了铁网，色尔哈克被围困其中，他勇敢无畏地抽出宝剑将铁网戳穿斩断，刚刚挣脱网阵，在铁笼中圈养的大力士中冲出两人，挺起矛枪直冲色尔哈克。色尔哈克侧身躲过锋芒，没等其中一人转过身体，挥舞长矛狠狠刺中他的脊梁，这个大力士顿时倒地不起。色尔哈克又一次被敌人团团围住，另一位大力士手握沉重的铲杖，像恶魔一般舔着嘴唇，喘着粗气冲向色尔哈克，眼看要被铲仗击中，色尔哈克将战马的缰绳狠狠向一边甩动高扬，经验丰富的神奇战马，腾空跃至一箭远的地方，铲杖应声深深地插入地中。色尔哈克回转身来将笨重的大力士刺倒在地。没等歇口气，训练有素的战象向色尔哈克发起新一轮的进攻，象鼻装有夺命的战锤，与长鼻一起挥动。色尔哈克勒马躲在一旁，避开大象的鼻锋，挥斧劈向大象脑门，战象头上鲜血流淌绝望逃窜。秦阿恰眼看情况不妙，忙令魔法师铺设魔网。只见变幻出的一张张铁网，将色尔哈克连人带马罩入其中，敌兵把铁网绑在大象的脖颈儿，妄图把色尔哈克拖回阵营。正当这万分危急的时刻，阿勒曼别特赶来挥舞居仁朵赠送给他的白色宝剑，只见一道寒光闪过天空，战象的头被砍了下来，敌人的魔法失去作用，色尔哈克从铁网中逃脱。再看看楚瓦克犹如一条苍狼进入丛林杀得敌人鬼哭狼嚎，四处逃奔，他结果了两个敌将，斩杀了一头大象，也被五层铁网罩在阵中。但敌兵无法将他拖动，阿勒曼别特又用那无敌的宝剑让楚瓦克从铁网中脱身。玛纳斯、阿勒曼别特、楚瓦克和色尔哈克四位英雄会合在一起击溃敌人的进攻后，掉转马头，朝着大本营的方向赶去。

大营这边，秦阿恰派出三万士兵汹涌前来，疯狂抢夺粮草和兵器，妄图劫走车辆和粮食。当秦阿恰的先头部队到来时，柯尔克孜的魔法师古热开巧施法术，在平地刮起一场狂风，吹得黄沙遮住了晴空，吹得人睁不开眼睛，吹得帽子满天飞舞。阿富汗的魔法师阿裴也做起法术，顿时大雨倾盆，雨水涤荡了漫天黄沙，阿富汗人趁机又发起新一轮冲锋。柯尔克孜的魔法师纯朵阔的法术与众不同，只见他口中念念有词，把敌兵化作一个个石人。阿富汗的魔法师阿裴见此不甘示弱，与其他法师齐心协力，让团团烈火滚滚而来,烈焰的火海眼看就要把柯尔克孜族人的食物、草料、车辆、毡帐化为灰烬。在这危急关头，柯尔克孜的魔法师克里吉尔大显神通，巧施法术让一阵狂风吹得烈火转向，火舌直冲敌阵，烧死了无数敌人。阿富汗的又一个魔法师塔依塔朗见此情景，降下一场冰雹，还未落地，眨眼间冰雹变成了石头，砸得柯尔克孜士兵人仰马翻。柯尔克孜的魔法师穆依特克急忙从地上抓起一把黄土，口念咒语，向塔依塔朗身上撒去，把塔依塔朗变成一棵柳树，眼见两位青年勇士就要把柳树砍断的时候，阿富汗的巫师奥特阔尔念动咒语，把这两位青年勇士变成野鸭，自己则摇身变成凶猛的鹞鹰冲向他们，柯尔克孜的魔法师奇依特则变成一只苍鹰飞过来及时营救。阿富汗的魔法师开始向大地施展魔法，大地震荡，泉水喷涌汇流成河，巨浪翻腾，山石轰隆隆地滚下山顶。柯尔克孜的魔法师古热开、纯朵阔和穆依特克三人合力用法术将震荡的大地翻了个个儿，只见河水滔滔、石流滚滚，反向阿富汗人马奔涌。等到震荡的大地暂时平息，狡猾的阿富汗人个个都变成了豹子，径直向巴卡依扑去，魔法师克里吉尔刹那间把四百名柯尔克孜人都变成威猛的老虎。敌人又纷纷变成蓝色的鸽子扑棱棱地飞上天空，柯尔克孜的魔法师们立刻变成白色的山鹰，展翅腾空搏杀变成鸽子的敌人。双方就这样你来我往搏斗到黄昏，才鸣金收兵。

第二天太阳刚刚升起，战鼓又咚咚擂响，双方兵马蜂拥而来，站立在场地两边，柯尔克孜勇士们士气高昂、信心十足，一个个稳坐马鞍，老英雄巴卡依高擎红色大纛，玛纳斯屹立在大旗之前，阿勒曼别特和色尔哈克分别站在玛纳斯的左右。

秦阿恰手下的十五万大军，在昨天的战斗中已有几万人丧生，剩下的队伍人心涣散、士气不振。秦阿恰观察柯尔克孜勇士，心中升起一团愁云，但他又想："空吾尔巴依是我的后盾，倘若被玛纳斯击败，空吾尔巴依肯定会为我报仇雪恨。"于是，秦阿恰暗自鼓劲，派出一个名叫夏普拉克的英雄上阵。夏普拉克胯下骑着健壮的骡子，手中握着生铁大锤，口里喷着滚滚浓雾，气势汹汹地来到战场中央，扯着大嗓门叫嚷："我是大名鼎鼎的夏普拉克，有哪个不怕死的敢和我对阵！"柯尔克孜英雄色尔哈克并没有把对方放在眼里，驱策铁勒克孜勒骏马，朝着夏普拉克猛冲。两位英雄相遇在一起，决战沙场，他们从清晨一直搏杀到黄昏，旗鼓相当，胜负难分，见天色已晚，双方只好休战各自回营。色尔哈克返回自己的营帐，感到十分疲惫，知道如果再和夏普拉克交手并无把握取胜。

黑夜过去，东方发白，太阳还没有升起，夏普拉克就提前来到战场。这回英雄楚瓦克勇敢冲杀而上，他们势均力敌、难分伯仲，只好提出用轮流出手的方式决斗分出输赢。楚瓦克让出机会屹立不动，夏普拉克挺枪猛攻，但见矛枪断裂成数截纷纷坠落。按照约定该是楚瓦克出击的时候，不知羞耻的夏普拉克违反规矩，偷偷抽出战刀，却被英雄楚瓦克看得清清楚楚。面对夏普拉克的无耻行径，英雄楚瓦克愤怒之极，严厉斥责。夏普拉克无奈，只能等候楚瓦克发起攻击，不料，楚瓦克奋力戳出的矛枪也断成两截落地。轮流出手决斗无果，两人之间又展开了一场惊心动魄的搏杀。最终以楚瓦克用战斧砍断了夏普拉克的膝盖骨而告终，夏普拉克昏昏沉沉地倒在地上。阿富汗人为了营救夏普拉克，放出了一千只训练有素的猎犬，将楚瓦克及坐骑团团围住疯狂撕咬。阿勒曼别特带领十名勇士，用火铳狠狠向疯狗射击，英勇威武的楚瓦克冲出重围，用月牙斧结束了夏普拉克的性命。

秦阿恰目睹这幅景象，点名要与玛纳斯一争高下，玛纳斯身穿白色战袍应声催马出战，如白虎一样腾跳狂奔而来。秦阿恰武艺娴熟，玛纳斯英勇无敌，他们奋力搏杀。这场旗鼓相当的厮杀从清晨持续到日落，仍不见胜负。一向狡猾阴险的秦阿恰心生一计，对玛纳斯说："今夜没有月亮，一片昏暗，我们也饥肠辘辘体力不支，咱俩不如暂且休战，明日天亮再在这儿相见。"光明磊落的玛纳斯接受了他的建议。

骏马中更有神骥

秦阿恰匆匆返回营地，连夜召集各位魔法师、将军和首领，对他们说："我从没有见过像玛纳斯那样坚强的英雄。我曾经杀死过六十名英雄，和我交战的人活不过三个回合,可今日玛纳斯打得我如同插向岩石的匕首利刃翻卷，无力再战。在万分危机的关头，我才向玛纳斯请求休战，他居然慷慨同意了我的请求，单单从这一点来看，玛纳斯是一位气度不凡的英雄。明日我还得继续出战，与玛纳斯交手，我感觉力不从心。这么多年以来我养着你们，给你们的金银珠宝，多少年都享用不完，现在，我要求你们务必在明天清晨以前想出妙计将敌人消灭！"

秦阿恰手下的将军和首领们只好按他的命令行事，魔法师们开始秘密策划。他们命人连夜挖掘沟壑，把这些沟壑变成深不可测的水坑。他们还精密策划了魔法阵，以阿裴和那裴为首的十个魔法师集中在一起，呼风唤雨，狂风中的暴雪从夜晚下到天明,厚厚的大雪可以掩埋到脖颈儿。

在柯尔克孜人的阵营中除了阿勒曼别特之外，无人知晓这场法术，他将奇依特、穆依特克和古热开等魔法师召集到一处，说明一夜大雪的由来，并吩咐魔法师们："这场大雪不是偶然的，对此切不可掉以轻心。明天清晨太阳升起，洪水就会泛滥。我们若不采取相应的措施，就会被洪水冲走。假如你们真有本事，就立刻制造冰凌，让流水结成厚冰，让敌军阵营变成北风呼啸的严冬，让他们不敢从被窝里起身走出营房，把他们的坐骑冻僵冻硬。假如你们有本事，就把这事办得天衣无缝，让秦阿恰的魔法师们无法了解你们的行踪。"

听完阿勒曼别特的话语，魔法师们感到为难："威风凛凛的阿勒曼别特英雄，您的指令有些难以完成。实施魔法而不让对方发现，可不是一件容易的事情。我们可以让严冬降临，但是如何能不惊动敌人呢？我们又该如何做？"

听完魔法师们提出的困难，阿勒曼别特毫不客气地训斥他们："生活在高寒山区的柯尔克孜族人生下来割断脐带时就以坚冰代替剪刀，害怕严寒算什么柯尔克孜英雄？让你们的坐骑右耳朵结满冰凌，左耳朵阳光普照如同夏季的微风。如果没有这点本领，还算什么魔法师？如果遇事只会叽叽喳喳却没有行动，那还能干成什么事情！"

其实两军之间的距离只有半天的路程。法术高明的阿勒曼别特在眨眼的工夫就让天空变化了六次，让满天飞卷的暴风雪只在秦阿恰的营地尖啸狂呼，中间地带被大雾笼罩，柯尔克孜人阵营的上空却群星闪耀。刺骨的寒风袭击秦阿恰的军营，大雪堆积成了白色的冰川，沟壑被大雪填满，凹凸不平的荒野被大雪覆盖分不出高低，树木拱着身体，在银装素裹中挂满饰缀。同一个地区，一边冰封雪裹，一边晴空万里，大家无不称赞阿勒曼别特法力高强。

对面秦阿恰的魔法师们以为大水淹没了柯尔克孜人的军营，以为他们的计谋成功，此时正高枕无忧地躺在帐中。等他们睁开迷糊的眼睛，见到周围的情形，苦思冥想仍不知缘由，自惭形秽羞愧难当。敌军中除了秦阿恰的坐骑之外的战马全部被冻僵，众兵将不知所措一片迷惘。失去了战马的兵将在刺骨的寒风中全身发抖，只能蜷缩在火塘边烤火，他们似乎看到了世界末日。

天上的浓雾和阴云逐渐飘散，灿烂的阳光普照大地，凛冽的寒风也戛然而止，大雪下涌动着淙淙小溪。“山洪来了！”刹那间波涛滚滚而来，阿富汗人张皇失措，洪水漫过了他们的腋窝，他们纷纷在水中挣扎逃命。秦阿恰催动坐骑，在大水中艰难地寻找出路，像一头瘦牛在寒风中瑟瑟颤抖。转眼间整个盆地变成一片白色汪洋，人们站着的地方变成了闪光的冰凌。秦阿恰面对洪水束手无策，无法冲上对岸，羞愧和愤恨让他备受折磨。

性格直爽的英雄玛纳斯一直没有走出大营，对双方魔法师整夜斗法似乎并不知情。清晨，他叫来克尔葛勒恰勒询问道：“阿富汗人是否出征，秦阿恰约好今天与我重新再战，他可不要先期到达，说我胆怯不敢上阵，你们快去看一看！”此时克尔葛勒恰勒接上话茬儿说：“灵魂高贵的雄狮啊，从昨晚直到现在这里的天气变化奇怪，请您亲自出门察看！”英雄玛纳斯走出营帐，眼前的景象让他大吃一惊，他命令克尔葛勒恰勒将魔法师们叫来，怒气冲冲地高声质问：“你们这些实施阴谋的小人，尽干这种不公平的事情，上次是因为他们先挑起，双方才得以各展其能。这次你们又为何要进行这样不公正的阴谋。如果让外人知道了，都会嘲笑我无能，不要因为与他们的汗王有仇，就把无辜者推入火坑。我们是无敌英雄，面对强敌就应该拿起武器在战场上一决雌雄。怎么能施展这种魔法伎俩伤及无辜百姓，这是谁干的事情？”

此时巴卡依老人飘动着银白的胡须，严肃地对玛纳斯说：“我真诚的朋友，请你听我介绍昨夜发生的事情，这可不是随意的贸然行动，完全是事出有因。是对方先布下魔法阵，降下大雪，想掩埋柯尔克孜人。阿勒曼别特看穿了敌人的阴谋，亲施法术，将大雪移到敌人阵营，这才保全了柯尔克孜人的生命。世上从来就没有不吃人的老虎，从来就没有不吃羊的豺狼，阿富汗人一心想要置我们于死地，秦阿恰施用魔法何曾与你商量？”

玛纳斯依然满腔怒气，没有丝毫回心转意的意思，他阔步走出营帐，大声呼唤阿勒曼别特。阿勒曼别特已猜到事情的缘由，神态安详地缓步走来。玛纳斯对阿勒曼别特说道：“你也是一名雄狮，像这样投机取巧的事情只能出自小人之手。请你赶紧设法营救阿富汗人，不能这样让他们都死了。英雄应当在战场上拼杀，光明磊落地战胜敌人，我们要排定阵势，在阵前战胜他们。”阿勒曼别特听完玛纳斯的话，非常感动，随后说明了这是自己迫不得已采取的方法："事情总有前因后果得失利弊。俗话说：‘兵不厌诈。’我不过是在无可奈何时略施小计，把大雪转移到敌人的大营，现在阿富汗士兵安然无恙，只是他们的骏马冻死冻僵。我知道你对此会加以指责，早准备好解救的方法。”听完阿勒曼别特的解释，玛纳斯说道："那就没有问题了，我的朋友！咱们以后再也不要发生类似的事情。”阿勒曼别特回答："我胸襟宽广的英雄啊，咱们的敌人都很狡猾，对付这样的敌人，不值得显示善心。假如双方没有满腔的仇恨，何必展开一场战争？”说毕抖了抖自己的衣襟，洪水顿时退去，大地恢复了原样。

至此，阿富汗人舒了口气，脸上也露出了笑容。秦阿恰却不甘心，对失去的战马愤愤不平。此时正是晌午时分，他抬头观望天空，昨天的约定依然记在他心里。他召集头脑还清醒的将领和长老商讨对策，为了显示自己的威风放出大话："我要骑上飞快的骏马，抓紧时间和玛纳斯交锋！”一位名叫木托的长老对他信誓旦旦的话语提出了疑问："人人都想显示自己的威风，却不知道骏马中更有神骥。你无理诋毁英雄好汉，我真为你的夸夸其谈担心。即使你把我吊上绞架，我也不能胡说八道。秦阿恰啊，你站在这里耀武扬威，想把一切扫平，却忘了昨天你勉强从死神手中逃生。你对魔法师狂呼乱叫，破坏战场上的规矩，首先对人家施行魔法，反倒弄得我们陷入了灾难之中。眼前我们的队伍连一匹战马都不剩，士兵只能徒步而行，如果我们像跛脚鸭子那样步行进攻，玛纳斯的骑兵定会把我们踏平，如同雄狮将猎物一口吞入腹中。长期以来，玛纳斯的名字如雷贯耳，让人心惊，多少凶猛的英雄都没有将他战胜，如果被他打败，我看你又有什么脸活着？你远在阿富汗，却与空吾尔巴依结成联盟，对提倡和平的柯尔克孜族人发起进攻，让很多勇士流血牺牲，是你先占领了节迪盖尔和克依巴，玛纳斯才来教训你。难道你就没有想过失败？如此狂妄只能白白丢掉性命，你不了解情况，没有缜密的计划，盲目发号施令，根本无法战胜英雄玛纳斯。不要忘了勇敢还有另外一种内涵，残酷的战争有时会让你弯腰曲身！”

听完长老木托的一番话语，在场的人交头接耳议论纷纷，认为木托的话很有道理，建议秦阿恰认真考虑，放低姿态向柯尔克孜族人馈赠厚礼，最好双方能相互谅解，捐弃前嫌，达成和平共识。秦阿恰听完这些话，不但不考虑采纳，反而怒火中烧，大声呵斥：“凡是不让我出征的人都别有用心。我晓得你们的心思，你们这是在藐视我的威名。我如同一座高山，哪一点比不上别人？假如我给别人纳贡，定会让世人嘲笑我无能！今后我还怎么做人？如果寿数到了，我宁愿自己化为灰烬！我要在最后时刻，让玛纳斯见识一下我的威风……速速给我的战马鞴好鞍鞯，我要立刻向他发起进攻，只要心脏还在胸膛里跳动，我决不做投降的小人！我要和玛纳斯拼杀到底！”秦阿恰气势汹汹，向全军下令。士兵们被迫服从命令，成群结队地冲入阵中。他们一个个惶恐不安，如同破皮袄上的虱子没精打采地向前蠕动。

秦阿恰与玛纳斯相逢，又展开一场恶战。秦阿恰求胜心切，鼓足勇气向玛纳斯刺出了矛枪。玛纳斯不屑一顾，既没有出枪也没有拨挡，只是默默地看着刺来的矛枪。秦阿恰那三十庹长的矛枪碰到了玛纳斯身上，突然断裂成了数截飞落在地上。秦阿恰气急败坏，转身抽出战刀，玛纳斯掉转马头端起了他的色尔长矛，秦阿恰面对玛纳斯威严的神情，哪里还敢抗衡，立刻转身朝营地仓皇逃跑。就在这时，玛纳斯的色尔长矛如强劲的飞镖戳中他的肩部，秦阿恰“扑通”一声坠下马鞍。秦阿恰的士兵见状个个心惊肉跳。滚落在地的秦阿恰许久才艰难爬起，将腰带取下挂在脖颈儿，跪在英雄玛纳斯面前浑身打战，毕恭毕敬地表示臣服。“够了，我们的战争到此为止。”胸襟宽广的玛纳斯说完，勒转马头转身回返。俗话说：“抽出的宝剑不会砍向低下的头颅。”此话在这里得到应验。

阿昆汗阵营派专人观察战事的进展，他向玛纳斯请求把秦阿恰交给他。于是玛纳斯叫来阿昆汗、木托和秦阿恰，当场授权将所有的事情交给阿昆汗督办。

玛纳斯从秦阿恰口中得知，空吾尔巴依和交劳依的一支驼队正驮着茶叶和丝绸前来。驼队的首领正是臭名昭著的阔克却阔孜，他曾带着驼队来过两次。听到阔克却阔孜的消息，玛纳斯顿时怒气冲天，他对阿昆汗说出自己的决定："我的同辈朋友阿昆汗，我要立即出征找阔克却阔孜报仇，缴获空吾尔巴依和交劳依的茶叶和丝绸，然后返回到阿依勒相聚欢庆。"他转身又对秦阿恰说："假如你秦阿恰心里不服，可以择日再来找我对阵，那一天我还会和你决一胜负。我现在要去找阔克却阔孜报仇，以消除我心中的愤怒。"

恶有恶报

玛纳斯撇下阿富汗人，带领将士一路前行，翻越克尔克特朵波特高山，向喀什噶尔方向前进。

玛纳斯的神情不断变化，时而像一轮皎洁的明月，没有一丝忧愁；时而又抑郁阴沉，如遮挡阳光的阴云。阿吉巴依和楚瓦克察觉到了玛纳斯的心情，为了不打搅他的思绪，和他拉开了一段路程，四十勇士紧跟在他们后面。

阿勒曼别特在前面开路，与同伴们走了足有半天的行程。他来到叶尔羌的茫茫戈壁，看见两个疾驰的人影，他拿起千里眼仔细观察，发现其中一人竟是阔克却阔孜。他稳定心情暗自窃喜："今天真幸运，我要设法把阔克却阔孜生擒活捉。"

阿勒曼别特略施小计刮起狂风，弥漫的尘雾很快遮住了天空。阔克却阔孜不明所以，十分惊恐。他看到平原上不远处有一座毡房，便走到门前跳下马，想进屋避风。还没有等他迈进毡房门，阿勒曼别特就带着阿勒拜、额尔奇吾勒、包孜吾勒和秀图、玛吉克、色尔哈克赶来，迅速活捉了阔克却阔孜。正在这时，跟随阔克却阔孜看管交劳依畜群的卡木帕朗，率领六名贴身的随从莽撞冲来，也悉数被擒。经阿勒曼别特审问，阔克却阔孜和卡木帕朗很快就说出了驼队的行踪，原来驼队暂停在一个叫作奇兰的哨卡，正在等待着阔克却阔孜和卡木帕朗的指令，他们想选择近路向着且末出发。听完两人的详细供述，阿勒曼别特让玛吉克留守在原地，对色尔哈克吩咐道："阔克却阔孜和卡木帕朗的交代是否属实，你务必在六十天之内赶来回复情况。你们不要前往喀什噶尔，也不要让叶尔羌人发现，只需返回到阿富汗的当东巴什山冈与玛纳斯和众英雄会面，我会在土别勒山等候你们。"

送走了色尔哈克，阿勒曼别特一行人押着俘虏来到叶尔羌城。阿勒曼别特在玛纳斯面前将阔克却阔孜处斩，又将其他俘虏交给玛拉别克看管，并约定一直要羁押满九个月。他们在叶尔羌停留了八天，英雄们在奥波勒边沿的当东巴什山中纵横穿插，兴致勃勃地狩猎，然后列队绕过山峰，向玉尔凯尼奇河方向转移，朝着阿昆汗的城堡行进。以巴卡依为首的众人来到了阿昆汗的王庭，阿昆汗的勇士们接过客人的缰绳，将他们迎进毡帐，热情款待。

再说色尔哈克带领着四名随从在广阔无垠的戈壁上飞奔，正顺着沟壑起伏的土丘向着奇兰方向挺进。一只孤独的白色驼羔突然出现在他们眼前。这是一只幼小的母驼，毛色纯正，十分动人。它发出凄惨的悲鸣，相遇后紧紧跟随在这些勇士后面。“我们这是在野外行动，有悲鸣的驼羔在身后如影随形，定会招来不幸。”色尔哈克想把它吃掉，但又生出恻隐之心。于是对驼羔说：“白色驼羔啊，在这个荒凉的戈壁滩遍地是白色的盐碱，眼前只有一片红柳树，还有几片胡杨林。请你在那里等候一段时间，返回时我们会轻声呼唤你，到时你就立刻来到我面前，我会带你一路相伴，我要说你是沙漠之王赠送给雄狮玛纳斯的。”色尔哈克说完，在驼羔额头上轻轻抚摸一番，驼羔不停地摆动着脑袋，静静地伫立在原地看着他们离去。

勇士们经过两天一夜的跋涉，傍晚时来到奇兰，只见商人们正忙忙碌碌集中各自负责的骆驼。英雄们敲响战鼓冲向驼队，连人带驼全部缴获。在勇士们的追问下，这些可怜虫讲出了驼队的详情，原来驼队共有一千零三十峰骆驼，空吾尔巴依和交劳依各拥有五百一十五峰，有一千只骆驼驮着茶叶、丝绸和食品；三十只骆驼驮着毡房和粮食。每三只骆驼由一人看管，共八个驼队，阔克却阔孜和卡木帕朗是驼队的头人。他们俩带着六个人先行出发打探路径，让驼队在此静候待命。他们中间有一个是有学识的莫勒多，能预知未来，就在色尔哈克他们到来之前，他翻开手中的书本，就通知驼队赶快集中骆驼离开此地，他自己已经逃走。

包孜吾勒看出驼队中有人像柯尔克孜族人，便向他说明自己是玛纳斯的勇士，询问他是不是柯尔克孜族人。那可怜的人听到此话放声痛哭，倾诉心中的忧伤："我来自柯尔克孜的尚卡依部落，别特巴克套山是我的故乡。狠毒的交劳依魔王把我们驱赶到这个地方。见到玛纳斯的勇士是我长久以来的愿望，请你们千万不能让那狡猾的莫勒多脱逃，他可是一个危险的敌人。假如你们需要，我可以为你们带路。"

阿勒拜带着这位赶驼人去追赶莫勒多，谁知狡猾的莫勒多早有准备，他乘骑着经过严格挑选的骆驼，疯狂逃窜。飞奔的骆驼总是把阿勒拜甩得很远，眼看不能活捉莫勒多，阿勒拜索性弯弓搭箭，射出了强劲的矢镞。阿勒拜百发百中的箭术，能够不偏不斜地射中草丛中的鹌鹑。只见阿勒拜射出的箭矢迅疾飞去，射中莫勒多乘骑的神驼腿部，莫勒多从驼背飞落在地，一命呜呼。阿勒拜拿起莫勒多的褡裢，里面装满了金银珠宝，就带上褡裢掉转马头返回驻地。

色尔哈克让人们将一千零二十九峰骆驼一只一只连在一起，载着缴获的茶叶和丝绸火速前行。走到留下白驼羔的地方，色尔哈克对着戈壁大喊一声："沙漠之王赠送给我们的白色驼羔，你是否还在这个地方？你不是一只普通的动物，你是能听懂人语的驼神，我按照约定赶来与你会面，白色驼羔啊，你快出来吧！"听到色尔哈克的声音，白色驼羔一声长鸣，摆动着一对驼峰，甩开四蹄飞奔前来。色尔哈克跳下马背，在驼羔耳朵上烙上父亲加克普的印记，又取出随身携带的丝织笼头给驼羔带上。他们在这个叫凯勒塔伊拉克[1]的戈壁滩住了一夜，第二天继续前行。从此，英雄玛纳斯白色驼羔的美名传遍天下，直到今天仍有人传唱追忆。“凯勒塔伊拉克”的地名也流传至今。

[1] 凯勒塔伊拉克：意为“来吧，驼羔”。

指腹为婚

色尔哈克按照阿勒曼别特的吩咐,没有经过喀什噶尔,他们翻越了阿富汗的山峰，驱赶着驼队来到阿昆汗的领地复命，玛纳斯和阿勒曼别特一行正好在此驻扎休整。

这天在清晨的微风中，阿勒曼别特正观赏着周围的风景，一个年轻媳妇抱着一个婴儿走过他身旁。独具慧眼的阿勒曼别特，看见那婴儿眼中射出一道奇异的光芒，认定这孩子非同寻常。他兴奋地叫住神采飞扬的年轻媳妇询问："这孩子是公子还是千金，是否已有了自己的名字？他父亲是何人？"那女子回答道："我们的首领阿昆汗几天前在人迹罕至的荒野遇到了这个女婴，这孩子背上长着一对雪白的翅膀，叫人惊奇不已，无法说清。孩子的芳名还没有确定，阿昆汗准备给孩子举行摇床礼，已向各方发出邀请，只因等待你们众英雄的莅临，推迟了庆典的时辰。"

阿勒曼别特听完后，心中涌起豪迈的勇气和深切的情感，做出了一个十分大胆的设想：“早在阔阔托依的祭典上曾经发生过一件事情，引来福运和吉祥的阔绍依圣人为卡妮凯祝福祈子，并为他预备了‘赛麦台依’的大名，如果阔绍依的祝福应验，卡妮凯夫人会生下一个男孩。我要为玛纳斯即将出生的孩子赛麦台依指腹订婚。”阿勒曼别特有了奇妙的想法，立刻开始实施，他打算将自己著名的黄花神骏作为订婚彩礼送给阿昆汗，于是在骏马的前额绑上了碗大的棉团。

把一切准备停当之后，阿勒曼别特进入了王庭。巴卡依、阿昆汗和玛纳斯早已落座上方。阿勒曼别特走上前坐在楚瓦克身旁，向他讲明了自己的想法，楚瓦克表示赞同，建议把一千只带驮子的骆驼也列入彩礼中。两位勇士商定后，阿勒曼别特禀告巴卡依：“大伯啊，您是我们的智星，有一件事还要请您来做决定。我丝毫不怀疑圣人阔绍依在阔阔托依祭典上对卡妮凯的祝福，卡妮凯定会生下一个男婴，赛麦台依将是这个孩子的大名。现在阿昆汗也有一个女婴，她光芒四射，世间难觅。赛麦台依做阿昆汗未来的女婿，你们说是否合适？让那美丽的姑娘做玛纳斯的儿媳，你们是否有异议？阿昆汗和玛纳斯，你们两人是否同意？我已把黄花骏马作为彩礼，在马头上绑上了棉团，我为了同乳弟兄玛纳斯将所有的财富敬献，就连初恋吐尔娜赠送给我的礼物、金光闪烁的宝石也列入其间。”

阿昆汗和夫人祖莱卡目瞪口呆，不知所措，玛纳斯对阿勒曼别特这些中听的话语表示默许。巴卡依轻咳一声，声音洪亮地开口："可爱的阿勒曼别特啊，你的话合情合理，你与楚瓦克共同商量吧，所有的事情就由你们决定。"

阿勒曼别特牵着萨热阿拉神骏来到阿昆汗的庭院，将它拴绑在高大的木桩上，将闪闪发光的纯金项圈套到女婴的脖颈儿说道："这孩子就叫阿依曲莱克。"阿勒曼别特为孩子起了名。明晓事理的阿昆汗通告百姓，又召集所有的富商名人，按照柯尔克孜族的传统习俗为阿依曲莱克举行了订婚仪式，挑选能歌善唱的艺人赞美玛纳斯等诸位英雄。作为回礼给玛纳斯、巴卡依和楚瓦克每人赠送驼绒绣花大衣一件，给四十勇士每人赠送一件皮衣。很多勇士曾经暗中担心："阿勒曼别特把坐骑作为彩礼送出，他失去坐骑今后怎能上阵！"阿昆汗将神奇的黄花骏马作为礼物回赠给阿勒曼别特。黄花骏马作为礼品被赠送，已经不是第一次，虽然几次被慷慨赠送，最终却还是属于它原先的主人。

勇士们满怀欣喜，兴高采烈，乘着清晨轻拂的微风起程返回塔拉斯。

商议远征

阿拉什中的哈萨克族与柯尔克孜族人数相当，他们相互杂居共处，还有一些部落与卡勒玛克为邻，许多阿拉什人在卡帕勒游牧。空吾尔巴依派出兵马单单对阿拉什人发起攻击，进行骇人听闻的杀戮和劫掠。牲畜和财物被抢劫一空，青年男女被驱赶到康阿依做苦力当奴仆，流浪异地受尽屈辱。整整过了十年时间，一部分饱经苦难的人才伺机集结逃脱，绕过敌人的封锁回到柯尔克孜族人中。玛纳斯见到他们才知晓他们所受的屈辱和苦痛。眼看着柯尔克孜族人平安祥和的生活被万恶的空吾尔巴依强盗搅乱，英明的汗王玛纳斯怎能无动于衷、袖手旁观？他回顾阿牢开历来的行径，细数着卡勒玛克人的累累罪行，辗转反侧，思虑良久，打定主意要对别依京进行讨伐。

这天黄昏时分，玛纳斯对卡妮凯叮咛：“我尊敬的卡妮凯夫人，请你尽早做好准备，宫中将要来很多显贵汗王和如日中天、名扬四海的英雄。”听罢汗王玛纳斯的吩咐，卡妮凯夫人心中暗暗思量：“我的雄狮玛纳斯是不是要外出打猎把新鲜的野味品尝，抑或是要打点行装出征远方？”她转身匆匆走出门，朝对面的山坡张望，山坡上排列着洁白的毡房，那是四十勇士居住的地方。她缓步来到四十勇士的阿依勒，只听额尔奇吾勒的毡房里传出一阵阵嬉闹的喧嚷声。端庄大方的卡妮凯夫人迈着轻盈的步履走进毡房，勇士们的游戏戛然而止，没有人说话也不再喧嚷。卡妮凯夫人神情严肃，但说起话来十分温和，她遵照玛纳斯的要求安排接待宾客的事项，并特意派能干的小伙子火速前往苏萨木尔草场，在黄昏前赶来肥壮的空胎母马，为客人准备餐食。

卡妮凯亲自张罗，详细列明所有毡房的用途。五座毡房是接待宾客的客厅，六座毡房是负责膳食的厨房，两座毡房专供烧水煮肉，另有一座毡房专供勇士们歇息，还有十座毡房尚未派上用场。在这些整齐排列的毡房中间，有一座巍峨挺拔的洁白毡房，装扮得像宫殿般辉煌。天窗镶嵌着银色的锡箔，映照得拱木也闪闪发光，铁链打制的防风带从天窗垂下，它是用来固定毡房的，门框上部用纯金镶嵌，两边用白银装饰。毡房的栅栏雕刻着花纹，所有木架结构都工艺精湛，联结栅栏不用皮条，全是用闪亮的铜丝拴绑。栅栏顶部的绣花装饰用四指宽的貂皮镶边。毡房内所有的带子绳条均用五彩斑斓的卡加热[1]制作。栅栏和外围毡之间用丝线将芨芨草缠编出鲜艳的图案，边沿接口和顶端垂落的流苏和珠子华丽无比，十分美观。门帘外面装饰着雄鹰和老虎的图案，栩栩如生、惟妙惟肖。聪明能干的卡妮凯夫人挑选出手巧的媳妇和姑娘精心细致地布置毡房，她们铺上了五色图案的花毡，摆出了各种五彩缤纷的刺绣，放置了各种图案的装饰品。在长者和汗王的座位上铺上柔软的熊皮褥垫，在青年勇士的座位上铺着用绸缎和玛纳特[2]缝制的黑羔皮褥垫。闲暇无事的时候，玛纳斯和卡妮凯在毡帐的正上方休息养神，别克和比官们落座在两边。中间一片开阔地是四十勇士的游乐场，毡房的右下方是塔孜巴依玛特架锅煮肉的地方。在举行盛典的日子，同时有七百人能住进这座毡房，这是一座明亮整洁装饰精美的宫帐。

临近黄昏日落的时辰，额尔奇吾勒和包孜吾勒从苏萨木尔草场赶来六十匹精壮的母马，每人各司其职，很快鲜肉堆得像座小山。卡妮凯夫人亲自指挥，所有一切都准备周全。劳累了一夜的卡妮凯夫人天亮才回到卧房。玛纳斯望了一眼发白的天窗，起身穿衣，卡妮凯为他打开房门站在一旁。玛纳斯脸上闪烁着太阳般的光芒，浑身上下充满力量。他迈步走出牙帐向守卫在那里的卫兵发出命令：“我

[1] 卡加热：用各色毛线织成的彩带。

[2] 玛纳特：一种名贵的丝绸布料。

的勇士包朗楚，赶快过来！让大号小号齐鸣，给我手下的七汗传送消息，让他们每个人带上一百名精兵，尽快赶到我的帐中！”

在睁眼闭眼的一刹那，鼓声震天，号角齐鸣。过去每当有任何喜讯，大号声长鸣十分悠扬；如果是噩耗来临，小号声刺耳苍凉。如今大小号一起鸣响，没有人知道发生了什么。“玛纳斯发出召唤不知又要出征何方？我们不能凭空猜测，最好先见到高贵的汗王。”七位汗王每个人率领一百名士兵匆匆启程。加克普从加克塔西启程，巴卡依从玛依布拉克启程，加木格尔奇从加依勒玛启程，铁凯奇和什哈依分别从阴坡和坎阿尔图出发，阿克巴勒塔和楚瓦克从恰特卡勒启程，阿勒曼别特从萨热塔拉出发。七位汗王扬鞭催马急如星火，七百名士兵紧随在七位汗王的身后。

王庭的守卫官巴依玛特指挥着守卫的众多士兵，组成整齐的队列，迎接七位汗王的莅临，玛纳斯举行盛宴，用美味佳肴款待了各位汗王。餐后，汗王玛纳斯容光焕发，带领宾客们走出大门来到门前宽阔的草坪上。玛纳斯的门庭前有两颗高大的梧桐，枝繁叶茂，绿荫成片，连人带马足以容纳一千人。夏天大家常常在这里商议大事，绿荫下放着玛纳斯的宝座，金色宝座铺着锦丝绸缎，玛纳斯上前落座。巴卡依、阿勒曼别特、楚瓦克坐在右边，加克普、什哈依、铁凯奇、加木格尔奇坐在左边。四十勇士分两列入座，诸位汗王的七百名侍从席地而坐，如众星拱月。

雄狮玛纳斯首先说道：“罪恶的阿牢开虽然被我们驱

逐，但他的儿子空吾尔巴依依然猖狂凶狠，每时每刻都在威胁着我们的土地和牲畜。在座的诸位都是同甘共苦的亲人，请你们听着：我们不少同胞曾被他掳去，至今仍然遭受欺压和折磨。作为阿拉什人的汗王，不解救他们，我于心不忍，几年来我一直受良心的责备，如芒刺在背，坐卧不宁。现在咱们兵强马壮，已具备了足够的实力，我决心去征讨别依京，消灭仇人空吾尔巴依，解救受苦受难的阿拉什同胞。自从我玛纳斯跨上战马，你们就没有受过欺凌。我枕着寒雪囤积牲畜，搜集财富，让你们摆脱贫困，个个成为富翁。如今我要出征康阿依，请你们全力支持我。”玛纳斯说得慷慨激昂，汗王们却低头沉默不语，面面相觑地僵持良久，后来竟不辞而别，纷纷离去，只留下巴卡依、阿勒曼别特、楚瓦克和以克尔葛勒恰勒为首的四十勇士。玛纳斯见此情景勃然大怒：“懦弱的诺奥依人啊，我再不想看你们一眼，我首先要扫平你们的家园，然后再出征！”此时巴卡依老人站起，紧紧握着玛纳斯的双手，说道：“哦，我的朋友，不要着急！请你耐心听我说。你的百姓有你庇护，才无忧无虑欢乐无比。我们前赴后继并肩作战，攻破塔什干，擒获喀什噶尔的顽凶，追撵空吾尔巴依，战胜强大的艾将军，修建玛纳斯城，走向宽阔的玉尔凯尼奇河，向阿富汗进军，战胜了无数英雄，但哪里有什么诺奥依人和我们一起参战？诺奥依人不可能远征别依京。对于我们的乡亲百姓，有什么理由埋怨？你若执意远征别依京，我愿意给你更多的支援。”巴卡依接着说出自己的想法，建议写信邀请阿特巴什的圣人阔绍依，凯别孜陶山中的克普恰克英雄托什吐克，掌管纳曼干和塔什干浩罕的森其别克，凯特曼朵别的英雄凯尔阔库勒，杰特约谷孜的首领大力士阿葛什，哈萨克的汗王玉尔毕和穆孜布尔恰克，共同组成精兵强将远征别依京，玛纳斯听罢十分赞成。但是要跑遍这么多的地方把信送到，谁能完成这样的重任？此时阿吉巴依立刻站起身来自告奋勇："汗王，只要你写好了信函，我会骑上赛过飞云的神骏，哪怕到世界的天涯海角，哪怕山高路险遍地荆棘，也要给汗王们送去。若十万火急，我可以快马加鞭日夜兼程，十六天内一定赶回。"

玛纳斯让色尔哈克提笔写信，在信函尾端盖上玛纳斯的汗印，并把折叠好的一张张信函，装进丝绸缝制的锦袋里。当东方露出晨曦的时候，阿吉巴依怀中揣着给汗王们的密信起程了。

阿吉巴依马不停蹄，行色匆匆，排除千难万险径直前行。他先来到了阿特巴什，与正在兴致勃勃狩猎的阔绍依英雄相见，递交了雄狮玛纳斯的信函。阔绍依读完信，发出由衷的感叹，保证七天之内赶到塔拉斯。阿吉巴依与他告别后飞驰到托什吐克的阿依勒，托什吐克细细看完信函，表示大力支持玛纳斯的英明决定，约定七天内赶到塔拉斯。阿吉巴依不分昼夜地翻山越岭、跋山涉水，一头扎进浩罕城，将玛纳斯的信函双手递给汗王森其别克。森其别克急忙拆开信，从头到尾念了一遍，却见他嘴咬着手指，默默不语地坐在那里，阿吉巴依望着他的神情焦急催促道："你去还是不去，为何沉默不言，咬着指头瞻前顾后，难道忘记了汗王的尊严？我要把你的表现如实地向玛纳斯禀告！"阿吉巴依说完就要起身，吓破了胆的森其别克猛地从宝座上跳起来，双手抱住了阿吉巴依的双肩。阿吉巴依对他说道："你要在七天之内赶到塔拉斯向玛纳斯报到，如果拖延到第八天，就逃脱不了玛纳斯的严惩。"阿吉巴依说完，离开浩罕，蹚过卡拉苏河，穿过凯特曼朵别的丛林，见到英雄凯尔阔库勒。凯尔阔库勒是一位英武的青年，身材高达十庹，身披雪白大氅，胯下是一匹土崖色骏马，如天兵天将般迅捷机敏，他没见过阿吉巴依，但久闻阿吉巴依的大名。此时两位英雄如同彼此相知的弟兄，紧紧握手，亲吻彼此的指尖。凯尔阔库勒全神贯注地阅读信函，深表赞同，他抓住阿吉巴依坐骑的缰绳请他留宿歇息，阿吉巴依却婉言推辞，掉转马头继续向前。他毫不吝惜自己的坐骑，一路风驰电掣，第二天黄昏到达杰特约谷孜草原。英雄阿葛什此时已经入睡，年轻侍从自马背上扶下阿吉巴依，将他引到一座毡房里热情招待，让筋疲力尽的阿吉巴依安静地躺下歇息。次日，东方露出金色的晨晖，阿吉巴依立刻起身，英姿飒爽地进入阿葛什的王庭，送去了玛纳斯的信函。阿葛什接过信函，只略略念了一遍，禁不住热血沸腾，侃侃而谈："空吾尔巴依为非作歹、横行无忌，每年都来骚扰我们。这样的无耻浑蛋，不去征讨怎么能行？玛纳斯的话句句中肯，我们应该立刻踩上马镫将敌人消灭！"他们约好了去塔拉斯报到的时间。阿吉巴依又策马出发，绕着伊塞克湖边继续向前，飞越凯敏谷地，来到了哈萨克族人的领地，那心胸狭窄、小肚鸡肠的汗王玉尔毕就住在这水草丰美的草原。这天清早他起身兴致勃勃地到山冈上不停转动着千里眼四处瞭望察看，突然阿吉巴依的身影映入眼帘，他急忙转身回到阿依勒，对着百姓们大声嚷道：“卑贱的阿吉巴依来了，你们家家户户都要闭门关窗，谁都不要去给他拉马牵缰，放出你们的猎狗给他点厉害尝尝！”

阿吉巴依风尘仆仆驰进村中，突然间数十只恶犬集体出动拦路狂吠，周围却无人接应，也没人阻止恶犬的扑咬。怒不可遏的阿吉巴依挥舞着手中的长鞭朝着扑上前来的狗群不由分说一顿竖劈横扫。为首的一只青驴般大的恶犬被他狠狠抽了一鞭，哀叫连连一命归天。阿吉巴依的长鞭啪啪呼啸着不知打倒了多少恶犬，剩余的疯犬纷纷逃散。阿吉巴依骑着棕黄色骏马径自走近一座高大的毡房，见没有人打开房门前来迎接，也没有人牵住坐骑的缰绳，只好自己跳下马背，亲自将骏马拴在木桩，推开门朝里张望。只见在白绸的围幔里，玉尔毕汗王半闭着眼睛，身体舒展地躺在厚厚的被褥上，帐前坐着他的妻子节孜碧莱克，那抬高鼻尖的样子十分傲慢，对阿吉巴依连看也不看，没有一句问候的话语，看起来比她的丈夫还要阴险。阿吉巴依径直走进毡房，从容地来到铺好的鹅绒褥子跟前，盘腿而坐，从早晨一直等到太阳偏西，玉尔毕夫妻俩都不理不睬。阿吉巴依心中暗暗盘算良策，他拿出黄铜烟锅，装满安集延的上等烟草，用契丹的打火石点燃一块引火棉，把羊肝大的火团放在烟锅上面，用力猛吸了一口再喷出，喷出的烟雾顿时罩住了整个毡房，浓烟滚滚冲出天窗。“汗王的毡帐失火啦！”左邻右舍纷纷叫嚷。玉尔毕被烟熏得咳咳呛呛，才从被子里抬起头来，假装突然看见阿吉巴依，尖酸刻薄地高声指责道：“你这个多嘴多舌、投机钻营的奴隶到我这里必有灾害！我是否该捆住你的手脚在人前示众，让你受尽百般磨难，将这些痛苦永记在心间？在阔阔托依的祭典上，在大庭广众之下，玛纳斯让我王冠落地，脸面丢尽！他用皮鞭抽打我脸颊的时候，那真是让我威风扫地无地自容，我从没有见过玛纳斯那么狂妄的人，也没有见过像你这样的无耻小人！”玉尔毕破口大骂，毫不相让，说话间伸手抓住一把没有剑鞘的宝剑。走遍天下的阿吉巴依英雄若不是身负汗王玛纳斯的神圣使命，早就拔出腰间的宝剑了。此时阿吉巴依神情自若，双手将装信的锦袋捧过头顶。他低头弯腰双膝跪地，垂下头颅一声不吭，足足过了一顿饭的时辰，玉尔毕才接过锦袋，看都没看就轻蔑地扔到了一旁。又过了一顿饭的时辰，才捡起锦袋打开封口。阿吉巴依跪得膝盖酸痛，腰背倦困，汗水顺着脸颊流动，但为了阿拉什人的神圣事业，他任何苦难和屈辱都能容忍。

玛纳斯在致玉尔毕的信中写道：“兄弟之间的气话只在嘴头上，心里哪能记仇，两根皮条结成一根缰绳，你要不偏不倚把握公平。十四位汗王都要去远征，如果我们有足够的运气，顺利地夺取别依京，你也有坐汗王宝座的可能……看你如何对待这件事情。”玉尔毕看完信陷入沉思，不消一会儿满面羞愧地说：“哦，亲爱的阿吉巴依，请你原谅我的无礼。十四位汗王全体出动，这可绝非一般小事情，如果我留下怎么能行？英雄玛纳斯说得十分在理，同胞血亲之间的矛盾只能算鸡毛蒜皮的小事，怎可永远放在心中。你是消息灵通的孩子，又是见多识广的英雄，你是否听说过别依京？到那里有多少天的路程？用多久才能踏上归程？”阿吉巴依立刻接上话茬儿：“我听说过别依京，去要六个月时间，赶回来要半年光景，总共一年的征程。你要在七天之内赶往塔拉斯，如果七天之内到达不了，你就会错过那里的聚集，这后果你可要想好！”阿吉巴依说到这里，面带愠怒地拂袖离开。他在玉尔毕那里没有吃一块馕、没喝一口茶，跃上棕黄骏马扬长而去。

阿吉巴依骑着棕黄骏马，飞涧越崖，如同鹞鹰飞翔，在黄昏时，来到阿拉木图边沿的丛林。此时布达依克汗王之子穆孜布尔恰克正兴致勃勃地在林中撒狗放鹰，有三百名侍从跟随在他身后。机敏的穆孜布尔恰克一眼认出了玛纳斯汗王的使臣，热情地走向前欢迎阿吉巴依的到来，他们彼此嘘寒问暖十分热情。阿吉巴依从怀里掏出玛纳斯的信函，双手捧到穆孜布尔恰克面前。穆孜布尔恰克匆匆打开锦袋，看完信函兴奋之情溢于言表：“汗王玛纳斯不愧有雄才大略，他的主张正合我的心意。要征讨凶恶的空吾尔巴依，怎能少了我？就在几天前，空吾尔巴依还派人抢劫了卡帕勒草原。我正要打算将他们的罪恶行径禀告玛纳斯汗王。”待约定好在塔拉斯会合的时间，阿吉巴依转身牵马急急忙忙就要起程。穆孜布尔恰克一再挽留他共聚一餐，阿吉巴依说道：“我尊敬的穆孜布尔恰克汗王，你的好意我已心领，只因重任在身，绝对不能在此久留，超过约定的时辰，任务就完不成了。”说完道声再见，挽缰上马，立刻起程。只见棕黄色骏马扬鬃奋蹄，身后卷起滚滚黄沙。

阿吉巴依暗自计算出征天数，已经过去了十六个晨昏。当午夜刚刚过去，他正好返回到塔拉斯。

玛纳斯的夫人卡妮凯多少天来辗转反侧彻夜难眠，暗暗为玛纳斯的远征操心，听到一阵马蹄声响，她披衣起身走出了帐门。阿吉巴依拴好坐骑转过身来，迎面碰见卡妮凯夫人。热情的夫人掀开门帘，请阿吉巴依进屋坐在上席，端来马肠马肚、羊羔尾巴和马奶子，让阿吉巴依美美地享用。等他吃饱喝足后，卡妮凯夫人开始问询：“尊敬的阿吉巴依，你仔细讲一讲，哪位汗王愿意去远征，哪位汗王不愿出征，请你不要有丝毫的隐瞒，快快给我详细禀明。”阿吉巴依禀报道：“我已亲手向各位汗王送达玛纳斯汗王的信函，谁还敢违抗他的命令？即使有汗王托词敷衍，我岂能让他得逞！我给他们每人限定了七天时间，命令他们尽快赶到塔拉斯集中。请您告诉尊贵的玛纳斯，就说他的奴仆完成了使命。”

阿吉巴依简明扼要地说明完情况，很快离开宫帐，回到自己的家。他刚刚进门，妻子乌鲁姆罕就手托盛满清水的木碗，在他的头顶绕过三次，然后把水泼出去，为他驱散路途上的邪气。然后挽着丈夫的胳膊，柔情蜜意地走进房间。

推举总统领

第二天清晨，雄狮玛纳斯缓步走出宫帐，一声马嘶突然传入他的耳中。他转身一看，只见阿吉巴依的棕黄色骏马在拴马桩旁嘶鸣。“阿吉巴依已经返回，坐骑还没有放开吃草？”玛纳斯来到棕黄骏马跟前，解开了缰绳，卸下鞍鞯，把笼头也从马头卸掉。被拴吊了一夜的骏马已经消除了疲劳，将尾巴甩上蓝天，遍地撒欢儿咴儿咴儿嘶鸣。离山中的马群相距六天的路程，棕黄骏马狂奔如飞，当太阳刚刚照上山顶就已经回到马群之中，显示出骏马神奇的本领。“阿吉巴依的坐骑曾经被玛纳斯亲自照顾”，这个故事在柯尔克孜族中流传至今。英雄玛纳斯如此平易近人，谁能够指责他毫无感情！

就在这个时候，阿吉巴依归来的消息已经传遍，人们陆续赶来好奇地询问，白色毡帐挤满了人，诸位长者汗王都在那里集中。阿吉巴依风度翩翩地走进玛纳斯的宫帐，当他走进门时，四十勇士纷纷起身以示尊敬，让他坐在上席。大家全部落座后，玛纳斯兴奋地询问阿吉巴依："阿吉巴依，我勇敢的使臣，此次远行诸事是否如意？各地的情形究竟如何，你不能有一丝隐瞒，要给我如实禀报。"口齿伶俐的阿吉巴依详细禀报送信的全部过程，最后他说道："我自作主张规定了七天期限，要求汗王们赶到塔拉斯报到。这是我的一条罪过。汗王啊，请你不要怪罪使臣。"听完阿吉巴依的奏报，玛纳斯对阿吉巴依十分满意，又对他发了一道指令："请你骑上矫健的骏马再次起程，敦促喀拉诺奥依的六个部落，还有艾西特克、诺依古特部落迅速到此聚集。告诉他们不能空手而来，要赶来肥壮的绵羊和马匹，从远方来的七位汗王的兵马要由他们安排膳食供给。"接受玛纳斯汗王的吩咐，阿吉巴依让人牵来阿依满波孜神骥鞴好鞍鞯，策马动身。

阿吉巴依没有丝毫倦意，生机焕发，精神倍增。他顺着坎阔勒谷地前进，奉命给那些富翁们下达汗王玛纳斯的指令，故意敷衍推托的富翁被他无情地鞭挞严惩。加克普管辖的人们安置在加克塔西；巴卡依管辖的百姓安排在玛依布拉克驻地；加木格尔奇的百姓安顿在加依勒玛；铁凯奇手下的人在阴坡扎营；什哈依管辖的兵马安置在坎阿尔图；阿克巴勒塔和楚瓦克的部落百姓在卡拉布拉恰特扎下帐篷；阿勒曼别特的手下在节尔盖的萨热塔拉草原驻兵。诸位汗王各自扎营，诺奥依人纷纷积极准备，热情欢迎七位汗王的兵马莅临。明天就是汗王们到达的日子，人们急不可耐地翘首期盼着。

这天从苏萨木尔的山冈上扬起冲天的烟尘，白色的大纛迎风招展，如同翻卷的白云，人们走上前去仔细观察，只见大胡子森其别克率领着浩罕的六十排兵丁首先到达。由三位使臣清点人数，登记造册，安排这一行人马驻扎在什哈依的牧村。按规定每户人家接待三位贵宾，可以想象支起的毡房数量有多么壮观。

当人们忙前忙后的时候，从布热纳的达坂方向，天边的云层下面扬起一团团滚滚黄尘，五彩缤纷的各色战旗迎风招展，嘈杂声如同满山遍野的羊群奔跑，震耳欲聋。艾拉曼之子英雄托什吐克带领七十排兵丁沿着大路走来。人们上前迎接英雄，让托什吐克的兵马下榻在加木格尔奇的牧村。

刚刚定神没多久，在托加依洛山冈上又扬起了冲天的尘雾，坎迪尔巴依之子凯尔阔库勒率领大军到来，这支浩浩荡荡的队伍足有二十五排兵丁。巴卡依、阿勒曼别特、楚瓦克和色尔哈克亲自迎接了这支队伍，并将兵马安排在铁凯奇的牧村。

没等多久，艾什勒灭沙滩边上传来震耳欲聋的号声，随之飞起遮天蔽日的烟尘，库列坦之子英雄阿葛什率领大队人马疾驰飞奔，前呼后拥，好不威风，他带着九十一排大军前来报到。四位英雄又一次清点人数，登记在册，安排军队驻扎在楚瓦克的牧村。

在托特尼什的塔拉夏山冈又出现了浩浩荡荡的人群，战旗迎风招展，又听号角震天齐鸣，哈萨克汗王玉尔毕率领大军赶来，总共有七十五排兵丁。大家为其清点造册完毕，为了平息他过去心中的怒气，特意安排他住进了加克普的牧村。

玉尔毕的人马刚刚安顿完毕，卡普卡的卡拉陶山顶又扬起了冲天的尘土，布达依克汗之子穆孜布尔恰克率众八十四排人马，威风凛凛地开进了牧村。德高望重的巴卡依见到老朋友十分高兴，催赶着胯下的青色走马，亲自接他们去自己的村里安顿。

日落西山，夜色深沉，就是不见阔绍依的人马来临。正当人们议论纷纷的时候，肖茹克之女娜克莱暗自思忖："在阔阔托依的祭典上，阔绍依对卡妮凯的祝福那么灵验，之后生下了爱子赛麦台依。巨人阔绍依真是圣人，趁他现在还没有到达，我要赶到奥绕勒莫山上，在他将要路过的地方让人准备迎接，把他请到我的家中为我祝福，让我也生下贵子。"想到这儿，娜克莱命人拆下帐篷，折叠捆绑，用骆驼驮上，趁着黑夜悄悄搬迁出村。

聪明的卡妮凯夫人早就知晓娜克莱的心思，她匆匆来到巴卡依、阿勒曼别特、楚瓦克和色尔哈克商议事情的毡房，通报娜克莱的行踪，并提出这样的请求："六年前我在卡尔得哈奇山谷精心栽培了一片白杨树林，如今已经长成良木。请你们招来技艺高超的工匠砍伐那里的树木，并在那里建造一座桥梁，桥体要建得雄伟辉煌，我要通过这座桥迎接阔绍依圣人。凡是参与建桥的人每人都有一匹四岁马的奖赏。”巴卡依听完卡妮凯的话，转过头望着阿勒曼别特、楚瓦克和色尔哈克，英雄们都赞同这个提议。卡妮凯刚走出房门，英雄们立刻请来包朗楚，把建桥的任务交给他完成。包朗楚奉命组织九万名工匠，你追我赶地涌入树林。树木被砍成四棱柱形，两头插入岩石之中，不够长的加工衔接后，再用铁条加以连接固定，在还没将马肉煮熟的工夫里，一座双马车道的木桥横跨在山谷中。工匠们每人领到一匹骏马，高兴地返回营地。

第二天清晨，卡妮凯夫人命人套好富丽堂皇的双马套车，由塔孜巴依玛特驾驭着，避开人们的视线风驰电掣地驶向桥头方向。

以阿依阔勒玛纳斯为首的诸位汗王和克尔葛勒恰勒率领的四十勇士全体出动前去迎接阔绍依。由额尔奇吾勒和包孜吾勒带领队伍在前面开路，英雄玛纳斯催马扯缰紧跟在队伍后面。早在那里等候的娜克莱向两位勇士打听阔绍依是否来临，额尔奇吾勒毫无顾忌地向娜克莱进言：“我们的嫂子啊，你半夜不寐，傻傻在这等候，与其这样遭受辛苦，还不如安静地躺在家里。”包孜吾勒快人快语，更不饶人：“嫂子啊，你与福星高照的人争强好胜，却不知道自己的处境。你自作主张往这里搬迁，卡妮凯夫人岂能让你得逞？我看到她坐在套了一对黑马的金铸马车上，让塔孜巴依玛特赶着车正往这边来临，你还是赶紧搬走吧，这里不是满足自己虚荣心的地方。”包孜吾勒一边劝告一边赶路。娜克莱神情恍惚，不知如何收场，最终命人收起了毡帐，灰溜溜地搬回牧村。

不多时，阔绍依骑着大山般的枣骝骏马，将凶猛的猎鹰架在手臂上，率领队伍出现在众人眼前。诸位汗王们看到阔绍依威武的身影，匆匆下马徒步上前，问候安康，表示尊重。他们牵缰拉马扶着阔绍依下鞍，请他坐在锦缎的褥垫上，又端来各种美味佳肴，精致的杯盏中盛着马奶和美酒琼浆。人们围坐在阔绍依身旁，谈天说地，喜气洋洋。

正当人们兴高采烈的时候，一对黑色骏马拉着一架漂亮的马车跑来。只见车身包裹着华丽的丝锦，繁花似锦的各样刺绣将马车装饰得熠熠生辉，铜铃发出的响声悦耳清脆。阔绍依看到辚辚而至的马车眯缝起眼睛仔细端详：“我的挚友巴卡依啊，你搞的这是什么名堂？”巴卡依微笑地说道：“这是您的侄媳妇卡妮凯为了迎接您的到来精心打造的杰作。”阔绍依听后满意地放声大笑：“好啊！巴卡依，这很好！”说话间，卡妮凯下车向老人家鞠躬问安，垂手恭立在一旁。阔绍依和巴卡依被请上华丽的马车就要顺着大路出发。

雄狮玛纳斯见此情景，惊惶不安地大声喊叫：“哎呀，巴卡依啊！卡尔得哈奇河深邃莫测，谁人能够逃脱河中的软沙旋涡？这个缺乏智慧的女人岂不是要把阔绍依圣人丢进巨浪？”巴卡依哈哈大笑：“请你到前边去看看吧，谁知道她还有什么新花招！”

玛纳斯骑着阿克库拉神骏像鸟儿般飞翔，转眼间来到卡尔得哈奇河旁，只见山间小路变成通衢大道，一座大桥横跨在河面上。大桥建造精巧华丽，巧夺天工，气势雄壮。玛纳斯心中十分喜悦，多少往事突然激荡在心头："多么聪明贤惠的夫人啊，我佩服她的高强本领。过去我太不该听信恶人的谗言，白白让她蒙受了冤枉。"内心愧疚的玛纳斯突然间像满月一般豁然开朗，他深情地望着卡妮凯的身影，爱恋之情重新飞扬。

诸位汗王陆续聚齐，王庭里高官凑集，阿依勒中兵马涌动。夜晚降临的时候，卡妮凯再次来到巴卡依、阿勒曼别特、楚瓦克、色尔哈克议事的地方，讲出了自己的想法："各位阿亚什，我又一次来临，是有话要对你们讲明。我们的财富珠宝总共堆满了四十一个金库，还有九万匹骏马没有套上笼头在山中徜徉。玛纳斯已打定主意，要去征伐遥远的敌人。前来这里的众人中有富人有穷人、有骑兵有步兵，世间有强弱贫富之分，不可能做到人人平等。有些人万事俱备，也有许多人毫无准备。应该把这些人全部集中，把现有的财富分给穷人，也让那些骏马充军派上用场。"英雄们完全赞同卡妮凯的主张，玛纳斯的兄弟色尔哈克英雄把包朗楚叫到身旁，向他一一交代："包朗楚，我亲爱的兄弟，请用你的号角通告人们，明天清早前来领取汗王的馈赠。切不可一哄而上，要排列成整齐的队形；每个兵丁只领取一碗黄金，千万不要贪心；没有乘马的人可以到卡尔得哈奇的草场上去挑选，瘦弱的老马和长疮的劣马都可换骏马乘骑。"包朗楚听罢色尔哈克的吩咐，立即向众人宣布命令。领取金子的有四万之众，索要骏马的骑士有三万多人。从早晨直到中午，三万匹骏马已发给需要坐骑的兵丁；放金子的四十一座金库中，有六座金库的金子已经发空，第七座金库还有一些堆积的黄金。“虽然已分发了七个金库,却还剩下无数的金银。留下福根是个好兆头，金库既然没有腾空，就一定能把凶狠的敌人战胜。”卡妮凯自言自语，暗自感到宽慰。

第二天晨曦初现，圣人巴卡依就早早起身，将以玛纳斯为首的十四位汗王召集到议事大厅。他面带笑容地讲述自己愉快的心情：“我巴卡依自出生以来第一次见到如此壮观的情景，集中来的各路兵马共有五十四万之众。在伟大的远征途中必定要有一个统率大军的统帅。谁来做全军的统帅？请诸位当场表明想法，不要在背后议论。咱们大家在这里交换意见商定事情。”汗王玛纳斯首先推举玉尔毕汗王为全军统领，在座的各位汗王有的沉默不语，有的唯唯诺诺，有的交头接耳议论纷纷。此时坐在上座的玉尔毕心绪不安地站起来声明：“骑手必须懂得如何调教烈马，胸怀大志的人眼光不会平庸。我生性愚拙缺少才能，怎能承担大任？很多人对我不甚了解，甚至家族中都有人与我作对，我怎么可能发号施令？远征的地方我没有去过，敌人的情况我十分陌生。把我推举为全军统领，是大家的一片好心。如果这是汗王玛纳斯的好心，如果这是大家的真心，那就等到攻破别依京城时让我当一天汗王，那我就算不枉此生了。我建议推举巴卡依老人为全军统领，他阅历丰富，沉稳多谋，应该担当这一重任。”众人听了欢呼雀跃，一致拥戴巴卡依为远征统领。

巴卡依组织有方，紧锣密鼓地准备，九千峰骆驼驮上战甲，九千峰骆驼驮上食品，九千峰骆驼驮上弹药，就向别依京开拔进军。

远征的时刻已经来临，雄壮之师明日就要启程。肖茹克之女娜克莱才如梦初醒：“虽然卡妮凯年岁比我小，她却是智慧的可敦。我要把阿克波尔曲克骏马和裘皮大衣送给卡妮凯，请她出面说情，让阔绍依大伯为我留下一句祝福之语。”娜克莱用心良苦，牵出神骏，拿上裘皮大衣，匆匆前来，正好与卡妮凯迎面相遇。娜克莱停住脚步，向卡妮凯倾诉心声：“我年纪虽大但缺乏智慧，你比我年轻但聪明过人，深得人们的尊敬，我与有福之人争强，却不知道自己失去了福运，我要把骏马赠送给你，把裘皮大衣披在你身上。卡妮凯啊，我向你恳求，请让尊敬的阔绍依大伯在我家住上一宿，让我这可怜的女人求他宽恕罪过。”卡妮凯接过话说道：“姐姐啊，你亲自来临，我知道你是真心。但阔绍依大伯会不会到你家里留宿，可不能保证。我会把一切向他禀报，绝不会有丝毫虚情。”卡妮凯说完转身离开。

阔绍依正和巴卡依谈笑风生，十分开心。谈笑间，阔绍依从远处看到娜克莱和卡妮凯相遇的情形，他对巴卡依开玩笑说：“我的知心朋友巴卡依，你可能没有注意方才发生的事情。有一个女人牵着骏马拿着皮衣，行色匆匆地从前方走来。还有一个女人迎面而上，挡住了她的去路，不知道她们谈论了什么。巴卡依啊，请你做一个猜测。”其实巴卡依也已注意到那个情形，他便这样回应：“那两个女人都是你的侄媳。在阔阔托依的祭典上卡妮凯得到您衷心的祝福而获得福气；娜克莱长时间心怀妒忌，编造谎言刺伤人心。可怜的卡妮凯曾在外忍辱负重，饱受痛苦。玛纳斯也把一切藏在心中闷闷不乐，当阿勒曼别特前来投奔时，卡妮凯才恢复了名分。这次诸位汗王先后到达，只有您一人还在路途，娜克莱自作主张打点行装，连夜出发，想在途中将你迎候得到你的祝福。卡妮凯对此早有预料，在河上修建了一座大桥，赶着马车把你接到自己家中照料。假如我判断准确无误，娜克莱应该是为了请卡妮凯向你求情，赠送了骏马和皮衣。”

他们正说着，卡妮凯来到他们身边，一边鞠躬，一边开言：“肖茹克之女娜克莱是玛纳斯的第一个妻子，她牵着骏马、拿着皮衣前来将您询问打探。她真心地邀请您到她家里留住一宿。”阔绍依抖动着粗壮的胡须，放声大笑，这样吩咐：“对自己的家人，我们从来不会记仇。踏上远征的前夕，让我们陪伴玛纳斯一块前去娜克莱家，这也是做人的礼数。”巨人阔绍依如同圣人，说出的话让人信服。

阔绍依当天就率领十四位汗王来到娜克莱的住处。

白 毡 帽

第二天，诸位汗王从娜克莱的毡房骑马登程。当他们路过卡妮凯的毡房时，阿勒曼别特提议各位汗王陪同玛纳斯一起向卡妮凯和独生子赛麦台依告别，玛纳斯和巴卡依等汗王十分赞同。阿勒曼别特一马当先去向卡妮凯报信。卡妮凯对此早有充分准备，热情迎接汗王们走进华丽的宫帐，在宽大的餐布上摆满了丰盛的食品。瞬间，醉人的芳香溢满客厅，众人喝完早茶，品完食物，说完祝福的话语，卡妮凯夫人请额尔奇吾勒、包孜吾勒给她帮忙。两位勇士跟在卡妮凯夫人身后走出客厅。卡妮凯房间里珍藏着一个极为精致的黑色皮箱，夫人让两位勇士抬着皮箱回到客厅。皮箱上有一个圆形的开关，卡妮凯的手指轻轻按下开箱的机关，箱子便自动开启。客厅里顿时洒满光亮，在座的人们惊讶不已，不由好奇地伸长脖子张望，卡妮凯从箱里拿出十四个包裹，分别放在每一位汗王面前，情真意切地说道：“你们所出征的地方，听说那里弥漫着黄沙和盐碱，我从布哈拉、安集延、纳曼干买来质地精良的丝绸锦缎和丝绒，特意为你们缝制成战袍。就算你们四十天和衣而睡，灰尘也不会落在镶边上，缝口处虱子都无法隐藏。我特意缝制，今天全部会派上用场。”卡妮凯又拿出一个布袋，继续说道：“我尊敬的四十勇士，你们日夜侍奉在汗王身旁。我为你们的骏马裁缝了坚固的马披。切莫小看这马披，它烈火烧不毁，枪弹射不穿，宝剑刺不破，矛尖戳不烂，除了骏马的四蹄，它能将马的全身遮盖。”卡妮凯夫人又拿出她精心制作的白毡帽说：“我派人在干净的地面剪下卷曲的羊毛，让姑娘们细心剔拣杂毛，把羊毛铺在细沙上弹松，擀制成洁白如雪的毡片。缝口用线条密缝，用洁白的丝绸做成帽里，黑黑的丝绒做成帽檐。铁屑混合白色粉末，在毡帽的里层夹嵌。武艺高强的四十勇士啊，我给你们每人送一顶，请你们将它紧扣在头上。嫂子对你们的一片真情，到时候你们自然会心领。我叫它白毡帽，希望戴白毡帽的柯尔克孜族人世代流传，万古长存。”柯尔克孜族人在这以前把黑色毡子缝制成帽子戴在头上，不曾有过白毡帽。卡妮凯夫人将精心缝制的白毡帽送给勇士们，并称呼他们为“白毡帽的柯尔克孜族人”，从此代代相传，流传至今。送完白毡帽后，卡妮凯转身对阿吉巴依开言：“我尊敬的阿吉巴依，我还缝制了一条卡尼达哈依皮裤，十分神奇，举世无双，你若将它拉开，它会像一根毛绳那样延展，如果你再把它放开，它会缩成拳头一般大小。即使用火炭去烧也不会烤焦变形。穿上它不会磨破皮肉。请你将它珍藏在鞍褥底下，当我的雄狮策马上阵的时候，你一定让他穿上，千万别忘了我的嘱托。”在场的人望着贤能的卡妮凯赞叹不已。

正当人们交口称赞的时候，英雄阔绍依开口转变了话题 :“卡妮凯啊，我的孩子，汗王的儿子在哪里？请你把他抱过来吧，让我们看一看可爱的宝贝。”玛纳斯的心肝宝贝赛麦台依在金银镶嵌的摇床上正睡得十分香甜，卡妮凯轻轻抱起孩子送到阿吉巴依手里，阿吉巴依躬身走上前去把孩子递到阔绍依怀中。阔绍依亲吻婴儿的右脸蛋，又在左脸吻下印迹。他把孩子的头朝西边放下，头枕着自己的右膝。阔绍依顺手拔下自己一根长长的胡须，像缠绕琴弦那样一圈圈地绕在一起 :“卡妮凯，我的孩子，这是我给孩子的珍贵赠礼。把它当作护身符给他带上吧，祝福他勇敢无畏，充满活力！祝福他长命百岁，幸福如意！”阔绍依给孩子一番祝福后，众汗王依次亲吻孩子，四十勇士争先恐后，喜笑颜开地表示亲昵。玛纳斯默默地坐在一旁显得分外深沉 :“假如我仔细注视孩子，我的目光会把宝贝刺痛。过于亲昵，说不定会给他带来不幸。”他内心起伏拿定主意，像是对谁生气一样，喊了一声 :“把他抱走！”孩子立刻回到卡妮凯手中。在场的人看到玛纳斯神情冷漠，都觉得异常，“他对自己的独生子如此冷淡，难道他是个铁石心肠的父亲？”

卡妮凯对这次远征十分担心，一想到玛纳斯和众勇士就要踏上征程，一丝离愁油然而生。她对阿勒曼别特说道：“我亲爱的阿勒曼别特好汉，你们远征的旗帜高高地飘扬在蓝天；我们母子留在家中，故乡冷清无人照看。这一次远征关系到成千上万人的命运，假如失败便是灭顶之灾，会让我们悔恨终生。我的靠山汗王向远方发起危险的征战，我不知能否再与他相遇，抑或就这样失去他，我是否将会在痛苦和绝望中死去。”阿勒曼别特回答说：“大约十八个月就能返回。”但卡妮凯说的“孤独”这个词勾起了他心中的隐痛，不禁也说起内心的苦闷：“我这个流浪的奴仆，除了你们还有什么亲人？假如我与强敌拼搏之时不幸死去，我的尸骨有谁来安顿？有谁来唱挽歌？我没有守护亡灵的儿子，假若阿茹凯都不悲恸，更没有人会痛哭和悲伤了……”说到这阿勒曼别特整个身子不停地颤抖，声音嘶哑，泣不成声。无论多么勇敢的英雄，都会有孤独悲伤的时候；无论多么聪慧俊智的圣贤，都会有内心的痛苦。四十勇士对英雄阿勒曼别特的感受十分同情。人群中有人拿出纳斯拜烟壶，送到阿勒曼别特手上，让他吸一口，镇静激动的情绪。

汗王和勇士们纷纷向卡妮凯告别，走出毡房准备上马启程。此时聪明伶俐的阿茹凯夫人匆匆前来为阿勒曼别特送行：“我的英雄夫君啊，你千万不要无故地折磨自己。我近来感到身体不适，是有病还是怀孕也说不清。假如我能生下一个男婴，定可以为你把血脉传承。”听到阿茹凯的话语，阿勒曼别特惊喜地睁大眼睛，仿佛他双手举着孩子，婴儿对他笑意盈盈。他迅速从怀中掏出一个拳头大的布包，紧紧地握在手中，对阿茹凯说道："阿茹凯，我的夫人！从前，我在别依京城，是统治一方的汗王，那时我广交世上的贤达名流。我派人在干燥的荒野中捕获喜鹊，请来著名的仙人将四十种语言变成咒符藏入其中。阿茹凯啊，若你生下男儿，就将这个喂入他口中，他定会懂得四十种语言，定会博古通今；假如生下的是女婴，千万不要把这个送入她的口中，否则会给她带来灾难，枉费我的苦心。"阿勒曼别特说着将小布包和金制的珍贵腰带交给阿茹凯："留给孩子做个纪念吧，让孩子珍存，假如我在战场上死去，定有机会在来世相逢。"

卡妮凯走到玛纳斯身边，不断谆谆告诫："康阿依的卡拉陶重峦叠嶂，卡普恰勒悬崖萦绕着云朵，有谁曾把它们征服？至今没有外族人踏上过那块神圣的地方。那里的空吾尔巴依和艾散汗，此时也不是向他们出征讨伐的良机。今年你正是六十岁的本命年，在这样的关键年龄，你本不该出征别依京。那是个有去无回的地方，你却固执地要去远征。即使你攻下别依京城，也不要沉湎于那里的奇异风景。我深爱的汗王啊，愿你一切顺利，平安返程！"卡妮凯的双眼泪水模糊，打湿了华丽的衣襟。雄狮玛纳斯紧握马鞭，在夫人言语时，用鞭柄敲击着马鞍的前鞒。卡妮凯说毕靠后一步，玛纳斯终于踏上远征之路。

全军开拔启程，只留下四位有名望的大人，阿依汗之子阔克波茹巡逻守护阿拉什的东部边境，节迪盖尔的巴葛什守护南方的要塞重地，玛纳斯的父亲加克普留在故土，阿依达尔汗之子阔克确则坚守在通往康阿依的道路上。

让　贤

玛纳斯率领远征大军，在傍晚时分，到达布拉那的山中。他扯缰回头观察队伍，却见队伍的前锋已挺进塔布勒格山麓，后卫还逶迤在布拉那的盆地，而从布拉那到塔布勒格之间有十六天的路程，这支大军自由散漫的样子令人吃惊。有的人跳下坐骑在山间追逐盘羊、牛羚，有的人沿着河岸追捕白鹄和野鸭，有的人在河里垂钓，有的人光着上身跳入水中，有的人玩起“攻王宫”游戏，有的人围坐一起下恰特拉西棋，有的人凑在一起玩弹子，似乎全然忘记远征别依京的使命。玛纳斯身边的阿勒曼别特仔细观察，队伍的状态让他担心，他望着混乱不堪的队伍怒吼了一声：“玩棋子的赶快散开！玩弹子的见鬼去吧！如果这样下去定会断送性命！如此自由懒散的士兵岂能承担远征重任？”玛纳斯听到阿勒曼别特的咒骂，明白其中的内涵。

他一边规劝阿勒曼别特要耐心容忍，一边催促队伍快速行进。夜色苍茫,他们到达塔布勒格山麓搭起帐篷就地宿营。当晚玛纳斯接受阿勒曼别特的提议，派出传令兵，命令那些率领队伍的首领第二天前来集中，特别向包朗楚强调了命令。

黑夜在寂静中逝去，百灵鸟发出啼鸣。雄狮玛纳斯、巴卡依和阿勒曼别特并辔蹭行，催马登上了卡拉陶山的顶峰。他们跳下马背，手握千里眼仔细察看通往别依京的地形。阿勒曼别特指着远方详细说明："眼前有四条路通往别依京。右前方是高高的木扎尔特峰，翻越这座山峰，五个月的时间才能到达别依京城。途中经过卡拉夏尔和卡木布勒，还有珠珠城，那里驻守着卡勒玛克的兵丁，只有消灭了这伙敌人，才能顺利前进，否则，只能乖乖退兵。往远处看去，是重峦叠嶂的艾谢克阿尔特峰，翻越它后需要三个月时间才能到达别依京城。再一个就是险峻的萨合孜罕山岭，山高路滑，骏马无法前进，要翻越这座高山，无论骏马还是士兵都会损失一半，两个月之后才能到达别依京城，虽然只需要两个月时间，但荒漠和戈壁滩中，只有两处可以遇到水源。最后那远处云雾苍茫的地方，被称为阔尔多依峡谷，那里除了山羊，其他人畜都无法通行，翻越这座大山后，到达目的地还需要三个月时间。"阿勒曼别特一一做了介绍后，请玛纳斯酌定走哪一条路径，玛纳斯没有开言，巴卡依却捋须沉吟："我从未听说过这些地名，更不曾去过那里，条条路径我都十分陌生。让我带领远征的大军前进，怕是无法完成这一使命。雄狮玛纳斯啊，假如你同意，请让阿勒曼别特担任远征军统帅。”听了巴卡依的意见，玛纳斯没有很快地做出决定，他要回去和大家仔细商量。三人跃上马背，掉转马头，踏上回程。

清晨，诸位汗王陆续到齐，围坐成一个牛角形，聆听玛纳斯的询问：“我尊敬的诸位乡亲，你们都是勇敢杀敌的英雄。你们有谁去过别依京城？有谁熟悉去那儿的路程？有谁了解那里的实情？那里的人到底什么状况，有谁懂得如何应对？怎样打败那里的巨人？有谁知晓敌人的情形？”玛纳斯猛地刹住话头，众位汗王都寂然无声，沉默了一顿饭的时辰，阿勒曼别特开口发言，打破了沉静：“我在别依京长大成人，我在那里治理百姓，担当重任。翻哪座山，走哪条路，我十分熟悉，毫不陌生。如何对付我们的敌人，我了如指掌，心知肚明。”听罢阿勒曼别特的陈词，在座的汗王们十分欢欣。玛纳斯接过话茬儿，请巴卡依老人表明心意：“阿勒曼别特是盖世英雄，比我亲生儿子还亲，我要给阿勒曼别特让出帅印！”在座的汗王们一致赞同，玛纳斯向全军发布命令，阿勒曼别特掌起了远征的大印。

队伍拔寨出发，踏上征程，到达卡曼度时，与迎面而来的卡勒玛克人相遇。经过一场战斗，敌人被全部扫清，队伍继续行进。

队伍来到阔尔多依山脚下，准备翻越山峰。阿勒曼别特清点人数后，将每十人编成一个小队，指定一名十人首领，接下来每五十人任命一名五十人首领，每百人任命一名百人首领，每千名任命一名千人首领。阿勒曼别特发出指令，要求兵马一定要列队走过狭窄的山峡，途中不能放松警惕，绝不能停下吃饭，也不能照料坐骑，一定要经受住路途的艰辛。谁若丢失了自己的兵卒，就要追究首领的责任。阿勒曼别特一人引导队伍前行，他没有放松马缰，精神高度集中，玛纳斯稳坐在马背上跟随在队伍后面。一路上骑手们腰酸背痛无法忍受，马夫们屁股肿痛、体力耗尽，将士们艰难地向前挺进。

身体虚弱的克尔葛勒恰勒气喘吁吁，汗水淋淋，浑身簌簌战栗不停，落在队伍后面。十人首领包孜吾勒催促他快快跟上队伍，筋疲力尽的克尔葛勒恰勒顿时怒气横生："喂，十人首领包孜吾勒，莫非你要送掉我的老命。我们如同被驱赶的牲畜，已经走了四十一个白天、四十一个夜晚没歇没停，我已经活了六十岁，何曾受过这样的苦痛。这个可恨的契丹人阿勒曼别特，已经让我忍无可忍。你看看现在阿拉什人痛苦的情形，平时耀武扬威的玛纳斯此时为何默不作声？"包孜吾勒规劝克尔葛勒恰勒："喂，克尔葛勒恰勒，你不要信口胡说，搅乱人心！远征的将士无论老少，都在经受艰苦跋涉的考验。阿勒曼别特是了不起的统帅，他治军的命令岂能违抗？即使连续跋涉一千天时光，玛纳斯汗王也不会半途而废，折回家乡。你不要喋喋不休，吵吵嚷嚷！"克尔葛勒恰勒怒吼起来："说什么治军命令，分明是要我们的命！而今即使剪掉我的胡子，即使给后人留下笑柄，我也要大声疾呼启奏汗王！"克尔葛勒恰勒不服从包孜吾勒的管束，举起皮鞭狠命抽打坐骑，怒气冲冲，扬长而去。

克尔葛勒恰勒四处寻找玛纳斯，坐骑一颠一颠，四蹄不停，他翻越一座山冈，举目四望，发现了雄狮玛纳斯的身影。克尔葛勒恰勒毫无畏惧，在雄狮的身后发出吼声：“请停下，我的雄狮英雄！”玛纳斯听到这一震天呼喊，勒住马缰，沉思片刻，掉转马头朝后观看。却见克尔葛勒恰勒怒容满面，毫无顾忌地口出狂言：“玛纳斯，你让一个游走四方的流浪汉执掌大权，给我们众多的兵丁带来深重的灾难！我们呼喊着你的名字跨上战马长途跋涉已经四十一个昼夜，我们没有舒展身体安歇，没有自由行动，没有打猎充饥，我们血管中的血液已经枯竭，我们筋疲力尽，奄奄一息！我活了整整六十岁，从未受过这种非人的煎熬，几乎要在这个荒原丧命！那个黑心的契丹奴仆阿勒曼别特存心陷害我们，打算把我们统统累死！你却蒙在鼓里听信谗言。假如你认为我狂妄无理，就立刻把你的佩剑插入我的胸膛！”

气势汹汹的克尔葛勒恰勒固执己见，分毫不让，向玛纳斯发泄着心中的愤懑与不快。雄狮玛纳斯怒不可遏，打断了克尔葛勒恰勒的满口胡言：“你们不许像山羊一样随意乱窜。根据远征的需要，你们在途中不得歇息用餐。我们的兵丁无论老少，都在经受着征途的艰辛考验，不经受艰难与痛苦，战场上如何才能获胜凯旋！克尔葛勒恰勒啊，闭上你的嘴，不要信口胡说！”玛纳斯说完掉转马头，纵马扬鞭，径直而去。

再说十人首领包孜吾勒，他对克尔葛勒恰勒刚才的举动心烦意乱，非常不满。“这个惹是生非的老头，为什么行动如此随便。他若是突然失踪不见，我岂能不受雄狮玛纳斯和阿勒曼别特的责备。”包孜吾勒想着，催赶手下的八名士兵一路向人们询问打探：“可曾见到一位长胡子的老汉？”直到那路上的人回答：“他刚刚走过我们身边，满口粗话，叽叽喳喳，对玛纳斯和阿勒曼别特骂声不断。”包孜吾勒急忙追赶上前，只见克尔葛勒恰勒依然满腔激愤。看到老汉的神情，包孜吾勒厉声教训：“对英勇的阿勒曼别特统帅，谁敢顶撞。假如你不听规劝，肆意妄为，我一定会严惩。如果把死亡视为儿戏，你愿意死就去死吧，你就去把来世见识一番。”老眼昏花的克尔葛勒恰勒听到此话才有所醒悟：“好了，我亲爱的包孜吾勒勇士，在我行将死亡的时候，你是我最可信赖的朋友，我还是跟你一块儿走吧！”

玛纳斯每天都写日记，他认真计算日子，正像克尔葛勒恰勒说的那样，征途中已经过去四十一个昼夜了。玛纳斯骑着阿克库拉神骏赶到阿勒曼别特身边：“噢，阿勒曼别特英雄，我们从加朵曲的戈壁荒滩出发到现在已经过去四十一个昼夜。我们没有一天歇脚下马，骏马也快被拖垮，多数人骑在马鞍，垂头丧气，精神萎靡，人困马乏，举步维艰。大家都遭受着睡魔的折磨，撑不住困倦的双眼。刚才克尔葛勒恰勒来找我发泄愤懑，我将他狠狠地责骂了一通。假如我们还不关心士兵的现状，再继续往前催赶，士兵们兴许就会断送性命，今天最好歇息休整一天。”玛纳斯的话还没有说完，阿勒曼别特已很不耐烦：“假如我的命令得不到执行，假如我不配执掌大军的指挥权，我这个浪迹天涯的奴仆也完全可以被免职撤换。让我说句心里话，这样的队伍我从未见过。克尔葛勒恰勒快要累死的话语，请您不要再让我听见。如果克尔葛勒恰勒这样的人不死，柯尔克孜族人的伟业就无法实现。”阿勒曼别特说完怒气冲冲地掉头远去，把玛纳斯撇在路边。

玛纳斯沉思良久，思绪如波浪翻涌：“克尔葛勒恰勒啊，因为听信了你的谗言，我在阿勒曼别特面前丢尽脸面。”他举目四望，呆呆地站在一边。

阿勒曼别特带着队伍又一连走了十六天，来到了阔布勒杜河滩，才命令远征大军扎下营盘。众兵丁欢呼雀跃，笑声在山谷弥漫：“啊，感谢老天，终于盼来休息的一天。”疲惫不堪的人们纷纷滚下马鞍，顾不得为骏马卸下马鞍，就伸展四肢，躺在地下，一个个睡得十分香甜。骏马望见阿亚特河水，争先恐后地奔跑撒欢。眼见骏马四处乱窜，谁也没去阻拦。阿勒曼别特试图阻拦马群，却没有一匹马听他呼唤。他情急智生，放开嗓门大声喊：“康阿依，康阿依，康阿依！卡勒达依，卡勒达依，卡勒达依！”喊声如雷回旋。当听到康阿依和卡勒达依的名字，众兵丁警觉地睁开了惺忪的双眼，翻身爬起，手忙脚乱。阿勒曼别特见状才说：“快去牵回自己的战马，然后再去好好睡觉。

假如今后有谁抱怨，或让我听到这样的话语，休怪我阿勒曼别特不给情面，这样的人我会用军法处置。”众兵丁跑到河边牵回战马。有人暗中交头接耳，窃窃私语：“但愿老天保佑我们平安。这个凶狠的契丹人把我们整得好惨。”

直到此时，阿勒曼别特才稍稍安心，深入细致地谋划军务。“克尔姆兹夏的儿子穆拉迪勒作为守护边防的将军，常年都来这里巡逻查哨。他设置的哨所就在克孜勒阿尔特山梁，现在正是他前来巡哨准备返回的时间。我应该抓紧时间趁机砍下他的首级，清除远征途中的阻碍。”阿勒曼别特拿定了主意，跃身跨上萨热阿拉骏马，一刻不停地来到克孜勒河旁。他定睛注视湍急的河水，见大锅般的巨石在河底滚动，毡片似的冰凌在河面上漂浮，浪花翻卷着泡沫，巨浪将如马匹和骆驼般的大鱼甩在岸边。阿勒曼别特催动萨热阿拉骏马跳进汹涌的河中。当他走到河的中央，萨热阿拉骏马像只羔羊一样被水冲走，阿勒曼别特也像一顶帽子般在水中漂游，阿勒曼别特从小生活在别依京，经常在河水中游泳，十分熟悉水性，他竭尽全力拨开汹涌的巨浪，牵着萨热阿拉骏马游到了大河对岸。

黄昏时分，阿勒曼别特来到克孜勒阿尔特山上。他走进哨所察看，发现敌人已经返回。再仔细查看，发现几个箭矢掉落在敌人躺过的地方，从烟锅里掏出的烟灰足有一座毡房大。“没有能捉住恶魔，只怨我来得太晚！”阿勒曼别特十分懊恼，他观察了前方的路况后，掉转马头很快地回到自己的营房。

摧毁禽兽哨

阿拉什士兵们一连睡了六天六夜，这才纷纷起身。阿勒曼别特苦思冥想，开始布置下一步的行动。“摆在面前的巨大障碍是汹涌的克孜勒大河。假如不运用法术，不仅渡不过激流，还有全军覆没的危险。”阿勒曼别特将神奇的求雨石放入水中，心神专注地呼风唤雨。天上飘动的云彩顿时在狂风中涌动翻覆，一场密集的大雪和着冰雹立刻降临荒原。山区突然进入冬季，冰凌结满盆地，汹涌的克孜勒大河完全被冰雪覆盖。

阿勒曼别特发出命令，将士们纷纷启程，唯有浩罕人按兵不动。阿勒曼别特立刻询问事情的原因，得知浩罕人没有细心照料，导致一千匹骏马被冻死在营中。阿勒曼别特怒气冲冲地叫来浩罕的森其别克问罪，下令将他斩首。巨人阿克巴勒塔和加木格尔奇赶来为森其别克求情，并承诺向浩罕人提供多余的战马。阿勒曼别特面对两位老人真切的恳求，只好把森其别克交给他们。两位老人分别向浩罕人提供五百匹战马，才没有耽搁他们按时出发。

当队伍走过冰冻的河面，穿过狭小的谷地后，阿勒曼别特下令清点人数。清点的结果是汗王个个平安，兵丁人人安全，唯独在十人首领塔孜巴依玛特的手下突然发现少了一名士兵。心惊胆战的塔孜巴依玛特哆哆嗦嗦地向阿勒曼别特禀呈：“在阔尔多依山口，我曾经清点过自己的士兵，连同我一起总共十名。我一直走在队伍后面，生怕丢失一个士兵。”可铁石心肠的阿勒曼别特哪里肯听塔孜巴依玛特的说明：“我只下一道命令，说谎者绝不轻饶一律死刑。刀斧手，赶快拿下此人！扒下他十人长的衣冠，把他投入深潭之中。”

消息传到玛纳斯耳中，他把赛热克叫到面前认真吩咐：“赶快去找阿勒曼别特仔细查看兵丁名册，查清到底少了哪位士兵。即使一定要处死塔孜巴依玛特，也要让他心服口服，绝不能伤害无辜好人。”赛热克匆匆来到阿勒曼别特面前进言。阿勒曼别特采纳赛热克的意见，让文书仔细查看名册，文书手捧厚厚的名册从头到尾翻阅了一遍，塔孜巴依玛特缺少的人正是汗王玛纳斯雄狮。塔孜巴依玛特这才转危为安。

欣喜若狂的塔孜巴依玛特飞奔来到玛纳斯汗王面前：“汗王啊，我怎会把您忘记，我的小命险些完蛋。”面对这位粗心大意的十人首领，玛纳斯笑得十分爽朗，连胡须都在胸前抖动："塔孜巴依玛特啊，你是我的十人首领，居然把我丢到一边。你真是该死啊，在仅仅十人中间，我竟然被人忘记，看来我还是应该走在士兵中间！"从此以后这个故事遍传人间："连玛纳斯都能忘记，塔孜巴依玛特还能记住何人！"

阿勒曼别特看到兵马都安然无恙，便露出了笑容，他发出指令，让队伍在此安营扎寨，休整一段时间。按照阿勒曼别特的安排，各队人马都得到了充分的休整。几天后，阿勒曼别特召集汗王们周密地计划下一步行动："在我们远征别依京的途中尚有许多不为人知的事情，需要给你们仔细讲明：在阔克却勒下游，有一片野鸭歇息的湖泊，从那里往北走两天，有一座巍峨的阿克库勒加山冈；从山冈再往前去，就是荒凉的戈壁，狡猾的契丹人，选择比人还机灵的动物做哨兵隐藏在这些地方。如果不清除这些阻碍，要想进别依京城，那实在是寸步难行。我建议汗王玛纳斯、巴卡依、楚瓦克和我率领四十勇士出发，去对付这神秘的禽兽哨。大伯阔绍依和英雄托什吐克、加木格尔奇、森其别克、凯尔阔库勒、阿葛什、玉尔毕和穆孜布尔恰克按兵不动，继续驻扎在营地。二十天后，我们定会胜利归来，你们要准备好报喜的酬礼，等着我们的好消息。"阿勒曼别特向诸位汗王交代完毕，四十勇士在玛纳斯、阿勒曼别特的带领下踏上了艰难之路。

为了消灭野鸭哨兵，勇士们分秒必争，来到白色野鸭起落的湖边。阿勒曼别特十分尊敬地对巴卡依说道："大伯啊，请您在这儿稍事等候，不要埋怨我发号施令。我们围拢而上，在茂密的芦苇丛中寻找野鸭。如果白色野鸭寿数已尽，我们一定能射中它；如果没能射杀它，它就会侥幸逃命。尊敬的大伯，您一定要认真守护通道。如果它出现在您眼前，请您千万瞄准射击。假如它从我们手中飞走，那我们就会陷入危机。它会不分昼夜，日夜兼程，把敌人引到这边。雄狮玛纳斯，你万万不可亲自射击，你会因此而威风扫地，这就是野鸭拥有的神力。”玛纳斯和巴卡依等人按照阿勒曼别特的吩咐埋伏在湖滨的岩石山冈旁。

当太阳升起的时候，阿勒曼别特等勇士赶到野鸭出没的地方。神秘的野鸭探出头，睁大眼睛四处张望。这个狡猾的野鸭，一眼就认出了阿勒曼别特，因为他曾经喂养过这只野鸭。狡猾的野鸭压低身体趴在泥潭，悄悄地躲到苇丛里面。阿勒曼别特吩咐楚瓦克和四十勇士把火枪子弹上膛，要装满散弹，别让湖中的野鸭飞走一只。阿勒曼别特敲响了契丹式的战鼓，只见湖面上受惊的野鸭哗啦啦飞上蓝天，顿时枪声、箭声响成一片，死亡的野鸭顷刻纷纷坠落，铺满大地。阿勒曼别特仔细察看了一遍，对身旁的楚瓦克说道：“楚瓦克兄弟，躲在湖里的野鸭全部被我们射杀，唯独不见那一只白色野鸭。这个该死的野鸭绝非一般，会给我们带来灭顶之灾。它的两只翅膀尖包裹着闪亮的金片，尾巴上镶嵌着珍贵的宝石，飞到天空就会金光闪闪。就因为这样神奇，才没有遭到雄鹰的攻击。它占领着沼泽地，任何飞禽都对它无可奈何。也许它已经发现我们，悄悄地躲在芦苇后面的湖水中。我们中的二十人要紧紧盯住天空，决不让野鸭飞上蓝天，另外二十人要搜索地面，决不让它贴着地面飞走。”阿勒曼别特说话间发现一根枪杆般的芦苇似乎在微微晃颤，有一个神秘的影子在晃动。他估计狡猾的白野鸭可能会从水下逃走。于是让楚瓦克脱掉战靴悄悄潜行到前面的芦苇丛，在水下活捉白野鸭。可是楚瓦克没有听从阿勒曼别特的话，阿勒曼别特只好脱掉衣服，走进齐腰深的水中，忽深忽浅，摸索着慢慢向目标靠近。他越往前走湖水越深，一直淹到他的脖颈儿。白野鸭发现了阿勒曼别特，便像一条游鱼悄悄地向前游动，向楚瓦克的马肚下钻去,狡猾的白野鸭游到马尾突然飞上云天，克尔葛勒恰勒为首的四十勇士没有一个人注意到它。阿勒曼别特在湖水中寻找，始终没有发现白野鸭的影踪，正当他无计可施时，巴卡依的塔什巴攘枪声划过天空传入他的耳中，听着这沉闷的枪声，他预感白野鸭已被击毙。于是他急急忙忙游出湖水，赤脚光膀跃上萨热阿拉马背，朝着巴卡依守卫的方向疾驰而去。

巴卡依老人潜伏在山坳，目不转睛地严密监视着通往湖水的山谷，阿勒曼别特说的白野鸭特征他时刻牢记在心中。突然，一根鞭柄般的影子划过他的头顶 :“莫不是那只白野鸭已躲过阿勒曼别特的搜捕?”巴卡依经过认真计算，瞄准目标点燃了火捻，火红的子弹飞出枪管击穿了白野鸭的脖颈儿，白野鸭在阳光下闪着翅膀跌落在地面。雄狮玛纳斯及时赶到，看着白野鸭不知其玄妙。阿勒曼别特光脚赤膀骑着萨热阿拉马旋风般赶到，匆忙跳下马背，俯身提起野鸭，愁云顿消。他往白野鸭身上吐了几口吐沫，把它拴绑在汗王玛纳斯的鞍鞒。楚瓦克抱着阿勒曼别特的衣裳，神情尴尬地随后赶到。阿勒曼别特穿上衣服，胸怀坦荡地朝楚瓦克笑了笑："走吧，英雄，我们继续出发吧！"

英雄们接着向大头羊躲藏的地方行进。大头羊穴居的山冈底下有八条峡谷汇合，有九条道路在这里交会，这里有三十个山口。山上是笔直的悬崖绝壁，山脉的最高顶峰，被称为图云巧克高峰。那只白色大头羊每六天上一次山峰。阿勒曼别特从山口和道路的交会处仔细观察四周的动静，他掐指计算，此时正是狡猾的大头羊走上山顶的时间。"如果它爬上山顶，一定会发现我们的踪影，定会奔跑如飞，回别依京通风报信。空吾尔巴依得到我们到来的情报，将带着六十个城堡的康阿依人倾巢出动。我们决不能让大头羊登上山顶巡查，要在它登顶之前对它发起围攻，将它尽快消灭。"

阿勒曼别特精心指点四十勇士分成八组分别把守八条峡谷河川。有一个山谷名叫琼阔库勒特，是大头羊最可能选择的逃跑路线，由玛纳斯亲自把守；还有一条容易通过的山路，称为铁提尔吉勒噶山谷，则由巴卡依负责看守。阿勒曼别特心有顾虑，反复叮咛勇士们，千万不要认错了目标。"大头羊通体长着暗灰色短毛，羊角上安装着铁线，在无月的漆黑夜晚如同燃烧的火焰闪着光亮，这就是它最大的特点。"阿勒曼别特提醒勇士们，无论谁射杀大头羊，都不要立刻急于砍去它的头，要把它整只头朝北放在原地。

阿勒曼别特布置完毕，与楚瓦克并辔前进，到图云巧克山峰堵截大头羊。两人迅速来到灰色的山前，敏捷地翻身下马，悄悄攀上陡峭的岩壁。

此时天边泛起一片白光，大地曚曚昽昽。熹微的曙光透出云端，眼前一片黄色沙漠如同鱼鳞般闪光，沙漠中许多鸡蛋大小的鹅卵石呈现出乳汁的颜色。如果踩上去，会像拨动库姆孜琴弦一样发出鸣响，声音传得很远很远。谁都不知契丹人为了收集情报，竟然将沙漠改造成这样。

阿勒曼别特让楚瓦克留在原地守候，自己脱下战靴，蹑手蹑脚地前进。不料楚瓦克自作主张，执意要和阿勒曼别特共同行动，想要亲手杀死公盘羊。阿勒曼别特对楚瓦克说："在这里无谓地争论，定会被大头羊察觉，我们的计划会全部落空。你看前面的那棵老松树，两边都有路可逃，千万不能让大头羊从那里逃遁。想杀死大头羊，就必须慢慢靠近。"阿勒曼别特让楚瓦克前去埋伏，自己光着膀子赤着脚，留在后面守候。

楚瓦克弯腰凝视着松树，这棵巨大的老松在阳光下投下院落大的树荫，他怎样观察都看不见公盘羊的身影。楚瓦克拿不定主意，转身向后巡查。就在这时，公盘羊发现了楚瓦克。狡猾的公盘羊心中思量："看这个家伙并不是单独前来，看他不停地向后张望，莫非他们已经暗设圈套……"公盘羊摇晃着脑袋前后左右仔细察看，窥视方向，准备逃窜。松树枝微微晃动，机敏的楚瓦克此时也发现了公盘羊，时刻准备点燃火枪的药捻。就在这时，公盘羊心思一动，顺着山路撒腿飞奔。楚瓦克屏住呼吸瞄准，“啪”的一枪向公盘羊射去。子弹射中公盘羊的左腹部，一块儿毡帽大的皮立即脱落，受伤的公盘羊惊慌地跳下深谷。阿勒曼别特转头只见楚瓦克呆呆地站在原地不动，而公盘羊眼看就要跑进前边不远的一个山洞。如果它钻进山洞，整个计划就要被毁。阿勒曼别特来不及穿战靴，光着脚板猛追，不顾岩石划破脚掌带伤疾奔。

狡猾的公盘羊绕着三条峡谷翻山越河，阿勒曼别特冲上山冈迎面截击。一阵微风吹来，公盘羊嗅到阿勒曼别特的气息，又慌张地跑向阴坡。阿勒曼别特架起神枪瞄准奔跑的公盘羊，子弹直射公盘羊的脖颈儿，公盘羊应声倒在地上抽搐不停。弹无虚发的阿勒曼别特脸上现出自豪的光芒。他试图向前赶去，但两只脚早已鲜血淋漓，无法再向前迈动。

原地潜伏的巴卡依突然听到清脆的枪声，估计是楚瓦克击发了火枪；过了一会儿，神枪的响声传到耳际，猜测阿勒曼别特射杀了公盘羊，便匆匆赶去到那里定睛细看，却见阿勒曼别特神色失常，脚板上血肉模糊，鲜血流淌。见到巴卡依，阿勒曼别特委屈地说：“尊敬的大伯巴卡依，请您瞧一瞧我的脚吧！楚瓦克不听指挥，使我落到这般模样。我已经将公盘羊射杀倒地，请您按照规矩让它的头朝北方平躺在地上，并割断它的喉管。我要用它流出的鲜血擦拭双脚。过去我曾经听居仁朵讲起，这只公盘羊的血液可以治愈各种伤痛。”巴卡依立刻下马宰杀倒地的盘羊，将盘羊的鲜血涂在阿勒曼别特的脚上，然后取下公盘羊的胆汁热敷在上面，果然伤口很快止住了流血，鲜血还没有干，阿勒曼别特就能迈步行走。

就在此时，雄狮玛纳斯催动阿克库拉神骏赶到。其他人也争先恐后陆续赶来，楚瓦克吹着口哨悠然自得地信步走来，看到阿勒曼别特的伤口，糊涂地问道：“你怎么搞的，把双脚弄得好像在血中浸泡？”阿勒曼别特有些不快地回答：“楚瓦克啊，你打偏了盘羊，我担心它逃脱，才不顾一切地追赶，脚筋几乎全部断裂，差一点儿变成瘸子！”接着转向大家说：“野鸭已经被我们消灭，水上的道路已经打开。我们在山坡击毙公盘羊，山路阻碍已经消除。现在我们要设法捉拿白色狐狸，躲过空吾尔巴依的监视，悄悄地接近他的巢穴，出其不意地发起进攻。如果我们让白色狐狸逃生，它会引来铺天盖地的敌人。”阿勒曼别特向大家介绍白色狐狸非凡的本领。狡猾的狐狸嗅觉灵敏，从三天路程的距离就能嗅闻到陌生的气味，狐狸走过的路其他生灵不敢再走，它也不会让其他动物接近。狐狸生活在干燥的荒原，无须任何水源补充，它能变换成兔子、猫、毒蛇，老鼠、乌龟、刺猬、蜥蜴等七种形态。阿勒曼别特不停地嘱咐叮咛，要求队伍按顺序前进，绝不要发出任何响声。勇士们遵照阿勒曼别特的指令，如同无声移动的云彩悄悄地搜索前进。

白色狐狸栖息的地方被称为卡洛勒朵别山峰，中间是一块盆地，四面有十条山谷，最终汇集在一起。阿勒曼别特将四十勇士分成十组坚守在十条谷口，请巴卡依大伯爬上山顶，监督四十勇士的行动，并征得玛纳斯同意，独自前去观察狐狸的动静。在他前面，骏马跑一程距离的地方有一片沙漠，为了摸清狐狸的行踪，他早已施法在沙漠上降下大雪。他来到沙漠不见狐狸有任何行动，又施展法术，使平地刮起狂风。不一会儿云层散尽，迷雾尽失，荒滩上一天距离的范围内，万物清晰，一片晴空。阿勒曼别特为了迷惑狐狸，制造出怪异的气味。躲藏在洞穴里的狐狸探出头窥伺周围，不停地嗅闻气味，空气中弥漫着药味，任何气味都无法判明。“难道是天神要惩罚我，要结束我的生命？”狐狸坐卧不安，提心吊胆，为了探明通往康阿依道路的情形，它向着卡洛勒朵别山的方向前进。

狡猾的狐狸刚刚到达沙漠，突然发现阿勒曼别特的萨热阿拉骏马的蹄印，就像火烧到爪子似的惊慌：“眼前的这些蹄印，我十分陌生。这种蹄印的骏马根本不可能来自别依京城。无论谁是它的主人，此人绝非一般凡人。”狐狸顾虑重重，突然转身跑向侧面。阿勒曼别特催马追击，狐狸只顾逃命，慌乱中跑向楚瓦克埋伏的方向。楚瓦克挥动矛枪从一侧冲出，矛枪戳来的一刹那，狐狸“嗖”地一跃躲过危机，变成兔子逃窜，楚瓦克却没有发现。兔子跑出一箭之遥的距离，被玛纳斯看见，玛纳斯扬鞭策马，紧追不舍。当骏马的铁蹄将要踩上兔子时，它突然变成老鼠潜行，又一次躲过了致命的打击。玛纳斯瞧见它变成小小的老鼠，放开马缰奋起追击。狡猾的狐狸在地上一滚，变成一只乌龟爬行，有灵性的阿克库拉神骏来到乌龟身边，停住四蹄站在那里。待玛纳斯前后左右仔细观察时，小小的乌龟已无影无踪，只见一条巨蟒横卧在地。“阿勒曼别特说的狐狸，现在变成了一条蟒蛇，这狡猾的家伙可能以为我会吓得从它身边绕过。”玛纳斯紧握长矛，对准蟒蛇的脑袋奋力戳出。蟒蛇倏地消失，又变换成一只刺猬躲过玛纳斯的矛枪。玛纳斯气愤至极，如同与强敌展开血战。狐狸又恢复原形，不顾一切向前逃窜。终于玛纳斯狂风般挥来的长矛刺中了狐狸的腰侧，击碎了肋骨，狐狸飞落到一旁，再也无力疯狂逃遁。玛纳斯将狐狸高高地挑在矛尖上，被楚瓦克一眼看见，“汗王啊，把它给我！”并高喊着跑上前去。各路英雄都听到他的喊声，不知发生了什么事情，克尔葛勒恰勒和塔孜巴依玛特等人以为动物前去报信引来了卡勒玛克大军，唠唠叨叨地发泄对阿勒曼别特的怨恨和不满。除了色尔哈克之外，九组勇士纷纷策马前来，阿勒曼别特看到矛尖上的狐狸，喜悦之情挂在脸上。

就在这个时候，北方刮起一阵狂风，笼罩了四野。诡计多端的空吾尔巴依一直相信阿勒曼别特定会前来，为此早有所防备，他为狐狸施展了神秘的法术，濒死之时只要大风吹动狐狸的皮毛，它就会立刻恢复神智，奋力逃脱。果然随着狂风刮起，狐狸借势又开始疯狂逃遁。英雄色尔哈克正好与它迎面相遇，策马冲到狐狸跟前举起皮鞭奋力一劈，鞭梢刮起一阵狂风。狐狸躲过色尔哈克的攻击，转向暗处逃奔。玛纳斯催动阿克库拉神骏赶来，随后紧追，挥动着锋利的矛枪，从上方狠狠刺入狐狸的肝脏。就这样，动物暗哨全部被消灭干净，再也无法向康阿依传递消息，英雄们掉转马头前往营地。

浩浩荡荡的柯尔克孜大军驻扎的营地与英雄们之间有六天路程的距离。留守在营地的阔绍依老人家正焦灼地等待着他们的消息，“阿勒曼别特约定的天数似乎临近，众英雄应该返回。狡猾的空吾尔巴依设下的暗哨，勇士们是否已经除掉？是打通了远征的道路，还是放跑了神秘的动物哨？在不久的黑夜，阿拉什之敌是否会浩浩荡荡地来到？”阔绍依站在高高的山顶，眺望远方，凝神思忖。不到一会儿，阿克巴勒塔，加木格尔奇和穆孜布尔恰克，什哈依和铁凯奇，托什吐克和凯尔阔库勒，玉尔毕和阿葛什，还有浩罕的汗王森其别克，一个个来到阔绍依身旁。阿克巴勒塔打破沉寂，风趣地开口：“噢，尊敬的阔绍依汗！你怎么了，一清早就来到山坡上？你莫非是想念阿特巴什？那里有一座山冈，名字叫阿拉米西克，你曾常常坐在上面展开想象的翅膀……”阿克巴勒塔还没有说完，东边的天际腾起一股尘烟，突然出现众多人马，模模糊糊，灰蒙蒙一片。众汗王不知道是哪路人马来临，猜测着敌我的可能。他们睁大眼睛，仔细瞭望，迎面而来的人马逐渐靠近，模糊的身影已可以看清。凯尔阔库勒年轻力壮眼睛明亮，认出了跑在最前面的阿勒曼别特和楚瓦克，高兴地放声叫嚷：“是我们的勇士回来了！”凯尔阔库勒的嘴还未闭上，两位英雄快马加鞭，风驰电掣地来到众汗王近旁，迫不及待地高声报喜："喜事啊，诸位汗王！狡猾的禽兽哨都被我们消灭，一个也没有漏网！"汗王们听到喜讯，紧绷的心弦顿时舒缓下来。阔绍依喜出望外，语音铿锵，笑声震天："孩子们啊，谢谢你们的喜讯！但愿福运降临到你们头上！"

正当他们欢乐之时，玛纳斯和巴卡依率领勇士们赶到。汗王们迎上前来嘘寒问暖。英雄玛纳斯犹如鹰隼双目闪闪，兴高采烈地把阿勒曼别特此行的事迹向汗王们讲述一番，引得诸位汗王纷纷赞叹。

勇士的纠纷

英雄阿勒曼别特清晨起身，洗漱完毕，整理戎装，精神抖擞地走向玛纳斯的毡帐。此时，巴卡依老人、阔绍依汗王、英雄托什吐克、巨人阿克巴勒塔和加木格尔奇，还有穆孜布尔恰克和森其别克都聚在一堂。

阿勒曼别特走进毡房，人们纷纷表示谦让和尊敬，让他在上席就座。在座的各位轻松愉快地用完早茶后，开始商量派人到别依京探察敌情的事。英雄汗王玛纳斯率先发表意见，认为阿勒曼别特生长在康阿依，对那里的情况了如指掌,让他去探察敌情最为合适。阿勒曼别特果断回应：“有你的指示，我怎能不去，我现在就出发！”玛纳斯高兴地让他挑选精兵强将和神骏良骥，阿勒曼别特说超过两人就很难接近那里，只要求由色尔哈克陪伴前往。色尔哈克立刻接上话茬儿：“我愿意听从命令！如果想让我们安心前往，最好赐予我们两匹骏马。”玛纳斯毫不犹豫地答应阿勒曼别特和色尔哈克的要求，当场派额尔奇吾勒和包孜吾勒牵来阿吉巴依的棕黄骏马和托鲁库曼的枣骝马。阿勒曼别特和色尔哈克两位英雄为了探察远征的路线迅速地跨上了马鞍。

送走了两位英雄，其他人按捺不住寂寞，开始玩“攻王宫”的游戏。他们很快画好了大圆圈，把代表“汗王”的铜板放在圆圈中心，将参加游戏的人数乘五，把相当数量的羊拐当作守卫“王宫”的卫兵布局在“汗王”周围。以额尔奇吾勒为首的一组称为楚瓦克一方，以包孜吾勒为首的一方称为阿勒曼别特一方，他们站在圈外轮流用牛角方板击打羊拐，等羊拐打散后进入圈内将羊拐一个个敲出圈外，看谁打出圈外的羊拐多而且最终能把“汗王”打出圈外。包孜吾勒的阿勒曼别特一方齐心协力连续两次战胜对方。额尔奇吾勒连输两场，情绪激动，羞愧不已。“王宫”内只剩下一个“汗王”，如果能把它打出圈外，额尔奇吾勒一组的面子就能扳回一点。组里有一位勇士名叫加依纳克，他拿起牛角板走进圈内跪膝弯腰，全神贯注把“汗王”打飞了。不料，包孜吾勒说他动作犯规，捡起“汗王”放回原地，引起了双方争吵。额尔奇吾勒毫不客气地质问：“喂，包孜吾勒你这个该死的狗熊！你真是厚颜无耻。你已经连续得胜，怎么还要如此贪心？如果你不收回罪恶的脏手，年轻时就会死去！”包孜吾勒听到此言恼羞成怒，口气蛮横怒满胸间：“额尔奇吾勒，你不要逞能！你早就妄想与我平起平坐，但那是痴心妄想绝不可能。阿勒曼别特初到之时，雄狮玛纳斯用赛马的形式表示欢迎，把我们这些人充当奖品时，我曾排在头位，你则被排在第八名，我比你要高贵数十倍，我的主人阿勒曼别特比你的主人楚瓦克高贵，阿勒曼别特是大军的统帅，他今天又前去探察敌情。你主人楚瓦克既不是要员，也不是谋士，他正心怀委屈无处发泄呢！”额尔奇吾勒听到这些恶言诳语，怒火中烧忍无可忍，立刻跨上骏马跑到河中岛去找性格急躁的楚瓦克，将满腹牢骚发泄一番。听了额尔奇吾勒的挑拨之言，楚瓦克火冒三丈怒发冲冠，立刻跨上阔克铁凯骏马，带领诺依古特部落的人马，高呼着“诺依古特”的口号汹涌咆哮而去。

驻扎在队伍边沿的巴卡依，此时正站在雪鸡出没的石崖上面，手拿千里眼观察四方。他眺望到阿勒曼别特和色尔哈克两位英雄并辔向前越过山巅，甚是心安。又将千里眼转向大军，却见诺依古特人一片混乱，他看到此景，忐忑不安：“倘若不立刻制止，一场骚乱不可避免。”他迅速跨上阔克乔洛克马来到玛纳斯面前：“肯定是有人搬弄是非挑拨离间，激怒了头脑简单的楚瓦克。他正率领诺依古特兵马向前冲击。”玛纳斯的心胸如同塔拉斯一样宽广，他思忖片刻，对巴卡依叮咛：“睿智的巴卡依，请您火速赴去，让脾气暴躁的楚瓦克平息怒火，您牵上黄白神骏作为我送给他的礼品，让看管宫帐的萨热塔孜跟您一同前往。”

巴卡依带领萨热塔孜快马出发,飞奔来到楚瓦克跟前,了解了事情的起因后,对他诚恳规劝道:“噢,我尊敬的楚瓦克,你可不能失去理智头脑发昏,造成不可挽回的纠纷。现在应该停止这样愚蠢无知的行为。”此时,萨热塔孜在一旁随声附和劝道:“这匹骏马是汗王玛纳斯专门赠送给您雄狮楚瓦克的啊,请您息怒马上回返。”楚瓦克无法平息心中的怒气,萨热塔孜话音未落,就把他打倒在地上。巴卡依见此情景厉声斥责:“喂,楚瓦克,你不要冲动!康阿依来的阿勒曼别特,大家都公认他是战无不胜的英雄。你说他奋不顾身冲锋陷阵,到底是为了谁?他还不是为了白毡帽的柯尔克孜族人吗?他为柯尔克孜出生入死,你却要竭力与他抗争,这究竟是为了什么?逞强争雄也要有个分寸,分裂会让敌人乘虚而入,这个道理你要认清。无论汗王、官员,还是我行我素的孤胆英雄,如果不团结,都会陷入深深的陷阱!”楚瓦克听后,仍对巴卡依不留情面:“我尊敬的大伯,我们同生共死一块儿奋战。您的眼睛十分明亮,却为何对我视而不见?不让我参与要事的商谈,难道我就这么人轻言微?请您想一想吧,我的大伯,我比哪一个英雄低贱?我楚瓦克从来没有想过今天的命运会如此凄惨。在塔什干大战,卡尔洛夫欲将玛纳斯从马背上戳翻,正是我冲锋陷阵将他搭救;在喀什噶尔征战卡勒达依,是我将敌人的头颅砍断,没有让鲜血污染玛纳斯的战袍;卡特卡朗之女萨依卡丽躲在暗中突然出击,戳伤了玛纳斯的肩部,又是我闪电般赶去,从萨依卡丽刀下又一次救下他的性命。您明明知道这些却装糊涂，何曾为我着想。大伯啊，请您不要阻拦我，我要把那些自命不凡的契丹人消灭在山冈上，把别依京的马群统统赶来！如果不实现这个愿望，我誓不为人，宁愿死去！”楚瓦克怒气冲冲，火气依然不减。

“勇士们，到底发生了什么事情？”随着一声高喊，换乘了阿依满波孜骏马的玛纳斯来到这边。楚瓦克甩开巴卡依老人，转脸对玛纳斯叫喊：“从阿尔泰的阿热阿勒湖畔，从阿克恰穆布勒塔什山间，我九岁开始跟随你南征北战受尽磨难。我俩曾舔着白钢宝剑的利刃盟誓，我俩曾并肩作战打败无数强敌。为了你玛纳斯的荣耀，我浴血奋战视死如归直至今天！但一个外来的契丹流浪汉如今比我还尊贵，竟让你这么轻易忘记我，我哪一点比他低贱？”楚瓦克声泪俱下。玛纳斯无话应答只有自责：“我正是为此心中不安,如果你对阿勒曼别特巡察敌情的事情还有怨言，请你跟我走吧，我们一同赶到前面。”见玛纳斯策马扬鞭，楚瓦克不敢怠慢，为了昔日的情感，他们并辔向前。跟在后面的人马，被巴卡依严厉训斥，见诺依古特人转身返回营地，巴卡依老人才放心离去。

阿勒曼别特和色尔哈克毫不吝惜胯下的骏马，日夜兼程快速前进，到达了巡探的地方。这里巍峨的山脉如同浪涛翻卷，凉风习习令人愉悦，绿色的牧草迎风摇曳，阵阵花香扑鼻而来。美丽的景色叫人迷醉，令人流连。他们将骏马放到草滩上自由吃草，先到山冈上四处瞭望。阿勒曼别特不停地转动千里眼，认真观察，发现在库木萨热盆地上，好像有一对飞翔的大鸟，说是大鸟又不像大鸟，又仿佛是两个隐隐约约的人影，扬起的尘土不断升腾。他把千里眼转了六圈，把那六天远的地方拉到六根毛绳的远近，却见玛纳斯和楚瓦克正扬鞭策马飞奔而来。“是否大本营遭到敌人袭击，他们在无奈之下前来向我求援？”阿勒曼别特暗自吃惊，不由得提心吊胆。他再次旋转千里眼，仔细察看，只见楚瓦克情绪异样。阿勒曼别特判断：“看来他是专门前来与我较真的。”阿勒曼别特把千里眼放进怀里，顺手操起蓝缨矛枪，矛杆插到地上，时刻准备迎接挑战。

其实楚瓦克在路上，理智已恢复，渐渐清醒过来：“巴卡依大伯反复劝导我，我却没有理解他的一片苦心。如果当时像现在这样清醒，我怎会鲁莽前来觅仇寻恨？从康阿依来的阿勒曼别特一切都是为了柯尔克孜族人。不管他有什么样的反应，我都应该默默地接受。”先到的楚瓦克揣着这些思绪，从马背上跳下来，盘腿坐在阿勒曼别特对面的岩石上。两位英雄迎面而坐，色尔哈克站在中间。正在此时，雄狮玛纳斯也来到他们身边，笑声不断地对他们说：“你们中间有什么过节，现在就摆出来理论吧！”阿勒曼别特听到这话，把楚瓦克撇在一边，直接对准玛纳斯，开始质问：“喂，玛纳斯，玛纳斯，你不要装聋作哑，不用你说我也心如明镜。你的这位楚瓦克似乎已经知道了我的背景，在康阿依我是汗王之子，难道我祈求你们赐予王位不成？我是自愿前来投奔，赞赏你们勤劳的人民，特别尊重你汗王玛纳斯的为人。我是为了共同反抗卡勒玛克人的统治，才自愿来到这里。尊敬的汗王玛纳斯，面对如此猜疑我的同伴，我炽热的心都快冰冷！我要让这个胡言乱语的楚瓦克威风扫地！你不要以为我是走投无路、无奈之下才来到这里。如果你真要和我交手，你还不是对手。尊敬的玛纳斯，我受尽了各种苦难，怎么会忍受你的轻视和非难？你是否派楚瓦克先来挑衅，然后你自己再来？支持和助长莽汉的气焰，你难道就是如此无知的汗王？支持蠢人的轻率行为，难道你就是这样愚蠢昏庸的汗王？你已经有过胜利的辉煌，你翻越很多高山，如今要远征别依京，扬扬自得十分高兴。但你知道别依京在何方？你是否见过契丹人的宫廷？玛纳斯啊，请你听清！我的故乡是美丽富饶的圣土。因为与卡勒玛克的空吾尔巴依兵戎相见，与汗王艾散汗决裂，又与父王闹翻，我才忍痛离开了可爱的家园，为了寻求共同对敌的同路人，我才远走高飞直到今天！‘在哈萨克那里没有容身之地，为了寻找英雄投奔柯尔克孜，这个流浪的契丹人到处碰壁找不到立足之地。’自命不凡的楚瓦克，你的想法是否如此？”阿勒曼别特接着一一讲述了自己非凡的身世。

在阿勒曼别特的父亲索然迪克当政的时代，整个潼夏由阿勒曼别特统领。他和六百人来到著名的居仁朵门下学习武艺，不到六个月大部分人相继死去，只剩下阿勒曼别特等六个人。他坚持不懈地练功习武，眼看三年的功课就要学完。在还剩最后三个月的时候，居仁朵把他叫到家中，转交了一封家信,信中说他父亲索然迪克病重。居仁朵说:“尊敬的王子,你不可能不去看望父亲,你走了不必再返回此地。”他给阿勒曼别特的父亲写了一封信,然后将一把匕首抽出刀鞘。那把匕首钢厚刃利,通体笔直尖部弯翘,刀把和刀鞘用赤金打造。正当他拿出之时,阿勒曼别特发现那是一对匕首。居仁朵将其中一把留在柜中,另一把作为礼物交到阿勒曼别特手上。阿勒曼别特思量,留在柜里的匕首不知是否还有一些秘密。就在居仁朵低下头为信函盖章之时,阿勒曼别特神不知鬼不觉地交换了两把匕首,将柜中的那把挂到腰间,拿上信函,告别居仁朵踏上返程。阿勒曼别特回到潼夏受到隆重欢迎。他进宫拜见父王,发现其实他父王安然无恙没有任何疾患,只是担心居仁朵不放儿子回来,才专门杜撰了生病的信函。本来那里有六十位将军,但是阿勒曼别特只看到四十人,其他二十人却不见踪影。他父王的一位大臣告诉他,阿牢开的儿子空吾尔巴依早些时候带来九十峰骆驼的珍宝和成群的骏骥拜见艾散汗,乞求赐予一片生息的土地,艾散汗就将索然迪克管辖的北边二十位将军及其领地划归空吾尔巴依掌管。听到这些情况,阿勒曼别特心中的怒火熊熊燃烧。第二天开始,阿勒曼别特重新巡视牧场。原来住在夏阳的富翁每个人少说也有成百上千的骏马,可那时起他们的牧场被卡勒玛克人霸占,被迫将马群赶到了潼夏。阿勒曼别特在巡视途中遇见一位虎背熊腰骑着深栗色骏马的少年,就打问他的身份。他的名字叫作卡拉库勒,其父卡塔勒和空吾尔巴依的父亲阿牢开是同胞弟兄。在这山上放牧的全是他们家族的马群。卡拉库勒不无炫耀地说，艾散汗赐予他们的这个地方真是个人间天堂。阿勒曼别特登上阿其别勒山峰，眼前出现密集的帐篷。他策马来到帐篷跟前，高声呼唤空吾尔巴依的名字。有一个身材高大挺直，脸色黝黑闪亮，看上去像嗜血狂的人跑出帐篷，询问少年阿勒曼别特为何大声叫嚷。面对这狂傲的家伙，阿勒曼别特通报了自己的身份和姓名后反问对方的姓名。那家伙回答道："我父王名叫阿牢开,是至高至尊的卡勒玛克汗王。我就是空吾尔巴依，专门治理这里的百姓。"听到空吾尔巴依的名字，阿勒曼别特忍不住怒火，厉声质问："从六世祖先以前，我们就在这儿生息繁衍，你为何要无端侵占我们世居的家园？"空吾尔巴依开口蛮横地回答："我没有空闲听你的废话，也不想与你争吵浪费时间，是艾散汗主动将这片土地拱手相送，这与你有什么相干？"他高傲无比的神情，目中无人的蛮横，难听的话语，那样刺骨寒心。阿勒曼别特忍无可忍，挥动手中的蓝缨红杆矛枪冲杀过去，将空吾尔巴依刺翻在地。在阿勒曼别特掉转马头之际，空吾尔巴依翻身上马拼命逃跑。阿勒曼别特马不停蹄地追逐了两天，空吾尔巴依厚颜无耻地逃进了繁华的坎屯城中，想躲到艾散汗的汗宫里。阿勒曼别特毫不顾忌地冲入城门，在汗宫的门外遇见一个美丽的少女，看上去只有十二三岁的年龄，她径直前来向阿勒曼别特示意留步稍停。

她就是著名的艾散汗的女儿碧尔米斯卡勒，一直对阿勒曼别特心怀仰慕之情，一厢情愿的姑娘等待机会向阿勒曼别特表白。她规劝阿勒曼别特不要因为空吾尔巴依的事情，盲目地向艾散汗挑战，要婉转地表达来意，千万不要激起他的恼恨。她会在暗中观望，帮助守护阿勒曼别特的神骏。听完她的话语，阿勒曼别特依然径直来到汗王宫中，发现空吾尔巴依先于他进来，已经向艾散汗禀报了事情的原委。阿勒曼别特向汗王致敬，陈述了来意。艾散汗果然十分恼火，说出的话极不中听："那高山牧场是我赐给空吾尔巴依的，你手下依然拥有四十位将军，这足够你调遣使用了。"阿勒曼别特更加明白是艾散汗把领土当人情亲自相送，他满腔愤怒地走出王庭。在汗宫的外面，那位美丽的公主上前相迎，并好心相劝道："我的父王是否没有听取你的主张，请你千万不要记恨在心中。更不要再和卡勒玛克人争斗，最好现在就回头加入我的父王的阵营，如果你一定要和他们决裂，除了阿拉什之外，再没有你容身之处。那样，我也只好望穿双眼地等待你四十个秋冬！你要坚信我对你的忠心和感情。"阿勒曼别特向她道了一声"再见"，便策马前行，走了六天六夜，返回了潼夏城。他来到父亲的身边，倾诉了积压在心中的苦闷。他父亲却毫无同情之心，将他凶狠地教训了一顿："赠送土地的是艾散汗大人，你何必如此愤怒？四十个将军足够我们调遣，你不必固执己见自作主张！"遭到父亲训斥的阿勒曼别特感到懊悔和失望，他在各处询问打听，了解和掌握各种各样的议论和主张。得知哈萨克汗王阿依达尔汗之子阔克确在家乡被卡勒玛克人占领后，带着五万兵马来到昂库尔谷地驻扎，誓死与卡勒玛克人作战到底，以夺回故乡的土地。阿勒曼别特决定去昂库尔谷地与阔克确结成共同抗击卡勒玛克人的联盟。他快马加鞭日夜兼程，走了十五天的路程，终于到达昂库尔谷地。阔克确举行隆重的庆典，欢迎阿勒曼别特的到来，阿勒曼别特与阔克确结盟，在那里住了一些日子，有一天他来到阔克确的宫帐，毫不隐瞒地说出了自己内心的烦闷："世上没有不思恋故乡的英雄，人间没有不思恋故乡的人，就是骏马也迷恋自己的种群。我那美丽的故土和乡亲，尤其是我慈祥的母亲，时时刻刻在我心中闪现。对他们深深的思恋，让我日夜难眠，坐卧不宁。请允许我返回家乡，在约定的时间内我一定会按时归来。"阔克确默不作声，没有回答阿勒曼别特的恳请。六天过去后，驻地突然一片骚动，原来是阔克确把五万兵马准备停当，亲自来为阿勒曼别特送行。告别时阔克确说道："你快去快回了却心中愿望，请带上我衷心的祝愿，平安返回我的身旁。如果三个月不见你的身影，我会亲自率领兵马冲入中别依京！"阿勒曼别特告别阔克确，经过数天行程来到潼夏城边，没有久留，直奔城中。在城里待了两天，才见到他的父亲。父亲一见到他就怒气顿生，拿起一个毡房大小的铁锤狠狠向儿子砸去。在生命的危急时刻，阿勒曼别特从身上抽出金柄匕首，本想反抗，转念又放弃了这个念头，他躲开铁锤，准备跨马离开。此时，他的母亲突然出现在面前："我亲爱的马驹呀，你既然选择了要走的道路，请把手给我让我亲吻。你父亲索然迪克已变成一只疯狗，对你痛下毒手毫不留情。请你千万不要落入他的手中，最好逃离此地远走高飞。”阿勒曼别特跪在母亲面前叩首，泪汪汪地表明心愿：“我要投奔到异地他乡，结成牢固的生死同盟，共同夺回被侵占的草原和土地。我主意已定，就是刀山火海也决不后悔。”母亲弯腰将阿勒曼别特扶起：“我要与你永远相伴永不分离，我决心跟你同行，我绝不像你父亲一样偷生！”就这样，阿勒曼别特和母亲及其五名侍从翻身上马准备出发。此时，突然响起一阵铜铃声，密集的士兵从四面八方围上来，阿勒曼别特甩开追杀的士兵。早已知晓阿勒曼别特行踪的四十名英雄少年，站在街道上阻拦阿勒曼别特。阿勒曼别特鼓足勇气冲杀过去，不料那些少年齐声呼叫让阿勒曼别特把他们一起带走。阿勒曼别特带领他们一路奔波了六天时间，可空吾尔巴依派手下布党强率领沙子一样密集的兵丁早已堵截在要道上。阿勒曼别特挺枪跃马直冲而上，把那目空一切的布党强从马背上戳翻在地。企图阻挠阿勒曼别特的卡勒玛克人纷纷倒下，他一个人突破重围，刚从一个峡谷中走出，却见空吾尔巴依带领涅斯卡拉、穆拉迪勒、乌尚、萨依卡丽等首领指挥四十万大军迎面拦截。阿勒曼别特无法逃脱，也无法摆脱他们，于是挥动矛枪直冲到空吾尔巴依面前，把他从马背上刺翻。就在这个时候，火枪轰鸣，箭矢如雨，震耳欲聋，卡勒玛克人启动了所有的火器和箭矢。阿勒曼别特无法想象当时发生的事情，只觉得地动山摇头昏目眩。

当他头脑清醒睁开眼睛时，早已落入了七层铁网之中。空吾尔巴依一行把阿勒曼别特连同铁网拉到占多楚城堡，连着克勒节然骏马一起封在四十庹深的城墙中。阿勒曼别特痛苦绝望地待到第三天，进入了一个奇特的梦境：他的盟誓伙伴英雄阔克确穿着蓝色战甲，骑着阔克阿拉骏马，神态奇特，表情异样。雄狮玛纳斯也骑着阿克库拉神骏，两人同时前来解救阿勒曼别特。等阿勒曼别特睁开眼睛的时候，他们却无影无踪。阿勒曼别特鼓起勇气，向大力神求援，挣断了七层铁网，跃上克勒节然神骏，飞身跨越了高耸入云的城墙。九天后，他重返之前突围的地点，四处苦苦搜寻，终于找到了母亲的尸体。他跪倒在地上，高呼着母亲放声大哭，直到夜色降临，才驮上母亲的尸体进入深山峡谷，整整走了十八个昼夜，最后才爬到现在这个山冈上面。

阿勒曼别特回忆到这里，对楚瓦克说："楚瓦克英雄，我讲述自己的经历是在劝告你,请你不要厌烦仔细听我讲。如果不是经历这么多，我何必如此啰唆。我无数次摆脱人生中的困境，你为何对我如此薄情？因为六十个首领的离间，我离开了阔克确英雄。因为你狭窄的心胸，我也要与玛纳斯分道扬镳各奔前程了。"此时的阿勒曼别特涕泗滂沱，站起身来挽起袖子走过去，将一个毡房般大的黑色石头搬移，只见一把匕首插在地上。阿勒曼别特拔出匕首，对英雄们说道："我母亲的尸骨就埋在此地，我把匕首插在这个地点，把一块岩石压在上面。今天我又来到这里。"

他将匕首挂在腰间，将岩石放回原地，黯然说道："再见吧，雄狮！"阿勒曼别特意欲别离，玛纳斯却呆呆地站立。楚瓦克走上前来，对玛纳斯轻声耳语："你要抓住他的缰绳，真心实意地将他挽留。"玛纳斯顺手牵住了阿勒曼别特的马缰。阿勒曼别特无法强行离去，又无法割舍对玛纳斯的爱戴和敬仰，只好神情无奈地等待。这时玛纳斯说道："喂，阿勒曼别特，我亲密的伙伴，你莫要过分悲哀，你所遭遇的苦难，让我们也感到心酸。何必一个人承受痛苦，你这样悲伤，终有一天会伤害自己和伙伴。你们两位雄狮纷争不断，我真的不明白，什么事情让你们如此纠缠？阿勒曼别特啊，柯尔克孜族人可从来没有把你错看。在你需要的时候，我们宁愿为你奉献生命！"听到此话，阿勒曼别特激动的眼泪在眼眶闪烁，愤怒的神情烟消云散，他甩动袖子和衣襟，低头认错十分谦和，恳请玛纳斯原谅包涵他的轻率言行。此时楚瓦克也感到极为难堪，默默无语，指甲抠着大腿眼睛盯着地面……

两位勇士握手言和，玛纳斯情不自禁地说："阿勒曼别特啊，有关你的故乡和人民，你苦难的遭遇，你为何不早一点儿告诉我们？我们可以陪同你前去，安慰你受伤的心灵。"

阿勒曼别特答道："如果你早一点儿表明心意，早一点儿吐露你的雄才大略，我们必然会并辔同往。"

英雄们就这样消除了误会，说说笑笑，向前走去。

独眼巨人

玛纳斯、阿勒曼别特、楚瓦克、色尔哈克四位英雄来到了塔勒巧克。他们拿出千里眼不停地朝别依京方向瞭望，玛纳斯请阿勒曼别特详细讲一讲别依京及其他一些地方的情况。阿勒曼别特用千里眼观察完毕，对玛纳斯坦言："我把家乡的山冈和周边的辽阔原野及海洋，详细对你介绍一下。我的家乡南边均为起伏的山冈，那里有三个岛，有一个叫卡依南德的地方，那里是飞禽和毒蛇的花园，东边是一片汪洋大海；有一个叫昆托的地方，那里有丰富的金银矿藏，北边是绵延不断的羌白山脉，一直延伸到大海。从大山的一角、靠海的地方绕过去走一段距离，就是高丽亚，那里是居仁朵长生不老之地，他已在人间活了几千年。我就是在他那里学习武艺。"阿勒曼别特刚把话说完，玛纳斯接上了话茬儿："我刚才调整千里眼，观察到南边的情况，那里有一片边沿棱角分明、错落有致的地方，朦朦胧胧，忽隐忽现，忽而又白白茫茫一片，那是什么地方？”阿勒曼别特立刻回答道：“那个棱角分明错落有致的地方，正是巨人们居住的区域。那里有强兵把守的切别切普汗王的王庭，那白茫茫的旷野是一片盐场，能够制成弹药和食盐。那里的山脉与大海相连，在山梁上埋藏着宝藏。一直伸展到海中的黑色地域是生产茶叶的地方；中间泛黄的地方是盛产金银的矿藏。艾散汗有五座京城，通称五个别依京，离我们最近的潼夏城是边别依京。在它东面的坎屯城是中别依京，它们相隔六天的路程。那里是各地商贾的必经之地，众多商客来自四面八方，来来往往、行色匆匆。我们可以从商旅路人打探到许多情况。请让我和楚瓦克去一趟吧！”阿勒曼别特介绍完情况，就和英雄楚瓦克去侦察最新的情况，雄狮玛纳斯和英雄色尔哈克留在原地等待。

在一望无际的旷野中有一个叫作库卡孜克的山峰，阿勒曼别特和楚瓦克来到此地，绕着库卡孜克观察动静。只见库卡孜克山下，空吾尔巴依纠集了黑压压的兵马，正在指手画脚发布命令，他们的叫喊声震天动地久久不停。

原来事情是这样的。当初阿勒曼别特在湖边射杀了空吾尔巴依的白野鸭时，诡计多端的空吾尔巴依以防万一安排好的另一只雏鸭潜伏在水中躲过打击，趁阿勒曼别特返回时飞上天空前来向空吾尔巴依报信。空吾尔巴依立刻召集各路兵马，并向艾散汗禀报了玛纳斯带军队前来突袭的消息。艾散汗听到消息不慌不忙，做出安排：“无须惊动众将，只需派一个人前往，无论来者是汗王还是强将，都会被他活捉生擒。”原来艾散汗手下有一个独眼巨人，名字叫作玛吉利，人们称他为独眼恶魔，艾散汗让空吾尔巴依派出六个使臣请他出山。得到主子的邀请，玛吉利即刻起程。他带领大队人马顺着平坦的荒漠奔涌而来，途中遇到柳树他毫不犹豫地拔起吃掉，甚至连同树根也一起吃光，就算遇见冻冰他也会贪婪地吞噬干净，看到星星点点的泉水，一口就能喝个精光。艾散汗从使者口中听到这些情况，命人操办玛吉利巨人的食物，他让人准备了一万头毛驴，用一万头骆驼驮运了野猪和毒蛇、青蛙和甲虫，至于茶叶和馕更是堆积如山。艾散汗和空吾尔巴依派出先前的六位使者和几位随员，带着大批食物送往玛吉利巨人营前，竟见到玛吉利这个凶狠无比的家伙抓到什么就立刻送进口中，无论是毒蛇还是野猪，青蛙还是甲虫，骆驼还是毛驴，他通通连皮带毛吞入腹中，任它们踢蹬挣扎乱叫不停，最后连运送食物的士兵也被他生吞活咽，没有放过几个人。使者们见此情景，吓得屁滚尿流撒腿就跑，将目睹的情景禀报给艾散汗。艾散汗听罢，担心玛吉利进城会引起混乱，立刻命令士兵将城外大河上的活动桥收起，以阻止玛吉利过河入城。不巧这个时候，玛吉利巨人已经来到大河对岸，这条河的深度达千尺，无法看清河底，玛吉利骑着一头凶猛的犀牛，如同过一条小溪一样踏入汹涌的河中，眨眼间便蹚过河水走上河岸，到达城门。艾散汗不得已只好在门前恭候，那家伙望了一眼艾散汗，微微点头表示尊敬,然后用气愤的语气大声叫嚷:“空吾尔巴依何在?”空吾尔巴依听到喊声忙不迭地向前跑动。玛吉利怒气冲冲地训斥空吾尔巴依:“什么空吾尔巴依汗王，听到玛纳斯的名字，你就惊慌失措。玛纳斯是何人，居然不知道我的能耐！那玛纳斯现在何方？我要将他生擒活捉。你只要说要死的，我就将他送到你面前，在大庭广众之下把他生吞活咽。”玛吉利说着，愤愤地从怀里掏出旱烟袋，将六十称子的旱烟装进去，烟锅还没有装满，两块巨大的火石相互碰撞，毡房大的火光就出现在烟锅上面。这该死的家伙猛吸一口，把黑烟全部吸进了胸膛，然后吐一口烟雾，浓烟弥漫四方，人们受不了烟雾的熏烤，纷纷逃离，四处躲藏。等他过足了烟瘾，才睁开了蒙眬的双眼，他倒出烟锅里的烟灰，可以把一条大街塞满，他吐出的烟雾笼罩了大半个别依京城，许多人在迷雾中迷失方向，找不到回家的路径。这个恶魔四处张望，令空吾尔巴依也有些紧张，就说玛纳斯在日落方向，好不容易才将他领出城外。

此时隐藏在石头后面察看的阿勒曼别特发现好像一座高山慢慢向前移动，他仔细打量，那既不是高山也不是高冈，而是契丹的一位勇士。只见那走来的勇士前额上的皱纹就像起伏的夏季牧场，眼睫毛和眉毛如同茂密的松林，额上那一只独眼，像深不见底的水潭，直挺挺的鼻梁如同危崖高悬。看看他那嘴唇，犹如塌陷的墓坑，那硕大的牙齿就像虎狼一样凶残。阿勒曼别特听说过玛吉利巨人的传说，他断定来者就是居住在撒藏夏的独眼巨人。见到玛吉利巨人，阿勒曼别特生平第一次产生了退意。他对楚瓦克说道："走吧，楚瓦克！我们赶快离开这里，去向玛纳斯报告，让玛纳斯亲自与玛吉利巨人交战。如果他也不敢交战，那我们只好一刻不停，返回远方的塔拉斯去。"听到阿勒曼别特的话语，楚瓦克惊讶地说："你说什么？为何产生逃跑的念头！你本来就是一个英雄好汉，见到一个独眼的巨人却如此慌张？我们必须百倍勇敢，就让我去向他挑战。即使我们都死了，也要见识一番。只要我们一息尚存，就不该有任何逃跑的杂念。在战斗中献身，会留下你的英名，我陪伴在你身边，也有一番光荣。"听到楚瓦克的话语，阿勒曼别特羞愧难当，满脸通红。他对楚瓦克说："你是一位真正的英雄，过去我不了解你的人品，今天我要消除对你的成见。"两位英雄商定，由阿勒曼别特在山冈上用神枪堵截，楚瓦克策马发起攻击。

正在这个时候，玛吉利巨人如同发情的公驼吼叫着摇摇晃晃走来，他经过的地方正好是一个峡谷，两边悬崖绝壁直冲云端。这是砍柴人开出的道路，就算有六辆载满柴火的马车也能并排通过，谁知玛吉利巨人双肩却被卡住，堵在峡谷之中无法向前。他怒睁着额头上的独眼，东张西望，挥动手中的十二个毡房般大的铁锤拼命向两边砸去，刹那间山岩崩裂，高山坍塌，峡谷两边的黑色岩石化为碎片四处迸溅。玛吉利为自己砸开一条路，恶狠狠地向前走来。阿勒曼别特见此情景，将阿勒玛巴什火枪架在石岩上瞄准敌人，他心想，玛吉利只有一只独眼，如果打掉他这只眼睛，即使不死，也应该十分致命。阿勒曼别特仔细瞄准，满怀信心地点着了枪捻。枪口喷出火星，只见木桶般的铅弹击中了玛吉利巨人的独眼，打飞了他的眼珠，但未能将他的头颅打碎。英雄楚瓦克听到枪声，一鼓作气冲到玛吉利巨人跟前，挥动锐利的矛枪刺入巨人因惨叫而张开的大口。不料，矛尖被牢牢地夹在玛吉利的牙缝中间，长矛断成两截。楚瓦克用刀斧对着敌人继续左击右攻，玛吉利因失明无法回击，只能痛苦地挣扎，终于惨叫一声倒在地上。两位英雄就像砍伐大树一样好不容易砍下玛吉利的脑袋，要带到玛纳斯身边，让他看一看。他们把玛吉利的脑袋拴在楚瓦克坐骑的鞍后，压的坐骑直不起腰，瞪圆双目寸步难移。英雄阿勒曼别特在别依京生活期间，曾时常骑犀牛玩耍，懂得如何使唤犀牛，于是他牵来玛吉利的犀牛，将玛吉利的头颅驮在犀牛背上，向玛纳斯的方向走去。

这边英雄玛纳斯和色尔哈克在山中等待，去侦察的两位英雄还不见返回，玛纳斯忧心忡忡地让色尔哈克去前面的山冈看一看。色尔哈克领命冲上山冈，极目远眺，只见阿勒曼别特和楚瓦克两位英雄拽着硕大无比的怪物，已经走到了山前。“他们劫掠了商队，将夺取的财物驮来？还是认为玛纳斯渴了，将巨大的西瓜搬来？”还没等色尔哈克回过神来，两位英雄已走近他们的营地。英雄色尔哈克异常兴奋，迎上前去，顾不上问候，就朝着驮着的“战利品”看去。他发现驮在犀牛背上的一边是石头、一边是头颅，就迫不及待地向玛纳斯禀报。玛纳斯见状立刻询问两位英雄：“阿勒曼别特、楚瓦克两位英雄，你们为何将一个石头和一个人头，辛辛苦苦地驮来？如果这个巨人头颅让汗王们看见，定会让他们魂飞魄散，被动前来的七位汗王定会在一夜之间逃走。如果人们发生骚动，又有谁能控制这可怕的局面？”玛纳斯命令色尔哈克去处理这可怕的头颅，千万不要让兵丁们发现。听到英雄玛纳斯的话语，本想着赢得夸赞的两位英雄，无言以对，只有沉默。英雄色尔哈克就近把玛吉利巨人的头颅塞进山洞里面，用黄土结结实实地掩埋掉，将犀牛放归自然。

英雄们策马踏上征程，阿勒曼别特甩鞭松缰，走在最前面，他们一路前行，来到了克尔沁都的土尤克托尔草场，这个地方恰似野生动物园，是汗宫专属之地。艾散汗每隔一年总会到这里观光游览。阿勒曼别特请玛纳斯和楚瓦克留在此地休息，自己带着色尔哈克继续向前侦察，约定十六天后在此会合。

阿勒曼别特和色尔哈克翻山越岭，跋山涉水，来到中别依京城外的那座大桥旁，这才勒住了缰绳，阿勒曼别特对色尔哈克说：“你的坐骑日行千里，即使抽打头部也不会暴躁腾跳，是一匹性格沉稳的神骏；我的坐骑脾气暴烈，极易躁动，稍有动静就惊慌不安。请你先在桥上开道，我紧紧跟随。”色尔哈克听后猛地磕击脚下的银镫，毫不犹豫地策马前行。当他们来到桥上，周围突然出现了异常景象，就像点燃了阿克凯勒铁神枪的火捻，高山坍塌，大海沸腾；如同月亮和太阳碰撞，把火焰洒向天空。火枪射击噼啪乱响，战鼓咚咚不断轰鸣。老虎和狮子疯狂吼叫，嘈杂声震耳欲聋。虎胆英雄色尔哈克一眼看穿这些虚幻的变化 :“这不过是魔法作怪，怎能让英雄胆寒。”他镇定自若地坐在马背上，纵马奔上桥面。阿勒曼别特见此，心中对色尔哈克毫不畏惧、勇往直前的英雄气概十分钦佩。两位英雄相伴而行，在夜空布满星斗的时候，来到了中别依京的边沿。

久别重逢

有一个名叫阔交阿勒的东干人，从小和阿勒曼别特一起玩着长大，他俩是无话不谈的知己。“四十年后我会回返，到那时我们再见。”当年阿勒曼别特离别时向他留下如此的诺言。这天阿勒曼别特来到阔交阿勒家门口，跳下马背，轻轻叩击门板。“阿勒曼别特到来的日子为期不远。”阔交阿勒最近一直期盼着阿勒曼别特的到来。他听到敲门声，就猜出是老友在叩门板，于是来不及修理自己的胡须，蓬头垢面就奔到朋友面前。久别的挚友重新相见，紧紧握手嘘寒问暖。阔交阿勒有先见之明，早就为阿勒曼别特挖好藏身的地窖，还修了一条通往城里的暗道。他领着阿勒曼别特和色尔哈克来到城门底下，向他们一一介绍，从西向东流淌的泉水两边长满了密集的芦苇，有标记的芦苇下就是进入地窖的入口，其他全部路口都用黑刺遮掩隐蔽。

阿勒曼别特来到泉水边，看到阔交阿勒做的标记，欣喜涌上心间，他用手中的矛枪挑起有标记的芦苇秆，就见一条通往城里的暗道出现在他眼前。他好像早已熟悉暗道，催赶着坐骑一直向前，色尔哈克则左顾右盼，对暗道十分惊叹，里边生活所需用品早已准备齐全。阿勒曼别特和色尔哈克跳下马，伸展四肢，坐下来喝着酽茶，品尝着美味食品。当他们吃饱喝足之后，阔交阿勒告诉阿勒曼别特："自从你走后，空吾尔巴依和穆拉迪勒两位统治者十分嚣张，给别依京城降下的灾难数不胜数。你的未婚妻吐尔娜望穿双眼，苦苦等待着你的回还。但有一个名叫柯依巴的青年比那两个家伙还要险恶，等了你多年的姑娘，却要嫁给柯依巴，今天就是他们举行婚礼的日子。"阿勒曼别特听后，红通通的脸立时变得蜡黄："阔交阿勒，我的亲人，请你将大青马借我一用，我要去复仇！"临行前，阿勒曼别特叮嘱色尔哈克不要轻易离开阔交阿勒的房门，随后自己骑上大青马，毫无顾虑地走进城里，在大街小巷左顾右盼。只见街道上人声鼎沸，熙熙攘攘，人人手里提着礼品在笑谈。阿勒曼别特故作不知，向路人打听。路人安分诚实，回答了他的提问："听说在很多年以前，在名扬四方的潼夏城里，有一个汗王，他从王宫出走，去了遥远的地方。他的未婚妻被抛弃在城里，一直苦苦等候爱人回还，至今还没有嫁人。最近出现了一位猛将，如同赛马场上出类拔萃的神骏。听到他的一声怒吼，空吾尔巴依和穆拉迪勒都会战栗。那位出逃王子的恋人今日就要被这位英雄迎娶。

大家从四面八方赶来，就是为了参加这隆重的婚礼。”事情的真相再次被证实，英雄阿勒曼别特在一个乐器店门口拉住缰绳，买了一把双弦琴。他不仅能言善辩，还能弹会唱。只听他拨动琴弦发出悠扬的琴声，唱出十分动听的歌：“汗王的女儿吐尔娜，早已人老珠黄却要强装新人。年轻的都督要娶她，准备享受荣华富贵。”他就这样即兴编歌，沿街弹唱，人们被他的歌声感动，将消息传入府中。士兵们全体出动，将扮成歌手的阿勒曼别特团团围住，把一纸邀请函交到他手中，然后把他连拉带搡推进府中。院内华丽的白色房子里十分热闹，这是柯依巴和吐尔娜的新房。阿勒曼别特如同燃烧的火焰，径直来到新房跟前。正在和柯依巴缠绵的吐尔娜突然挣脱柯依巴的臂膀，内心惊慌地对他讲：“有人来到我们门前，也许是苏少爷回来了，我口干舌燥心里发慌，血液好像停流，感到绝望……”还没等她说完，阿勒曼别特已经踏进了门槛，他挥动匕首，只见寒光一闪，柯依巴和吐尔娜双双倒地。他又从柯依巴身上剥下了三件外衣，从吐尔娜头上摘下头巾，从胳膊上取下了手镯，把自己装扮成契丹的首领，神不知鬼不觉地出了城，回到阔交阿勒和色尔哈克身边。

阿勒曼别特担心阔交阿勒的安危，忍不住说出了自己的忧虑，阔交阿勒立刻回答：“尊敬的阿勒曼别特啊，我的家眷和财产早就安全转移，自己留下专为等你。现在请你们尽快转移。”他们紧紧握手，依依惜别。送走阔交阿勒之后，两位英雄并辔向前，来到萨斯克布拉克泉边，驻足在芦苇摇荡的湖岸，一边喂养骏马，一边商定下一步的行动。

康阿依的占卜师额让库杜克，死神是他的伙伴。这个家伙法术精湛，靠成天喝高山里的神圣雪水，活了三百一十五年。在玛纳斯出生之前，他就做出了预测。他占卜十分灵验，从来没有半点失误。玛吉利巨人派出几天后毫无音信，空吾尔巴依如坐针毡，连夜请来额让库杜克做占卜。占卜师额让库杜克翻看着《库拉》卦书，过去和未来一一展现在眼前。强大无比的汗国，就要降下巨大的灾难，这一点他看得清清楚楚。于是向空吾尔巴依仔细说明："白色野鸭摆脱灾难回到您的身边，现在有四个英雄好汉来到这边侦察。几天前出发的玛吉利巨人被阿勒曼别特杀死在山下，他用犀牛驮上玛吉利的脑袋，回到了玛纳斯身边。这还不算什么惊险，他们居然神不知鬼不觉地在阔交阿勒的家里休息了两天，就在昨天夜里，阿勒曼别特悄悄潜入城中，杀死了柯依巴和吐尔娜。看来这次柯尔克孜人来势汹汹，不达目的决不会收兵。如果你听从我的奉劝，先不要动用武力，更不要让百姓受苦受难。先献上大量的财宝、牲畜和美女，与他们讲和，握手言欢，最好在城外将他们打发回去。再选一个适当的时机，与他们算清旧账。"额让库杜克滔滔不绝说了一通，坐在一边的恰巴赉都督大声吼叫起来："你这个该死的老巫师，现在就钻到地下去吧！我们为何无缘无故惧怕敌人，还给柯尔克孜人进金献银？你们说玛纳斯是天下无敌的英雄，我也是天下少有的枭雄，我要将玛纳斯和阿勒曼别特双双擒获绑入王庭。明天早上，我就骑马登程，不等那玛纳斯起身，我就要出现在峰顶。我要打得他头破血流，无处藏身。等到太阳出山，空吾尔巴依您再派出大军，也让他们见识一下我的威猛和雄风。”恰巴赉耀武扬威，自命不凡，他不等空吾尔巴依说话，就选了四位勇士一起出战。期间他不停地指责额让库杜克，头也不回，匆匆走出宫门。

占卜师额让库杜克从未遭受过任何人的指责，恰巴赉的胡言乱语使他感到十分气愤，他怒火中烧，脸色变得特别难看,大口大口地喘气。他站起来摇摇晃晃地走出宫门，黎明时分来到了阿勒曼别特身边。看到额让库杜克到来，阿勒曼别特惊得目瞪口呆。他上下反复打量，发现额让库杜克并没有恶意，便按照康阿依人的习惯，向他问候致敬，他们假装相互思念显得十分热情。额让库杜克暗自思忖：“不愧是汗王的后嗣，很懂得礼仪，对我表现出了应有的尊重。”他没等阿勒曼别特过多询问，就毫无保留地说出了内心的委屈：“恰巴赉刚刚出道，手段十分凶残，肆意妄为，如今死期降临。现在他最快可以到达沼泽，最迟也已经到了黑色沙滩。你们一人从正面出击，一人从侧翼包抄围歼,将这个狂妄不羁的家伙解决掉。如果不围攻堵截，让他顺利逃脱，无法想象的灾难就会出现在你们面前。英雄阿勒曼别特啊，在猎杀白狐狸哨时，你曾剥下了它的皮，现在你立刻将它当作外衣。有成千上万的兵丁跟随在恰巴赉后边，你要想办法让他们撤退，然后再继续侦查。我再也不回别依京了，现在要去康阿依避难。”额让库杜克把话说完，慌慌张张地掉转马头，如同猎犬般一蹦一跳，消失在天地之间。

望着远去的额让库杜克，阿勒曼别特急速部署战斗。他让色尔哈克从红色芦苇处正面堵截，自己要绕到敌人背后发起攻击。简单叮嘱完毕，他飞身上马，朝着卡拉苏的沼泽挥鞭奔去，预备在恰巴赉到来之前进入伏击地点。他极目远望，看到天边尘土飞扬，恰巴赉带领四位勇士急驰向前，马蹄下石子飞溅，如同箭矢刺破蓝天。阿勒曼别特想起自己离开别依京时，恰巴赉这个小子还默默无闻，如今他长大成才，脾气倔强，目中无人，好像要把对手连人带马一口吞下。阿勒曼别特神机妙算，充满智慧，身处险境从不畏惧，面对强敌从不手软。此时，他呼喊着“玛纳斯”的口号，从侧翼冲向敌人。听到玛纳斯的威名，恰巴赉慌乱的心在颤动。恰巧在这个时候，英雄色尔哈克也出现在前方。面对突如其来的情况，恰巴赉猜想：“从后面高呼呐喊的一定是阿勒曼别特，前面这位骑着铁青色骏马的可能就是玛纳斯本人。我要鼓足勇气，勇往直前，将这个布鲁特首领挑在我的枪尖之下。今天真是造化啊，我遇见了这样的机缘。”他挥动着夺命的矛枪，一庹长的枪头发出嗖嗖呼啸。英雄色尔哈克勇敢无畏，拨开恰巴赉刺来的矛枪的同时顺手攻击，将对方戳翻于马下。恰巴赉这个目中无人的家伙就这么从马背上滚落在地，得到了应有的下场。另外四位勇士见识到阿勒曼别特和色尔哈克的威猛，目瞪口呆，不敢恋战，抱头鼠窜。再看阿勒曼别特手脚麻利地将白狐狸皮套在身上，装扮成空吾尔巴依的模样，一眼望去与空吾尔巴依没什么两样。他抓住一匹黑色骏马，将准备好的盖布套在马身上装扮成空吾尔巴依坐骑的模样。恰巴赉率领的兵丁们不知有诈,以为空吾尔巴依来到了战场。阿勒曼别特运用智谋，对密密麻麻的兵丁，用卡勒玛克语叽叽咕咕说了一通,以契丹的语言命令兵丁全部返回营中。

故乡情结

两位英雄目睹敌兵匆匆离去，心情十分舒畅。阿勒曼别特将恰巴赉的战袍披到色尔哈克身上,用手捋了捋胡须，上下打量一番，说："我们胡须蓬乱十分难看，也该修理修理,否则很容易被敌人发现。"色尔哈克立即反对道："我珍贵的胡须象征着福运和吉祥，假如我的胡须被你刮得精光，会被柯尔克孜族人耻笑，我会狼狈不堪，无处躲藏。"看到色尔哈克不满的情绪，阿勒曼别特忍不住哈哈大笑，开导他说："为了百姓的利益，七十二种功夫都嫌少。刮去胡须改变形象，才能迷惑敌人的岗哨。从现在起，你要在人前装聋作哑，如果我们不这样，如何才能探听敌人的底细？胡须剃光自然还会长出，人们得知事情的缘由，一定会原谅我们。"见阿勒曼别特态度诚恳，色尔哈克心悦诚服，两人一齐刮光胡须，乔装打扮，向敌人阵营出发。

他们腾云驾雾般一路飞奔，来到一座城市的边缘。两人走进一个朦胧昏暗的树林中，这个神秘的地方，只有阿勒曼别特了解情况。他对色尔哈克说："色尔哈克啊，在我回来之前，你要寸步不离在这里等待，那远处的城门，就是契丹汗王的王宫，那里有成千上万的兵丁。王宫里有许多秘密，请你仔细听我讲，门口有英勇的哨兵，有十分凶猛的虎豹，有牙齿犀利的疯驼，有硕大无比的巨象，那里的人个个凶悍，面目狰狞，铁石心肠。从墙内侧耳细听，可以听到外面所有的动静，但是墙里墙外两个人即使相互高呼也无法听见。我现在就要进入王宫，当我抓住把手开门时，你会听到如同枪声般'噼噼啪啪'的响声，眼前出现虚幻的世界，迷惑你的神智。这时你不要以为我已经死了，想从这里逃走。我进入王宫后，会谨慎地搜索前行。如果找到空吾尔巴依等人，我会立即斩杀。你一定要等我，到了明天，若到阳光普照还不见我的人影，就说明我已经不在了。我的色尔哈克啊，到那时你再自行决定。"阿勒曼别特交代完毕，转身走向王宫。

夜幕降临，星星布满天空，阿勒曼别特健步如飞，来到王宫的宫门，当他抓住门打开时，火枪声突起，震耳欲聋；雄狮吼叫，惊魂夺魄；猛虎声声狂吼，令人胆战心惊；大象的长鼻，弯曲摆动。常人见此情景，定会失魂落魄丢掉性命。英雄色尔哈克见到这些场景，忽站忽坐，竭力控制自己的情绪，好不容易熬到第二天，在黎明到来的时候，阿勒曼别特出现了，他回到色尔哈克身边说："王宫里有很多内室，我一一探察，没有发现空吾尔巴依的身影。黎明即将来临，我只好赶快返回。可惜留下一个遗憾，圈养骡马的马厩，我来不及仔细搜寻。”

两位英雄重新起程，到达了一个残垣断壁之处。阿勒曼别特想要察看自己往日栽种的果树，那个果园离这儿不远，两人并辔而行来到果园门前，阿勒曼别特来不及下马，抱住一棵直刺苍天的大树失声痛哭，眼泪如同滚落的珍珠，那棵参天大树也发出呼啸，似乎与他一起痛哭悲伤。阿勒曼别特感慨万分地说道：“世事真让人恍惚。这些我随意栽下的小苗，如今已长成参天大树；离开故土多年之后，我又回到了故乡。我曾经在这里度过了天真无邪的童年时光，我的爱情之花也在这里开放，我与都督的女儿吐尔娜在这里谈情说爱，山盟海誓，相依相伴。前几天我却亲手杀死了她……我今天如此悲凄伤心，人们定会感到吃惊。知道的人会同情我的遭遇，理解我的苦衷；不知道的人会说我是禽兽，更会视我为狰狞的恶魔！在这个无情的世界上，这样的痛苦我该如何解脱？”阿勒曼别特忍不住心中的悲伤，眼泪汪汪。色尔哈克对阿勒曼别特的遭遇深表同情，同时对他脆弱的表现有些担心，于是提醒道：“我本想和你一起多了解别依京和空吾尔巴依的情况，你却在这荒无人烟的戈壁上失声痛哭，一味感伤！以你这样的情绪状态，如何去实现自己的理想？别忘了你在长满红柳的康阔勒，在萨热塔拉平原，坐在神圣的白色餐布边上发下的铮铮誓言，咬断箭矢、吃下蘸着盐水的白馕，你可别将这些抛到脑后！”阿勒曼别特听到色尔哈克婉转表达的不满，尽力控制自己的情绪，向色尔哈克说道：“色尔哈克啊，请你放心，我不会忘记自己的诺言。英雄啊，你既然提及我的家乡，我就详细给你讲一讲。我的祖先是苏拉巴，这座城市正是由他建成，由于住着勤劳勇敢的契丹人，因此被人们称为潼夏城。这座城早年被我父王索然迪克赏赐给我统领，日渐兴盛，如果我要出征远方，有十万兵马可以调动。我随身携带着出入王庭的金牌，可以调动一切、指挥一切。这是我流下脐带血的地方，是我享尽富贵荣华的故乡，而且是我七代祖先经营管理的地方。如今我的果园已经凋零，我景仰的故乡容光不在，一片荒凉；我的亲人遭受欺凌，我的仇人任意横行。空吾尔巴依和穆拉迪勒还在别依京飞扬跋扈，称王称霸。色尔哈克啊，这怎么不让我羞愧难当，无地自容！我既然已经回到故乡，我就要改变这里人们的命运！走吧，我的色尔哈克英雄，还有很多事情在等着我们去做，如果继续待在这里，一定会越来越悲伤。”言毕，阿勒曼别特挺起胸膛，色尔哈克英姿飒爽，骏马腾踢跳跃，如同鸟儿飞翔，两位英雄并辔蹚行，奔向前方。

途中，阿勒曼别特突然想起什么，拉住缰绳，将矛枪插到地上，开口对色尔哈克说：“我在十八岁的时候离开了别依京，空吾尔巴依说我叛逃，禀报给了汗王。围追堵截我的兵丁多得像沙粒一样。一名叫布党强的家伙骑着著名的克尔克库郎骏马前来堵截，我难以逃脱，在慌乱之中，我那珍贵的金柄烟斗，突然从手中滑落，我来不及弯腰拾起，就挥鞭催马，亡命天涯。后来想起，总认为自己会回来寻找。色尔哈克啊，请你下马，我们拨开乱草，耐心寻找，那个珍贵的烟斗或许还能找到。”阿勒曼别特说着翻身下马。色尔哈克暗自思忖：“在没有任何标志的地方寻找失落的烟斗，这个人真是固执如石。”他们在茂盛及膝的野草中仔细寻找，竟然让色尔哈克找到了烟斗。烟管已被马蹄踩断，火塘一样大的烟锅一半已埋入土中布满锈迹。色尔哈克拔出烟斗，高高地举过头顶，毕恭毕敬地奉送到阿勒曼别特手中。阿勒曼别特异常兴奋：“送给你吧，这是对你的奖赏。”色尔哈克把它拿在手中，小心翼翼地擦拭掉锈迹，翻来覆去仔细端详，面对金色的烟斗，心中涌起这样的遐思：“这烟斗非同一般，鋈有王家的印记。阿勒曼别特反复强调自己的贵族身份，我们中有一些人总是不敢肯定，将信将疑，这个烟斗珍贵无比，看来他的汗王身份毫无疑问。”

危机的先兆

阿勒曼别特和色尔哈克肩并着肩，两匹骏马急驰向前，路上他们商定到河中半岛驱赶空吾尔巴依的马群。不久他们来到阿加特河的塔什渡口，阿勒曼别特向色尔哈克介绍渡口的情况："空吾尔巴依在阿加特河水下布设了深潭陷阱，在两岸也设置了障碍，不是训练有素的人马休想涉过河面。"阿勒曼别特自己首先开路，两位英雄顺利渡过河流，见到草场上的马群。布满草场的马群有深栗色和浅栗色两种，没有其他颜色夹杂在其中，马臀上烫着深深的烙印，这正是空吾尔巴依拥有的马群。在他们就要接近马群时，一位名叫卡拉库勒的勇士骑着万里难寻的高头大马突然出现，他对阿勒曼别特起了疑心，开口问道："你骑着黄花骏马，盘卷鬃尾，充满自信，这是从何方来到这边？"他一会儿用卡勒玛克语询问，一会儿用契丹语打听，滔滔不绝地连续发问。阿勒曼别特走上前去，对他回答 :“我是契丹人，是掌管一方的首领，正在寻找柯尔克孜的玛纳斯。我要与他对阵，将他的阿依勒扫平！”阿勒曼别特早就看上卡拉库勒的坐骑，认为它是赠送给玛纳斯的最好礼品，说话间暗暗向对方走近，想趁机抓住他的骏马的缰绳。卡拉库勒满腹狐疑，小心翼翼，急忙阻止道 :“我看你是一个非凡之人，请你停下，不要靠近，站在你身旁的那位勇士默默无语，平静自然，请你说一说他的情况！”阿勒曼别特只好这样回答 :“他的情况非同一般，这个契丹人说他来自别依京，只有大声喊叫他才能听见，如果有人惹他生气，他会将那人打入地心！”卡拉库勒听完，立即说 :“他即使是我的亲属，我也不许他靠近我的身旁。他骑着的枣骝神骏，看上去也非同一般，绝不是别依京出产的。”阿勒曼别特立即答道 :“听到玛纳斯来临的消息，艾散汗派出玛吉利巨人出战，为了得到战利品，我们也忍不住前去助战。这匹枣骝马恰好拖着缰绳出现在我们面前，我们骑上就急忙赶路。不过它性情暴躁十分累人，所以我们准备把它放到河中岛的马群中。”阿勒曼别特说着就向前移动，此时，卡拉库勒却猜到了真相 :“你骑着黄花骏马，满口胡言，我现在已经想起你的真实身份和来历了。你背叛自己的血亲，投奔异族，萍踪浪迹，你就是那个赫赫有名的苏少爷！你现在已经回来，还带着一个人，故意让他装聋作哑。你的那些骗人的鬼话，难道我会轻易相信？站在你旁边的那个家伙，不就是汗王加克普之子色尔哈克吗？他在阿拉尼克大战中戳翻了很多英雄，这件事情人人皆知，远近闻名。”卡拉库勒说着掉转马头，挥鞭策马，迅速逃逸。阿勒曼别特扬鞭踢镫，紧追不放，待接近对方，伸出矛枪，刺中了卡拉库勒坐骑的臀部。卡拉库勒通常用六拃长、六拃宽的褡裢装满河滩里的沙石驮在骏马的背上，每当他遇到危难时，就抽出利刃，割开身下的褡裢，把沙石抛投弥漫天空，自己趁机逃离险境。此次他故伎重演，顺利逃脱。卡拉库勒催打着棕色神骏，终于来到了滚滚流淌的阿加特河边，不料他的坐骑四蹄腾跃，挣断了后鞧和前靷的全部皮带，他从马背上跌落到湍急的河水中。可惜卡拉库勒熟悉水性，沿着河底迅速逃跑，躲过了阿勒曼别特的视线。阿勒曼别特无可奈何地站在河岸，深感遗憾，掉转马头回返。

河中岛上属于空吾尔巴依的马足足有九万匹，有九百三十名牧马人看管马群。毫无戒备的牧马人看到两人后惊慌失措，跑向自己的坐骑，开始反击。阿勒曼别特和色尔哈克左冲右突，十分勇敢，瞬间将他们消灭干净，驱赶着缴获的马群，踏上返程。

黎明时刻，天色曚昽，他们顺利渡过大河。色尔哈克惊奇地发问："尊敬的阿勒曼别特，我们驱赶着九万匹骏马安全渡过了波涛汹涌的大河，却没有一匹掉队死亡的马驹，其中隐藏着怎样神奇的秘密？”阿勒曼别特意味深长地说出预言："我们从塔拉斯出发，并不是为了分裂这里的百姓。在这五部族共同居住的别依京城，空吾尔巴依不让百姓平安生活，他每天派出军队搜刮民财，无恶不作。由于他危及四方恶贯满盈，我们才来到这个地方纵马挥戈，如果说我们驱赶的马群伤亡很多，我们大多数人就可以返回故土。现在我们驱赶的马群没有一匹伤亡，这是一种征兆，危机和死亡将同我们为伍。”

阿勒曼别特预计昨天逃脱的棕色骏马会连夜飞奔到宫中，向空吾尔巴依报信，空吾尔巴依也许早已率领各路人马赶来。于是他让色尔哈克驱赶马群前进，越过前方的原野，爬上中间的山峰，再用千里眼观察后面的情景，一旦看见空吾尔巴依的兵马，不要胆怯，勇敢地迎上去，等到与他有一箭远的距离时，就毫不犹豫地往后撤退，引诱自命不凡的空吾尔巴依上当。当色尔哈克把他引到阿勒曼别特设伏的地方时，阿勒曼别特就会从侧翼冲出和空吾尔巴依拼杀，夺下他的阿勒喀拉神骏，将它献给玛纳斯。

果然不出阿勒曼别特所料，那匹棕色骏马风驰电掣一路狂奔，连夜赶到了别依京城，它一跃而起飞过环城河和城墙，直奔空吾尔巴依的王宫。

此时，空吾尔巴依已从逃回的士兵口中听到恰巴责的结局。他立即叫来手下的将军，命令他们立刻集结十万名精锐兵士，齐备行囊辎重，等待出征。送走各路将领后，空吾尔巴依在家中闭目养神，不知不觉地进入了奇异的梦境：一只巨大的雄鹰凌空翱翔，飞到空吾尔巴依的头顶，它用坚爪钩住空吾尔巴依的腰带，向云层中穿行，眼看就要到达布满星星的天空，突然空吾尔巴依的腰带断裂，昏昏沉沉地从空中坠落，他一直下落，最终落到宝座上，只听“哐”的一声巨响，他臀部落座脑袋摇晃。惊醒的空吾尔巴依不知道发生了什么事情，吓得失魂落魄，他睁开眼睛四处张望，眼前一片朦胧，只听到自己的心脏怦怦乱跳，也没法控制住四肢的疯狂颤动。他惊魂未定、心神不宁，这时门外传来棕色骏马的蹄声，神骏不停地刨着地面，发出撕心裂肺的嘶鸣。空吾尔巴依聆听片刻，慌忙披上外衣，跌跌撞撞走出房门。只见那棕色马喘着粗气站在面前，浑身上下被汗水湿透，臀部鲜血直流。空吾尔巴依大吃一惊：“难道布鲁特的首领玛纳斯已经率兵来临？难道已经大敌压境？难道我的勇士卡拉库勒在草场上遭遇不幸？”他慌忙中敲响了左右高台上悬挂的三十四口大钟，发生紧急情况的消息瞬间传遍了六十城门的别依京城。听到钟声，兵将们眨眼间全部集中。空吾尔巴依命人牵出阿勒喀拉骏马，鞴上鞍鞯，他准备亲自带兵出征。此时大名鼎鼎的英雄涅斯卡拉催马靠近空吾尔巴依这样开言：“喂，空吾尔巴依英雄，请你不要慌乱，稍稍停一停。远方来的布鲁特人有许多能人高手，武艺高强，称雄天下。如果你亲自率兵出征上阵失手，那就成了天大的笑话。”卡勒玛克勇士乌尚也帮涅斯卡拉规劝空吾尔巴依：“你这样仓促迎战不是一个可取的行动。据说索然迪克之子阿勒曼别特带着凶狠的色尔哈克前来侦探，他的武艺并不在你之下。如果你决意要去，最好让鲍郎础或萨依卡丽在你身旁护驾。”听到乌尚的一番建议，空吾尔巴依怒火中烧，瞪大双眼气势汹汹地说道："你这个卑鄙小人，契丹的牲畜被劫跑，难道你幸灾乐祸暗自发笑？为了红缨帽的契丹人，我上阵搏杀，有谁胆敢前来对阵！我要前去试探他们的武艺，看看到底谁最出众！不要说阿勒曼别特和色尔哈克，即使是加上玛纳斯和楚瓦克四个人一起出阵，我也要将他们俘获投入大牢！我若实现不了自己的诺言，誓不为人，宁愿死去！"空吾尔巴依好似恶魔，脸色铁青，眼中喷射出熊熊烈火。他对所有人都不讲情面，用脚跟猛踢阿勒喀拉骏马向前走去，库斯巴尔之子鲍郎础催马扬鞭，紧随其后。空吾尔巴依的十万精兵全军出动，长矛在阳光下闪闪发亮，各色大旗迎风飘扬，遮住了天空的太阳，兵马浩荡铺满大地，大地在他们的脚下震动。

此时阿勒曼别特正在阿加特河边休息喂马，英雄色尔哈克连夜赶着马群，一路前行，突然在平坦的原野上出现了一座山冈。色尔哈克暗自思量："这就是阿勒曼别特说的山冈，睿智清醒的阿勒曼别特从来不会胡言乱语，我最好登上去往后看一看。"

黑夜渐渐远去，大地发白，太阳从东方升起，照得大地一片光明。色尔哈克登上那座山冈，掏出千里眼，转身朝别依京城方向瞭望。看见那里尘土飞扬，遮天蔽日，各色锦旗迎风飘扬，密集的矛头在阳光下闪闪发亮，密密麻麻的兵马在地面上蠕动，人流如洪水一样。色尔哈克再往近处看去，有两个人影狂奔向前，一前一后，气势超凡。色尔哈克猜想前面那个狂妄自信的家伙，就是空吾尔巴依。

阿勒曼别特的话语，仿佛又在他的耳边回旋，不由得一股豪气涌荡心间，把自己的生死抛在一边。他按照阿勒曼别特的指点，迎着敌人策马而去，当跑了一段距离足以看清空吾尔巴依后，假装害怕回头逃窜，衣摆随风飘起，双腿不停颤抖。正像阿勒曼别特所料，空吾尔巴依认为柯尔克孜人见到自己心惊胆战，抱头鼠窜，便得意忘形，高喊着“康阿依”的口号，挥鞭抽打胯下的阿勒喀拉骏马拼命追赶，当他尾随色尔哈克到达阿勒曼别特埋伏的地点时，阿勒曼别特突然站起身来，高呼着“玛纳斯”的口号，冲出挡在他面前的芦苇荡。听到阿勒曼别特的声音，毫无戒备的空吾尔巴依措手不及，心慌意乱。“阿勒曼别特在潼夏时，我与他有过较量，今天又与他相遇，定是凶多吉少，难道人生就如此玄妙？与其这样白白丧命，还不如将前面的家伙追打，无论他是楚瓦克还是色尔哈克，我都要一起带入后世枕在我的头下。”空吾尔巴依暗下决心，抓紧缰绳蹬踢马肚，不顾一切向前狂奔。阿勒曼别特策马从侧面靠近，对准空吾尔巴依的软肋，猛地刺出矛枪。空吾尔巴依屁股偏离了马鞍，仰面躺在骏马的臀部，却没有跌落在地面。原来这个狡猾的空吾尔巴依身穿了刀枪不入的皮裤和六层铁衣，又把自己的腿和马鞍紧紧地绑在一起，这是他征战时常用的妙计。趁阿勒曼别特掉转马头的间隙，空吾尔巴依策马迅速撤退，密集的兵丁如同潮水涌来，向外竖起盾牌，铁桶般围在空吾尔巴依的周围，将他严密保卫。

阿加特之战

阿勒曼别特转过身体放眼向前看去，只见骑着黑色鬃毛骏马的鲍郎础挥鞭策马追杀到英雄色尔哈克身边，他大吼一声提醒色尔哈克。英雄色尔哈克立刻用脚后跟碰了一下胯下骏马右边的腋窝，骏马如同野兔腾跳到一旁躲避。鲍郎础却不知其中的奥妙，他没能突袭成功，又没有拉住缰绳，全身暴露在色尔哈克面前。没等鲍郎础扯缰转身，色尔哈克抓住战机，用矛尖对准鲍郎础，狠狠刺中他的肩膀，鲍郎础滚落在地，嘴啃黄泥。不消多时，康阿依多位狂妄勇士面对两位柯尔克孜英雄，一个一个滚落马下。阿勒曼别特和色尔哈克高声吆喝，驱赶着铺天盖地的马群，继续向营地前进。空吾尔巴依的手下慌乱地敲响战鼓，放着土炮火枪，受惊的马群一路向前狂奔。

就在这个时候，坎旦之子交劳依率领五万大军沿着克孜勒阿尔特的大道，浩浩荡荡地来到双方交战的地方。交劳依面对惊慌失措的空吾尔巴依和众将，毫不客气地高声训斥："你们这些可怜的家伙，竟不知道如何阻挡马群？不要放枪，也不要敲响战鼓，我去拦截惊逃的马群。"顾及交劳依的安全，空吾尔巴依规劝许久，交劳依却一意孤行。他催赶着胯下的阿奇布旦骏马，奋不顾身奔向马群，他声嘶力竭地大声吆喝，冲上前来阻挡马群，但深褐色骏马却领着马群不顾一切地狂奔。阿勒曼别特仔细观察，见前面似乎有人堵截马群，他急中生智，侧身趴到坐骑的前胸，用骏马的长鬃盖住全身，在尘雾中向前飞奔，在不远的地方突然抬头，高声呐喊着向交劳依发起冲锋。听到这突如其来的呐喊，交劳依浑身打战，慌了心神，没等他掉转马头，阿勒曼别特锐利的矛锋早已戳进他的软肋，交劳依落马翻滚。正当阿勒曼别特弯腰拾起交劳依坐骑的缰绳时，童夏开之子波孜开尔提克催马向阿勒曼别特猛冲过来，从侧面刺中阿勒曼别特。阿勒曼别特在鞍鞯上歪斜了一下，紧紧抱住骏马的脖子，卧伏在马背上。凶狠地波孜开尔提克又把夺命的矛尖对准阿勒曼别特的头部。就在这个紧要关头，雄鹰色尔哈克及时赶到，一枪戳翻了敌将。阿勒曼别特忍住伤痛，睁开了蒙眬的双眼，在伤口上撒上药粉，流淌的鲜血顷刻被止住。此时，喀拉契丹的猛将卡尼加尔库率领着本部的兵马冲上前来，身负重伤的阿勒曼别特使出全身力气，戳出矛枪，将卡尼加尔库挑落在地。不料，阿勒曼别特的父亲索然迪克指挥着洪水般的兵马，气势汹汹地奔向战场，他见到背叛他的亲子，全然没有父子之情，凶神恶煞地向前冲锋。他想一锤打死逆子，将尸体驮回家乡，但他举起的大锤还未落下，就被侧翼冲出的色尔哈克愤然一击，飞落马下。战场周围尘土弥漫，遮天蔽日，康阿依人蜂拥而上，阿勒曼别特和色尔哈克英勇奋战，凡与他们交手的人，都没有得胜。

前往别依京侦察的阿勒曼别特和色尔哈克已离开多日，毫无音信，雄狮玛纳斯在约定的地点等得很不耐烦。他命令楚瓦克到达坂顶上观察别依京的路途，如果有什么风吹草动就立刻回来禀报。楚瓦克骑着阔克铁凯骏马飞奔而去，来到山峰，赫然看到铺天盖地的兵马。面对如此强大的敌兵，楚瓦克寻思着色尔哈克和阿勒曼别特会在何处？他把千里眼左右摇摆，看到两位英雄与敌军的战斗正酣，被英雄们驱赶的马群已经过来了一半。楚瓦克没有犹豫，径直冲向战场。女英雄萨依卡丽正好瞧见了楚瓦克的身影，想起上次祭典之辱，她心怀复仇之火，暗中藏身等待时机。见楚瓦克奋不顾身一路冲来，躲在暗处的萨依卡丽突然挥矛袭击，楚瓦克躲闪不及，翻身落马。阿勒曼别特看到这一情景，狂呼高喊着飞驰而来。听到阿勒曼别特的声音，萨依卡丽手忙脚乱，催马扬鞭逃入了自己的阵营。幸好楚瓦克的马缰在其腰上缠绕了两圈，这是他每次出战时的习惯。当他落马后，他那没有阉割的种马十分躁动，如同发情一般腾跳不停，不让他靠近。楚瓦克见此心慌意乱，无法踩镫上马。阿勒曼别特冲上前来，一边讥讽他败在了一个女人手下，一边抓住其镶金的腰带将他扶上了马背。楚瓦克骑上了马后，告诉阿勒曼别特他要回去向雄狮玛纳斯禀报这里的情况，然后尽快赶回投入战斗。

英雄楚瓦克策马扬鞭，转眼间回到了玛纳斯身边。只见玛纳斯头枕马鞍睡得正酣，无论楚瓦克如何扯破嗓门呼喊，玛纳斯都鼾声不断。楚瓦克万分焦急，抓住玛纳斯的胳膊不停摇晃，玛纳斯依然沉睡。楚瓦克十分无奈，抓住玛纳斯的双肩，然后将他仰面放倒在地上。即使这样，也无法驱赶玛纳斯的睡意。楚瓦克无计可施，可怕的想法涌上他心头："难道是梦神将玛纳斯俘获，迫使他昏死过去？难道是土地神将玛纳斯控制，让他无法苏醒？难道是他的心脏已经停止跳动，身体变得如此冰冷僵硬？"楚瓦克低头仔细观察，玛纳斯依然熟睡，鼾声如雷吓得山里的动物心惊肉跳，左顾右盼不能安心吃草。楚瓦克想了好半天，终于想出了一个好主意，他取下肩上的火枪，装上一袋黑火药，用毡片制成子弹，轻轻地点着火捻，慢慢地靠近玛纳斯的耳边，"轰"的一声开了一枪，枪声在群山中回荡，动物被惊得四处逃散，但玛纳斯依然未醒，这一招还是不灵。楚瓦克一筹莫展，不知怎样才能让玛纳斯苏醒。"如果不抓紧时间，铺天盖地的敌人就要来临，趁他在这个荒无人烟的地方仰面八叉地昏睡不醒，契丹人会将他千刀万剐。"楚瓦克最后灵机一动，情急中做出了让人难以置信的事情。他拿出锐利的矛枪，把钢铁矛头用布片包裹，只露出一拃长的矛尖，然后撩起玛纳斯的袍襟，楚瓦克后退几步一阵快跑，顺势将矛尖扎在英雄的大腿上。玛纳斯这才大叫一声，急忙抓住疼痛的大腿，抬起头睁开蒙眬的眼睛，吃惊地向楚瓦克询问："该受惩罚的楚瓦克啊，你总是招惹事端从不安分，你是不是魔鬼缠身，用矛枪戳伤我的身体？"楚瓦克此时急切地回答："你那好事的契丹朋友阿勒曼别特去往别依京城，赶来了契丹的马群，强大的契丹人倾巢出动，很快就到这里了，这里并非塔拉斯的宫帐，你为何要昏昏入睡？这里更不是坎阔勒的河滩，也不是卡妮凯的寝宫，你却如同躺在卡妮凯的怀中，搂着卡妮凯夫人无忧无虑的安详入梦？任何事情都要有个限度，你再也不能如此逍遥昏沉。"玛纳斯听完楚瓦克的一番话，十分坦然地说道："哪里有我不曾征讨的敌人，哪里有我不曾翻越的高山？哪里有我不曾战胜的对手，哪里有大河将我阻拦？你为何如此惊慌失措，莫非早就被吓破了肝胆？"听到玛纳斯的话语，楚瓦克感到惭愧："既然雄狮玛纳斯如此坦然，又有阿勒曼别特相伴，我再有半点胆怯，还算什么英雄好汉。"楚瓦克想到这里，掉转马头，挥鞭策马，按原路回返，奔向战场。

刚刚到达，楚瓦克就碰上了乌尚。卡勒玛克英雄乌尚端着长长的矛枪全力阻挡迎面而来的楚瓦克。楚瓦克顺手拨开刺来的矛枪，将乌尚一枪戳翻在地上。楚瓦克不断催动着阔克铁凯骏马一路冲锋，竟无人能从他的手下逃跑，他的英勇得到了验证。

再说雄狮玛纳斯挨了楚瓦克戳出的矛枪，才睁开了惺忪的眼睛，他没有一点急躁的神情，骑上阿依满波孜骏马，就像平时走村串户的客人，慢慢悠悠地来到了山顶。他仔细观察眼前嘈杂混乱的战场，双方用矛枪戳杀，挥动战斧劈斩，舞动战刀竖砍，用战锤猛砸，战袍在搏斗中被撕成碎片，甲胄在刺杀中断裂，叫喊声和厮杀声不断，让人心惊胆战。玛纳斯看到楚瓦克果然英勇无畏，在敌阵中大显身手，八面威风，不给敌人喘息的机会，是敌人的灾星，楚瓦克的阔克铁凯战马如同飞箭，显得那样兴奋；阿勒曼别特和色尔哈克两位英雄不分昼夜，连续作战，已有些精疲力竭，他们的萨热阿拉骏马和铁勒克孜勒神骏也有些体力不支略显疲惫。玛纳斯看到他们的情形，又继续观察整个战场，只见空吾尔巴依在阿加特河的对岸，骑在阿勒喀拉背上东张西望。玛纳斯复仇的火焰在心中升腾，他毫不顾及自己的生命，义无反顾地飞奔而去，虽然他胯下的阿依满波孜骏马并不是最理想的战马，但他还如同骑着阿克库拉那样自信，他拼命抽打着阿依满波孜，恨不能飞到空吾尔巴依跟前一战而胜。

玛纳斯一路前进，来到了阿加特河岸。面对眼前的空吾尔巴依，他根本不管深不可测的河水，急不可耐地驱马跳进河里。康阿依人在阿加特河道早已挖了矛枪杆深的壕沟，两岸峭壁高耸，很难找到上岸的浅滩。玛纳斯在波峰浪尖上漂游，既无法走出河道上岸，又无法与空吾尔巴依交手，左顾右盼焦虑不安，没有阿克库拉神骏陪伴，他无计可施，心里十分烦闷。

河岸只有一个上岸的豁口，狡猾的空吾尔巴依妄图把玛纳斯杀死在河中，早已提枪在那里等候。玛纳斯急中生智，时而拉住骏马的后鞧漂游，时而揪住骏马的长鬃，不让骏马沉入水里。他想方设法终于靠近了空吾尔巴依把守的渡口。正当玛纳斯靠近岸边，空吾尔巴依抓住时机，立刻戳出手中的矛枪，玛纳斯面对强敌目不转睛，一把抓住空吾尔巴依戳来的矛尖。只见矛杆在空吾尔巴依手中，矛尖被玛纳斯攥着，双方较劲如同拉锯一般你来我往。玛纳斯胯下的阿依满波孜骏马在水中气力不支，摇晃着漂浮在河面。狡猾的空吾尔巴依见此情景心中高兴，他要设法将对手压制在河中。空吾尔巴依轻轻一推搡，阿依满波孜骏马便随着水流急速漂远，空吾尔巴依往前一拉，它又向前漂浮来到河岸。空吾尔巴依见此十分得意，心想要把玛纳斯斩杀在河中，给柯尔克孜降下一场灾难。

正在这危急的时刻，阿勒曼别特从远处看此情形，对玛纳斯的处境忧心忡忡，他知道阿依满波孜骏马的习性，心中焦急万分。他迅疾地掉转马头，怒吼着冲到空吾尔巴依身边。他的吼声响彻天宇，震碎岩石。空吾尔巴依看到他的气势，不敢面对，掉转马头狼狈逃窜。

阿勒曼别特奋不顾身策马跳入河中，抓起阿依满波孜的缰绳，将其紧紧地压在鞍下，催动萨热阿拉骏马向河岸靠近。玛纳斯稳坐马鞍，连人带马走上河岸。阿勒曼别特气愤难忍，对准阿依满波孜的小腿狠狠抽了一鞭。他对玛纳斯说：“阿克库拉神骏不愧是你的坐骑，如果你离开那匹神圣的骏马，怕是什么理想都难以实现。‘勇士离不开骏马，失去骏马只能躺在家里。’这是哲人的劝谕。你那神奇的阿克库拉神骏，此刻正等待着你。骑上它你才能冲锋陷阵，现在你看那用石块垒砌的黑岩，你就藏在它的后面，敌人不久定会浩浩荡荡地前来，你要想方设法将他们堵截在对岸。”阿勒曼别特交代完毕，掉转马头，奋不顾身地冲入沸腾的卡勒玛克兵马之中。

在兵马相杂的混乱之中,阿勒曼别特与朵坦巨人相逢，这家伙气焰嚣张，口鼻中烟雾升腾，眼睛里火焰滚滚。他骑着一头硕大的犀牛挡住了阿勒曼别特，没等阿勒曼别特迎头痛击，雄鹰楚瓦克从侧翼冲来与朵坦纠缠在一起，没几回合就把朵坦从犀牛背上戳翻在地，阿勒曼别特举起门板大的斧头砍向他的头顶。

看到朵坦的下场，涅斯卡拉气急败坏，下令手下的十一名将领率十万大军共同出击，团团包围阿拉什的英雄们，想用绳套大网捕获阿勒曼别特、楚瓦克和色尔哈克。涅斯卡拉一声令下，如狼似虎的兵丁们呐喊呼叫，如滚滚洪水涌向杀场。阿勒曼别特看到康阿依人的情形，立刻做出战斗部署："不论敌人迎面与我们相遇，还是在后面穷追不舍，我们都要相互关照、相互呼应，千万不可独自前行。雄狮玛纳斯已在河边堵截，没有阿克库拉神骏在身边不行，色尔哈克要赶快飞去送信，让巴卡依圣人把阿克库拉神骏送来，千万记得还要到阔克确勒草原把柯尔克孜大军领来。”色尔哈克遵照阿勒曼别特的吩咐，火速踏上了送信的路途。

康阿依的千军万马犹如洪水滚滚，来到阿加特河边。静静等待的雄狮玛纳斯端起阿克凯勒铁神枪，对准敌人点着了火捻。神枪一颗子弹，便收拾了一万敌兵，方才还气势汹汹的康阿依兵丁吓得抱头鼠窜。

阿加特河的这个渡口，还有一条土路可以绕行，阿勒曼别特和楚瓦克两位英雄一起行动，提前占领了这个路口。

就在这个时候，康阿依的穆拉迪勒率领四十名巨人和四万大军从四面围堵而来，卡勒玛克英雄乌尚的六万精兵也气势汹汹地紧跟而来。卡勒玛克的勇士索罗开飞扬跋扈一味逞能，他毫不客气地与穆拉迪勒吵吵嚷嚷："你们都躲开，现在只有我能上阵，如果你敢阻拦我，我就要扫平这里的一切，连你也一起消灭！我没有参加阔阔托依的祭典，还没在柯尔克孜族人面前显露过我的威风，他们没有见识过我的本领，所以才如此轻举妄动。如果当时见过我的勇猛，如今他们怎敢前来挑衅。我要将玛纳斯为首的那些家伙全部斩尽杀绝！"索罗开的气焰嚣张，人们无法阻挡。穆拉迪勒听到他的叫嚷，又看到他气势汹汹的模样，只好将出战的机会让给他，心里却暗自嘟囔："你再强也强不过玛吉利，他在山脊被那两个布鲁特人瞬间消灭，你飞扬跋扈自命不凡，玛吉利的阴魂正好与你做伴。"

索罗开脸膛扁平，面目狰狞，嘴里喷出的热气如同烟筒冒出的黑烟，一对凸出的圆眼睛似乎随时就要爆裂。他只有一只耳朵，好似大大的驴耳朵，耷拉在前额上。像他这样令人厌恶的怪物,人人见了都要心慌。他不佩带战刀,也不使用矛枪,只有一对山包般的战锤挥舞在手上。此时,英雄楚瓦克怒火中烧咬牙切齿,挥动矛枪冲到索罗开跟前。索罗开挥动战锤向楚瓦克砸去,不等战锤落下,楚瓦克灵机一动,先刺中了对方的右臂,只见牛头般大的一块肌肉开花般悬附在索罗开的胳膊肘上,他疼痛难忍,再也没有力气举起战锤。当楚瓦克准备再次攻击的时候,穆拉迪勒的兄弟加纳迪勒骑着一匹枣骝神骏疾速如风,手执锋利的铁矛向楚瓦克发起冲击,戳中了楚瓦克的臀部,楚瓦克从马背上飞落下地。在这危急的时刻,阿勒曼别特催马赶到将加纳迪勒戳落马下,楚瓦克艰难地跨到马背上。阿勒曼别特转头催动骏马向索罗开冲击时,穆拉迪勒从侧翼袭击阿勒曼别特,没等他战刀落下,楚瓦克的长矛已刺在他的身上,穆拉迪勒就这样狼狈不堪地滚落马背,威风扫地。此时,阿勒曼别特早已同索罗开纠缠在一起,阿勒曼别特从正面向索罗开的大腿猛刺一枪,楚瓦克从左侧冲杀而上,对准敌人狠狠戳了一枪。看到索罗开虽然没有咽气,却已经奄奄一息,楚瓦克就准备离开,阿勒曼别特质问楚瓦克:"楚瓦克你这是怎么啦,不杀死索罗开怎么行?只要吃一点叫库努的草药,他就会立刻恢复健康,威胁更大。如果这个山冈般的家伙重新跨上骏马,还有谁能将他打垮?我们最好将他粉身碎骨。"于是阿勒曼别特和楚瓦克在克孜勒阿尔特的山间平地上,送走了索罗开这个瘟神。

涅斯卡拉、交劳依的浩荡大军被困在河边无法横渡,穆拉迪勒、乌尚的队伍被阿勒曼别特和楚瓦克挡住。战斗日夜不停，十分残酷，刀光剑影间，根本没有抽一袋烟的工夫。

狭路相逢

色尔哈克遵照阿勒曼别特的吩咐，日夜兼程马不停蹄，来到阔克确勒草原。

巴卡依老人每天都在徘徊中期盼着玛纳斯他们的消息。这一天他来到雪鸡出没的岩石边，放眼向远处不停地瞭望。晌午时分，远处匆匆前来的人影出现在他的眼帘。他拿出千里眼不断地调整观察，认出来者是色尔哈克英雄。“他为何独自一人前来，其他人为什么没有踪影？”巴卡依思潮起伏，万分忧心决定亲自迎接询问。此时行色匆匆的色尔哈克却没有注意近旁的人影，径直从巴卡依老人面前飞奔而过。巴卡依忍不住大声喊叫，色尔哈克一心赶路没有听到，只顾向前飞奔。巴卡依见状心急如焚，飞身跳上马背，眨眼间赶上了色尔哈克，神色紧张的色尔哈克这才注意到来者，赶紧把自己回来的原因毫无保留地告诉了巴卡依。听完后，巴卡依老人对色尔哈克这样指点：“如果你这样鲁莽地前去，会引起一片恐慌和混乱。那些畏惧玛纳斯的威猛、硬着头皮出征的汗王都不会与你同行，我先去把他们稳住，你去洗漱整装，然后再进入大帐，就说谁早一点儿去就可以获得战利品，去晚了一无所有、得不到分文，除了这些不要说任何事情。”色尔哈克按照巴卡依的指点，洗漱干净后束紧腰带，策马向营地前行。森其别克首先发现色尔哈克的到来，喜气盈盈地迎上去探问玛纳斯、阿勒曼别特和楚瓦克的情况。不等他问完，色尔哈克接上话茬儿：“我们夺得了众多的马匹，早一点儿去可以得到战利品，去晚了将一无所剩。漫山遍野的马群，想要多少都有，英勇如你应该尽早前去不要停留。”色尔哈克走进大帐，对汗王们也如此通报。大家一哄而起，情不自禁，高兴万分，集结的人马全体出动踏上了征程。巴卡依老人骑着灰色骏马，牵着阿克库拉的缰绳，率领队伍做前锋。这支队伍很快来到玛纳斯身旁。雄狮玛纳斯看到阿克库拉神骏，不禁神采飞扬，激动万分。他没有踩马镫就飞身跃上了马鞍，沿着阿加特河岸，向卡坎方向前进。

战场上柯尔克孜的各路英雄和著名的四十勇士纷纷发起进攻，敌人的首领空吾尔巴依命令艾将军率领队伍倾巢出动，前往阻拦。双方针锋相对，互不相让，展开了一场惊天动地的混战。玛纳斯催赶着阿克库拉神骏，挥舞阿恰勒巴热斯神剑，一路冲杀如入无人之境。正当他横冲直撞一往无前的时候，迎面遇见了空吾尔巴依。玛纳斯将宝剑插入鞘中，拿出锋利的矛枪，奋不顾身地迎面出击。空吾尔巴依看到玛纳斯，就像寒冬里的公驼，咬牙切齿，分外眼红，他也收起交依库玛宝剑，端起那夺命的矛枪，高喊着“康阿依”的口号,猛冲过来。两人狭路相逢展开拼杀，吼声震天，直冲云霄。只听得矛尖与矛尖相交铮铮作响，枪杆与枪杆碰击气势雄壮。两人互不相让,能力旗鼓相当。空吾尔巴依诡计多端，一边作战，一边思考：“我要寻机躲过他的枪头，设法从他背后进攻。”他先催马跑出，然后掉转马头冲撞。玛纳斯早就看出了空吾尔巴依的诡计，略一闪身，躲开了他的回马枪，当他再从身边经过时，玛纳斯迅速抽出阿恰勒巴热斯神剑，砍向他的矛枪。空吾尔巴依的矛枪顿时断成两截，从手中脱落。

直逼都城

空吾尔巴依失去了夺命的矛枪，不知如何是好，只好掉转马头狼狈逃窜，玛纳斯挥动皮鞭穷追不舍。阿加特河岸是一片盐碱滩，盐碱坑坑洼洼凹凸不平，盐与碱结成棱角分明的银色晶体闪耀，在炎炎烈日的照耀下变得滚烫冒烟。就是生活在这里的野马不小心踏上这滚烫的碱土，蹄子也会被烫成重伤；迷失的白天鹅飞过此地，双翅也会被热浪烤焦。诡计多端的空吾尔巴依企图把玛纳斯引到这个地方，让玛纳斯在炎热中受苦，再寻找机会将他打败；如果没有机会下手，他还可逃回别依京城，借助别依京城里众多将士的力量，将玛纳斯生擒活捉。空吾尔巴依想到这些，对自己的阿勒喀拉骏马充满信心，朝着连野狗都不愿出没的戈壁逃遁。

英雄玛纳斯催动阿克库拉神骏，紧追不舍，步步逼近，马蹄发出的声响响彻天空，震耳欲聋。空吾尔巴依提心吊胆，心神不宁，“如果我落入玛纳斯的手中，他不但要砍下我的头颅，还会让我万劫不复，高高地挂在路边示众。”空吾尔巴依越想越怕，失魂落魄。而英雄玛纳斯此时一心只想把空吾尔巴依挑到矛尖上回到大营里，让人们见识一下自己的雄风，让康阿依人目睹自己的威猛，瑟瑟发抖，不敢再骑马出征。玛纳斯想到这些，对准空吾尔巴依的脊梁狠狠地戳出了矛枪。著名的色尔长矛，没有将空吾尔巴依的后背戳中,却戳中了他肥硕的后臀。玛纳斯出手失误，前面的空吾尔巴依没有落马，色尔长矛亦没有拔出，仍然扎在空吾尔巴依屁股上摇晃，玛纳斯也握着矛杆不放。

在天昏地暗的战场,康阿依人和柯尔克孜人鏖战正酣，腥风血雨间，哀鸿遍野。人们四处张望，却不见玛纳斯和空吾尔巴依，他们的身影已消失在远方。足智多谋、法术高明的阿勒曼别特一边在战场厮杀，一边施展法术呼风唤雨，霎时间风云激荡，倾盆暴雨伴着雷鸣闪电骇人胆魄。有一些胆小的兵丁，早已吓得魂飞魄散。阿勒曼别特挥鞭催马，英勇无畏地冲入了康阿依的兵马中间。

以艾将军为首的四十位大力士早已投入到鏖战之中。有一位名叫额拉麻的英雄紧跟着艾将军，他既是英雄又是汗王，是四十名大力士中的枭雄。他高举大纛冲入战场与阿勒曼别特相遇。阿勒曼别特只用一个回合就将额拉麻戳翻，不等额拉麻手中的大纛坠落阿勒曼别特就挑在了自己的枪尖上。阿勒曼别特熟知康阿依人的习性，他冒充额拉麻举着大纛，喊着“蒙迪”的口号，朝着远方的别依京城行进。混战中部分康阿依人和卡勒玛克人也晕头转向地跟着阿勒曼别特向别依京城方向撤退。

契丹英雄交劳依耀武扬威，气势汹汹，催动阿奇布旦骏马，向柯尔克孜人发起猛烈进攻，他挥刀一次就砍倒四十五人。克尔葛勒恰勒和阿吉巴依也难以抵挡交劳依的矛枪，双双被刺落在地，被康阿依兵丁层层包围，两人的坐骑落入敌人手中。当他们就要被敌人擒获的危急关头，头戴黑卷边白毡帽的色尔哈克英雄催马扬鞭如离弦的箭飞驰而来。他挥动手中的矛枪，一口气将交劳依的武士连续戳倒六人。包孜吾勒和英雄秀图也冲上来，和色尔哈克一起为阿吉巴依和克尔葛勒恰勒解围，并顺手牵起两匹空背战马的缰绳，让他们骑上战马返回大营。

凶猛的交劳依不停出击，一连串地戳翻了十七名柯尔克孜勇士。穆孜布尔恰克、什哈依和铁凯奇等有名望的汗王们也被交劳依戳中落马，他们双手被敌兵反绑，像货物般被驮到战马背上，由两个首领、一个将军押着行进，六位身强力壮的大汉在前面开道，一千名士兵随后紧跟。英雄色尔哈克看到叔伯们被俘的情形，挥动手中的矛枪冲来。此时，从大营回来的阿吉巴依和克尔葛勒恰勒率领二十名勇士及时赶来。铁凯奇、什哈依和穆孜布尔恰克得到救助，落入康阿依人手中的战马也重新回到英雄们的手上。

阿勒曼别特装扮成额拉麻，将萨热阿拉神骏变成黑色骏马，诱导敌人向后撤退。他来到别依京城附近的山冈，举目向远处瞭望，远处出现一前一后两个人影。“这是何人赶在我的前面？”阿勒曼别特纳闷儿地催赶坐骑向前狂奔，他认出前面的两匹骏马，竟是阿勒喀拉和阿克库拉的身影。“诡计多端的空吾尔巴依定是使出骗人的把戏。”阿勒曼别特万分焦急，扔掉手中的大纛，风驰电掣地向前追去。

雄狮玛纳斯追赶空吾尔巴依，看到了远处的别依京城，心想：“哨兵以为是大军压境，一定会关上城门，空吾尔巴依被关在门外，我就可以用矛枪将空吾尔巴依钉到城墙上。”他满怀信心，瞪大双眼，拼命追赶。

别依京可不是普通的城邑，外有城墙，内有巷道。环绕全城的城墙巍峨壮观，足有四十庹高。围着城墙挖好的城壕足有四十庹宽，其中注满河水。护城河上的铁桥用生铁铸成，吊起放下都要用六十名大力士才做得到。

当空吾尔巴依靠近护城河时，他的坐骑阿勒喀拉像长了翅膀，展开长鬃和尾巴，一跃而起飞到天上，越过了宽阔的城壕，跨越了高高的城墙，任何障碍都未能将它阻挡。玛纳斯眼看着阿勒喀拉骏马跃过城墙，空吾尔巴依逃脱了，认为自己的坐骑阿克库拉无能，心中气愤难平：“阿勒喀拉骏马也是和你一样的骏马，长着一模一样的四蹄，它能一跃而起飞过城墙，你却不能像它那样飞过去！我还留下你做什么！”当玛纳斯从鞘中抽出宝剑之时，阿勒曼别特正好赶到。他担心玛纳斯做出傻事，一边催马奔来，一边高喊：“玛纳斯，请你手下留情，千万不要轻举妄动！”

他匆忙赶来夺过玛纳斯手中的宝剑，急切地劝道：“你无视自己的失误，却要埋怨坐骑！对骏马没有认真调教，这是谁的过错，你要仔细想想！空吾尔巴依驯马有方，他专门砌高墙训练坐骑腾跃，砌一层让马跳过后再加一层，就这样日复一日、年复一年地调教，他的坐骑才练出了逾墙腾飞的本领。我的汗王啊，你不知此理，怒火满腔，这可是失态的表现。你当时骑着阿依满波孜骏马在阿加特河上漂浮，无法与仇敌搏斗作战，多么期盼着阿克库拉神骏，今日竟想对它拔刀动武，难道阿克库拉神骏已经不重要了吗？请你好好想想。”听到了阿勒曼别特的肺腑之言，玛纳斯失神地站在一边沉默不语。阿勒曼别特循循善诱，劝说玛纳斯返回战场。

康阿依和卡勒玛克大军在艾将军的率领下逼近，穆拉迪勒、乌尚等英雄也在其中，涅斯卡拉和交劳依在后面压阵。柯尔克孜兵马全体出动，双方队伍混杂在一起难以分清。

见到艾将军的身影，雄狮玛纳斯催动阿克库拉神骏冲了过去。玛纳斯为了柯尔克孜族人的平安，从九岁开始走上战场，他就像是为报仇雪恨来到人间。他高声呐喊，奋勇前进，平时耀武扬威的敌方英雄，听到玛纳斯的呐喊声，魂飞魄散，在马背上不停摇晃。艾将军曾经是玛纳斯的手下败将，复仇的愿望多年不忘，今日重新相遇，再次燃起他想杀死玛纳斯的欲望。他脸色苍白，眼睛发红，催动着银花骏马，挥枪舞刀上场迎战。两位战将同时伸出矛枪，矛尖戳中护胸铮铮作响，战斧砍中头盔叮叮当当，大地被踏得发出隆隆的巨响，震耳欲聋，令地面摇摆震颤。

当艾将军又一次冲到身旁时，玛纳斯心中思忖："打不败艾将军，我玛纳斯还算什么天下无敌的英雄？"他抓住艾将军与其擦身而过的时机，将战斧狠狠砸向艾将军的头，将他送进地狱。

耀武扬威的交劳依在艾将军和玛纳斯对阵拼杀得难解难分时，控制不住自己的腾腾杀气，跃马挺枪冲出阵营将高山一般的阔绍依从马背戳翻在地。正当他欲下手戕害英雄时，楚瓦克催马赶到，迅速刺出矛枪把交劳依挑下马背。但铺天盖地的敌兵刹那间涌来把交劳依救起，同时又把阔绍依团团围住。老当益壮的阔绍依临危不惧，大吼一声从地上站起，挥舞着白色矛枪，眨眼间将一大批敌兵送到了另一个世界。还没有等敌人重新包围，英雄色尔哈克催马到达，将剩下的敌兵统统消灭。阔绍依重新骑上自己的栗色神骏，如同山峰昂首挺胸。交劳依为了保命，只好狼狈逃窜。

决战前夕

当夜追赶康阿依败军的柯尔克孜大军跳下马背，舒展腰身，在阿加特河畔扎营，纷纷起灶点火。

雄狮玛纳斯身披白色战袍，站在一旁思绪万千。全军统帅阿勒曼别特四处走动，开始清点人数。

十人首领们蹦蹦跳跳，五十人首领们来回奔跑，在人群中反复穿梭，不断地向百人首领们报告人数。百人首领们集中合计，来到千人首领面前报告数量。千人首领的汇总统计，把最后的结果向阿勒曼别特报告。队伍在阔克确勒驻扎时总共有五十四列克[1]的士兵，根据汇总的数字来看，其中二十四列克已惨遭不幸。阿勒曼别特听到了这个结果，郑重其事地发布命令，让人马出动找回死者的尸体

[1] 列克：数词，十万。

用心安葬，受伤的人无论如何都要全力救治。将士们纷纷赶来清理战场，目睹了战场的惨状。他们曾经有过无数次战斗，都比不上这次悲壮惨烈。能够辨认的尸体都被集中在一起，士兵们在一个细土生成的山冈挖掘墓穴安葬牺牲的战友，在坟墓上用白布条代替碑碣。

经过两天休整，阿勒曼别特邀集诸位汗王商议有关决战的事宜。圣人阔绍依、穆孜布尔恰克、铁凯奇、什哈依、加木格尔奇、阿葛什、森其别克、玉尔毕、托什吐克、凯尔阔库勒、巴卡依、玛纳斯、色尔哈克、楚瓦克陆续前来聚于一堂。阔绍依首先开言：“我的孩子阿勒曼别特，你有什么事情要与我们商谈，尽可以提出不必踌躇。”听到阔绍依老人的鼓励，阿勒曼别特开始发言：“尊贵的各位汗王、各位好汉，我们从遥远的地方踏上征程，历经艰险，来到了康阿依人的地方，在这里兵戎相见展开了一场厮杀，前来迎战的敌人多半已经逃回了别依京城。我们不要因为敌人丢盔弃甲落荒而逃就沾沾自喜，忘乎所以；也不要因为敌人会重返战场就提心吊胆，陷入绝望。我估计，康阿依的汗王和首领已经召集众人商议决策，他们将在五天之内出动多如野草的兵丁重操刀戈。他们中间有无数英雄好汉，会前来一对一独战。艾散汗定会亲自挂帅，奥荣阔会前来充当先锋。我尊敬的阔绍依大伯啊，你是否能够与奥荣阔对阵？无论你获胜还是失败，其后出阵的一定是鲍郎础英雄，他也是别依京城的英雄豪杰，我见过他们，对他们并不陌生。如果他出阵，自然是我前去与他交锋。假如交劳依挥刀上阵，托什吐克啊，你就要跨马出征。如果涅斯卡拉鼓起勇气出战，自然由楚瓦克对付他。穆拉迪勒、乌尚、萨伊卡丽他们中谁敢独自挑战，色尔哈克你就毫不犹豫地与其对阵。敌方的大纛肯定在艾散汗自己手中握住，我们的汗王之旗要由巴卡依大伯高举。如果空吾尔巴依忍不住操矛上阵，自有我们的玛纳斯亲自与他对阵。玉尔毕啊，你是哈萨克的汗王，身体轻巧，聪明机灵。战场上受伤的兵马，由你负责怎么样？森其别克，你一生的大部分时间都在数钱中精打细算，负责大军的后勤供应对你而言并非难事。布达依克汗王之子穆孜布尔恰克，你谙熟医道，足智多谋，那些在战场上献出生命的人们就交由你负责殡葬。什哈依老人，您负责把失去主人的闲散马匹归拢。少年英雄凯尔阔库勒，你要在队伍后面负责大军的秩序，决不允许大军出现骚乱，更不能有往回逃遁的现象。加木格尔奇、阿葛什两位英雄，你们要在队伍两翼压阵。铁凯奇大伯十分谙熟牲畜的习性，什哈依将集中的马匹交给您严加看管，柴草等事宜也由您来掌控。”智慧的阿勒曼别特分配完任务，人们默默无语，似乎完全接受了。阿勒曼别特看到大家的反应，继续发表言论：“我们中间有统治百姓的汗王，有勇士和英雄，有普通的平民百姓，决不允许任何人任人唯亲，只照顾自己的亲信，每个人都要做好自己的事情。善于使用长矛的士兵，挥舞战斧的刀斧手，挥动战锤的高手，准确砍杀目标的大刀手，百发百中的神箭手、火枪手，都要分别编成各自的战斗队形，铁制铲杖和铁棍都是同一类兵器，要聚在一处不能分离。士兵们要按照兵种整编，抖擞精神，严阵以待。”

柯尔克孜大军按照阿勒曼别特的部署，不分昼夜，分头准备。

再看空吾尔巴依骑着阿勒喀拉飞跃城墙进入别依京城中，他被戳中的后臀鲜血哗哗流淌。看到他的伤情，汗王们慌慌张张，四处打听寻医问药，在成千上万的人中挑选了五十位名医共同会诊，不到三天时间就治好了他的伤痛。

空吾尔巴依的身体很快恢复健康，心情也逐渐平静，他给艾散汗写信，讲明发生的事情，并强调说：“玛纳斯伸出凶狠魔掌，已杀气腾腾地披挂上阵。索然迪克之子阿勒曼别特，那永远无法调教的家伙率将领兵，向我们挑衅。六十部落之众的阿拉什人在他们的率领下兵临城下，我们铺天盖地的众多兵马与他们鏖战数日，损失过半，士气锐减。艾将军和索罗开已经战死；索然迪克挥刀上阵，也没有逃脱死亡的命运；众多著名英雄都已经丧生。自从您成为汗王，何曾有过如此重大的牺牲？艾散汗啊，你要带领所有的汗王火速行动，秦马琼、卡坎的兵马要倾巢出动，康阿依、潼夏的人马不要遗漏一人，你要把那些想名扬千古的英雄、英勇善战的将士全部带上。凡你指令所到之处，要他们速发大兵，各路兵马要快快启程。”涅斯卡拉、穆拉迪勒、乌尚、交劳依以及死去的艾将军部下的各位大臣，还有康阿依人的长老与首领都跟着空吾尔巴依在信的末尾签名盖章，将信函传送给艾散汗。

艾散汗从六天远路程的坎屯城出发，火速行进，很快到达了边别依京（潼夏城）王庭。众汗之首艾散汗由奥荣阔随行陪同，还有昆将军亲自护驾。随行的汗王共有三十人，将军有四十人，浩浩荡荡的队伍中，士兵多到无法计算。

看到艾散汗，空吾尔巴依没有了往日对他的恭敬，也没有低头下跪表示虔诚，反而两眼喷火、怒气冲冲，忘记宫中的礼节，直截了当，斥责连声："阿拉什人不远万里前来向我们发起猛烈进攻，都是你的契丹人作孽造成的。那个叛变逃亡的奴仆、索然迪克的孽种阿勒曼别特蛊惑所有阿拉什人，将他们领到了别依京。"空吾尔巴依说的话也有几分道理，因为当年是艾散汗的左膀右臂奥荣阔，怂恿艾散汗分割了阿勒曼别特家族的牧场和土地。阿勒曼别特因此怒气横生，将土地重新分配给了平民百姓，最后自己离家出走。空吾尔巴依一口气说完这些话后，准备离开。此时涅斯卡拉把他叫住，说话尖酸又刻薄："喂，空吾尔巴依英雄，不要着急，请等一等！你只身一人出发，是想投奔何方？当年你第一次出征的时候，摔落马背啃了一嘴黄土，你不甘心失败，口吐狂言，重新出征，不幸又被戳中臀部，狼狈逃窜，侥幸保住了性命。你的'战功'已成为笑柄。而你总是自以为是、目中无人、胡言乱语，你这是愚蠢至极的举动。今日，拥有至高无上汗位的艾散汗头顶着荣耀和辉煌，由昆将军陪同到了这个地方，我有一些肺腑之言，希望你和各位一起仔细听听。"见空吾尔巴依站定后，涅斯卡拉继续说道：“我们手持各种战斧、大刀和矛枪，武器精良，样样齐备。各种各样的火炮、火枪一个不缺，最厉害的武器应该就是响箭。我们的英雄们各怀绝技，个个英勇无比。面对敌人要把军队分成不同的兵种出战，才是对付敌人的策略。如果我们鲁莽行事前去混战，惨重的灾难会殃及无辜士兵，如同面对雄鹰放飞雀燕。依我看我们高举大纛，单独出战与敌人搏斗，这样的打法才会赢，不知你们觉得怎样？只要英雄们阵亡，汗王们自然会成为孤家寡人；只要首领被打败，其他人自然会仓皇逃遁。我们要采用独战的手段设法战胜布鲁特人，将他们的英雄一一消灭，把他们推进地狱之门。”涅斯卡拉滔滔不绝地阐明了自己的战法，艾散汗和奥荣阔听后十分赞同，其他汗王和英雄也觉得涅斯卡拉的意见十分中肯。气势汹汹的空吾尔巴依听着这样详尽的分析，情绪也慢慢平静下来。

战将对决

次日，康阿依大军由艾散汗统率浩浩荡荡地前行。尘土冲向蓝天，太阳隐入烟雾中，大地尘雾蒙蒙如同黄昏，行进的人影难以辨认。只听得大地轰鸣，山摇地动，如同夏日暴雨前的雷鸣。

玛纳斯手下的勇士们也在军中摩拳擦掌，急不可耐地等待与敌人交战。不多时，康阿依人来到了他们的面前，空吾尔巴依没有让士兵们下马卸鞍，他拿出提前写好的信函，派出七名信使送信，要求他们快去快回，拿回柯尔克孜人的复函。信使的首领是琼买尔干英雄，曾经与阿勒曼别特一起到远方学习过武功。信使们把信函送到柯尔克孜的军营，巴卡依打开信函，从头到尾读了一遍，信中说两军应当避免混战，双方的英雄单独挑战。巴卡依提笔写了这样的回函：“我们同意用独战的形式，避免两军盲目混战，因为无辜的士兵与此毫不相干。”

信使们返回营地，艾散汗得到明确的回音，竖起战旗，立起大纛，将士们掀起一阵呐喊声。康阿依人的队伍一组一群地按住手中的武器组成不同类型的队列。

阿拉什人见状惊奇不已，佩服阿勒曼别特料事如神，提前安排了与康阿依人一样的阵形，把队伍按兵种分类。

两边队伍的大旗下面已经搭起高台，巴卡依和艾散汗在上面正襟危坐，两军虎视眈眈地对峙起来。

康阿依英雄奥荣阔催动胯下的灰花马冲来挑战，发出的呐喊如同青虎咆哮不断。柯尔克孜巨人阔绍依催动骏马，英姿勃发，气势飒爽地迎面而上。他身后跟着一条凶狠的猎犬，手上架着一只敏捷的猎鹰。

奥荣阔和阔绍依都保持着汗王的威严。奥荣阔拉缰止步，叽里呱啦地让阔绍依把姓名身份道来。他说的康阿依话语，阔绍依哪能听懂。阔绍依回头挥舞马鞭，伶牙俐齿的阿吉巴依立刻催赶坐骑前来翻译。听罢，阔绍依放声大笑："你这个卡勒玛克人的奴仆，心中已然充满了仇恨，居然没有把我认出，今天就让你彻底认清！"听完阔绍依正式的自我介绍，奥荣阔也说出了自己的姓名。此时，他想起阔绍依曾在祭典上摔倒自己的情景，怒气攻心，挥动矛枪，恰如一条张着血盆大口的毒蛇，气焰嚣张。英雄阔绍依见此情形，解开绳索为雄鹰松绑，让它飞向天空，又挥动胳膊让身边的猎犬向猎鹰飞去的方向跑去，然后迅速端起手中的矛枪，向前冲去。

两人展开一场恶战，一个回合接着一个回合不停地掉转马头冲向对方。阔绍依已是九十岁高寿，奥荣阔也有八十有余的年龄，即使是风烛残年，两位猛将依然万夫莫当，无比英勇。他们在难分胜败的较量中，商定放弃盲目的搏斗纠缠，决定用轮流出手的方法决一胜负。经过一番商讨，奥荣阔得到了首次出击的机会。阔绍依高挺着胸膛，手举着硕大的盾牌威武屹立。不明所以的将士们瞪大眼睛，莫名其妙地观看着。只见奥荣阔高举起毡房大的战锤，朝着阔绍依的头顶，用尽全力，狠狠砸击。阔绍依用盾牌抵挡，盾牌立刻裂成碎片四处飞扬。阔绍依本人毫发无损，但奥荣阔砸下战锤的威力传到马上，阔绍依胯下的枣骝大马四蹄深深地陷入地中。这次出击的顺序轮到了阔绍依，他鼓足全身的力气将门板大的月牙战斧舞得呼呼作响，狠狠向奥荣阔的盾牌砍去。那坚硬无比的盾牌裂成碎片四处飞扬，大地被尘雾笼罩，奥荣阔头昏脑涨神志不清。阔绍依让马跑出一段距离，回头向奥荣阔大声喊叫：“奥荣阔英雄，你是否还活在人间？”听到阔绍依的喊声，奥荣阔眼睛一眨一眨，慢慢从昏迷中醒来，用尽全身的力气戳出矛枪。阔绍依挥起战斧砍断了戳来的矛枪。正在远处观战的阿勒曼别特高声给阔绍依呐喊助威：“大伯啊，你不要再与他轮流出招了，快抓住机会将他砍翻！”阔绍依听后力气倍增，连续十次挥斧劈砍。奥荣阔经不住这劈头盖脸地打击，欲催动骏马逃走。其实狡猾的奥荣阔暗自算计，当气势正高的阔绍依挥舞着短柄战斧不顾一切地追上来的时候，他要趁其不备转身抽出腰间的长剑，刺中阔绍依的胸膛。这样想着奥荣阔将身子歪倒在骏马的一边佯装逃跑，阔绍依毫不顾忌，紧紧追赶。

阿勒曼别特见状猜出了奥荣阔的诡计，忍不住高声叫道："阔绍依大伯啊，你的斧柄很短，如此追赶到他身旁，可别中了圈套，让长剑刺中你！" 听到阿勒曼别特的提醒，阔绍依伸手探出矛枪，向趴在骏马一侧的奥荣阔刺去。矛尖正中心脏，奥荣阔终于从马鞍上滚落到黄土地。

为了表彰阔绍依的功绩，汗王巴卡依给他披上了红色的锦袍。阿勒曼别特扶着阔绍依跳下马背，命令士兵将大伯服侍好。

就在这个当口，凶狠的鲍郎础骑着马冲到阵中。人们目睹他难以想象的身影，心惊胆战。鲍郎础的头颅如同隆起的坟墓，双眼就像一潭深深的湖水，鼻梁犹如汪洋上的岛屿，一对晃动的耳垂如同吹起的皮囊。他两个肩膀中间的槽沟就像马驹奔跑的赛场，双臂的肌肉如同四岁的牦牛，再看那双手就像耕地的犁头，双腿则像宫殿的立柱。他气势汹汹地向前猛冲，似乎要把整个世界扫平。康阿依人盯着柯尔克孜阵营，猜想着谁敢出场搏杀。

此时，阿勒曼别特挥鞭催马径直来到巴卡依身旁，向他请战："我尊敬的大伯，我虽听说过鲍郎础的赫赫大名，但却不曾与他交手。这个可恶的康阿依奴仆，我要亲自上阵将他生擒。但愿我能安全返回再见到您，聆听您的教诲。"阿勒曼别特说完，掉转马头冲了出去，阔绍依与他并辔而行，将他送上战场。

鲍郎础看到萨热阿拉骏马的身影就认出那是阿勒曼别特英雄，忍不住大声叫嚷："难道你就是从康阿依逃跑的仆人？你为了讨好主子，竟敢率先上阵，我要剜下你的眼睛，要让你的鲜血在你的主子面前染红这广阔的战场。"鲍郎础一边叫嚷一边挥着矛枪。阿勒曼别特也毫不客气，用同样的话语予以还击："我是汗王索然迪克之子，你的父亲是不是叫库斯巴尔？他当年是一个低贱的烧茶仆役。有的人只要肚子稍稍吃饱就会恶念膨胀，就像你一样将自己的出身遗忘。你是魔头，我是雄狮。我今天倒要看一看，你如何逃脱死亡。"听到对手的辱骂，鲍郎础怒火中烧，挥动矛枪向前冲杀。阿勒曼别特自信地应对冲来的对手，挥动战斧劈断了鲍郎础的枪头。鲍郎础瞬间赤手空拳惊慌失措，如果不是阿勒曼别特手下留情，他早就丢掉了性命。这时敌阵中冲出一骑，将一杆崭新的矛枪扔到鲍郎础手中。鲍郎础接过矛枪恼羞成怒地又一次冲杀而来，阿勒曼别特挡开鲍郎础矛枪的同时顺势转到他侧旁呵斥道："你这个不懂规矩的恶棍！我的机会在哪里？你为何不按规矩对阵？"此话如同吹过的山风，鲍郎础哪里肯听，他探出手中的矛枪连连刺向阿勒曼别特，两人展开新一轮的搏杀。矛枪在战甲上咔嚓咔嚓，战斧在头盔上叮叮当当，他们发出的吼声拔树撼山，马蹄卷起的尘雾弥漫四方，太阳在他们的搅动下失去光焰，只看得天地旋转，山风摇晃。最终他们手中没有剩下一件完整的武器，只好在马背上推拉摔打，又跳下马来抱住腰部摔打，就像一对公驼在互相挤撞。当他们相互甩起对方时，就有毡房大的一块块土堆被踢到高高的天上，地上被踩出了一个个大坑，平地被踩成了沟壑，土丘变成了水潭。他们从清晨搏斗到夜晚，从黑夜扭打到黎明，又过了一轮日升月沉，依然没有把对方掀倒，实在是旗鼓相当。

鲍郎础自命不凡，向阿勒曼别特提出新的挑战 ：“阿勒曼别特，你仔细听好。你我都出生在康阿依，年轻时没有机会及时会面切磋武艺。如今双鬓苍白，胡须染霜，才有了交手的机会。我站在这里接着，你可先发起进攻 ；然后你站在那里，由我向你发起进攻。谁失去了生命，就自认倒霉，全靠个人的命运。”智慧超凡的阿勒曼别特仔细观察眼前对手的神色，眼见那个厚颜无耻的家伙一边满口胡言叽里呱啦，一边伸出手解开铁索。阿勒曼别特看在眼里，便毫不客气地责骂道 ：“你这个卑贱的疯狗，竟然想欺骗我，妄想用绳套将我生擒俘获！你这些卑贱的伎俩怎么能逃过我的双眼？”阿勒曼别特一边呵斥，一边端起矛枪。鲍郎础见诡计暴露便高举战锤向阿勒曼别特砸去，阿勒曼别特用矛枪将战锤拨到身旁。鲍郎础掉转马头重新进攻，阿勒曼别特十分镇定，把矛枪放到一边，拎起战斧，打飞了鲍郎础砸来的战锤。这飞出的巨大战锤不偏不倚落到敌人的阵营中，九十个士兵躲闪不及被当场砸死，变成了冤魂。阿勒曼别特打掉鲍郎础的战锤后没有停息，连连出击，一连击中了十几次，鲍郎础再没有机会还手，只能拢起双肩倒在骏马的一边。阿勒曼别特动作迅速，向他连续又劈了三斧。鲍郎础死到临头了，还想故伎重演：“我要假装向康阿依逃窜，当自命不凡的阿勒曼别特不顾一切从后面追来，我正好抽出金刚宝剑刺中这奴仆的软肋，将他劈成两半。我还要在众目睽睽之下将他的头颅作为礼物奉献给艾散汗，到时候，中别依京和边别依京统统会归我掌管。”当鲍郎础紧蹬马镫夺路逃窜的时候，阿勒曼别特看穿了他的阴谋，收起手中的战斧，端起蓝缨矛枪，狠狠戳中了鲍郎础的软肋。不可一世的鲍郎础因疼痛从高大的黑花马背摔落下来在地上翻滚，阿勒曼别特一把将鲍郎础挑到矛尖举过头顶。

两个英雄叠加的重量，让萨热阿拉骏马难以承受。四肢发软力不从心，颤颤巍巍，寸步难行。它向始祖发出了求助的声音：“造物主，你创造了神勇无敌的英雄阿勒曼别特，让他势不可当横扫千军，既然让我成为他的助手，为何不能助他称雄？牧草如同米谷，河水如同乳汁，富饶的阿拉陶山赐予我力量。自幼年时光直至今天，我甩动飘扬长长的尾巴，自由自在地茁壮成长。自从成为阿勒曼别特的坐骑，我名扬四方。如今他戳杀敌将，我却四腿僵滞，不能将他驮起。康巴尔阿塔——群马之神，您在哪里？请不要让我受此磨难和羞辱，请您前来助我神力！”可怜的萨热阿拉骏马向马匹的始祖神灵苦苦哀求，神灵被它的真诚感动，突然在西面出现一道红光，光芒四射，照亮天空，尘土升腾朦朦胧胧，有一个神秘的身影从遥远的天边疾驰如飞奔腾而来。当它停步昂首挺胸的时候，将帅们才看清是一匹浅灰色骏马出现在萨热阿拉骏马附近。只见刚才还四腿无力的萨热阿拉骏马顿时昂首扬鬃，力气倍增，驮起背上的两位英雄犹如幼婴,轻轻松松地放开四蹄向前飞奔。

阿勒曼别特此时更显威猛，把山峰般的鲍郎硑高高地挑在矛尖上，来到巴卡依面前，作为礼物向他奉献。玛纳斯喜不自禁，高喊着阿勒曼别特的名字，命人牵来一只雪白的山羊，为阿勒曼别特举行仪式，驱邪避灾。还请阔绍依大伯将红色锦袍披在阿勒曼别特的身上。

玛纳斯跑到萨热阿拉骏马的身旁，抚摸着它扬起的长鬃，表达内心的感激 :“我同乳兄弟的伙伴，今天，我也为你感到自豪无比! ”

玛纳斯又叫来库吉格特勇士，命他打开身边的褡裢，为了庆祝阔绍依和阿勒曼别特的胜利，拿出四万枚金币，绕过他俩的头顶，抛给遍布战场的将士们。

龙争虎斗

空吾尔巴依失去奥荣阔和鲍郎础两位战将，悲伤的神情难以形容，涟涟的泪水湿透衣襟，他用自己的泪水欺骗了手下士兵的心。他来到昆将军和琼买尔干跟前，如同得了一场怪病，不停地舔着自己的嘴唇，慢吞吞地说出了自己的想法：“自从我成名以来，作为大军的统帅，从来没有过这样的耻辱。阿勒曼别特这个该死的逃奴，给我们带来了灾难。他父亲索然迪克满怀自信地走上战场，他却把色尔哈克推向前，将索然迪克杀死。这个可怕的逃奴，对康阿依人犯下了滔天罪行。琼买尔干啊,你是著名的射手，你与阿勒曼别特一起学习了很长时间。依我看，你是否有对付逃奴的妙计？”

空吾尔巴依与昆将军和神箭手交谈时，从队伍的另一边传来了巨人交劳依出征的呐喊声。看到交劳依巨人，艾拉曼的骄子托什吐克认为自己的对手出现，催动恰勒库依茹克神骏，冲出柯尔克孜的阵营。两位英雄交战扬起漫天尘土。空吾尔巴依悄悄地发布命令，让手下口耳传递："我们要连续不断地出击，让他们一一上场，然后对他们发起猛烈攻击！"

接着康阿依大军阵容中冲出了很多著名英雄。首领涅斯卡拉，骑着烟雾般神速的栗色骏马，奋不顾身向前奔腾。巨人阿葛什束紧腰带鼓起勇气，策动阿克加勒骏马立刻出征应战。克尔姆兹夏之子穆拉迪勒骑着枣红骏马，挥舞着战刀，呐喊着冲来，六十个部落的阿拉什队伍中阿克巴勒塔之子楚瓦克前去迎战。从穆拉迪勒身后冲出了卡勒玛克的乌尚英雄，柯尔克孜阵营中也冲出玛纳斯的闯将色尔哈克好汉。

空吾尔巴依仔细观察，前来交战的柯尔克孜人个个都是精兵强将，个个神勇，心中暗想："我应该将他们分开。"这个凶猛的家伙横行无忌冲入战场。英雄玛纳斯一眼看到空吾尔巴依上阵，忍无可忍便催动胯下的阿克库拉神骏直扑上去。当玛纳斯冲上战场，众神庇佑在他身旁不愿分离，众人目睹此情此景，感到无比神奇。

一个六岁的孩童，牵着阿克库拉神骏向前飞奔；他赤着双脚光着头，有一颗拇指大小的红痣在前额正中；一对灰色的兔子，紧贴着两边的马镫，陪伴神骏向前方猛冲；六十只盘羊分为两排，在骏马两旁奔腾。阿克库拉的蹄声超过六十匹骏马的蹄声，两条黑花猎豹疯狂咆哮，在玛纳斯身后紧紧相随，一条蠕动的蟒蛇跟随在英雄后面；一个美丽娇艳的仙女乘骑在玛纳斯身后，她亭亭玉立，神采飞扬，脸色红润如石榴；她头上的雪库略高帽尖高出玛纳斯的头颅，那高帽上镶嵌的珍珠五彩缤纷，耀眼夺目，随风飘动的流苏一直垂到地面。还有一条鞭柄粗细的白蛇缠绕在玛纳斯的手上，伸出叉开的舌头，爬上玛纳斯的耳朵探望。玛纳斯的英雄气概举世无双，惊天动地。

大伯巴卡依和巨人阔绍依暗暗寻思：“康阿依的首领怎么样，我们要好好审视观望。”他们随即将空吾尔巴依仔细打量。

只见空吾尔巴依坐骑一侧，一个小孩紧握血块；在他的坐骑两边分别排列着五只盘羊，风风火火冲向前方。有两只凶恶的豺狼龇牙咧嘴狂笑不止；一对黑花猛虎圈起尾巴，气势汹汹地向前猛扑。粗如马腰的黑色巨蟒为空吾尔巴依开道。他头顶上飞出一只黑鸦，发出呱呱的怪叫声，翅膀嗞嗞作响，不停扇动。空吾尔巴依带着这样的声势冲上战场。

巴卡依见状开言：“哎呀！这个浑蛋可不得了，见到他的样子，我隐隐感到不安。玛纳斯虽有神蟒保护，不知为何在后面跑？空吾尔巴依的神蟒却在前面为其开道；在玛纳斯身边只有一对猎豹在吼叫；在那个家伙身边有两只老虎在腾跃；玛纳斯身后有仙女相助，那个浑蛋头顶虽是一只黑鸦，也算有飞禽翱翔天空。我们有危险了，似乎有失败的征兆。”阔绍依立刻接上话茬儿：“巴卡依啊，你这是怎么了？无论发生什么事情，你都应该从好的方面去想。”两位老人商讨后，不停地祷告，祈求神明保佑柯尔克孜族人的安全。

玛纳斯与空吾尔巴依正面相遇。两个英雄旗鼓相当，矛枪相碰间胳膊发麻，又抽出利剑挥舞劈杀、挥动月牙斧重新对砍。空吾尔巴依将战斧挎在腰间，重新拿起矛枪向玛纳斯猛地刺去。当矛枪刺杀过来时，玛纳斯用利斧从下面奋力阻挡，空吾尔巴依的矛枪顿时枪杆劈裂，矛尖断裂，碎片飞溅四方。阿勒喀拉骏马一闪身，躲到一边，空吾尔巴依顺势拨转马头离开战场。他高高地挥动皮鞭，给全体将士下达总攻的命令。将士们蜂拥而上展开混战，战场上空也陷入了一片黑暗。

冲来的兵马不计其数，密密麻麻如同野草，四周尘土迷漫什么也看不清。柯尔克孜阿拉什总共有十四位汗王远征，他们高喊着“玛纳斯”的口号，争先恐后地齐头并进，迷漫的尘土比先前还要凶猛。凶狠的劲敌空吾尔巴依催促身边的亲信，呼唤甩动绳套的兵丁，集结拉网能手，发出指令：“玛纳斯是他们的栋梁，阿勒曼别特和楚瓦克，还有非常可怕的色尔哈克，这四个家伙就是我们要擒获的对象。擒获玛纳斯的勇士，可按照功劳领取赏金！”他还命令神箭手立刻出发，抓住此时难得混乱的机会将对方的名将全部射杀。

雄狮玛纳斯怒气冲天，挥舞着锋利的宝剑，冲入敌阵左劈右砍，迎面而来的敌人个个人仰马翻。

阔绍依就像猎手放飞的雄鹰，敏捷地左冲右砍，奋不顾身。正在这时巨人凯赛率领六名翼长、十个勇士向英雄阔绍依进攻,将他从马背戳翻。他的枣骝神骏也落入敌手，被一个名叫阿依巴的卡勒玛克勇士拉牵，敌兵将阔绍依团团围住，威逼他投降。危急时刻凯尔阔库勒挺枪出击，将山峰般高大的阿依巴刺落马背，从后面赶来的色尔哈克顺势砍下阿依巴的首级，阿吉巴依夺回阔绍依的骏马。英雄们朝喧嚣的地方张望，只见阔绍依被重兵围困。几位英雄急忙冲去，卡勒玛克大将凯赛，还有刚才嚣张的六位翼长和十位勇士被他们一一斩尽，阔绍依也被他们救了下来。

艾拉曼之子英雄托什吐克决意要将坎旦的后嗣交劳依杀死在激战之中。他冲入敌群奋不顾身，如入无人之境，康阿依人无法抵挡，四处逃窜，鬼哭狼嚎。正在这酣战的时刻，绳套手赶来了一万骑兵，拉网的勇士提着大网在周围蠢蠢欲动。各路首领又带来五千名步兵，前面是一万五千名敌兵，英雄托什吐克虽独身一人，却临危不惧，根本不把敌人放在眼中。绳套和铁网从四面八方向他投来，全部落在他一个人头上。他浑身被绳网缠绑，交劳依扬扬自得："我要将他送给艾散汗，显示我的英雄业绩。"他将托什吐克推推搡搡，驱赶在队伍前面。

就在这危难的时刻，阿勒曼别特和楚瓦克出现在队伍前方。康阿依人的神射手琼买尔干正在密草中躲躲闪闪，想方设法寻找机会，妄图射杀阿勒曼别特。不料智慧的阿勒曼别特将神箭手的意图一眼看穿，运用智慧与之周旋。

趁有破绽时，阿勒曼别特像离弦的箭冲到交劳依面前。凶狠的交劳依与阿勒曼别特交战，只见阿勒曼别特刺出的矛枪如同闪电，将硕大的交劳依从阿奇布旦马背上戳翻。不等他从地上站起，楚瓦克催马上前，将交劳依的脖子砍断。就在此时，敌人的神射手琼买尔干瞄准楚瓦克射出一箭，将他射落在地面。阿勒曼别特循箭而望，立刻如同鹰隼一样迅疾冲到琼买尔干跟前，一枪结果了他的性命。

英雄们将托什吐克救起。此时阿勒曼别特猛然想起："玛纳斯现在在哪里，我怎么看不到他的踪迹？"他驱赶身下的骏马，急急忙忙向前方探寻，雄狮楚瓦克紧随其后。看到远处阿勒曼别特的身影，热血沸腾的色尔哈克逐渐向他靠近。英雄们如同骨肉相连的亲人，相互追随，终于寻到了一处人马集中的地方。只见涅斯卡拉、穆拉迪勒、加纳迪勒、乌尚、萨勒巴凯和昆将军驱赶着重兵，将雄狮玛纳斯围在中间，构成了一座活动的围墙，绳套手、撒网手和飞毛腿总计大约七万之众，如同汹涌澎湃的潮水在大地上来回涌动。雄狮玛纳斯在敌人的重重包围之中镇定自若，横扫敌人如同狂风。

阿勒曼别特等英雄见此怒气冲冲，呐喊着从敌人背后发起进攻，"玛纳斯"的口号传遍四方。听到三位英雄的声音，克尔葛勒恰勒率领的四十勇士齐心协力同时冲锋。库列坦之子阿葛什越战越勇，他一路冲锋陷阵，与昆将军狭路相逢。昆将军从侧翼发起攻击，欲把阿葛什刺落马下，色尔哈克目睹此景，冲上前去，戳翻了飞扬跋扈的昆将军。

涅斯卡拉迅速冲上前来，伸出手中的矛枪把色尔哈克挑下马背。雄鹰阿勒曼别特吼声震天，催打着萨热阿拉骏马，从远处奋力向涅斯卡拉冲来。楚瓦克抢先一步与涅斯卡拉交锋，涅斯卡拉招架不住连连败阵，逃回自己的大营。阿勒曼别特拉起阿葛什和色尔哈克，将他们扶上马背：“英雄啊，不要心急，战场上需要智慧。”

狡猾的空吾尔巴依暗自思忖：“玛纳斯已四面受敌，阿勒曼别特、楚瓦克和色尔哈克已经转战到队伍后面，我要抓住战机，把玛纳斯戳翻！”他挥鞭催马，向雄狮玛纳斯发起阴险的进攻策略，他指挥手下投出六张大网，正好落在玛纳斯头上，见此，他满心高兴，向手下发出了命令：“勇士们使劲拉网，我要用矛枪戳穿他的肩膀，让他的鲜血流光！”空吾尔巴依杀气腾腾，妄图将玛纳斯刺下马背，谁料盖世无双的玛纳斯呼地从剑鞘中抽出利剑。这把夺命利剑的剑头上闪着火光，见到神奇的宝剑，敌人胆战心惊不敢靠前，玛纳斯挥动宝剑左劈右砍，砍断网绳，斩杀敌将。空吾尔巴依看到这一幕提心吊胆，不敢戳出手中的矛枪，掉转马头夺路逃奔。玛纳斯昂首挺胸，乘胜追击。阿勒曼别特十分担心玛纳斯中了敌人的诡计，闪电般随后追赶。涅斯卡拉为了阻止阿勒曼别特向玛纳斯靠近，催赶坐骑向前狂奔。楚瓦克看见，对同伴的处境十分担心，焦急地抽打着骏马飞驰而去。

空吾尔巴依老奸巨猾，故伎重演假装逃跑，他深知在前面有个叫萨藏得的地方，那里拐弯的山坳有一条羊肠小道，他正好在路中间挖了一个八十庹深的陷阱。在那陷阱的旁边，有一百位勇士、十二个翼长率领十三万大军悄悄埋伏，指挥他们的是名叫别什库拉克的魔王。空吾尔巴依暗想："我就保持这样的距离，玛纳斯定会跟随我的行踪，我要设法把他带到陷阱旁，佯装与他交手，趁其不备将他推入陷阱。如果柯尔克孜人随后赶来，我可以推落山石，将他们全部埋葬。"

就在这个时候，阿勒曼别特的身影打乱了空吾尔巴依的计划。他不敢独自一人与他们交手，赶紧发出指令让大军出击。只听战鼓隆隆响彻天空，暗处埋伏的兵马风起云涌，康阿依人从四面八方杀向战场。

阿勒曼别特赶上玛纳斯，拉住他的缰绳。但拉住又能怎样，玛纳斯一意孤行，不听规劝："放开我，不要纠缠我！"他不停地向阿勒曼别特怒吼叫喊。阿勒曼别特无奈，对玛纳斯说："喂，英雄玛纳斯，不错，你的雄狮威名如同高山。但这里可不是家乡塔拉斯，你怎能任意行动不顾不管，'怒气是魔鬼，智慧是朋友'。雄狮啊，让理智回到你的心间。前面这些山冈山口，陷阱密布如同筛子，都是我当年在别依京的时候命人挖掘设置的。空吾尔巴依十分了解，他肯定要利用这些陷阱对付我们。再说山冈的拐弯处，有一个被称作萨藏得的地方，那里的城堡有重兵把守，连一只苍蝇都难以通过。统领这一众兵马的首领叫作别什库拉克。我虽不曾见过只是耳闻，但他却是值得防备的敌人，据说他手下的高手难以计数。空吾尔巴依是心怀歹意，才将你领到了这里……”

阿勒曼别特还没有说完,空吾尔巴依就来到火炮跟前,点燃了火捻,只听一声惊天动地的轰鸣响起,别什库拉克巨人骑着一头颠簸摇晃的大象,率领十三万大军亲自出击。杀敌心切的玛纳斯说出了这样的话语:“算了吧,阿勒曼别特英雄,你阻止我擒获空吾尔巴依,在这里纠缠了半天。你看,别什库拉克迎面出击,我一定要与他亲自比试武艺。”玛纳斯不听阿勒曼别特指挥,他要亲自制定作战计划。

别什库拉克有五个儿子,还有三个同胞兄弟,他们个个都像一座山峦,跟在别什库拉克后面徒步行走十分缓慢。别什库拉克回过头去喊道:“空吾尔巴依你躲在哪里?让你狼狈逃窜的玛纳斯是哪一个?哪一个又是阿勒曼别特,你指给我!我要掏出他们的黑心,正好让我大饱口福过过瘾。”空吾尔巴依伸手指着前方,对别什库拉克介绍说明:“身穿白色战袍、骑着灰白色骏马的是玛纳斯,无数像你这样的人都在他手里丧命。骑着淡黄色骏马的是可恶的逃奴阿勒曼别特,他是罪魁祸首,将众多的柯尔克孜族人带到康阿依来的就是此人,今天所有的麻烦都是他一手造成的!”

玛纳斯手中紧握着色尔长矛,策驱阿克库拉神骏冲上战场,无论面对怎样的巨人,玛纳斯从不会胆怯退让。别什库拉克也耀武扬威地向玛纳斯刺出了六十度长的矛枪,却被玛纳斯一把接住,他用力猛拉,别什库拉克随着惯性从大象脊背滚落到地上。玛纳斯抓住时机,对准他耳朵上方的头骨用战斧狠狠劈去，雄心勃勃的别什库拉克就这样一命呜呼。

想起空吾尔巴依的恶行，雄狮玛纳斯怒火升腾。他忘记了阿勒曼别特提醒的陷阱，一心与空吾尔巴依殊死相拼。空吾尔巴依不敢正面迎战交手，又一次掉转马头狼狈逃窜。

七十二种呼风唤雨的咒语和巫术，阿勒曼别特了如指掌运用自如；黑白和阴阳，阿勒曼别特分得清清楚楚。他担心玛纳斯为了追踪空吾尔巴依，中了圈套落入陷阱，不得不施用巫术呼风唤雨。只见他将一个拳头般大小的包裹拿在手上不停地摇晃，面向天空发出咒语，运用巫术让阴云密布，让天空忽然间下起了冰雹，使所有的一切都被白雪笼罩，然后又突然下起倾盆暴雨。

空吾尔巴依也稍通巫术，他施展法术刮起一股顺风，吹着他一路逃到了别依京城。阿勒曼别特赶到后，又施展巫术驱走了漫天的阴云暴雨。玛纳斯失去了空吾尔巴依的踪迹，无奈赶到阿勒曼别特跟前。阿勒曼别特保守秘密，只用委婉的语气向玛纳斯说明："雄狮啊，你已经清楚看到，那恶棍空吾尔巴依具有呼风唤雨的本领，他施展巫术下起暴雨趁机从你手上逃遁……"还没等他把话说完，洪水滚滚恶浪翻腾，从四面八方汹涌而至，陷阱被泥土填平，别什库拉克的五个儿子、三个同胞兄弟全部被吞噬，驻扎在萨藏得的康阿依人遭遇了厄运。

玛纳斯和阿勒曼别特并辔前进，马不停蹄，日夜兼程，经过六天五夜的行程，回到了先前的战场。

双方依然酣战不休，在阿加特河岸的洼地上，血浆凝固一片狼藉。战马的尸体堆积如山，将士的尸体遍地成堆，惨不忍睹，让人垂泪。阿勒曼别特穿过战场，来到巴卡依面前说道 :“尊贵的巴卡依大伯，战场上散落的尸体像康阿依戈壁上的卵石那样多得无法计算。如果合适，我的大伯，我有一事向您进言，我们最好敲起战鼓收兵，清点兵马，休息一阵。康阿依人顶多莫名其妙，说我们柯尔克孜兵马从战场逃跑。”听到阿勒曼别特的话语，再看这战场的凄惨，巴卡依立刻派出使臣向对面驻扎的艾散汗协商退兵。

双方同时鸣金收兵，艾散汗领着稀稀拉拉的士兵撤回到别依京城。

意外收获

柯尔克孜族人匆匆忙忙，忍着悲伤清点人数，从十人首领到千人首领，许多人在战斗中死亡。活着的人都在眼前站着，唯独不见楚瓦克和托什吐克的身影，众人顿时忧心忡忡，脸上失去血色。

突然从远处的荒原上扬起滚滚尘土，首领们拿出千里眼向远处望去，终于辨认出是托什吐克驱赶着马群朝这里奔来。众人纷纷前去相迎，将他从马背上抬下，不让他的脚板落地，把他高高地举过了头顶。托什吐克激动地与汗王们见面施礼，相互吻着对方的指尖，然后回答了大家的询问："我追踪自命不凡的穆拉迪勒，在布杜尔马克山的缓坡上，终于追上了他。我正要伸出矛枪，那家伙拐进了高山深峡，他施展法术升起雾霭，趁着迷雾躲过了追杀。他手下的一千名勇士从四面八方向我逼近，我将他们一一刺翻，缴获了他们的骏马。可惜，穆拉迪勒趁机逃脱，使我留下了遗憾。”

看到英雄托什吐克胜利归来，玛纳斯十分高兴。但听不到楚瓦克的消息，玛纳斯忧心忡忡，失声痛哭：“楚瓦克啊，我的脊梁，见到你的身影是我最大的心愿。只要你在我的身边，我就有征服天下的力量。如果你还活在人间，我是否应该跨马启程，闯入那著名的别依京城，将你救出火坑？英雄楚瓦克啊，你在何方？”此时，巴卡依上前安慰道：“我的雄狮啊，请你记住，‘倒出的饭碗不会满’，不能这样空悲哀。假如英雄死去，他永远不会再回返，落入手中的俘虏，康阿依人从来不会归还。我们还有众多柯尔克孜同胞，何不止住悲伤的眼泪，好好商量今后的要事。”阿勒曼别特也接上话茬儿：“大大小小的十四位汗王，在场的全体兵将，在腥风血雨的战场上注定会有死亡。在与敌人的搏斗中，全身甲胄的英雄也难免献身疆场。让我们到战场的沟沟坎坎仔细寻找吧！如果英雄楚瓦克已献出生命，哪怕是他的尸体我们也要找到。”

十几位汗王率众出动，到战场上仔细寻找。尽管他们苦苦搜寻，始终未见楚瓦克的身影。头戴大毡帽的秀图遭到阿勒曼别特的厉声训斥：“楚瓦克是你的首领，这些重要的安排，你都忘得一干二净！楚瓦克不管是死是活，你要负责把他找寻！”秀图随即带领三十名随从跨马启程，寻找楚瓦克的下落。

玛纳斯愁肠百结无法自控，悲伤中他决定率柯尔克孜大军冲击前方的别依京城。

机智冷静的阿勒曼别特真诚地向玛纳斯进言："英雄玛纳斯啊，请听我说，楚瓦克失踪是一件令人痛心的事情。你控制不住内心的痛苦，执意要冲击别依京，这样轻率的举动，可不是一个理智的决定。如果他们俘获了楚瓦克，即使你率兵压境，他们也不会轻易放人。很多将士已经挂满伤痕，士兵们精疲力竭无法行动，河水早就污染变质，腐味浊气弥漫天空。从这里向东进发，有一个叫江托什的地方，地域开阔一望无际，野草随风摇荡。我们先到那里驻扎安营，让兵马在那里歇息调养，再仔细观察敌人的行动。"这话十分中肯，众将对此表示赞成。

巴卡依、阔绍依等长者陆续来到江托什扎营。阿勒曼别特向全军发布了这样的命令："江托什是个宽阔的地方，在缓坡山谷之间密布着各方人群。我们要严守纪律，不要轻易惊动骚扰这里的百姓。'只要有钱可以在荒野中喝肉汤'，智慧的卡妮凯夫人在你们出发前毫不吝惜地打开仓储，将足够的金钱赠予你们。你们身上都带着金钱，寿数已尽的英雄已经牺牲，一文钱也没有花出，更没有带走什么财产，活着的可以尽享金钱的价值，换得丰富的物品享受欢欣。这里的人们善于经商，讨价还价精打细算，如果你们不懂交易，可以委托森其别克代办，他会给你们料理一切，不会让你们忍饥受寒。"阿勒曼别特如此这般交代，将战争带来的阴影渐渐驱散。柯尔克孜族人就这样在这里休养生息。战争中的伤员得到及时治疗，他们行将熄灭的生命之火重新燃烧，继续放射光明。

楚瓦克到底在哪儿呢？当玛纳斯在后面追赶空吾尔巴依，阿勒曼别特担心玛纳斯掉入陷阱，奋不顾身策马向前，涅斯卡拉挥鞭策马企图截住阿勒曼别特的时候，楚瓦克紧紧盯着涅斯卡拉，充满自信地奋起直追。涅斯卡拉跑了许久，回头张望，看到坚强的楚瓦克还在后面，他感到心惊胆战，朝着沟沟坎坎的山坡，不顾一切地夺路逃窜。无敌的英雄楚瓦克紧追不舍，他的马蹄声震耳欲聋，响彻四方。眼见无法脱身，学过巫术的涅斯卡拉施展法术，呼风唤雨，霎时狂风骤起，乌云浓雾笼罩大地，冰雹遮盖了六个山谷，一层大雪落下又盖在冰雹上面，把坐骑的蹄印全部掩埋。涅斯卡拉迷惑了楚瓦克，趁机逃脱。

夜幕降临，四周迷茫。楚瓦克无计可施。待东方发白，晨曦普照，白昼又回到人间，英雄楚瓦克仍在森林里面，不肯勒住马缰，还在寻找逃敌的踪迹。白昼连着黑夜，不知过了多少时光，楚瓦克也不知走过了多少地方。

其实楚瓦克这时正在羌白山上，山后就是高丽亚，这里正是居仁朵的故乡。阿勒曼别特曾在居仁朵门下学习武艺，康阿依人的孩子至今连续不断地投奔其门下。这时，康阿依四十个将军的孩子们正在居仁朵门下学习武艺，磨炼技能。信鸽们纷纷带来将军们写的信：“柯尔克孜族人侵扰我们的故乡，战火四起，尘烟滚滚。你们安心学习，不要慌张，暂时不要返回家中。”黑心肠的居仁朵提前知晓了信的内容，感到忐忑不安，却对孩子们隐瞒实情。他给孩子们四十天的假期，给每人配备一匹骏马，分发一套战甲、一套武器、一顶帐篷，安排他们到羌白山中游玩狩猎。居仁朵心想：“阿勒曼别特不怀好意偷换我的利剑然后逃窜，他定会卷土重来，让我完蛋。我最好穿过大海，藏到对岸。”送走了四十个孩子后，他打点行装，带着一个可靠的门下弟子，出门逃亡。

四十个将军的四十个孩子披上战甲，戴上头盔，背上行囊，驮上帐篷，骑着骏马向着羌白山方向进发，不料迎面与楚瓦克邂逅。楚瓦克不懂他们的语言，并不把这四十人放在眼里。他毫不迟疑地迎面而上，成群结队的四十少年纷纷与他交手，又哪里是他的对手。最终楚瓦克将他们统统活捉，一个一个绑到马背上，骏马串联一个连着一个。楚瓦克押着他们回返，心中十分快活。

这一天夜空晴朗，星斗在天上闪烁。英雄楚瓦克观察星空，将金橛子星对在右侧天空，调整行路的方向，向着西方踏上返程。他认准目标一路前行，在晨曦初现的时候来到了一个山间谷地，它的上游有一个平缓的山脊，楚瓦克毫不停歇，迎着山脊而上。

头戴巨大毡帽的秀图英雄率领三十名随从，在沟沟坎坎中认真搜寻，却始终找不到楚瓦克的身影，不知所措间陷入悲痛。他们在荒野中猎杀野物充饥，边走边找，筋疲力尽地来到一处山中，和衣而卧进入梦境。在黄昏时刻听到地面震动，秀图从梦中惊醒，拿起千里眼四处张望，隐隐约约看到一队人马正在山脊上移动，大约相隔三天的路程。他心急火燎，却无法将那人马认清，于是毫不犹豫地朝着那个方向催马起程。其间起伏绵延的山峦，层层重叠如同波涛，秀图仔细观察，前面的山脊相隔并不遥远，直线距离大约只需要骏马跑上半天。秀图再仔细观看，心脏剧烈地跳动，大喜过望。他情不自禁，快马加鞭，冲上一个又一个弯曲的山脊，调整身体放眼前面，终于在一个弯曲的山脊上渐渐显现匆匆忙忙赶来的人马。只见楚瓦克在阔克铁凯神骏背上，英姿飒爽如同高耸的山峰一般。秀图欣喜若狂，晃动着头上的帽子，忍不住大声呼喊："楚瓦克啊，我已经看见你了！"他催动着胯下的快马，眨眼间飞驰到楚瓦克身边。

坚强的楚瓦克和桀骜不驯的秀图见面拥抱，忍不住热泪盈眶，一时竟激动得说不出话来。在并辔向前的途中，楚瓦克才听到秀图的话语："我尊敬的猛虎啊，你在战场上消失后杳无音信，给我们降下了深深的苦痛。数天以来我们昼夜不停，在荒野中寻找你。"楚瓦克接上话茬儿："英雄秀图啊，请你振作精神，战争中这样的事情难以避免。威名远扬的柯尔克孜族人，声震寰宇的英雄玛纳斯，英勇善战的各位汗王，他们是否都平安健康？"秀图回答："他们个个健康安然无恙，都为你担惊受怕，时时刻刻把你挂在心上。阿勒曼别特指责我没有紧跟你，不知你去了何方，差点把我斩杀。平心而论，他说得不过分，这的确是我的责任。楚瓦克啊，英雄玛纳斯为了你一人下定决心，要进攻别依京城，在众汗王的劝阻下才勉强压住了自己的怒气。”楚瓦克听后，催促秀图赶路前行。他们经过两天两夜的急行军，终于看到了自己的大营。

楚瓦克默默思忖：“如果在夜晚赶到定会让人们失去安宁。”他和秀图商定今晚就地宿营，也不要派人先行通报，天明后赶回军营。秀图命令身边的随从就地安歇休整。

在秀图的随从中有一位名叫柏托兰的年轻人，他是一个巴依家的后生，生性自由，性格豪爽。他想抢先给玛纳斯传递喜讯，就偷偷走出，趁着夜色飞马起程。

这一夜正好是阿勒曼别特值勤。柏托兰到了营地，经阿勒曼别特安排向英雄玛纳斯禀报了楚瓦克归来的消息。玛纳斯对此又惊又喜，激动的心情难以平静，好不容易熬到天明，带领十四位汗王和将士们向前迎接楚瓦克。

“英雄楚瓦克胜利归来！”玛纳斯及其将士们欢呼雀跃，幸福的眼泪纷纷流淌。太阳放射光辉，初吐嫩芽的树枝随风摇动，鸟儿唱出动听的欢歌，百花争艳竞芬芳，大地穿上了五彩的衣裳，世间万物庆祝着这幸福时光。

玛纳斯及其汗王和勇士们，与英雄楚瓦克热烈拥抱。他们热泪滚动，经过一阵狂热的相拥，人们激动的情绪逐渐平复，在玛纳斯率领下返回营地。

楚瓦克把俘获的四十位少年，统统交给阿勒曼别特处置。

阿勒曼别特给每一位少年指派了十名伺候服侍的仆人，给孩子们洗净身体换上便服，供给丰盛的饭食，让他们尽情地自由玩耍，无人阻止他们的活动。

有一天，阿勒曼别特邀请了十四位汗王，来到玛纳斯的宫帐，对大家说出自己的想法："雄狮玛纳斯，你威震四海声名远扬，如今楚瓦克安全返回，大家心中无比欢畅。楚瓦克带来的四十位少年，我已得知了他们的底细详情。他们不光来自中别依京，还有的来自潼夏和其他汗王的领地，他们和我一样，都是将军、都督的后人。我们给这些孩子赠送骏马和华丽的锦袍，将他们护送到别依京城，安全地交到将军的手中，就能动摇康阿依人的军心。如果四十位将军都不出征，我看空吾尔巴依还有什么能耐与我们抗争。这样的局面一旦发生，艾散汗就会陷入被动。"听完了阿勒曼别特的话语，巴卡依老人首先回应："先辈们传下这样的话：'牧羊人知晓畜群的习性，胜者知道敌人的内情。'你知道各方的路径，知道前方的地理环境，熟悉那里的风土人情，你的话有道理。"以玛纳斯为首的汗王们也都赞成阿勒曼别特的提议，最后让阿勒曼别特和楚瓦克协商决定。勇敢的楚瓦克面带微笑表明态度："我在追杀空吾尔巴依和涅斯卡拉的途中迷失方向，偶然遇见这四十个孩子，将他们押解到大营。如果不是阿勒曼别特，有谁能知道其中的奥妙？如果我们将这些孩子送还，让康阿依人内部产生纷争，那将是一个兵不血刃的好结果。我绝对赞同让阿勒曼别特负责处理此事。"汗王们拭目以待，静候阿勒曼别特的佳音。

阿勒曼别特命令阿吉巴依挑选七名勇士准备启程，将这四十位将军子嗣送到敌人的阵营。次日一早，阿吉巴依带领人马出发，经过跋涉，第十天晚上才到达别依京城安营休息，让四十个孩子写信给他们的父亲，并派出一名信使送信。

听到孩子被俘获的消息，四十位将军痛哭流涕，心急如焚。他们把仇恨的种子埋在心间，纷纷要求向柯尔克孜族人进攻，在战场上报仇雪恨。而空吾尔巴依和涅斯卡拉听到这个消息，心怀鬼胎，暗自心欢："柯尔克孜族人干了一件顶好的事情。四十个将军的孩子，最好被杀得一个不剩。"

在这复杂的时刻，信使飞马来临："四十个孩子全部安全送回！个个都骑着良马，金鞍银镫。"消息轰动了整个别依京城，四十位将军纷纷出城，人们走出家门倾城迎接。将军们见到自己的孩子，赞颂柯尔克孜族人办事公正充满人性："他们的英雄统帅，真是一个正直仁义之人。"人们十分恭敬地将阿吉巴依及其随从扶下马背，放在地毯上抬起，送到汗王处热情款待。

将军们带领着四十个孩子来到艾散汗面前，一起向他进言。没有等将军们说话，空吾尔巴依抢先开言："四十位将军啊，孩子们安全返回，你们已没有了心中的忧烦。明天将是残酷的战斗，请你们全力以赴准备出战。"将军们不理会空吾尔巴依的话语，纷纷摆明自己的观点："艾散汗，我们视您同父亲，在您的保护下，我们享受生活万分高兴，听到您的指令我们怎敢怠慢不冲锋陷阵？但站在您面前的四十个孩子也属于您的儿孙，听到他们被俘的消息，我们悲痛欲绝十分伤心。可是，柯尔克孜族人真是仁义之师，对孩子们加以款待，毫发无损地送回到我们的手中。艾散汗啊，我们的真心想法，是您与柯尔克孜族人讲和才行。”

空吾尔巴依怒火顿生，目露凶光脸色铁青：“你们不要动摇军心，我要你们即刻做好准备，率领大军开始出征！”将军们没有听从他的指令，排成一列整整齐齐，异口同声地说：“要打仗请你自己出征，我们不愿再做出无谓的牺牲。如果你执意要强迫我们，那么这四十个孩子会义无反顾地投入柯尔克孜族人怀中。我们再不能相互为敌，让无辜者的鲜血染红大地。”将军们争先发言，空吾尔巴依无计可施。

此时，艾散汗思忖片刻，发表了自己的意见：“各位汗王、各位将军，我们与其人心分离，倒不如向柯尔克孜族人派出使臣，送出大量礼品。如果他们与我们息战，我们就和睦相处共享和平；如果他们还向我们进军，我们就团结一心共同面对敌人。”将军们一致赞同艾散汗的话语，个个面带微笑陆续离去。由四十个少年一路将阿吉巴依送回营地。

双方和谈

艾散汗和各路汗王、将领们商议后，挑选了五位头脑清醒的智者充当使臣派往柯尔克孜兵营。

“康阿依的使者来了！”得到消息，阿吉巴依催马出发前去迎接他们。他给前来的使者每人换上崭新的衣装，亲自带路领到玛纳斯的宫帐。使者们见到玛纳斯，不停地鞠躬问安。汗王玛纳斯赐座后，他们手忙脚乱地呈上了带来的信函。艾散汗在信中写道：“如果你们同意讲和，我将亲自出马与你们进行谈判。你们也要有一位汗王出面，具体派谁来，请让我们提前知晓，以便准备周全。会谈日期由你们挑选，我们会及时赶到。双方面对面会谈，不要再针锋相对惹起事端。建议不要让阿勒曼别特充当译员，否则会让我们心中不快。”读完艾散汗的信函，派人将使者送出宫帐，柯尔克孜族人开始商谈，最后决定以巴卡依为谈判代表，由阿吉巴依充当译员，十天后进行谈判。他们当即给艾散汗复函，让康阿依的使者们带回。艾散汗和康阿依的贵族们仔细阅读来信，暗自欣喜，十分高兴。

十天的时间很快过去，艾散汗赴约的日期已经来临。涅斯卡拉心有疑虑，又一次向艾散汗进言："谈判中决不能答应将空吾尔巴依和阿勒喀拉骏马交出。如果那样，索然迪克之子阿勒曼别特还会提出更多的条件，定会让六十个城门的别依京城变成一片火海，让威名远扬的康阿依人分崩离析飘零他乡。只有你早做准备率先开口，才能保住空吾尔巴依。如果让对方抢先提出条件，那就会断送空吾尔巴依的性命。前来侵扰的柯尔克孜族人就会让你见识他们的威风。"涅斯卡拉不停地嚼着舌头，艾散汗似乎明白了他的用意。

这天艾散汗由卡勒玛克英雄乌尚护卫，一位精干的译员随行，来到了约定的地方。他左右观察张望，只见圣人巴卡依早已坐在前面，身边有英雄凯尔阔库勒充当卫士，阿吉巴依担当译员。他们在草坪上画出一个圆圈，铺上地毯，双方谈判的六个人相对而坐。

阿勒曼别特聪明果断，在巴卡依出发时反复叮咛："只要他们交出空吾尔巴依和阿勒喀拉骏马，宝座就由他们自己安坐，汗宫就由他们自己管辖。离开了空吾尔巴依和阿勒喀拉骏马，他们就没有资本与我们争雄。只要您首先开言，提出条件，我们就会得到主动权。如果让他们提前说出条件，您就会失去主动，有失阿拉什人的尊严和声威。"

巴卡依把阿勒曼别特的话牢记在心中，当谈判开始的时候正要开口，却不料气管发痒咳嗽不止。等他恢复过来时，艾散汗抢先说道：“尊贵的巴卡依汗王，您是一位颇有名望的汗王，一定会理解我的心情、答应我的请求。只要同意我留下空吾尔巴依和阿勒喀拉骏马，我愿把我和艾将军的两个美丽姑娘，连同宝座奉送给你们。我头上的王冠和脚下的庭院，统统归于你们，自潼夏至此地的广大领土和所有的百姓均归你统辖。”艾散汗索求的一人一马这两条生命以及交换条件，巴卡依无法找到合适的理由拒绝，只好答应。“英雄巴卡依啊，从今天开始，你就是边别依京王位的主人，占据豪华的园林，再见吧！后会有期。”艾散汗说完跨马起程。

巴卡依大伯兴奋地向人们讲述着所发生的事情。柯尔克孜民众叽叽喳喳议论纷纷，唯独阿勒曼别特沉默不语，他静静独坐足有一顿饭的时辰，终于张开大口，长长地出了一口粗气，不断地咬动着自己的嘴唇：“大伯啊，您答应把空吾尔巴依和阿勒喀拉骏马留给艾散汗，就等于留下了无穷的后患。赠给我们的潼夏城被称为边别依京，并不是艾散汗的大本营，更不是他掌管的京城。艾散汗的金色汗宫，其实在遥远的坎屯，距离潼夏足有六天的路程。说我们夺取了敌人的京城，不如说简直是中了敌人的诡计！但是事情到了这个地步，既然送给我们，我们就不必客气。就是将来返回柯尔克孜故乡，我们对父老乡亲也能有个交代，我们曾经夺取了敌人的城池。”

次日，柯尔克孜族人进城，城里的人瑟瑟发抖不敢出门，唯恐烧杀抢劫的灾难降临。他们哪里知晓，玛纳斯进城前对各位汗王严明法纪：“要保持柯尔克孜的荣誉和名声，不论首领还是士兵，决不可到大街上惹是生非，如果违反规定，我定会过问绝不容情。”柯尔克孜队伍中没有一个人轻举妄动。城里的人担心的事情，一件都没有发生，那里的人们生活在祥和安宁之中。他们对柯尔克孜族人极为满意，奔走相告极力称赞：“他们进城已有十五天了，没有发生任何可怕的事情，没有人索要苛捐杂税，那些一天五次要苛捐杂税的卡勒玛克人全都被吓跑不敢再来。从前每五家合用一口锅做饭，如今家家都有一口新锅。柯尔克孜族人的到来，可能是我们的福分。”

两个巧绕

碧尔米斯卡勒和布茹丽恰是康阿依的绝世佳人，作为求和的条件，艾散汗将她们送给柯尔克孜族人。柯尔克孜汗王们经过协商讨论，让两位绝世佳人分别嫁给了阿勒曼别特和楚瓦克两位英雄。艾散汗的女儿碧尔米斯卡勒四十年来痴情地盼望着阿勒曼别特再次出现，一直未嫁。如今嫁给阿勒曼别特，终于实现了少女时期的甜蜜梦想。艾将军的女儿布茹丽恰早年失去亲生母亲，一直过着孤独的生活，她嫁给楚瓦克也适得其所。

在四十五天的时间里两位美女怀了身孕。此前两位英雄没有后嗣继承，这两位美女的怀孕对他们无疑是意外的喜讯。阿勒曼别特和楚瓦克决定派出秀图英雄将两位夫人护送到塔拉斯。

秀图护送两位夫人，经过长途跋涉，到她们临产时刻，才到达通往塔拉斯的巴斯玛依勒达坂。秀图指派一人双骑火速出发到塔拉斯向卡妮凯夫人报信。

眼看着两位孕妇颤抖不停，痛苦难忍，秀图焦急得像热锅上的蚂蚁，不停地进出房门。就在黎明到来的时刻，远处出现了三个身影，由远及近。卡妮凯夫人怀抱着儿子赛麦台依，由阿茹凯和阔尔波盖两位夫人相伴，急匆匆地赶来，刚刚拉绳下马，立刻掏出随身携带的艾别普和赛别普神药给碧尔米斯卡勒和布茹丽恰服下。卡妮凯观察两位孕妇的状况，心中思量："可怜的两位姑娘在马背上颠簸摇晃，早已筋疲力尽、奄奄一息，生存的希望十分渺茫。残酷的世界啊，往往就是这样的悲剧太多。眼前，设法救下婴儿才是唯一的选择。"于是，给她俩服下了足量的催生药粉。

碧尔米斯卡勒痛苦挣扎，在日落黄昏时刻产下了一个男婴。就在孩子落地的时刻，一道白光射向大地，泉水突然间喷涌，花蕾绽放出花朵，云雀和百灵纵情放歌，万物都沉浸在英雄诞生的喜悦之中。

阿茹凯将孩子送到卡妮凯手里，希望她先给孩子喂奶。卡妮凯抱起孩子，突然间右边的乳房开始膨胀，雪白的乳汁如同泉水喷涌。卡妮凯手忙脚乱地将乳头伸进孩子嘴里，婴儿用柔软无比的双唇拼命吮吸，卡妮凯感到一股热流流过全身，十分舒心。

就在这个时候，死神向碧尔米斯卡勒逼近，她看了一眼自己的孩子，就恋恋不舍地离开人世。正在此时四十勇士夫人中的十人也策马疾驰迅速赶来。卡妮凯让阿茹凯和阔尔波盖洗净了碧尔米斯卡勒的尸身，用裹尸布缠绑，摆放停当后，留下五个女人守护在一旁。

碧尔米斯卡勒刚刚逝去，布茹丽恰的阵痛就愈加剧烈。卡妮凯让布茹丽恰仰面平卧，指挥女人们将婴儿拉出。“这也是个男孩！”第一个见到婴儿的妇女大声报喜。不等人们欢喜，布茹丽恰如同月亮落入山中，也告别了人世。

卡妮凯的左边乳房也出现了阵阵疼痛。她抱起布茹丽恰的孩子喂奶，却见一股芨芨草秆粗细的血液，从乳头上射喷出来。卡妮凯大吃一惊，一种不祥之兆油然而生：“如若遗弃他，一定是造孽的事情，楚瓦克知道了定会对我埋怨终身。兴许留下他，还会成为赛麦台依的同伴，谁也不知道今后的事情。”

卡妮凯思前想后，给阿勒曼别特的儿子起名古里斯坦，把他托付给玛吉克的夫人阿依萨勒肯细心照看。同时给楚瓦克的儿子起名坎凯勒迪，把他交给坎巴尔之妻卡妮塔依抚养。后来，阿依萨勒肯也不幸去世，古里杜尔之妻阿克希尔别特主动收养古里斯坦。古里斯坦在苦难中长大成人，人们又称他为古里巧绕。而坎凯勒迪则改名为坎巧绕。

卡妮凯处理完后事，让英雄秀图返回远征的军营。她给玛纳斯写了一封信，详细讲述了这里发生的事情。信的结尾写道：“我的雄狮玛纳斯，你别留恋异地他乡，你在柯尔克孜族人中才能如鱼得水。请你时刻提防空吾尔巴依的圈套。我们的汗王要及早凯旋，回到家乡，停留的时间千万不要再超过六个月。”她在落款处加上赛麦台依的名字，交给了秀图。

遭到暗算

秀图跨马踏上归程，回到大营后，向英雄们传报了两位夫人用生命生下一对男童的讯息。阿勒曼别特和楚瓦克为了褒奖秀图的功劳，决定将阿尔泰最好的地方萨热逊别封给秀图。

再说驻扎在别依京的各路汗王和勇士们一直思念着故土亲人，只要玛纳斯一声令下，他们就准备打点行装踏上归程。为了试探玛纳斯的意图，他们修书一封派出专人呈送玛纳斯，焦急地盼望着他下达指令。

玛纳斯拿到信函后提出，让汗王们启程先行，他要率领剩下的人与艾散汗决一雌雄，然后再踏上回乡的路程。巴卡依提出不同意见，说道："我们起兵向康阿依进攻，夺下了很多城池，鲍郎础、交劳依、别什库拉克，还有强悍的奥荣阔英雄都被我们夺取了性命。艾散汗送出了自己的千金，多少金银珠宝都成了我们的战利品，多少绫罗绸缎全部被我们享用。此时，与其向艾散汗进攻，还不如退出别依京，立刻启程返回塔拉斯。”阿勒曼别特接上话茬儿：“让十四位汗王先行启程不可行，我们最好不要分离。目前，空吾尔巴依不见踪影，也无人知道他的行踪。我们最好把涅斯卡拉、穆拉迪勒、乌尚，还有玛德这些干将一一生擒。这样，待我们返回故乡后，空吾尔巴依再疯狂，也没有能力进行反击。”

雄狮玛纳斯没采纳巴卡依和阿勒曼别特的意见。剩余的人回乡心切，认为玛纳斯的主张极为正确，异口同声表示赞同。根据玛纳斯的指令，十四位汗王中的九位跨上骏马踏上归程。留下了巴卡依、阿勒曼别特、穆孜布尔恰克、楚瓦克和色尔哈克五位汗王。色尔哈克成为汗王是因为父亲加克普汗王留在塔拉斯，由他顶替父王带领部下远征，汗王的头衔自然落在了色尔哈克头上。

玛纳斯与众汗王分开，并不知一场危机正向他悄然逼近。

自从柯尔克孜族人进入城中，空吾尔巴依心如火焚。他从王宫地下挖了一条暗道，尽头可以通到城外，暗道内骏马能穿行。空吾尔巴依独自躲在地洞中，暗地里观察着玛纳斯的行踪。此事，连他手下的涅斯卡拉和穆拉迪勒都不知情。他全神贯注不知睡眠，苦苦地等待时机。

阿勒曼别特非常怀疑空吾尔巴依，却无法知道他的阴谋诡计，只能每天乔装打扮在城内外巡视打探空吾尔巴依的消息。

这一天，阿勒曼别特、楚瓦克和色尔哈克在起伏延绵的山中巡游了一天，傍晚才回到大营。

玛纳斯独自一人留在宫中，心有疑虑，想要了解宫外的情形。他让巴依玛特英雄换上汗王的锦袍，装扮成自己坐上大轿，到市面巡视观察动静。百姓见到队伍，让开通道站立两旁，都说自己见到了玛纳斯汗王。巴依玛特如此这般在大街上巡游，正好碰上从城外赶回来的阿勒曼别特、楚瓦克和色尔哈克。见到三位英雄，巴依玛特惊慌失措，准备从大轿上跳下来。阿勒曼别特见状示意他不要下轿，挥鞭策马继续前行。走过后，阿勒曼别特对于巴依玛特想走下大轿的行为感到气愤难忍，对同伴说道："这个该死的浑蛋，既然玛纳斯让他坐上大轿装扮汗王，他为何还要轻易起身离轿？如果他昂首挺胸傲视群雄，无论什么时候，这个王位依然会归柯尔克孜族人掌控。坐在王位却对自己的下人弯腰施礼，王位不会长久掌控在我们手中。"

他们满怀失意来到王庭。巴依玛特也按时返回，忙不迭地向玛纳斯禀报详情："见到三位英雄迎面而来，我实在没有勇气挺直腰身。"巴卡依接上话茬儿："巴依玛特，你真是愚蠢至极，做出的事叫人愤恨！"英雄们分别回到自己的房间后，雄狮玛纳斯在宫中暗自思忖。

在外宫的内院有一个很平坦的庭院，四十勇士经常在这里会面玩耍游戏。今晚，克尔葛勒恰勒为首的四十勇士又来到这里，分成两组，玩蒙眼捉人的游戏，他们叽叽喳喳十分兴奋。只有阿吉巴依没有参加，玩耍的勇士们哪里知道危险正在一步步靠近。

就在这个时候，空吾尔巴依从暗道现身，探察情况来到宫门附近。他心怀叵测，精心策划了一场罪恶的阴谋。他手上提着一把夺命的巨斧，这把巨斧，选用上等的纯钢，由高明的铁匠精心锻造，斧刃在毒液里浸泡过，把它轻轻扔在地上也会落地而立，没有什么生命能够在其斧刃下逃亡。

四十勇士玩耍的叫嚷声不绝于耳，直冲脑门。坐在宫里的玛纳斯英雄被外面的游戏吸引，披上阿克奥勒波克战袍，却未戴头盔和护颈，骑在阿克库拉背上贸然出行。

宫门上悬挂着华丽的灯笼，一轮明月高悬天空。玛纳斯披着皎洁的月色，毫无戒备地走过空吾尔巴依潜伏的地方。空吾尔巴依暗自庆幸："终于等到了下手的良机。"当玛纳斯走过他身边时，他咬紧牙关，举起战斧对准玛纳斯的脖颈儿狠狠劈去。斧刃砍中了玛纳斯的颈部，玛纳斯却丝毫没有感觉到。空吾尔巴依想再次劈砍，斧头却没能拔出，一用劲儿斧柄一下脱落，惊慌失措的空吾尔巴依只好驾马逃遁。

此时，阿吉巴依看到一个人影在眼前一闪，突然消失，阿吉巴依快步跑过去，见一堵土墙挡在前面，阿吉巴依顺势一推，那墙壁却原地翻转了一圈，他即刻命人拿来灯笼，仔细察看墙内的地洞，但见阿勒喀拉骏马如同锅灶般大的蹄印向洞里延伸。

吵吵嚷嚷的四十勇士看到玛纳斯安然无恙依然稳坐在骏马上面，就结束了游戏各就各位。没有人知晓雄狮玛纳斯已经遭到敌人的暗算。

阿勒曼别特、楚瓦克、色尔哈克闻讯赶到，在阿吉巴依的带领下认真察看暗道，一直走到另一头的洞口，在洞外发现阿勒喀拉马的蹄印。但空吾尔巴依发现有人追踪，借助法术呼风唤雨给大地披上了一层白雪，趁机逃得无影无踪。英雄们连夜四处寻找无果，只好掉头返程。回到宫中，加紧巡逻，日夜守护，不敢怠慢。

在紧张中过去了三天，玛纳斯请来巴卡依、穆孜布尔恰克议事，旁边还有玛吉克和巴依玛特侍立。玛纳斯在说话间感觉后颈奇痒难耐，让巴依玛特过来挠一挠后颈。巴依玛特快步靠近仔细观察，目睹留在玛纳斯颈部的战斧不禁大惊失色，高声惊叫起来："我尊敬的玛纳斯啊，一把掉柄的战斧深深地镶在您的颈部，这巨大的柄孔如同硕大的锅盖，您怎么若无其事不管不顾？"巴依玛特焦急的眼泪哗哗流淌。"该死的孽种说什么胡话！"巴卡依心中发慌，跑上前来一看，只见柄孔周围的皮肉已经发炎红肿。他问玛纳斯是否还记得何时何地被人砍中。玛纳斯回答道："三天前为了观看勇士们的游戏，走出门的时候只觉眼前有一道寒光闪动，三天以来身体也没有任何不适的症状，就是从昨晚开始后颈灼热发痒，也许在那个晚上被敌人暗算了？"玛纳斯要求巴依玛特和玛吉克拔出嵌入肉中的斧头。巴卡依不同意，要等阿勒曼别特来想办法处置。玛纳斯不听，执意让巴依玛特和玛吉克立刻动手。两人一起用力却使不上劲，只好将毛绳穿过斧孔，叫来十一位勇士轮番拉绳。随着绳子的拉扯摇动，伤口疼痛更加难忍，玛纳斯咬紧牙关发出咯咯的响声，瞪大的眼珠里直冒火星。玛纳斯忍不住发出怒吼："阿勒曼别特在哪里？赶快去给我叫来！立刻派人把楚瓦克和色尔哈克给我找来！"巴卡依让阿吉巴依赶快上马去请阿勒曼别特迅速赶来。巴卡依话音未落，阿勒曼别特正好急匆匆进屋。

两天以来，阿勒曼别特日夜繁忙没有合眼，他刚刚从外面巡视回来，翻身下马之时，听到宫中阵阵骚动声，心生疑虑匆忙进门。

看到阿勒曼别特的身影，嘈杂的人们戛然平静。巴卡依给阿勒曼别特诉说事情的经过，阿勒曼别特跑上前去解开了绳子的扣眼，从斧孔中抽掉，急忙拿出身上仅有的两粒艾别普神药放入玛纳斯口中。眨眼间，玛纳斯就感到稍许平静。

"用绳子如此拉扯，是十分愚蠢的做法。斧头是纯钢制成，斧刃浸过毒液而且锋利无比，玛纳斯雄狮啊，所以你才没感觉到被它砍中。如果不拔出斧头，伤口与空气隔断，不会疼痛也不会发炎。我让你口服艾别普神药，再外敷赛别普药，再用一个月时间将你送回塔拉斯故土。卡妮凯收藏着一种被称为库努的神药，只要你服用库努神药，再定时敷上努什药，斧头自然会掉落下来，三个月时间就会愈合外伤，恢复健康。如果现在拔出斧头，没有库努神药和努什药，剧毒根本无法祛除。除了返回塔拉斯，再也没有更好的办法。我们最好立刻开始准备，在晨曦到来之前我要送你们登程出发，请你们不要犹豫耽搁。巴卡依和穆孜布尔恰克两位大伯，请你们不要在途中停留，一路疾驰日夜兼程。楚瓦克和赛热克留下，和我一起留驻。我要在这里停留四十天。让赛热克装扮成玛纳斯坐在王位上掩人耳目，前来拜见施礼的人只能远处观望，不得接近。四十天时间一切安排停当后，我会起程追赶你们，大约在叶奇克里克谷地与你们会面。如果你们能加速赶路，请抓紧时间及时与卡妮凯夫人会合，让雄狮玛纳斯及时从伤痛中恢复。待雄狮痊愈之后，我们要重进别依京城，抓住恶贯满盈的空吾尔巴依，让他从此不能再作恶。”阿勒曼别特果断地做出了一番安排，众人没有提出异议。按照阿勒曼别特的周密安排，玛纳斯在巴卡依、穆孜布尔恰克等汗王和勇士们的陪同下，率领人马从边别依京启程，朝着塔拉斯的方向进发。

黑色射手

阿勒曼别特为了迷惑敌人，让赛热克乔扮成玛纳斯，威严地坐在宝座上。偶尔有外人前来拜见玛纳斯，他下令从远处施礼跪拜，不许迈步靠近，并说这是汗王自己定的规矩，任何人都不能违反。

“被砍伤的玛纳斯为何还不丧命。”空吾尔巴依四处探听，得不到确切音讯，心急如焚。“我是否看花了眼，将手里的斧头砍偏？抑或是没有砍中玛纳斯，斧头飞离了斧柄？要不就是柯尔克孜族人玩弄花招，连夜送走了玛纳斯。我与其在这里等候，还不如去各个山冈上巡守。如果身受重伤的玛纳斯被驮载在马背上奄奄一息，我正好可以趁机杀了他，俘虏他的人马。”空吾尔巴依想着，就带领穆拉迪勒、涅斯卡拉，立刻上路追寻玛纳斯。

玛纳斯一行一路急行来到别勒阔尔干，他下令队伍停下休息，自己被人扶下马背后拿出怀里的千里眼，仔细观察边别依京的方向。突然，空吾尔巴依的身影进入他的视野中。他立刻将巴卡依叫到身边：“巴卡依汗王啊，我虽然受伤却不影响性命，为何要躲避空吾尔巴依？不与那个浑蛋交手相拼，那家伙定会傲慢地四处炫耀：‘玛纳斯仓皇逃窜，我的神灵比他的强大高贵。’那样，我有何颜面返回家中？”玛纳斯和巴卡依简单商量后，率领五个汗王的队伍准备应战。

空吾尔巴依、涅斯卡拉、穆拉迪勒、乌尚四人站在柯尔克孜队伍的对面观望，心生犹豫，他们如此这般商量了一番，派出一名使者前往试探，向玛纳斯提出十五天备战的时间。如果玛纳斯无意交战，他们就悄悄返回。而玛纳斯见了使者，做出决断的回复，十五天后要展开决战。

奸诈的空吾尔巴依早就有了歹毒的阴谋。他得到玛纳斯的回复，立刻草拟信函，将信挂到托克奈克信鸟脖颈儿，送往英干山的希普夏依达尔。

康阿依英雄希普夏依达尔，箭无虚发，武艺超凡。他居住在英干山内，靠打猎维持生计，自由自在，十分悠闲。空吾尔巴依给他的信中写道：“希普夏依达尔啊，已经过去的鏖战，你没有目睹，可能只听到一些传言。柯尔克孜族人势不可当，已经侵占了别依京城，辉煌无比的高贵宝座已经被柯尔克孜族人抢夺。肆无忌惮的阿拉什人把玛纳斯供奉为阿依阔勒大汗，我在暗中寻机行事，已用毒斧砍中了他，可是他却像没有受到一点损伤，依然在山坡安营扎寨，口吐狂言要与我们决战。我如今无计可施，十分被动，恳请你亲自出马，让他见识见识你的神功。”

发出这样的信函后，空吾尔巴依他们有些得意扬扬，同时担心阿勒曼别特赶来杀死希普夏依达尔，那样一切计划都要落空。他们将六十万铁骑交由巨人玛德率领，去阻断过往的路径。

给玛纳斯送行时约定的四十天很快过去，阿勒曼别特、楚瓦克和赛热克催马起程，离开边别依京，马不停蹄，日夜兼程，一路疾行。突然，大队人马出现在他们面前，康阿依的巨人玛德正好与他们碰个迎面。

只见玛德骑着一匹深赭色骏马，耀武扬威地向英雄们杀来，他的矛尖升腾起一团燃烧滚动的火焰，令大地刮起一股狂风。楚瓦克催赶着阔克铁凯骏马首先上阵，对准巨人玛德连刺两枪，玛德却稳坐在马背上丝毫不动摇，反而大叫着探出手中的长矛将楚瓦克挑落马鞍。赛热克见状焦急万分，挥鞭上阵冲向玛德，阿勒曼别特伸手拉住阔克铁凯骏马的缰绳交到落地的楚瓦克手中。巨人玛德也将赛热克挑落马下，未来得及得意，就面对阿勒曼别特雨点般的矛枪，他竟依然稳坐马鞍纹丝不动。三位英雄同时冲击，仍然没能将他撼动。在这难解难分的时刻赛热克用战斧打飞了玛德的头盔，楚瓦克刺中了玛德的后颈，阿勒曼别特挥动战刀猛劈，才让玛德如同一座土墙轰然倒地，一动不动。玛德的部下用骏马驮上战死的玛德逃入深山峡谷。

阿勒曼别特、楚瓦克、赛热克飞驰到玛纳斯大军驻地，与巴卡依、玛纳斯见面，握手问候，相互亲吻对方的指尖。不等阿勒曼别特他们询问，玛纳斯首先开言说明情况："阿勒曼别特，挚友啊，你们与我商量让我首先撤离，我率领大军踏上归途，不料在此见到空吾尔巴依拼命追赶。我担心他说我仓皇逃窜，向世人鼓吹自己如何勇敢，就决定不管他带领多少人马，还是要在此和他决战。我让军队停止前行，在此安营扎寨，空吾尔巴依就派出使者求见，向我提出十五天准备时间。既然他只要求十五天,我只好同意，这有何难……" 听了玛纳斯的叙述，阿勒曼别特心急火燎十分烦乱："玛纳斯啊，你说你已经答应十五天的约定?这可不能随意点头！这样的结果，就是要把柯尔克孜的好汉一一送上死亡的边缘。他为何向你提出十五天的期限?他很可能请来黑色杀手希普夏依达尔助战，将给我们带来灾难。不管阴险狡诈的空吾尔巴依如何行动，你都不该停止前行。你没有按照我们的商定前进，是否想把自己身边的兵将全部送入敌人的魔掌之中?" 阿勒曼别特说完这话，在无可奈何之中提出一些补救措施。他让色尔哈克、额尔奇吾勒、秀图、包孜吾勒留下来守护大队人马安全，自己带着楚瓦克连夜到达卡依尔迪河畔埋伏，在途中拦截希普夏依达尔。

阿勒曼别特和楚瓦克正要出发，阔克确突然飞马驰骋来到这里。原来柯尔克孜族人出发远征之时，指定阔克确留在后方，在通往康阿依的路口设防，但他耐不住心中对玛纳斯和阿勒曼别特的思念和担心，带领手下五万兵马，马不停蹄径直赶到了这里。英雄阔克确见到朋友嘘寒问暖问长问短滔滔不绝，如果不打断的话看起来还要啰唆。阿勒曼别特焦急万分不敢有丝毫耽搁，领着楚瓦克匆忙出发，挥鞭催马，向目的地冲去。

卡依尔迪河畔是阿勒曼别特和楚瓦克的目的地，那是个咽喉要道，是驻扎在英干山的希普夏依达尔的必经之路。阿勒曼别特催马扬鞭登上了卡依尔迪山顶，向身边的楚瓦克这样介绍道："我的朋友楚瓦克啊，希普夏依达尔不仅武艺精通，更是狡诈成性，诡计多端。他随身携带的同伴，从来都是六十人整，没有多余也不会缺少，这是他从不改变的习惯。他有十二种模样的变幻，他的巫术魔法和伎俩无法一下说清说全。希普夏依达尔通过的地方，有时会悄然无声毫无动静；有时会升腾起尘土，天空晴朗大地却浓雾弥漫；有时只能看到地上掠过微风，或是感觉到天上飘下细雨。这些迹象就是他通过的证明。目前康阿依那边没有什么动静，看起来这个浑蛋还没有上路。"阿勒曼别特让楚瓦克留在荒原上隐蔽，在暗中观察敌人行踪，而自己则小心地来到河岸静静潜伏，睁大双眼，等待希普夏依达尔的到来。

而希普夏依达尔收到空吾尔巴依的信函，带领六十名随从立刻动身。他很快到达卡依尔迪，环顾四周动静，心中暗自思忖："这里是道路交会的路口，南来北往四通八达。索然迪克之子阿勒曼别特智慧超群，城府很深，他可不要在这里设下陷阱，让我在这里流血丧命。我最好潜入河底，顺水潜渡过去。”希普夏依达尔寻思着，就向身边的随从们发出命令：“你们从大路上前进，还剩四天的路程，我们就在别勒阔尔干会合。”希普夏依达尔交代完毕，离开队伍独自潜行。

希普夏依达尔有一个高超的本领，连阿勒曼别特也弄不清。当他入水时会有一阵瓢泼大雨，将河水变得浑浊不清，他会趁着河水浑浊时，神不知鬼不觉地渡河而去。狡猾的希普夏依达尔使用这一法术，从阿勒曼别特的眼皮底下顺利地潜入河水。

阿勒曼别特仔细观察水面，河水一阵浑浊之后立刻变清，依然向前流动。他从中发现了隐情，立刻掉转了萨热阿拉骏马，顺着河堤追踪。那片浑浊的河水流到一处三水汇流的树林，突然从水中跳出一个人影，迅速躲入林中，在他的眼前消失得无影无踪。“这个家伙已经过去，我没能阻止他的行动。”阿勒曼别特回头环视四野，荒野中早已尘土升腾。英雄楚瓦克面对六十位强敌，展开了一场殊死搏斗，这六十强敌凶狠无比，将英雄楚瓦克团团围住。

阿勒曼别特见状怒火中烧，高喊着“玛纳斯”的口号，冲向敌人。听到阿勒曼别特的声音，楚瓦克信心十足，勇气倍增，面对六十强敌发起了猛烈的攻击。阿勒曼别特和楚瓦克左冲右突十分勇敢，在眨眼间将敌人全部从马背刺翻，缴获了六十匹空背骏马。

两位英雄心急火燎，回身登上卡依尔迪高山，为了尽快到达营地，他们风驰电掣，拼命赶路。

暗箭难防

太阳躲藏到大山后面，黑夜随黄昏悄然降临。就在这个时刻，两个巡逻兵急匆匆地来到玛纳斯的营帐禀报："从卡勒玛克驻扎的山坡上传来阵阵鼓声，好像敌人发起进攻，离我们很近。在这样漆黑的夜晚，我们怎样迎击敌人？"玛纳斯听到报告，缓慢抬头，牙齿咬得咯咯作响："快将我的阿克库拉神骏备好，将我的战袍也一起带上。我要将耀武扬威的康阿依人统统赶回别依京城。"此时，专程前来慰问和支援的英雄阔克确却说出了自己的主张："雄狮玛纳斯啊，你让我留守故乡，在先前的苦战中我未能和你战斗在一起。阻击敌人是我的本领，还是让我去完成这项使命吧，就算我对阿拉什人建功立业做了一件值得自豪的事情。"玛纳斯听阔克确说话斩钉截铁，态度十分坚定，便同意他率领五万哈萨克人马上阵。

这次率兵夜袭阿拉什人的敌军将领是驻扎在博塔拉的夏库尔勇士，他奉空吾尔巴依之命，率领八万兵丁，敲起战鼓，急不可耐地上阵冲锋。夏库尔与阔克确在黑夜中对阵，展开血腥厮杀，鲜血将山冈染红。夏库尔的左腰被阔克确的矛尖击中，阔克确继续连续不断地发起进攻，一连戳出凶猛的十六枪。夏库尔实在招架不住，只好夹着尾巴狼狈逃遁。阔克确急速追赶，揪住了夏库尔的衣摆，欲将其压到自己马镫下面。夏库尔回身与阔克确搏斗。就在你死我活的关键时刻，空吾尔巴依突然在战场现身，命令全军一起出动,围攻阔克确。敌军把阔克确和部下分割开来，从四面八方向阔克确投掷铁网。阔克确不幸被套入网中，连人带马被驱赶到山下。就在这危难时刻，色尔哈克英雄从喀拉契丹那边巡视而返，与驱赶着阔克确的敌人迎面相逢。色尔哈克趁人不备猛烈冲锋，见到色尔哈克的柯尔克孜、哈萨克士兵鼓起勇气冲锋向前，打散了敌军的阵营，趁机救出了阔克确。刚刚从铁网中脱身的阔克确如同饥饿的苍鹰，睁大双目四下搜寻，一眼认出了反穿着毛皮大衣仓皇而逃的夏库尔。阔克确高喊着“玛纳斯”的口号，催马冲到夏库尔身边，人到枪出，把夏库尔刺落到马下，用金光宝剑砍断敌将后颈。失去首领的博塔拉人四散逃命如同无头苍蝇，八万敌兵所剩无几，全线溃退。阔克确出够了心中的怨愤，命令人马返回，独自一人留在原地，来回走动，眺望周围，观察康阿依人的行踪。

东方破晓，黎明来临。英雄阔克确踏着晨曦，昂首挺胸，神采飞扬地向着卡依尔迪方向走去。

再说空吾尔巴依、涅斯卡拉，还有穆拉迪勒，因为希普夏依达尔姗姗来迟，一边发着牢骚一边朝着卡依尔迪方向前往迎接，正好发现阔克确从山坡上走过。狡猾的空吾尔巴依压低声音，与同伙商量，要活捉阔克确，他让穆拉迪勒潜伏在下游，涅斯卡拉藏身在上游，空吾尔巴依自己则在中间接应，将阔克确悄悄地围在中心。

在战争时期独自出行，这绝对是一种危险行为。阿依达尔汗之子英雄阔克确没有丝毫准备和戒心，催赶着青花骏马，摇摇摆摆地走过来。当他从穆拉迪勒身边通过，刚刚接近空吾尔巴依,这个凶狠残暴的家伙突然从一旁现出，向阔克确发起攻击。听到敌将的声声呐喊，看到空吾尔巴依战马的腾跃，阔克确没有丝毫退缩。他挡开空吾尔巴依夺命的矛枪，顺势猛烈反击，一枪把气势汹汹的空吾尔巴依戳下马背。看到空吾尔巴依落马，涅斯卡拉冲上来与阔克确对阵。阔克确从侧翼猛戳，涅斯卡拉也从马背飞落。还不等阔克确收回矛枪，穆拉迪勒杀气腾腾赶到，突然挺枪出击，使阔克确的臀部离开了鞍鞯。此时，空吾尔巴依立刻起来翻身上马，向阔克确的肩部狠狠刺了一枪，并命令穆拉迪勒准备下马捆绑阔克确的双手。眼看寡不敌众，此时阔克确对自己的生命已经感到绝望，“既然生命已经到了尽头，还有什么理由不拼一场？”他撑着斧头站起来，手起刀落，砍下穆拉迪勒的一只胳膊。空吾尔巴依催动战马，又一次凶猛冲击，将站在地上的阔克确一枪戳翻在地。

涅斯卡拉趁机跳下马背捆住阔克确的双手。

就在这个时候，阿勒曼别特在返回大营的途中登上山顶瞭望，正好见到阔克确受害的情景，焦急得几乎失去理智。如果不是这样，他一定会悄无声息地袭击，斩杀空吾尔巴依，营救阔克确。可阿勒曼别特在情急下热血沸腾，直冲下山，喊杀声直冲云霄。听到阿勒曼别特的喊声，空吾尔巴依张皇失措，从鞘中拔出战刀，砍下阔克确的头颅，绑到马鞍后催马逃跑。

阿勒曼别特飞驰而来，从黄花马背上翻身跳下，双膝下跪，抱着阔克确的无头尸体失声痛哭："阔克确啊，你是我起誓结交的朋友，我却不能救下你的性命，不能与你促膝谈心消除心中的郁结，我就这样把悔恨埋在心中！"

跟随而来的楚瓦克见状也放声哭喊，悲伤和哀恸能把岩石击穿……

正当他们陷入悲痛之时，卡勒玛克的三位败将选择了悬崖下面的一条小路，头也不回地仓皇逃遁。

英雄们牵来阔克确的青花马，驮上阔克确的尸体，驱赶着大群马匹，抓紧时间回到营地。看到他们的身影，满营的将士纷纷出动。阿勒曼别特止不住心中的悲痛，声泪俱下哭唱着挽歌："我的兄弟，阔克确啊，是因为我，你才献出了生命。若不能把你的尸体完整送回，我也随你一起丧生算了，玛纳斯不听从我的劝告，执意要在这山坡上扎寨安营。他的这种盲目之举，定会将穆孜布尔恰克和我们全部葬送。四十勇士大都会在战场中牺牲，以阿吉巴依为首的众英雄也难保性命。阿勒巴依、古里杜尔和库吐纳依，以及楚瓦克、色尔哈克众英雄，外加很多矛枪手都将丧生。只有大伯巴卡依引领队伍，带着残兵败将返回塔拉斯家中。倘若致使伤口发炎脓血流溢，耽误治疗，玛纳斯自己也会长眠不醒。阔克确啊,我要将你的尸骨驮到马背，让阿勒穆拜护送回乡，交给阿克艾尔凯绮夫人，让她亲手将你安葬。我在你生命的最后时刻，没能解开你心中的疙瘩。你明亮智慧的眼睛，我没能体察到最后的神情。也许还没有来得及为你报仇，我就会很快长眠地下。”阿勒曼别特的挽歌令人心痛。玛纳斯目睹此情此景，痛苦和悲伤充满心中。站在那里的人们也涕泪纵横打湿了衣襟。

阿勒曼别特命人清理了阔克确的尸体，用清水洗净血污，然后将硬化药物放入体内。在玛纳斯的哀悼中，让尊敬的巴卡依站在头部，自己亲手为阔克确净身，尸体被放入裹尸布，从三处缠绕束紧。阿勒曼别特主持葬礼，命令阔克确手下的全体人马连夜起程，将英雄尊贵的尸体送到阿克艾尔凯奇夫人身旁。阿勒曼别特送走阔克确的尸体，两眼红肿，如同拳头一样。他懊悔痛心：“这身体上没有脑袋的英魂，是我的过错和责任。”他不断地责怪自己，为了朋友的牺牲，失魂落魄，无法平静。

人们提心吊胆、交头接耳：“未卜先知的英雄阿勒曼别特不会轻易透露死亡的天机。听他刚才的话语，生死的时刻看来像眨一下眼皮……”此时阿勒曼别特又说出了这样的话语：“雄狮玛纳斯啊，你重伤在身，我要表明我的心声。这一次开战，我们绝不要吝惜自己的生命。要在黎明时分开战，到时鲜红的血液将会像河水在河滩和沟壑流淌。无论年长还是年轻,大家都要认真考虑好身后的事情。”

正在这个时候，东面响起震耳欲聋的声音，战鼓咚咚由远及近，噼啪的枪声夺人心魄；箭矢嗖嗖作响，巴攮枪弹飞迸，炮弹如同一团火焰在空中飞过。大地在轰鸣声中颤动，预示即将发生惊天动地的大战。人们听到响动，纷纷行动，跃身跨到骏马背上。阿勒曼别特赶紧招呼大家下马，并做出了这样的安排：“现在你们统统下马，先架火做饭填饱肚子，然后仔细检查武器装备，认真做好战斗准备，等到明天黎明时分再上马出征。空吾尔巴依已经从英干山中请来了神箭手希普夏依达尔,刚才发生的奇怪声响,都是他施展法术的结果。明天开战的时候，希普夏依达尔一定会随军上阵，他决不会放过任何机会，没有人能够从他手中逃生。我留在这里压住后阵，如果能抓住机会，我定将他消灭；如果没有机会下手,我也不能混在队伍中间。希普夏依达尔发现我不在，就不敢轻易前来交战。如果我与队伍共同向前，定会给人们招来无尽的灾难。四十位勇士要全力保护玛纳斯的安全，我们已失去英雄阔克确，他是永垂不朽的英雄。残酷的战争已经延续了近六个月时间，剩下的十天时间可算是最严酷的时候。我们要同甘共苦并肩作战，决不退缩，要用生命报答百姓的恩典，我们的英名将永远被人们颂赞。额尔奇吾勒，你不要去参战，你要握紧你的笔杆，决不能让人们遗忘英雄玛纳斯的英名，从汗王玛玛依至今的历史，你都亲耳闻听。自从雄狮玛纳斯跨马登程，你就与他同甘共苦，一直到了这个年龄。铭记英雄的丰功伟绩，你不能有丝毫遗漏，要一字一句记入史诗留与后世。他没有成就的事业，你也不必大肆渲染让英雄蒙羞！功过是非，请如实记录，做一个有良知的歌手。我自己干过的事情，白纸黑字早就完成，你可以向阿茹凯索取，将其恰当地融入其中。从今往后，你就充当巴卡依大伯的侍从，如果死神对我宽容，没有让我的舌头失去功能，我还有很多话要表述。”阿勒曼别特说完话，与各位汗王握手告别。

当来到雄狮玛纳斯身边，阿勒曼别特抛洒着眼中的泪花，诉说心中的话：“我尊敬的雄狮啊，我与你并非同胞生，却是同乳兄弟。虽非同父同母，却把同一个母亲的乳汁吸吮。你比我年长两岁，比我尊贵几分。母亲雪白的乳汁，你无疑要比我早几年享用……”当他说到这里，实在无法控制自己的感情，伸手抱住玛纳斯的脖子，相拥而泣，泪如泉涌，相互亲吻对方的面颊。

阿勒曼别特和楚瓦克也张开各自的双臂，将对方紧紧地拥抱。

色尔哈克静静地观望着阿勒曼别特，心中在想：“汗王阿勒曼别特啊，你的勇气和坚强哪里去了？你将无法预见的死亡说成已降临到我们头上。你是否让我们消沉？这事你干得不太妥当，这样会让钢刃生锈变钝。”但他还是忍不住走到阿勒曼别特跟前拥抱他，他们脖颈儿相交，脸颊与脸颊摩擦，两眼相视许久，默默地相互道别珍重。

克尔葛勒恰勒与阿吉巴依，古里杜尔和阿勒巴依，包孜吾勒和赛热克，玛吉克和库吐纳依一一前来握手道别。众多战将勇士，一拥上前拜别离去。

送走了全体将士，阿勒曼别特才拉紧缰绳，从大军侧旁慢慢前行。这个时候，黑夜已经掠过，曙光取代了星辰。

众英雄捐躯疆场

黎明之时，战鼓喧天，锣鼓齐鸣，大地上晨雾升腾，漫山遍野的康阿依人马摇动着战旗向前涌来，如同爆发的山洪气势凶猛。在无数铁蹄的践踏下，山体剥落了一层又一层。

阿勒曼别特留在外围巡查,目的是找到希普夏依达尔，玛纳斯身负重伤躺在营帐，由巴卡依老人照应，额尔奇吾勒守卫在他们身边，除此外，宽阔的营帐再无他人。阿拉什的所有兵丁纷纷投入到战斗中，柯尔克孜和康阿依的军队短兵相接打得难解难分。头颅劈裂，手脚折断，鲜血流淌，血染大地，在你死我活的战斗中惨烈的景象随处可见。

希普夏依达尔躲在人群中，外人无法辨认，他怕被阿勒曼别特发现，格外谨慎小心。没有看到阿勒曼别特的身影，他暗自打算："如果我离开人群到了外围，肯定逃不脱阿勒曼别特的眼睛，会遭到敌人的暗算和斩杀。我的目的和打算，早在阿勒曼别特的预料之中，我决不能心慌意乱地夹在随时都会送命的混战中。只有射杀玛纳斯的英雄和勇士,才能抚平我的心。”希普夏依达尔不断地提醒自己，弓腰躲藏在兵马之中。他伏在骏马背上，压低身体不让对手发现。

希普夏依达尔趁着混战，放冷箭先后射死了阿勒巴依、库吐纳依、阿吉巴依、古里杜尔和加依桑等五位勇士。

卡勒玛克士兵冲上前来，缴获阿吉巴依的卡尔特库郎骏马：“铺上那华丽的丝垫，这正是艾散汗享用的骏骑，即使骑上六个月，它也不会筋疲力尽气喘吁吁。”他们扬扬得意十分高兴，将骏马牵给将领乌尚。乌尚见到神奇的骏马，毫不犹豫地拉过缰绳交到一个叫克依吐尔的卡勒玛克人手中。克依吐尔是一位功名显赫的勇士，他耀武扬威自命不凡：“总算得到了如意的骏马！”他当即跃身跳上马背，脸上满是得意扬扬的神情。就在这关键时刻，色尔哈克催马赶上前，见到卡尔特库郎骏马在卡勒玛克人胯下，为阿吉巴依的安全忐忑不安：“卡尔特库郎骏马被卡勒玛克人缴获，阿吉巴依到底是否安全？难道阿勒曼别特的预言就这么灵验？那神奇无比的卡尔特库郎骏马怎能落在卡勒玛克人手里面？我即使丢了性命也要把它保全！”色尔哈克想到这儿如同离弦的箭，刹那间冲到克依吐尔跟前，他胯下的铁勒克孜勒骏马的蹄声惊心动魄，震撼大地。卡尔特库郎骏马听到熟悉的马蹄声昂首挺胸，嘶鸣不断。

听到卡尔特库郎凄楚的嘶鸣，看到卡尔特库郎对阿吉巴依深情的思念，英雄色尔哈克顿时热泪潸潸，他激愤难平，如同疯狂的公驼一样，对准克依吐尔大山般的肩膀狠狠戳出了矛枪，克依吐尔从马背滚翻落下。卡尔特库郎趁机掉头疾驰如飞狂奔而去，色尔哈克也随后紧紧追赶。可怜那忠诚的骏马，飞驰到阿吉巴依尸体边，急骤的马蹄立刻停下。英雄色尔哈克忍住泪水，手忙脚乱地将阿吉巴依的尸体紧紧捆绑在马鞍上。卡尔特库郎骏马驮上主人的尸体奔向且其多别。

驻守在且其多别的阔绍依老人，痛苦地解下阿吉巴依的尸体。他相信玛纳斯随后一定会返回，便先行一步向塔拉斯赶去。

英雄色尔哈克掉转马头奔向战场，挥舞着手中的战刀一路厮杀，他奋不顾身的身影正同追捕燕雀的鹞鹰一样。

布达依克之子穆孜布尔恰克迎面遭遇穆拉迪勒，他催动坐骑像狂风一样冲上去，一枪刺翻了敌将。恰巧他掉转马头之时，卡勒玛克英雄乌尚横在他面前，将他一枪挑落在地。卡勒玛克士兵随后赶来将穆孜布尔恰克团团围在中间，摁在地上凶狠抽打。

就在这危难时刻，克尔葛勒恰勒高喊着“玛纳斯”的口号，催赶着胯下的阿克波尔丘克骏马，挥舞着战刀，毫不畏惧地冲向包围穆孜布尔恰克的敌群。不料，敌将巴塔克挥动长矛迎战，一个回合就将克尔葛勒恰勒戳翻。克尔葛勒恰勒从马背上滚落地面，也遭到卡勒玛克士兵的围攻。

英雄赛热克见此情景心急如焚，要冲上前去迎战巴塔克，全力与敌人厮杀，营救穆孜布尔恰克和克尔葛勒恰勒。他转身对玛吉克吩咐，让他想方设法准备两匹骏马。

卡勒玛克英雄巴塔克看到赛热克来与自己较量，挥鞭催打着坐骑，舞弄着刀枪冲向前来，与赛热克迎面相击。英雄赛热克拨开巴塔克戳出的矛枪，将矛尖刺入了他的心脏，一招致命。赛热克救人心切，不顾劳累疲惫，向围打穆孜布尔恰克和克尔葛勒恰勒的敌兵发起攻击。

再说英雄玛吉克催动骏马，为老人们寻找坐骑。他在战场上发现了穆孜布尔恰克的白鬃神骏和克尔葛勒恰勒的灰白色烈马，可是守在那里的卡勒玛克人足有千名。但他不顾一切，勇敢猛冲，一枪戳倒三四个敌人，倒下的敌人纷纷在地上滚动。玛吉克如入无人之境，抓住两匹骏马的缰绳，左右穿梭奋不顾身，终于冲出敌群。

此时，赛热克也将穆孜布尔恰克和克尔葛勒恰勒救出重围，玛吉克把坐骑交给了他们，两位老人得以顺利脱身。

送走两位老人，赛热克和玛吉克纵身冲向卡勒玛克人、康阿依人之中。勇敢的玛吉克，不幸中箭牺牲，身死疆场。赛热克独自一人厮杀，卡勒玛克五千兵丁将他围在其中。赛热克面对强敌没有丝毫的犹豫和不安："如果生命即将终结，何不坦然面对，如果苦难降临，只能勇敢承受。"赛热克怒火中烧，不顾安危，眼珠如同两个燃烧的火球，挥动长矛与敌群拼杀，被他戳中的敌人如同飞落的皮帽，纷纷滚落马下。卡勒玛克兵丁目睹赛热克的勇武，目瞪口呆，惊叹万分 :“这是怎样的一个绝世英雄啊！他的马蹄踏过之处，横尸遍野，大地被鲜血染红。我们活这么大岁数,从没有见过赛热克这样的英雄,不知道谁能与他对阵。”卡勒玛克人开始为自己的生命担心，暗地里诅咒不已，倍加痛恨，他们哭天喊地，四散逃命。没有人敢与赛热克正面交锋，无人能够将赛热克阻拦。让敌人见识了自己的勇敢，赛热克觉得心中格外舒坦。

空吾尔巴依看此情景，暗自思忖 :“加克普巴依的后嗣，一个个都成了领军大将。我万万没有想到，赛热克居然如此凶猛！”他对身边的希普夏依达尔倾诉苦痛 :“我尊敬的希普夏依达尔啊，柯尔克孜族人来到卡坎，斩杀了很多巨人士兵。我本有六十名雄狮般的巨人，现在却所剩无几，死伤惨重。契丹英雄交劳依，黑鬃毛的鲍郎础，康阿依的奥荣阔，潼夏来的波孜开尔提克，还有索罗开、别什库拉克，艾将军和昆将军，还有无数都督和官员都死在柯尔克孜族人刀下。你瞧一瞧吧，希普夏依达尔英雄，柯尔克孜族人将劫掠的珠宝金银驮载到骆驼背上，逍遥自在地返回家乡。希普夏依达尔啊，你听那些金银叮当作响，怎能忍心让它落到外人手上？那逃奴阿勒曼别特伙同楚瓦克、色尔哈克将悲惨的厄运降到我们的头上。你今天也已经见识，这赛热克又让我们品尝苦痛。我尊敬的希普夏依达尔啊，我心中积压着怨恨和悲愤，走访所有契丹人，向琼买尔干神箭手求助，凡是有本事的高人，我都苦苦将他们邀请,但至今却没有一人能帮我复仇雪恨。我忍无可忍，束紧裤腰潜伏藏身，就是为了寻找下手的机会，我瞪圆双眼，静静等候，在无数不眠之夜里饮恨吞声！你再仔细瞧一瞧吧，希普夏依达尔英雄，我用斧头将玛纳斯的颈部砍中，却没能拔下斧头，让他逃脱。因为这些事情，我才向玛纳斯提出十五天时间，特意请你亲自出马走出深山。希普夏依达尔啊，你一定要帮我报仇雪恨，必须把玛纳斯的四十勇士杀尽，一定要杀一杀楚瓦克、色尔哈克和赛热克的威风，尤其是那个叛逃的奴仆阿勒曼别特，你务必要割断他的脖颈儿！”空吾尔巴依倾诉着心中的悲愤，眼中的泪水如同泉涌，苦苦向希普夏依达尔乞求。

希普夏依达尔听完空吾尔巴依的诉说，做出了这样的回应：“你曾经骑着阿勒喀拉骏马，耀武扬威目中无人，夸夸其谈大言不惭，自以为是世间唯一的英雄，今天却在这里放声痛哭，倾诉着心中的悔恨。我昨天就在你手下的簇拥下来到战场寻找战机，但是我无论如何寻觅，都未见到阿勒曼别特的身影。现在我已挑选几位勇士布置到伏击位置，你哪能知道我的神机妙算？我建议，短兵相接的混战要立刻停止，明天我们要不停地派出英雄单打独斗，也许在这样的时候，我才能发现阿勒曼别特的踪迹，我要设法找出破绽再夺其性命。”希普夏依达尔如此这般地安慰空吾尔巴依。空吾尔巴依听后立刻发出命令，鸣金收兵。康阿依人与阿拉什人各自回营。

勇士们如同往常一并来到玛纳斯帐前，向尊贵的汗王致敬问安。四十勇士之首阿吉巴依，矫健的雄鹰古里杜尔、阿勒巴依、库吐纳依，幽默诙谐的加依桑，英勇无畏的雄狮玛吉克六位勇士却不见踪影。“六位猛将不见身影，他们是否身负重伤？”没有等玛纳斯把话说完，色尔哈克立刻接上话茬儿：“在短兵相接的搏杀中，我见到阿吉巴依的卡尔特库郎骏马落入敌手，我忍不住拼死搏杀将卡尔特库郎骏马夺回手中，只见那神奇的骏马向前狂奔，把我引到死去的主人身边，我把阿吉巴依的尸体放上卡尔特库郎骏马，叮嘱它驮回且其多别达坂，骏马似乎听懂了我的语言。雄狮啊，其他五位勇士也战死沙场，他们的尸身所在，我真的还未找到。”玛纳斯听后脸上立刻布满乌云，他对色尔哈克的话很伤心：“色尔哈克啊，你这话很不中听！四十勇士缺少了六人，我已成了折断翅膀的雄鹰。我和雄狮玛吉克从小一起玩耍，他忠心耿耿地伴在我的身边，如今他的尸体却横卧在荒原。神奇的卡尔特库郎骏马会把阿吉巴依的尸体送回故乡，但另外横尸荒野的五位英雄绝不能成为残忍秃鹰的晚餐。”玛纳斯此时心情复杂，悔恨交集。他后悔当初没有听从阿勒曼别特的规劝，他一边命人去找回牺牲的英雄们的尸体，一边让兵马休息，准备第二天的战斗。

经过一夜的准备，柯尔克孜人列出征战的队形，义无反顾地奔向战场。康阿依人中有一员大将，人称萨卡塔依，他挥刀催马奋勇出击。昨日死里逃生的穆孜布尔恰克，不顾遍体鳞伤，不听任何人规劝，催马扬鞭执意迎战。以萨卡塔依为首一连冲出的十五名大将，都被穆孜布尔恰克杀死。卡勒玛克英雄乌尚见状羞愧难当："昨日我虽然把穆孜布尔恰克挑下马背，却未能夺取这个老家伙的性命，致使他今日重新杀向战场，杀害了我十五名弟兄，这真是我的耻辱。"复仇的血液在乌尚心中沸腾，他向穆孜布尔恰克发起勇猛冲锋。老当益壮的穆孜布尔恰克鼓足勇气迎上前方，一枪把乌尚挑落马下，砍下了他的首级。正当穆孜布尔恰克转身的时候，穆拉迪勒蓦然出击，探出矛枪，一下将穆孜布尔恰克戳落在地。老英雄头盔歪斜到一侧，死神慢慢靠近他的身边。只见希普夏依达尔射出的神箭，直接插入了他的侧额。雄狮楚瓦克狂奔出击，将穆拉迪勒狠狠戳翻在地，拉起穆孜布尔恰克的尸体迅速离开战场飞奔而去。

接下来两军展开了血腥的混战，玛纳斯的勇士们个个神勇奋不顾身，卡勒玛克人溃不成军，命令兵马撤出战场。经过一夜的休整，随着隆隆的战鼓声，两军又开始了一场新的战斗。

康阿依英雄涅斯卡拉在马背上耀武扬威，端起一杆长长的矛枪，风驰电掣冲向战场中央。阿勒曼别特见状，暗暗赞叹时机恰好，准备催动萨热阿拉骏马向前飞奔，却被英雄楚瓦克拦住："英雄阿勒曼别特啊，请你让我先上。我很久以来就想和涅斯卡拉决一雌雄。英雄啊，我还有很多话要对你说，我内心的秘密怎能不对你讲明，五天以来我夜里辗转反侧，睁着双眼等待天明，眼前总是浮现很多可怕的事情，我这次总觉得我们可能逃脱不了死神的追踪了。要是我落在你的后面牺牲，有谁来为我收尸出殡？我亲爱的阿勒曼别特，原谅我曾经疏忽大意，多次伤害了你的感情……让我去吧，英雄，如果我的双脚脱离了马镫，歪着身子从阔克铁凯马背上摔下，闭上眼睛离开了你们，请你一定将我安葬在土中。”阿勒曼别特对他说道：“事情并不如此，我的朋友！活着的人都应该忘记死亡，谁能知道死神降临的时间？只要我还没有闭上眼睛，心脏还在跳动，就不会将你的尸骨不管不问，但我的尸体又有谁来照应？一切都是命中注定的，如果我真的牺牲，楚瓦克啊，我的尸骨就由你来做主决定，请在契丹人面前显示柯尔克孜族人对我的尊敬！”生死挚友的话语刺激了楚瓦克的神经，他万分激动，连缠带磨，终于取得巴卡依的应允，催马先行出战。他跑出一丈远，回头对阿勒曼别特大声说道：“我的挚友阿勒曼别特英雄！如果我被希普夏依达尔射中，离开这个人世，千万不要将我的尸骨遗忘在战场中！”阿勒曼别特伤感地答道：“楚瓦克啊，你不听我的规劝，执意要去，不让我出阵。如果你真的是寿数已尽，牺牲在战场之中，若我弃你而去，就让我失去男儿的尊严，去往后世时在先祖面前受审，就让我的罪行永远也洗不清。”楚瓦克听完阿勒曼别特的誓言，驱动胯下的神骏，轻快地向战场上的敌人冲去。威猛的英雄楚瓦克抛弃生死的气势压过了涅斯卡拉，他挡开对方的枪头，将敌人戳落在地。

康阿依有一位英雄名叫侗阔依，与朵杜尔巨人是血脉族亲，他常常自夸：“涅斯卡拉只不过是手中有权，其实我比他更勇猛。”此时，这个家伙飞奔而来，将英雄楚瓦克一枪挑下马鞍，楚瓦克双手撑地，头盔飞落到一旁。正当他拿起头盔，突然飞来一支夺命的神箭刺入眉心。倜阔依想趁机砍下楚瓦克的头颅，阿勒曼别特见状怒火中烧，对准倜阔依奋力射出了一箭，倜阔依如同崩塌的高山从马背上滚落在地。如果阿勒曼别特不是为了楚瓦克，先杀倜阔依，而是当机立断把箭头对准希普夏依达尔，也许就不会发生后面的悲剧。

阿勒曼别特催赶着萨热阿拉骏马，风风火火地冲向前去救楚瓦克。还没有等他赶到，却被空吾尔巴依抢先。阔克铁凯神骏看见，转身把楚瓦克的身体遮掩，空吾尔巴依劈来的战刀，没有砍中楚瓦克，却生生砍断了阔克铁凯骏马的脖子。这匹忠诚的神骏舍身保全了主人的身体。

阿勒曼别特冲上前来，悲愤地一举戳翻了得意扬扬的空吾尔巴依。他为了兑现自己的誓言，弯腰伸手抓住楚瓦克的腰带，将他从地上提起放在马背上，准备转身返回。就在这个关键的时刻，那匹之前连续跑动六个月也无倦意，在石头上奔跑如履平地，好像与阿勒曼别特连为一体的萨热阿拉骏马却突然失控。马背上的阿勒曼别特的铁盔顺势滑向头部的一边，他伸手抓住铁盔将它扶正，就在眨眼间，希普夏依达尔射出的暗箭从他的太阳穴穿入，从另一面穿出。阿勒曼别特忍住剧痛，将楚瓦克的尸体驮到马背上，催赶坐骑疾驰如飞。他头上的鲜血在流淌，滴在楚瓦克身上，浸透了楚瓦克的衣裳。待阿勒曼别特到达营地，他用微弱的声音开了腔："英明的巴卡依大伯，请您接住我的马缰。我的知己色尔哈克在何方？请你赶快过来，请扶住楚瓦克的尸体吧，将矛枪递到我的右手当拐杖，抓住我的左手搀扶我进营帐。看来我的寿数已尽，生命即将终结。我的同乳兄弟玛纳斯在哪里？请您将他叫来我有话要讲。"

雄狮玛纳斯听闻急匆匆赶来，心疼不已，紧紧地抱着亲密兄弟。阿勒曼别特额头上鲜血流淌不停，他睁开眼睛，缓缓向玛纳斯伸出双手，微弱地发出了这样的声音："从康阿依的黑色山冈穿过，历史上是谁翻越重峦叠嶂，又是谁走过这些地方？自古就没有人将这个地方侵占。古代的先辈们，将这里称为'阔依卡普山'，说是居住着凶神恶煞，任谁都不敢轻易涉足此间。为了抗击空吾尔巴依的入侵，我来到这里将战火点燃，你也紧紧跟随在我身边，咱们找到阔依卡普的门户，你最终把边别依京攻占，这不是虚构全是实情，你的这一壮举必然是史册上的新篇章，永世得到人们的颂扬。英雄玛纳斯，我的汗王，请你认真听取我的意见。如果不按我的话去办，也许就不会有一个阿拉什人能够安全地返回塔拉斯家园。不要说你手下的士兵，连你本人都不能保全性命。我的君王，你仔细听我讲，愤怒是魔鬼，理智才是朋友，理智变成智慧才能成功，你要抓住机会想办法把强敌希普夏依达尔射杀。你发誓后，给阿克凯勒铁神枪填装弹药，带在身边，当阳光初照的时候用千里眼仔细观察动静，寻找希普夏依达尔的身影。在敌营的侧旁会有一堆篝火熊熊燃烧，敌兵多则七人少则三人守候火堆望着火苗，你在他们中间会发现那个杀兄仇敌，但愿你射出的子弹每一颗都能射中敌人。只是有一个征兆你要注意，如果敌人逃散说明希普夏依达尔死亡，如果敌人冲锋，说明希普夏依达尔没有中弹，那么柯尔克孜就有灾难降临。如果他们开始逃散，你们就要高喊‘玛纳斯’的口号发起进攻。”阿勒曼别特转头对色尔哈克吩咐道：“我的兄弟色尔哈克英雄，请你把我的话牢记在心间。眼前那起伏的卡拉陶山，背面是犬牙交错的沟壑，粗心大意的人到达那里，一定会将腰部折断。空吾尔巴依就在那里诞生，他很可能会佯装逃跑，半路上将你堵拦，你可不要中了他的埋伏。请你绝不要翻过那座山冈，连一步都不要迈过那条线，你们一定要想方设法返回塔拉斯，让玛纳斯早日恢复健康。”阿勒曼别特又对赛热克叮嘱：“赛热克英雄，你听我言，你是色尔哈克的同乳兄弟，你千万要跟随在色尔哈克的左右，如果他将空吾尔巴依追赶，你更要加倍小心，必须携手向前，当他跑下背面的山坡，你一定要勒住骏马的缰绳，如果色尔哈克中弹，你务必要小心地把他照顾。”说到这里，阿勒曼别特转向英雄玛纳斯，声音更微弱：“我的雄狮玛纳斯啊，你跋山涉水一路风尘，途中会遇到不少风险。你最好沿着铁特尔苏河前行，如果骏马筋疲力尽无力移动，你可将穆孜布尔恰克的尸体埋在山中，将大军分成几路前进，将我的尸体交给包孜吾勒护送，当他来到一座山峰的时候，请把我的褡裢挂到悬崖之上，有这个明显的标志，可以将我的尸体在隐蔽的地方埋藏。如果色尔哈克牺牲，可以交赛热克负责护送，不必翻过高耸的大山，可以就地埋葬，记得留下记号并牢记心间。楚瓦克交由额尔奇吾勒护送，最好让阿克库拉驮上。只要你抓紧时间日夜兼程，一定会与卡妮凯重逢……如果你不能按时到达，你的颈椎就会腐朽糜烂，但愿你好运，逐渐康复。”阿勒曼别特缓缓地嘱咐，不时出现语言的差错与停顿，似乎要终结自己的生命，那玻璃般明亮的双眼，不时出现对生命的依恋，眼眶里泪花晶莹，声音哽咽微微颤抖：“在我离开人间之后，请你们保持沉默不要伤心，不要传出我死亡的消息，如果卡勒玛克人知道我死亡的消息，定会全体出动发起总攻，那你们返回塔拉斯的计划就将成为一场梦。汗王玛纳斯，巨人巴卡依，请你们取下我腰上的短剑，日后将它交给我的后嗣。秀图曾报告我得子的喜讯，可怜那孩子，还没有与父亲见面……”说到这里，他溘然长逝，一股青烟从口中飘出，头部慢慢地歪到一边去，突然间放松了身体，像是睡了一般。霎时间，乌云笼罩天空，太阳失去光明，白天变成了黑夜，世界一片朦胧。

连续失去同伴的悲伤使玛纳斯脸色蜡黄，无比阴沉。比高山还要沉重的负担沉沉地压在玛纳斯的肩上，他一人将悲痛深深咽下，沉默而坐，不知等了多长时间才盼到了晨曦和黎明。

东方露白，雄狮玛纳斯把阿克凯勒铁神枪端在手中，拿出弹袋中的子弹，把手伸向火药桶，可那倒霉的火药桶中连多放一枪的火药都没有。玛纳斯心急如焚，把神枪当作活人，对它说道："心爱的阿克凯勒铁神枪，只要你在我手中，我就勇气倍增，欲将来犯之敌消灭干净。如果我没有全心全意瞄准那可怕的敌群，我怎能对得起逝去的亲人！就让湛蓝的天空惩罚我，就让长满野草的原野惩罚我吧！如果你畏惧眼前的敌人，让子弹脱离目标滑行，那就是你的过错。如果你在关键时刻不发挥作用，就让热气蒸腾的戈壁惩罚你，让你腐烂生锈，我定要将你当作废铁扔进湖中，从人间消失得无影无踪。"雄狮玛纳斯对神枪讲完这些，又顺手拿起了胸前的千里眼："每一次战斗中，我都离不开你那明亮的眼睛。我今天要用你仔细观察，遵照阿勒曼别特的叮嘱，将目标锁定在我的视野中。如果我没有对准目标，那是我活该认命；如果你没有穿云破雾，将目标清晰地呈现，那就由你承担罪行。"英雄玛纳斯与阿克凯勒铁神枪和千里眼起誓约定，面向黑压压的敌营，仔细观察敌人的动静。康阿依人的队形变幻莫测，变换着红、黑、蓝、白、黄等各种颜色，神奇无比，使用十二种兵器的士兵分列成十二个队形，队伍整齐层次分明。再向远处观察，在队伍的边缘，有五个人聚集在一起席地而坐，一堆篝火在中间燃烧，篝火边放着枪和子弹。"如果阿勒曼别特说得不错，五个人中有一个十分奇特，他如同平地上流淌着水银，一忽儿闪动着变成长条形，一忽儿变成球状滚动不停，就是这样变幻莫测难以捉摸，在阳光下晶莹剔透闪烁不定。"玛纳斯将千里眼揣入怀中，将身体藏在石头后面，探出阿克凯勒铁神枪的准星，担心反光遮住眼睛，就在准星上涂了一层泥巴。他全神贯注仔细瞄准，将围着篝火的五个人锁定在准星之中。阿克凯勒铁神枪喷出火焰，划出一道猩红的闪光，围坐在一起的五个敌首中的一人，立刻被炸飞上了天空。还没有等硝烟散尽，出事地点围满了众士兵。就在这个关键时刻，雄鹰色尔哈克策马驰骋，高呼着“玛纳斯”的口号向前猛冲，勇士们跟随色尔哈克开始进攻。

遭受这突如其来的打击，再听到这惊天动地的呐喊声，康阿依人失魂落魄，四十将军率领的大军狼狈不堪，溃败逃亡。连空吾尔巴依也招架不住，指挥兵马向别依京仓皇逃命。色尔哈克此时显示出猛虎般的威风，与他遭遇的敌将没有一个能够逃生。当色尔哈克追敌到坡地的时候，跑在前面的空吾尔巴依最终与色尔哈克相遇。空吾尔巴依瞪大的双眼一眨一眨，两条腿不停地颤动：“请求苍天保佑，可不能倒在色尔哈克手中。我要顺着斜坡逃遁，如果那样还不能脱身，我只能离开阿勒喀拉骏马，潜身隐藏在乱石中，用夺命的奥巧阔尔火枪，要了那忘乎所以的色尔哈克的性命。”狡猾的空吾尔巴依精心策划着，绕着曲折的山路向前飞奔，他一会儿消失一会儿现身，在离英雄不远的前方逃遁。进入黑山口之时，他的双脚离开马镫，牵着骏马走上山冈，来到一个山坳避风，驾好火枪瞄准前来追赶的色尔哈克。粗心大意的色尔哈克早就把阿勒曼别特的叮咛忘到九霄云外，只顾追赶阿勒喀拉骏马的身影，哪里还能想起逼近的死神？“这个浑蛋丢下阿勒喀拉骏马自己却逃得无影无踪。”色尔哈克的想法简单，奋不顾身地向前猛冲。正当他要牵住阿勒喀拉骏马的缰绳之际，空吾尔巴依瞄准色尔哈克扣动了扳机。色尔哈克不仅没有缴获阿勒喀拉骏马，还失去了生命。空吾尔巴依就要跑上去砍色尔哈克的首级时，赛热克喊声震天地冲下山顶。空吾尔巴依来不及动手，纵身跳上阿勒喀拉马背，顺着蜿蜒曲折的山谷一溜烟逃跑了。

赛热克来到色尔哈克身边，眼泪止不住地往外涌。阿勒曼别特的叮嘱浮现在赛热克的脑海，他将色尔哈克的尸体在铁勒克孜勒马背上放稳，牵上骏马的缰绳，去追击空吾尔巴依。

空吾尔巴依跑出山谷，定了定神反复思忖怎么听到两匹神勇的骏马健步如飞的急促蹄声，他无法判定色尔哈克和赛热克两位英雄中究竟哪一个被他射中，而哪一个正在追赶。狡猾又胆小的空吾尔巴依思前想后，驱动阿勒喀拉骏马逃遁。他碰到自己的手下就不停地叫嚷：“千万不要回头观望，分散开来不要集中，设法撤回别依京城，关闭城门保全性命。”就这样，卡勒玛克和康阿依众多的将军和士兵不敢与赛热克搏杀对阵，仓皇逃命。赛热克带着兄长的尸体，缴获空背战马一千多匹，赶着马群返回阵营。

艾散汗失去了汗王的权力。卡坎人分成两队逃遁，喀拉契丹、卡勒玛克分成两路向大小英干行进，著名的四十将军脱离空吾尔巴依各自前行。

归　途

“我的阿勒曼别特、楚瓦克过早去世，赛热克、色尔哈克不见踪影，我要催马去把他们找寻。”雄狮玛纳斯牵着阿克库拉神骏准备启程。就在此时，英雄赛热克驱赶着千余匹战马，驮着色尔哈克的尸体返回营地。人们上前把色尔哈克的尸体轻轻抬下，一个个悲痛无比，悲哀的恸哭响彻世间。

翌日，东方破晓的时刻，玛纳斯开始命人清点人数，重整军队。阿勒曼别特的人马交给包孜吾勒带领，楚瓦克的队伍由额尔奇吾勒率领，加克普的部下由赛热克统领，巴卡依的士兵由各队整编。死去的英雄们的尸骨也同其兵马一起得到安顿。

队伍从东方缓缓启程，向西渐渐挺进。军队前进首尾呼应，三天检查一次传递音信。玛纳斯忍着伤痛开道，塔孜巴依玛特牵着阿克库拉神骏拖着爬犁缓缓前进。过了一段时日之后，玛纳斯躺在爬犁上思忖："大地回暖万物复苏，正好是春暖花开的时节，为何我嗅不到一点春意芳馨？"他命塔孜巴依玛特把面罩拿开，想看一看这里的美景。塔孜巴依玛特吆喝阿克库拉停步，轻轻揭开了玛纳斯的面罩。雄狮睁开蒙眬混沌的眼睛，环顾四周感慨万分："喂，喂，巴卡依，我的汗王，难道你真是老眼昏花不成？告别众多的英雄陷入痛苦之中，莫非你昏头昏脑失去了理智？或者困顿疲乏没有了记性？穿过哈密，越过巴里坤的达坂，从吐鲁番侧翼绕过，顺着伊犁河前行，我们早该回到家乡见到亲人了。但我们蹚过了库姆阿热克河谷，渡过了铁特尔苏河，将巴勒塔山脉绕过，我看我们是舍近求远，还要把奇兰的戈壁跨越。难道我没有到达故乡就会死去，难道我再也见不到塔拉斯的影子，难道我再也不能将独子亲吻，就这样失去生命？赶快催马回转队伍，面向西方，沿着铁特尔苏河纵马而上。"

队伍遵照雄狮的命令，沿着铁特尔苏河前进，玛纳斯在途中命令修整扎营。那地方今天还在，被称为"吉勒克奇朵别"山峰。玛纳斯命令队伍起火架锅准备餐食，并派人在周围的草原寻找牧人和肥壮的牧群，用三匹马换得一只肥羊，让牧羊人心满意足。有位牧人给了他们三只肥羊，不到一袋烟的工夫，玛纳斯就让这个牧人成了九匹马的主人。

翌日上午时分，英雄玛纳斯在一块石头上坐定，把额尔奇吾勒、包孜吾勒和赛热克叫到自己身边坐好，做了详细交代："名扬四方的许多英雄已经牺牲，只剩下为数不多的兵将。北方正好坐落在我们的右方，前面那高耸的白头雪峰就是层峦叠嶂的凯尔买套山，还有天山直刺天空。犬牙交错的地方都是山口。只要翻过山峰就可见到伊塞克湖的面容。包孜吾勒，你们要翻越阿依热山，沿着伊塞克湖行进，最终回到塔拉斯，途中将阿勒曼别特的褡裢作为纪念悬挂在崖壁上，让人无法接近。阿勒曼别特的尸骨要秘密地掩埋在无人知晓的山中。额尔奇吾勒，你们要沿着伊塞克湖上游的杰特约谷孜山冈，径直向前，顺利到达塔拉斯家园，途中把楚瓦克的尸骨安葬在隐蔽的地点。赛热克啊，你们的兵马要沿着河道前进，如果色尔哈克的铁勒克孜勒骏马因为病痛走不动了，你就要凿空一个山岩，将铁勒克孜勒的头骨、秀尾和长鬃与主人色尔哈克的尸骨一起安放在山洞，要在山脚下堆积各种石子作为标志。还有一件事情需要说明，要提醒所有将领士兵沿途中要纪律严明，严肃军令，不要为了一顿美餐，宰杀一只半只牲畜，去骚扰沿途百姓。如果有人破坏纪律，一定要受到严惩。巴卡依要留在我身边守护，克尔葛勒恰勒留下来赶马同行。我们已经到了自己的领地，必须快马加鞭快速行进，如果死神放慢脚步，我可以尽快和卡妮凯相见。"雄狮玛纳斯如此这般说了一番，与将领们一一告别踏上归程。他当时坐过的那块石头被后人赋予"加依阿塔"[1]的美称。

[1] 加依阿塔：意为父亲曾经坐过的石头或地方。

阿勒曼别特的兵马由包孜吾勒带领翻越了阿依热山巅，在山前的一处山崖上挂上了阿勒曼别特的褡裢。“阿勒曼别特的褡裢石”这个地名一直保留到了今天。楚瓦克的队伍由额尔奇吾勒率领翻越了曾达尼达坂，楚瓦克尊贵的尸骨埋葬的准确地点至今无人知晓。赛热克沿着铁特尔苏河行进，翻越了铁西克恰普达坂，英雄色尔哈克的遗体就在铁特尔苏河岸长眠。将士们堆起如山的石子，成了人们对色尔哈克的祭祀点。曾有人亲眼所见，对面山中有一块酷似马头的石头，很多人由此推断，那是由色尔哈克的坐骑铁勒克孜勒骏马的骨头所变。与此相关的传说，在世间更是不胫而走，世代流传。雄狮玛纳斯想起同生共死的英雄们思绪起伏，悲痛万分，他的队伍沿着犬牙交错的山脉，顺着河岸向前挺进。最后驮着穆孜布尔恰克的阿克库拉神骏筋疲力尽，他们在岩石上凿开一个山洞，安葬了穆孜布尔恰克的尸体。自古干旱的山崖,从此一眼清泉喷涌，因此就有了“阔昆什克”的名称。

玛纳斯的队伍走过乌什吐尔番，穿过玛拉勒托海森林，昆提别斯草滩留有他们骏马的蹄印。玛纳斯在布略图的卡拉苏河边让骏马畅饮，之后翻过克利博托山脊，走过卡热克拉和恰勒卡，沿着广阔无比的碱滩，向着敦吉岱一路前行。

一天下午，一眼石泉映入英雄的眼帘，将士们下马歇息休整，架起炉灶飘起袅袅烟影。人们一边喝水一边吃馕和红枣，枣核密密麻麻地被丢在泉边。塔孜巴依玛特在艰难的跋涉途中疲劳困顿，神志不清，没有将装红枣的麻袋口绑紧，袋内的红枣又撒了一地，戈壁和泉边长出了一片枣林。奇兰山的美名，一直流传至今。

玛纳斯的队伍跨越萨热提坎和铁孜，穿过盖孜、铁格尔灭特、玛依丹和铁热克，经过这里的戈壁碱滩和峰峦叠嶂，走过了险峻而曲折的道路，他们来到恰克玛克山的一个山窝，见到英雄托什吐克。

这个地方被称为“节列恁开茹”，上游是高耸入云的山峦，绿草繁盛的草原向四面延伸，是刁羊赛马的最佳草场，草地正中有一个土冈，托什吐克常常坐在上面，“托云朵别”山冈的名称世代相传。这里的卡尔马铁开、冲托云、苏约克、恰克玛克四个谷地美丽富饶，风景如画。洁白的毡房整齐地排列，人们悠然自得、幸福无比。

托什吐克是一位守土的强将，就算老鼠也休想从他手中偷走一粒粟米。雄狮玛纳斯与他分别已久，归来又特意绕道来到这里。离营寨还有半天的路程，接到玛纳斯来临的消息，托什吐克格外欣喜。他立刻派人向阿依勒上下通知，请来了德高望重的贵人、白须飘拂的老人、知书达理的智者，同他们一起商讨迎接的事情。青年人用刁羊活动迎接玛纳斯，少年人展示赛马驹，人们找来黄色的山羊为玛纳斯举行十分隆重的驱邪避灾仪式。作为奉献，白花花的银子、金灿灿的黄金，为了祝福玛纳斯的平安撒向人群。

英雄玛纳斯被毕恭毕敬地搀扶下马，引入宽敞的毡房之中。为了表达对玛纳斯的仰慕之情，每天都要用牝马招待客人，为了一睹玛纳斯的真容，前来叩见的百姓成群结队、络绎不绝。

玛纳斯满意地对托什吐克这样说：“我尊敬的巨人托什吐克，你的鹰架上是否栖有鹰隼，你的手臂上是否架着雄鹰，你的马厩里是否拴满良马，布谷鸟是否在你的树上啼鸣？有猎隼在胳膊上扑腾，有百灵鸟婉转的歌声，你才会心情舒畅，浑身充满力量，格外顺心。”听到玛纳斯的话语，托什吐克这样回答：“雄狮啊，请你仔细听一听，我的鹰架上没有起落的鹰隼，我的胳膊上也没有雄鹰扑腾，我的马厩里没有拴绑神骏，我的房门外没有婉转歌唱的百灵。因为我没有训练有素的神骏，没有啁啾鸣唱的夜莺。你说出了我心中的遗憾，让我惭愧的心焦灼不宁。岁月流逝，时间轮换一刻不停，虚假的世界就是这样，这大概是我命中注定，坎洁凯之外我没有其他女人，她反复流产痛苦万分，但这不是她的罪行，我没有继承家业的后人，连女儿也没有一个，每每想起这些，我就烈火攻心、悲痛难忍。无论我受尽怎样的熬煎，只希望有一个后嗣的愿望能够实现。”玛纳斯听罢托什吐克的诉苦，命塔孜巴依玛特将阿克凯勒铁神枪的所有弹药送来。塔孜巴依玛特仔细搜寻，经过战争火药足够但子弹却残缺不全。玛纳斯让他把残缺的子弹放进勺内，在火中加热熔炼。残缺的子弹在火中渐渐熔化，之后再倒出重新铸造，完整的子弹顷刻间被造好。英雄玛纳斯将火药和子弹交给托什吐克的夫人坎洁凯：“尊敬的坎洁凯阿亚什，为了今后生下健康的孩子，请你藏好这个枪弹，吃下这些火药，但愿神奇的阿克凯勒铁神枪的火药能让你尽快有身孕，残缺的子弹重新还原但愿它带给你一个男婴。如果你这年夏季怀孕，你定会生下一个男婴，那样名字就叫交达尔别希姆。”听完玛纳斯的一番话语，坎洁凯浑身舒畅，激动万分，如同已经有孕在身，预感到可以生下一个健康的男婴。古人所做的任何事情，都有神奇的功能。过去了十年光景，坎洁凯终于怀孕生下一个男婴，交达尔别希姆隆重出生，这个神奇的故事，在民众中口耳相传。

说话直率的玛纳斯在这里逗留期间，对托什吐克说出了自己的遗言：“我在出生之前，生父加克普巴依居住在布茹勒托阔依，你的生父艾拉曼驻守在凯别孜陶山，它的北边和南边，都是绵延起伏的山峦。你在喀什噶尔呱呱坠地，我在阿尔泰来到人间。自从孩提时代你就威震四方誉满人间，我长途跋涉四处打听，专程来到你的家乡与你相见，我们从此成为好朋友亲密无间。圣人阔绍依现在已年老体衰，智慧大不如前，阿克巴勒塔送走了儿子楚瓦克，早已憔悴不堪，即使他们说出智慧的语言，还能有多少人接受他们的意见？加木格尔奇是一位人间枭雄，但到了耄耋之年，我那两个弟弟阿维凯和阔波什一定会冷落他。巴卡依虽为汗王，但阿勒曼别特、楚瓦克和色尔哈克陆续都离开了人世，他也会被架空。铁凯奇、什哈依两人不可信，尤其是什哈依的两个儿子——青阔交、恰巴克两个浑蛋，心怀叵测，虎视眈眈；阿葛什、玉尔毕、凯尔阔库勒的情况，你掌握得更全面，他们曾想与我争雄称霸，派人与你联络见面，却被你斥骂驱赶。娜克莱和卡拉波茹克是我缴获的战利品，但我丝毫都不知道，库列坦与肖茹克，坎迪尔巴依与朵汗已有婚约在先，我并不是明知故犯，故意拆散他们的约定。如今我已经身负重伤,伤口发炎浑身疼痛，生命已经被死神紧紧拽住，空吾尔巴依的阴谋可能就要得逞。假如我真的死去，你要即刻出发日夜兼程，亲自为我主持安葬的仪式，将我的尸骨精心埋葬安顿。一定要给帮我净身的所有人馈赠我的衣物。由巴卡依亲手清洗我的头颅，请阿依汗之子阔克波茹将我的双脚洗净，因为我与他有过很深的友情。来者各怀目的，有人会趁机搬弄是非，如果阿葛什和凯尔阔库勒不让娜克莱和卡拉波茹克在我尸骨前哭丧，执意要将她们带走，那就让包克木龙将他们四人斩杀在我的脚下，以一儆百，让敌人的希望落空。卡特卡朗之女萨依卡丽，一定会前来参加葬礼，她知道敌人的很多内情，你一定要向她多加询问，千万小心留意，不要让敌人浑水摸鱼乘虚而入，给乡亲们降下灾难。你和巴卡依、卡妮凯、阔克波茹、阔绍依五人让阿克巴勒班巨人背上我的尸骨，悄悄地连夜出城，将我的尸体安放在坟茔，到达后你要当即砍下阿克巴勒班的头颅，将他推倒在墓穴中，让他怀抱我的双脚，守护着我的尸身。要让巴卡依老人负责用木头做一个刻有‘玛纳斯’的木俑，将那木俑埋在提前修建的公开的陵墓里。要为葬礼举办一场赛马，阿克库拉神骏会获得第一名，但鼻孔中会鲜血喷涌。虽然它是一个牲畜，但它会为我献出生命。要把它的第一根椎骨埋入我的陵墓门槛之下，要把十四位汗王的图画描绘在我的陵墓之中。我的挚友托什吐克啊，请你赶快找人来，把我后颈上的战斧拔出。”英雄玛纳斯说完这些，口干舌燥精疲力竭，在昏死的当口又强打精神。

托什吐克命人打开玛纳斯后颈上的伤口，好不容易找到了斧孔。只看腐烂的肌肉黏黏糊糊，脓水汩汩流淌不停，人们手忙脚乱地将一盆盆发臭的脓水不停地倒入荒滩中。空吾尔巴依那恶棍使用的战斧宽若门板，深深地砍入脖颈儿，玛纳斯真是世间英雄，他竟忍耐至今，人们无法将战斧很快拔出，最后将毛绳穿过斧眼，让阿克库拉神骏将其从脖颈儿拉出。

玛纳斯告别了托什吐克英雄，重新登程。他绕过阿尔帕草原，路过阿特巴什的时候，阔绍依得到消息，在中途等候接应。玛纳斯请求他一路同行，但他却推辞了，玛纳斯只好向他倾诉心中的话语：“阔绍依大伯，您高贵无比，您的祝福能给故乡带来福荫。我玛纳斯从孩童时起未曾对敌人屈从，这次我粗心大意中了敌人的暗算，被毒斧砍中了后颈。您与卡塔罕和我父亲都是兄弟，您是我的叔伯，让我十分尊重。我对托什吐克说了很多，还有一句重要的话，你们一定要牢记在心：‘你们要与卡妮凯、巴卡依携手合作，还要请阔克波茹加盟。’”

最后的日子

玛纳斯告别了阔绍依圣人，没有给父亲加克普报信，悄悄到达塔拉斯，在离阿依勒三天路途之外的地方扎营，他派出克尔葛勒恰勒前去接迎卡妮凯。临行时，对克尔葛勒恰勒吩咐道：“阿勒曼别特和楚瓦克的死讯，暂时不要告诉阿茹凯和阔尔波盖，你要提醒卡妮凯让她保持警惕，赛麦台依不能受到别人的伤害。让她把孩子带来，让我看一看孩子可爱的面容。”

克尔葛勒恰勒催赶着阿克波尔丘克骏马，一路飞奔，在黎明前来到卡妮凯的门庭。

自从雄狮玛纳斯骑马出征，卡妮凯从来没有宽衣解带，连睡觉都是半睡半醒。她早已感知到不祥预兆，就在前一天派人去草原牵来白额黑骏马，拴在门口。她坐在毡房察觉到外面的动静，当来人到达自己的门口时，她拿出随身携带的利刃紧紧握在手中。“是不是有人图谋不轨，妄想杀害我的儿子？那狼心狗肺的阔波什藏着暗害赛麦台依的恶毒之心。”想到这些，无论谁居心叵测，她都决心要毫不畏惧地进行抗击，保护孩子。

克尔葛勒恰勒掀开门帘进入毡房中，只见卡妮凯攥着匕首，严阵以待。他急忙向卡妮凯问候：“嫂嫂啊，您是否还好？您的赛麦台依是否睡得安稳？您这时候为何还在守夜把门？”卡妮凯一看是克尔葛勒恰勒，即刻答道：“克尔葛勒恰勒啊，原来是你！赛麦台依逐渐长大，在这战乱的年月中，我如何能够睡得安稳呢？”接着卡妮凯把玛纳斯和四十勇士逐一询问了一遍，十分认真。看到卡妮凯急切的表情，克尔葛勒恰勒想起现在的状况，伤心万分，抑制不住内心的悲痛，放声痛哭。卡妮凯夫人见此情景，仿佛看透了一切，举起匕首准备结束自己的生命。克尔葛勒恰勒眼疾手快，抓住她的手腕，哗哗的泪水顺着胡须流淌不停，哽咽着对卡妮凯讲：“您已经预料到战场上的各种情形，您的坐骑已经准备停当。我们的玛纳斯汗王还活在世上，但是有伤在身，由尊贵的巴卡依老人照顾着他，十分周详。现在特意派我前来接您去见玛纳斯汗王，请您一同带上赛麦台依去见汗王，其他的细枝末节，以后您自然会厘清。”得知玛纳斯已经返回，卡妮凯心急火燎手忙脚乱，立刻让人备好马鞍。她急匆匆地走出房门，来到萨热塔孜的毡房。

萨热塔孜此时也辗转反侧，有一种无名的不安在心中翻腾，睁着双眼无法入眠。卡妮凯向萨热塔孜告知了玛纳斯的消息，并提出了这样的请求："玛纳斯要我带上赛麦台依去见他。你知道，雄狮玛纳斯的眼睛蓝光闪烁，咄咄逼人，不要说是活人，就是将牲畜瞪上一眼，它也不安生。你从野外拾到抚养的孩童，脸色黝黑，长着歪斜的眼睛，无论怎样观看，都不会遭到毒眼的伤害。请把你的孩子与我儿调换，我就说这孩子是赛麦台依，其中的奥秘以后再跟你说。"萨热塔孜答应了，把野外捡到的孩子抱给卡妮凯，而年幼无知的赛麦台依留在萨热塔孜家中。卡妮凯抱起这个孩子，对萨热塔孜这样叮嘱："你今天从这里搬走，赛麦台依待在这个地方会有危险。最好搬到叶奇克里克大山，以放牧山羊维持生计，生活中有什么短缺，全部由我供应。我们经常联系不要中断，未来我会好好报答你！"

卡妮凯抱着那陌生的孩童，骑上骏马跟随克尔葛勒恰勒而去。

当卡妮凯来到玛纳斯营地的时候，阔绍依圣人也已经赶来与队伍会合。见到阔绍依圣人，卡妮凯弯腰鞠躬，见到巴卡依后，送以亲切的问候。见到雄狮玛纳斯，卡妮凯双手搀扶问候，热泪滚动。此时玛纳斯对卡妮凯提出要求："卡妮凯，我的夫人，快把孩子带过来让我亲吻，我担心自己无法看到孩子长大成人。"玛纳斯心情激动，用渴望的眼神盯住卡妮凯的眼睛。卡妮凯看着玛纳斯的眼睛，暗自思忖："我如果将孩子递过去，他定会热烈地亲吻，通过气味就会知道内情，以为自己的骨肉已经丢失，他会立刻怒火升腾。”于是，这样答复玛纳斯：“我亲爱的雄狮啊，请不要责怪我的想法幼稚单纯。您自己的亲生骨肉抱在怀中是应该的，但是您的眼光扫过谁都没有好运，您的眼光凝视谁谁都活不久，我只是对此有顾虑。您受尽了敌人的折磨，我们不要在路上耽搁时辰，只要您安然无恙，总会看到独生子的成长。”玛纳斯听了有些生气：“夫人啊，你不要这样残忍，还是让我亲吻一下他的脖颈儿，即使见不到他的脸庞，也可以亲吻一下他的后颈吧。”卡妮凯将孩子深深地埋在怀中，紧紧地拥抱了很久，以便让自己的气味渗透到孩子体内，才将孩子转过身，露出后颈。玛纳斯低头准备亲吻孩子的后颈，胡须还没有碰到这孩子的身体，就立刻抬起头来问：“卡妮凯啊，这可不好，孩子浑身散发难闻的臭味，你怎么让孩子如此不干净！”卡妮凯露出懊悔的神情，低着头默默不语。

人们纷纷骑上骏马，队伍重新向阿依勒启程。听到英雄返回的消息，人们奔走相告，聚集在宽大的庭院之中。他们不敢大胆询问，只能暗中议论：“怎么只见玛纳斯、巴卡依，还有巴依玛特、克尔葛勒恰勒，难道就剩下他们四人？阿勒曼别特和楚瓦克英雄，威风凛凛的四十勇士，难道都落入敌人手中？抑或骏马筋疲力尽，还留在队伍后面压阵？”人们暗暗苦思冥想，理不清头绪。就在这个时候，玛纳斯睁开眼睛，环视着周围的乡亲说道：“请你们立刻动手支起阿勒曼别特和楚瓦克的毡房，在十天时间里，后面的队伍就会来临。”玛纳斯说完这些简单的话语，就闭口无言默不作声，剩下的事，就由巴卡依指挥安顿。

为了治愈玛纳斯的伤势，卡妮凯绞尽脑汁。她立即清理伤口上的脓血，让人找来狐狸的苦胆每天往玛纳斯的伤口上涂抹；又找来秃鹰的苦胆磨成粉在伤口上敷；命人捕获飞翔的秃鹰，取出嗉囊，趁热敷在伤口表层。八天以后，雄狮玛纳斯摇摇晃晃地站起了身。

等到第十天时间，大批毡房已经支起，准备工作已经完成。阿勒曼别特和楚瓦克阵亡的消息必须得公布了。雄狮玛纳斯命人牵来阿克库拉神骏，跨上马鞍，和巴卡依、阔绍依并辔而行，带着人们前往阿勒曼别特和楚瓦克的毡房吊丧。临行前派出一名信使去告知，让阿茹凯和阔尔波盖披上黑色的丧服远迎前来的客人。雄狮玛纳斯在离她们不远的地方，把手中的马鞭顶在腰上，因思念而放声痛哭悲伤万分：“阿勒曼别特、楚瓦克，你们让人痛断肝肠，你们站在我面前就是我的仪仗，站在我后面就有千军万马的阵容。战场上你们都是好汉，每次战斗都冲锋陷阵！阿亚什阿茹凯、阔尔波盖，我向遥远的康阿依纵马挥戈，却失去了阿勒曼别特和楚瓦克，以及我的胞弟色尔哈克，那悲惨的情景痛在我的心窝！阿吉巴依伶俐聪明，库吐纳依本是一名骁将，他们也义无反顾在疆场上献身！加依桑、玛吉克是我得力的勇士，他们幼年时就随我东征西战，与我同甘共苦、风餐露宿。如今他们也都离开了人间，只剩下我一个人多么孤单！阿依达尔汗之子英雄阔克确，英姿飒爽、威风凛凛，被空吾尔巴依无情地杀死，只剩下横卧疆场的无头尸身。布达依克汗王之子穆孜布尔恰克献身疆场无比骁勇。在这个虚伪的世界上，我们不能同生也不能同死，我留在世上没有任何价值。离开同伴和兄弟，我如今是折断了翅膀在地上扑腾的雄鹰,我的羽翼已经被毁灭，不能像从前那样自由飞行。失去了众多英雄，我如今成了四蹄残缺的骏骥。死神的脚步逐渐临近，我的生命已失去生机，没有了往日的辉煌，像渐渐黯淡的星星……”玛纳斯无法抑制心中的哀痛，悲痛欲绝，抽泣得无法继续说下去。

聪明机智的卡妮凯夫人听到了一切，背负着沉重的忧伤和悲痛，哀声凄楚地对玛纳斯这样回应 :“我们的雄狮玛纳斯，请您不要忧伤。阿勒曼别特、楚瓦克和色尔哈克为了白毡帽的柯尔克孜族人献出了宝贵的生命，这种死亡受人尊重，比躺在家里死亡高贵万分。男人在家里死去，不可能有任何名分，为了百姓献身的英雄豪杰，世世代代都将被人们传颂，成为后辈学习的榜样，即使岁月流逝，也永远活在人们心中。很多勇士的尸骨留在了遥远的别依京，他们的丰功伟绩将永远被人们传颂。英雄啊，只要您能安全返回，这就是柯尔克孜族人的福分。勇士们在战斗中离开人世，我们再悲哀也无法使他们重生……”卡妮凯真诚地安慰玛纳斯英雄。

“您的伤情十分危险，请您回去好好调养休整。”卡妮凯苦苦相劝才将雄狮玛纳斯带回家中。

有先见之明的卡妮凯心里清楚，玛纳斯的伤情严重，现在恢复的可能性十分渺茫。她细心地与巴卡依商量，提前把后事安排妥当。

卡妮凯准备了足够的工具和粮食，和能够举起骆驼的阿克巴勒班巨人，悄悄来到名叫叶奇克里克的地方。这里有片谷地，河水在谷中流淌，下面的断崖是谁也不会在意的地方。卡妮凯让阿克巴勒班将石崖凿空，进入其中，不断向四周扩展成大洞，大到足以容纳五百人。凿下的土石先堆在洞中，让阿克巴勒班在夜间秘密运到洞外，每天选择不同的河段，倒入流淌的河中。在挖掘这个秘密墓穴的过程中，卡妮凯夫人表现出过人的才能，以至于从悬崖上挖出的墓穴外观与原来没有任何不同。流淌的清澈河水在山谷长流，卡妮凯让人在墓穴口修建了一个木槽，让河水在墓穴口形成一个瀑布。晚上将槽抽走，往外搬运土石，白天安上木槽，瀑布把墓穴遮得不留一个小孔。墓穴的入口处，凿修得精细光平，外部则用乱石堆得犬牙交错，自然和谐得难以辨认。神不知鬼不觉地完成了雄狮玛纳斯的秘密陵墓，卡妮凯才如释重负。

机智聪明的卡妮凯夫人没有惊动任何人，只是邀请圣人阔绍依和巴卡依商议为玛纳斯修建陵墓的事。听了长辈的话语后，她让人牵着一千头骆驼前往奥波勒，从那里运来上等的黏土，打出方方正正的土坯，宰杀八万只山羊将油脂炸出，涂在土坯上烧制成精砖，建起了宏伟坚固的陵墓。即使过去几百年，陵墓也不会被腐蚀。请来著名的大师将玛纳斯、阿勒曼别特、楚瓦克、穆孜布尔恰克、阔克确、色尔哈克及众多勇士的丰功伟业一字不漏地刻在墓碑上。更把活在人间的阔绍依和巴卡依圣人的英雄生涯也全部画在了墓壁上。

巴卡依和卡妮凯还让大师秘密地雕刻了玛纳斯的塑像，并隐藏起来。他们把这一切做得极为妥当。

柯尔克孜和阿拉什的太阳即将陨落，玛纳斯的心跳渐缓，伤口愈发疼痛，炎症慢慢扩散，死神步步逼近。

此时，阿依汗之子阔克波茹领着阔勇阿勒英雄远道而来探望玛纳斯的病情。阔阔托依之子包克木龙也赶来向玛纳斯问候平安，身后跟着卡拉楚纳克伙伴。阔绍依、巴卡依、卡妮凯和阔克波茹、包克木龙商议，决定挑选两个信使去往各地传递雄狮病危的消息，让阔勇阿勒骑上阔克波茹的铁青色神骏先去西南，然后前往东南，一直到罗布泊的喀拉恰传递消息。由卡拉楚纳克骑上包克木龙的玛尼凯尔神骏向西北和东北方向送信。

两位信使翻山越岭，穿过戈壁，长途跋涉，马不停蹄，到各处传递信函。众部中唯独布哈拉和玉尔凯尼奇两地的喀拉汗和阿昆汗两位亲家没有得到消息。

六十个部落的众多阿拉什人由白毡帽的柯尔克孜族人引领，坎阔勒塔拉斯盆地人声鼎沸。巴卡依、阔绍依两位老人，巨人托什吐克和阔克波茹来到雄狮玛纳斯的宫帐。他们目睹玛纳斯的神情，暗暗绝望，热泪盈眶。玛纳斯在病榻上环视四周，把阔绍依注视一阵，又将巴卡依看了又看，见到托什吐克伸出手掌，把阔克波茹盯了又盯。尊贵的英雄最后看着卡妮凯的娇容，一如过去初见她一般。在这十五的月夜中，尊贵的英雄玛纳斯走完了他坎坷而峥嵘的一生，告别了人世。人们顿时淹没在无限悲痛之中。

众人按照柯尔克孜族人的习惯，在英雄的遗体下铺满绿草，上面铺盖苏氆白布，抬到毡房的左面，挂起了各种各样的幕帘。卡妮凯、娜克莱和卡拉波茹克将自己的发辫解开，披上黑色的大氅，伏着身子在上端跪拜。她们唱着挽歌，声音凄惨。众人来到她们周围，号啕大哭，黯然神伤。

正在此时，阿葛什与凯尔阔库勒来到娜克莱和卡拉波茹克身边，压低声音同她们密谈，说她们是玛纳斯俘获的奴婢，不必为他唱挽歌礼赞，应当尽快将婚礼举办。两个缺乏智慧的奴婢，没有听从人们的规劝，和他们手牵着手站起身来，迈步径直走出毡房。

托什吐克见此忍无可忍，暗暗向包克木龙招手，将他叫到自己身边："你看阿葛什和凯尔阔库勒伺机向两个奴婢示爱胡言，想趁机霸占她们。他们默默地走进毡房，阻止两个奴婢对英雄玛纳斯祭奠。那两个愚蠢的奴婢，还与他们沆瀣一气，没提反对意见。你是汗王阔阔托依的后嗣，聪明机敏智勇双全。你仔细想一想，他们这样恶劣的行径，怎能不让人怒满胸膛？"性情耿直的包克木龙有什么想法就会立刻付诸行动。他曾听过卡妮凯的话语，如今又听到托什吐克的说法，心中燃起来一股无名的火焰。包克木龙跟随两男两女走到外面，对他们说道："阿葛什、凯尔阔库勒，你们扯拉着两个寡妇的胳膊，这种举动太失体面！"

凯尔阔库勒听完吹胡子瞪眼睛，阿葛什也强词夺理恶语连连："玛纳斯飞扬跋扈，曾经将她们抢夺霸占，娜克莱和卡拉波茹克，如今可以因此解除羁绊。"包克木龙又好心规劝两个女人："你们在受苦的时候，玛纳斯把你们娶到宫里。哪怕是为了你们的尊严，你们也应该唱完挽歌表达完自己的怀念再说。"听完包克木龙的规劝，她们竟没有一人愿意回心转意，反而破口大骂、恶语不断，张牙舞爪、口出狂言。包克木龙听后愤怒至极忍无可忍，扯住凯尔阔库勒和阿葛什，以他们的性命来当作英雄玛纳斯的祭品。连卡拉波茹克和娜克莱，也未能逃脱死亡的命运。

正在这时，女英雄萨依卡丽突然出现，她披着一件红色大氅，疾步走进玛纳斯的毡房。她跪坐在英雄玛纳斯的尸骨旁，高唱挽歌发出阵阵凄惨之声："奥若孜都十个孩子，加克普有你这个英雄。我的父亲卡特卡朗，本是加克普的弟弟。你统治着整个阿拉什人，根本不把我放在心中，为了表示对你的不满，雄狮啊，我长期隐居在康阿依人中！我曾经上场与你面对面搏斗，这都是在向你展露英雄的行为。雄狮啊，请你千万不要记在心上！打结的绳子终究会解开，同根的人最终会团圆。我们本是血脉相连的亲戚，今日我特意从康阿依赶来，是为了表达一腔的悲戚！在你活着的时候，你的百姓沐浴着欢乐与福荫；你保卫故乡爱护百姓，给百姓带来了和睦与安宁。没有见到你的容颜，你的血亲为你而号哭悲痛！在这危难时刻，你怎么能撒手离开百姓，那白毡帽的柯尔克孜族人、著名的塔拉斯大地、延续你生命的后嗣、你那贤淑的卡妮凯夫人……雄狮啊，但愿你能保佑他们！作为你的亲人我就说这么多，我不想过多地打扰你的灵魂。”

此时，卡妮凯哭得死去活来几乎要昏过去，她用悲戚的语言表达心声：“你穿着翻领的裘皮大衣，两只袖子在风中飘动。你与世长辞再也没有回头，我为你哭泣，泪珠翻滚！柯尔克孜族人的雄狮，你的业绩将永远留在百姓心中。你打开康阿依人的城门，将得到永世传颂！阿拉什民众的雄狮，你的颂歌将永恒相传。你打败卡勒玛克人的伟业，会永远被铭记在人们心中！年幼无知的孩子留在身后，没有聆听到你的教导声，暗中与我们作对的叛徒，如今已开始蠢蠢欲动。雄狮啊，我们需要你的灵魂，随时保护后代子孙！”阔克波茹、巴卡依等劝卡妮凯节哀保重。

卡妮凯擦干眼泪定了定神，强忍着悲痛，说服加克普、阿维凯、阔波什安排葬礼的丧宴，并很快将客人们分流到各家各户，各自招待客人。

大家按照古老的习俗，举办了葬礼的赛马活动。英雄的坐骑阿克库拉果然在赛马比赛中奔跑在马队最前面。在到达终点时，可怜的骏马鼻孔流血，头朝北方卧在地上，随主人离开了人世。英雄托什吐克来到它身旁，以骏马的躯体为玛纳斯祭奠，将骏马的尸体抬到玛纳斯陵墓入口，头部作为标志放在陵墓顶端。

夜深人静，人们已进入梦乡。阔绍依、巴卡依、阔克波茹和卡妮凯神不知鬼不觉地叫来阿克巴勒班巨人，让他背上玛纳斯的尸体，悄悄地来到早已挖好的岩洞，插上木制的水槽，以此改变河水流淌的方向。大家在巴努斯灯笼的照射下，仔细查看墓穴的情形，只见墓穴装饰精致，物品齐全，没有任何缺陷。能容纳五百人的山洞，精心雕琢，巧夺天工。为了能够长久保持干燥，卡妮凯把在妹妹阿茹凯帮助下亲自主持制作的黑色比达纳皮垫铺了一层又一层，那世上少有的华丽地毯图案格外鲜艳，地毯上安放着纯金的王座。华贵的王座上,白丝坐垫像银子一样闪耀。他们将雄狮玛纳斯的遗体安放在坐垫上面。巴卡依率众人在遗体前吊唁完毕，纷纷走出山洞。能举起骆驼的阿克巴勒班巨人在离去时头颅被砍下安放在山洞中。他们走出山洞后紧紧关闭了带有机关的石门,从外面看不出半点缝隙。然后抽掉了改变河道的木槽，让河水按原河床流去。

当晚，阔克波茹、托什吐克、巴卡依、阔绍依将早已雕刻好的塑像，用白色的裹尸布包好，放入塔布特灵床中。

次日凌晨，人们全体出动，在陵墓前为英雄玛纳斯举行了安葬仪式。巨人托什吐克和阔克波茹把“遗体”小心地抬起放入墓穴中。仪式中，萨热塔孜的养子被打扮成赛麦台依，向坟茔里撒了第一把土。

柯尔克孜和阿拉什人沉浸在悲痛之中，凄楚的哭声撼天动地，久久在山谷草原回荡……

圣人阔绍依、巨人托什吐克、阔克波茹、包克木龙、巴卡依和卡妮凯将手浸泡在骏马的鲜血中盟誓：“雄狮玛纳斯留下的后裔，谁要是对他滋生歹意，我们就毫不留情地夺取他的性命。蠢蠢欲动的敌人胆敢前来，我们要在疆场展示勇猛！”

柯尔克孜族人纷纷表达内心的意愿。他们同样以折断树枝、咬断箭矢盟誓为证，发出钢铁般的誓言。